HAYMON verlag

Astrid Kofler

Das Fliegen der Schaukel

Roman

AUTONOME PROVINZ BOZEN SÜDTIROL – PROVINCIA AUTONOMA DI BOLZANO ALTO ADIGE
Deutsche Kultur - Cultura tedesca

Unterstützt von tirol Unser Land

Gedruckt mit freundlicher Unterstützung durch die Südtiroler Landesregierung/Abteilung Deutsche Kultur.
Die Arbeit der Autorin an diesem Buch wurde unterstützt durch die Südtiroler Landesregierung/Abteilung Deutsche Kultur sowie durch die Kulturabteilung der Tiroler Landesregierung mit einem einmonatigen Atelieraufenthalt im Künstlerhaus in Paliano bei Rom.

Besonderer Dank der Autorin gilt dem Italienischlehrer Gianluigi Leocane, der ihr die Klassenregister aus den 1930er-Jahren zur Durchsicht überließ. Übersetzungen daraus stammen von der Autorin.

MIX
Papier aus verantwortungsvollen Quellen
FSC www.fsc.org FSC® C083411

Auflage:
4 3 2 1
2020 2019 2018 2017

HAYMON verlag
Innsbruck-Wien
www.haymonverlag.at

ISBN 978-3-7099-7298-4

Umschlag- und Buchgestaltung nach Entwürfen von hœretzeder grafische gestaltung, Scheffau/Tirol
Umschlag: hœretzeder grafische gestaltung, Scheffau/Tirol
Umschlagfoto: Anna Conca
Satz: Da-TeX Gerd Blumenstein, Leipzig
Autorenfoto: privat

Gedruckt auf umweltfreundlichem, chlor- und säurefrei gebleichtem Papier.

Meinen Kindern Nathanael, Rahel und Ruben

17. Jänner 2000, Villa Serena, Bolzano / Bozen, 13 Uhr 30

Ada schob den Vorhang beiseite und blickte hinaus, es müsste heute sein, in den vergangenen Wintern war es heute gewesen, dass die Sonne über das Dach gegenüber stieg. Ein ockerfarbenes Kostüm trug sie, das zu dem Mantel passte, den sie bei ihren winterlichen Spaziergängen zu tragen pflegte, die sie die Promenade hochführten zu einer Bank, auf die kein Schatten fiel. Sie hatte den Mantel aufs Bett gelegt, sollte der Sonnenstand auf dem Balkon nicht der erhoffte sein, ein Mantel mit Vierlöcherknöpfen und einem Pelzkragen, der nach Jahren noch nicht abgestoßen war und ihren blassen Nacken wärmte. Die seidig gewordenen Haare hatte sie zusammengebunden und unter ein farbloses Netz gelegt, sie nie zu schneiden, hatte sie Temistocle versprochen. Zartrotes Puder auf den hohen schmalen Wangen und die Augenlider dunkel und ein Lidstrich schwarz und exakt, als hätte sie ihn mit Tinte gezogen und einem Gänsekiel. *Mamma* hätte sie ermahnt deshalb, auch wenn es nicht aufdringlich war, zum Brunnen geschickt, sich waschen und in die Kirche zum Beichten. „Wer so aussieht, ist sündhaft und wird vor Gottes Gericht zur Rechenschaft gezogen. Einem Mädchen, das vor der Hochzeitsnacht die Unschuld verliert, steht das in die Augen geschrieben“, hatte *mamma* gesagt. Sie hat auf die Freundinnen gedeutet, die sie für unrein hielt, sie würden nie glücklich werden, sie solle sich nicht mehr mit ihnen treffen.

Ada sah aus dem Fenster und wartete, und es war tatsächlich heute gewesen, die Sonne flutete über die Ziegel, tauchte sie in warmes Rot und erhellte das Zimmer, zwei Monate lang hatte sie es nicht geschafft, über die Giebel zu klettern. Sie blickte zurück und betrachtete Olga, die mit ihrem Teddybären schlafend im Rollstuhl saß, den Kieferknochen zahnlos in Hals und Blusenkragen versunken, den Mund leicht geöffnet. Etwas Speichel hatte sich unter den Lippen gesammelt. Vorsichtig öffnete sie die Tür, um durch den Spalt auf den Balkon zu treten. Es war kühl, die Sonnenstrahlen wärmten kaum, doch ja, dachte sie, ich muss nicht spazieren gehen, die Sonne ist pünktlich. Sie trat ins Zimmer zurück und schlüpfte in den Mantel, ohne war es doch zu kalt, sie nahm eine Decke und legte sie draußen über die Brüstung, ging wieder hinein, um den Klappstuhl zu suchen, fand ihn nicht und sah, dass Olgas Kopf noch seitlicher gerutscht war. Olga dürfte nicht mit ihr das Zimmer teilen, oder sie nicht mit Olga, aber Olga lief nicht mehr davon und sie sagte nichts und schnarchte nicht, und Ada war das recht so. Sie war gern mit Olga, es war, als würde sie das Zimmer für sich haben. Nur zwei Fächer des Kastens hatte Olga mit ihren Habseligkeiten besetzt, Ada bewahrte in Olgas Schrank die Winterkleider und in ihrem eigenen jene für den Sommer auf. Die Kostüme und Mäntel, die in dem einen und anderen nicht Platz fanden, hatte sie auf einer Stange aufgereiht, so wie Handelsreisende sie besitzen, die mit in schützende Hüllen verpackten Gewändern von Geschäft zu Geschäft ziehen und die neuesten Modelle preisen. Zwischen jedem zweiten Kleiderbügel ein Stoffsäckchen mit getrocknetem Lavendel für frischen Duft und gegen die Motten. Eine Bürste stets griffbereit, um möglichen Staub von den Schultern des Garderobenschutzes zu wischen, bevor er den Weg durch die runde Öffnung für den Haken fand. Auf ihr Gewand hatte Ada stets Wert gelegt. Auch die Bücher hatte sie gepflegt, war jeden Monat mit einem Besen aus Pfauenfedern durch die Regale gefahren. Sie war gewissenhaft. Kleinlich war sie nicht.

Olga wohnte eigentlich im falschen Stockwerk. Ada mochte sie und sprach mit ihr wie mit einem Schulkind, das zu Hause gelernt hatte, brav und still zu sein, sie sprach behutsam, mitfühlend. Da Olga es zu gefallen schien und sie versonnen lächelte, wenn sie nicht schlief, ließen die Pfleger sie bleiben. Arme Olga, dachte Ada oft, was hast du erleben müssen, dass du diese Krankheit bekamst, die dich atmen lässt und tot sein zugleich. Vor wem, wovor bist du geflüchtet?

Jene wie Olga, die alles vergessen hatten, ihre Kinder nicht mehr kannten und in ihrer Welt flatterten wie Fliegen zwischen zwei Fensterscheiben, die auch bös werden konnten und unberechenbar und manchmal festgebunden werden mussten und Becher schmissen und schrien, wenn die Lebensglut sich einen Weg in die Freiheit bahnte, eine Freiheit, von der sie selbst keine Ahnung mehr hatten, die sie vielleicht nie hatten kennenlernen dürfen, oder jene, die Angst hatten, bestohlen zu werden – die weglaufen wollten und zurück in die Kindheit: Jene wohnten in der Etage über ihr und hatten die Sonne länger und früher. Sie wohnten in Zimmern hinter einem Gang mit einer Tür, die sie nicht öffnen und durch die sie nicht gehen konnten. Sie war zugesperrt und nur die Pfleger hatten den Schlüssel. Sie waren nicht verrückt, die Menschen, sie hatten die Krankheit, die es früher schon gab. „Gehirnerweichung“, hatte *mamma* gesagt, „das ist, wenn man blöd wird im Alter.“ Knoblauch helfe dagegen und sie hat jede Speise mit Knoblauch gewürzt.

Verrückt, was bedeutet verrückt, überlegte Ada. Wie oft hatte sie darüber nachgedacht. Wenn jemand hell ist und dunkel, lustig und traurig, wenn jemand zwei Saiten hat, die erklingen, nicht nur eine: Ist das verrückt?

Ada zog ein wenig am Vorhang und blickte nochmals hinaus zum Balkon, hinauf zum Himmel. Sie würde hierbleiben, wie immer, wenn die Sonne schien. Auch im Sommer würde sie hier ausharren, wenn all die anderen den Schatten der hohen Bäume suchten, der kühler war als jener unter den großen viereckigen Schirmen.

Ada brauchte die Sonne. Den leichten Wind liebte sie, der das Laute zerstreute und ans Meer erinnerte und an die Hügel, zwischen denen sie groß geworden war. Die Luft war dort seiden und würzig. Im Sommer übertönten die um Weibchen buhlenden männlichen Zikaden mit ihrem Sägen all die anderen Geräusche, die der Wind in Bäume und Sonnenhüte, in vertrocknete Blätter und reife Grashalme blies.

Hier heroben, im Norden des Landes, war die Luft erdig, sie war stärker, schwerer, sie entbehrte der Leichtigkeit, die all den Besitz so unwichtig machte. Dort unten, wo sie herkam, da war die Welt ein Garten. Es gab keine Zäune, es gab eine Hitze, die frei machte vom Denken in Dein und Mein. Paliano war eine Landschaft, die allen gehörte.

„Wenn du nach unten verwurzelt bist, kannst du nach oben besser fliegen", hatte Anis gesagt. Es war so lange her, Jahrzehnte. Sie hatte oft an diesen Satz gedacht und dabei die Zehen bewegt. Sich auf die Sohlen konzentriert und die Schuhe ausgezogen, auch später noch, als *signora*, wenn niemand sie sah. Wegdenken, wegfühlen, das war ihr nie schwergefallen. Das Hiersein, in der Welt, das schien ihr schwierig. Die Nähe war oft fern.

„Du bist verrückt", hatte der Vater gesagt. Sie hatte es immer mit sich herumgetragen. Vogelwild, hatte die Großmutter es genannt. Das gefiel ihr besser. Das imponierte ihr, das gefiel ihr sogar gut. Aber verrückt? Was er damit gemeint hatte, fragte sich Ada zum wiederholten Male. Bin ich nicht einfach ich?

Die Vögel in Paliano waren zahmer als die hier im Norden. Sie hüpften über das Laub der über die Terrasse gezogenen Weinreben, stahlen sich unreife Traubenkerne und verstreuten dabei viele weitere auf dem mit einer verblichenen Decke geschützten Tisch. Die Ratten turnten auf den verholzten Zweigen und ihre Schwänze baumelten zwischen den herzförmigen Blättern. Hier im Norden hielten die Tiere Abstand von den Menschen. Manchmal hörte sie ein Fiepen, doch sie sah sie nie.

Ada fand endlich den Klappstuhl im Spalt zwischen Schrank und Heizung und trug ihn hinaus. Sie öffnete den Vorhang ein wenig mehr, drückte sich vorbei und zog ihn im Rücken wieder zu, damit Olga nicht erschreckt würde vom Luftzug, der winterlich war. Vierzig Jahre lang war Ada Grundschullehrerin gewesen und hatte auf Kleines achten gelernt. Sie klappte den Stuhl auf, faltete die Decke auseinander und sich um die Hüften und setzte sich, schloss die Augen und ergab ihr Gesicht dem wiedergeborenen Licht.

Nur hier, auf dem Balkon, konnte sie sich dorthin fühlen, wo sie einst war, in einigen Monaten würde sie 83 sein, am 28. Juni war sie geboren. Bis November nun würde sie hier sitzen, wenn die Sonne schien. Auch wenn der August auf das Dach brannte und die messingbeschlagene Balustrade des Balkons so heiß würde, dass sie sich nicht mehr anhalten konnte, ohne sich die weiche Haut der von Pigmentflecken gekieselten Hände zu verbrennen, die seit Jahren keinen Teller mehr gewaschen und keine Hefte korrigiert und keine Bücher in Taschen gepackt hatten. Nur hier konnte sie sich besinnen und vergessen zugleich. Im Winter, der ihr die Kraft zum Erinnern nahm, der sie unruhig machte und auf die Straße trieb, auch wenn es rutschig war und glatt, war sie festgewurzelt ohne Halt.

Juni 1925

Es war an einem der letzten Schultage, als der Vater sein Versprechen einlöste und von dem Besuch bei den Schwiegereltern am Meer ein gebrauchtes Tau mitbrachte, das steif und hart war vom Salzwasser, fest und stark genug, das Gewicht eines Kindes zu tragen. Er polierte ein Holzbrett zurecht, bohrte in der Mitte ein Loch und verknotete daran das Seil. Auf die hohe Korkeiche kletterte er, die etwas oberhalb des Hauses stand, dort, wo der Hügel in den Hang aus Oliven kippte. Nur eine sanfte Mulde trennte sie von Paliano, wo die Schule stand und die Kirche, und nicht weit war es zu den Äckern und Feldern des *Principe* Colonna, für den der Vater und sein Vater vor ihm und die meisten Bewohner hier die Arbeit versahen. Der Protest hatte nicht geholfen – sie hätte die Schaukel lieber auf dem Feigenbaum gehabt. Sie mochte den Duft des Baumes, rieb sich den weißen Saft der abgebrochenen Blätter auf die Arme. Die Süße entfachte die Erinnerung an die Märchen, die die *nonna* von den Wölfen erzählte, nicht nur Romulus und Remus, viele ausgesetzte Kinder hätten sie mit ihrer Milch vor dem Sterben bewahrt. Doch das Holz der Feige sei zu weich und brüchig, hatte der Vater gesagt, die fette Korkeiche, die wäre der richtige Baum dazu. Und was denn die Milch der Feigen mit den Wölfen zu tun habe, brummte er, das sei doch Unsinn. Ada wusste auch nicht, warum sie beim Duft der Feigen an die Märchen der Großmutter dachte. Es war einfach so, immer wieder.

Sie wohnten in einer Landschaft aus hochgewachsenen und von den Jahreszeiten verdrehten Bäumen mit schattigen Kronen, von der *Tramontana* gegen Süden gepeitscht, auf der Wetterseite mit Moosen und gelben Flechten überwuchert. Mit verwachsenen und verknorpelten Stämmen, in denen sich Gesichter aufspüren und Körper entdecken ließen. In einem sah sie das Stirnbein, die gebogene Nase, die Falten und den Bart des Michelangelo Buonarroti, von dem ein Bild in ihrer Schule hing. Mit Hügeln und Feldern und vielen Möglichkeiten zu klettern und hinunterzuschauen auf die trockene Ebene. Für jedes seiner Kinder hatte der Großvater einen *noce* gepflanzt, der Nussbaum wächst langsam und wenn er Früchte trägt, wird es an der Zeit sein zu heiraten und das Haus zu verlassen, hatte er gesagt.

Es war ein wunderbarer Tag, ein leiser Windhauch strich durch die Bäume und die Luft war leicht wie ihr Gemüt. Neun Meter lang war das Seil, unendlich lang schien die Schaukel den Kindern. Der Reihe nach durften sie von einem verfaulten Baumstumpf aus, das Tau in den Händen, Anschwung nehmen und sich im Fluge auf das Holzbrett schwingen. Maria, die älteste der Brüder und Schwestern, durfte zuerst. Ada war die Zweitälteste, nach ihr kamen noch Vittorio, Francesco und Gina. Alle zwei Jahre gebar die Mutter ein Kind. Vittorio kam 1919 auf die Welt, wenige Tage nur nach dem großen Verhandeln, das Europa offiziell den Frieden schenkte. Gina war gerade zwei und Ada nahm sie mit auf die Schaukel, setzte sich auf das Brett und klemmte das Seil zwischen die Beine, um mit den Händen Gina zu halten. Doch Gina fühlte sich eingequetscht, hatte das Tau im Gesicht und begann zu weinen und Ada wollte sie zwingen, mit ihr zu schaukeln, und war froh, als Gina zu brüllen begann und hinunterwollte auf den Boden. „Stell aus!", rief Ada. „Lauf mir nicht vor das Seil! Wenn ich schwinge, kann ich nicht lenken." Sie lief an und warf das Gewicht vor und zurück. Der Baum stand vor dem Abhang und ihr war, als würde das Herz mit ihr fliegen, sie sah das Land unter sich und den Himmel über sich, sie sah die Sonnenblumen, die sich nach dem Licht richteten und bald gemäht würden. Sie spürte, wie sich die von der Hitze an der Kopfhaut klebenden Haare lösten und hörte das Blöken der Schafe und auch das Singen der Zikaden nicht mehr, die sich in den umliegenden Pinien versteckten und jammerten unter der Hitze der Sonne. Sie hörte die Tauben nicht, die auf den Freileitungsmasten neben dem Weizenfeld saßen und gurrten, sie hörte auch nicht die bellenden Jagdhunde des Nachbarn, die im engen Verdeck darauf warteten, endlich hinauszudürfen, sie vergaß den Feigenbaum, war glücklich und fühlte eine Freiheit, die sie so noch nie verspürt hatte.

Und sie hörte auch die Brüder nicht, die ungeduldig wurden und endlich auf die Schaukel wollten. Sie sah Francesco erst zu spät, als er sich ihr in den Weg stellte, um sie zu bremsen. Ausstellen konnte sie nicht, um ihn nicht umzustoßen, ließ sie sich fallen, schlug sich den Ellbogen wund und fühlte das Krachen des zurückschnellenden Holzbrettes auf ihrer Schläfe. Unsicher richtete sie sich auf und setzte sich gleich wieder hin, legte sich flach auf den Boden und dachte lange nichts, spürte nur das Herz klopfen. Sie ist vogelwild, fiel ihr ein, als sie merkte, dass ihr auf der Schläfe eine Beule wuchs und Blut über den Unterarm rann. „Ada ist vogelwild", hatte die Großmutter, jene vom Meer, einmal bei Tisch zu ihrer Mutter gesagt. „Sie ist verrückt", hatte der Vater geantwortet. Bin ich verrückt, fragte sich Ada. Was bedeutet verrückt?

Abends ging sie in die Küche, um dem Vater nochmals danke zu sagen und der Mutter die Fingernägel zu zeigen, die sie sorgsam geputzt hatte. Der Vater erzählte, dass die Tochter seines Bruders im Herbst in den Norden ginge. Im Norden des Landes gäbe es Menschen, die eine andere Sprache sprechen, die *cugina* werde dort Lehrerin sein und unterrichten, den Kindern erklären, wie groß Italien ist, sie schreiben lehren und Italienisch sprechen. „Wo wird sie hingehen?“, fragte die Mutter und Ada vergaß ihr Anliegen und hörte zu. „In den Norden, an die Grenze“, sagte der Vater, „in die Berge, mehr weiß ich nicht.“ „Meine Nichte wird Italienischlehrerin sein für kleine Kinder, Kinder wie du“, sagte der Vater und sah Ada direkt in die Augen. „Was hast du da für eine Beule an der Schläfe?“, fragte er plötzlich. „Was hast du schon wieder angestellt?“ „Lehrerin für Kinder, die ihre Zeit nicht mit Spielen verplempern“, fügte er hinzu, ohne auf eine Antwort zu warten. Ada sagte danke, machte einen Knicks und sah, wie *mamma* zusammenzuckte und kleiner wurde. *Papà* war laut und konnte sehr wütend werden und er fand, dass Ada zu viel lernte und zu viel spielte und groß genug war, um ihm bei der Feldarbeit zu helfen. Sie wollte wissen, warum es ihm nicht passte, dass sie so viel lernte, warum es zugleich gut war, wenn die Kinder im Norden lernten, doch sie verkniff sich die Frage.

17. Jänner 2000, Villa Serena, Bolzano / Bozen, 14 Uhr

Ada schloss die Augen und fuhr sich mit der Hand über das Gesicht, um zu spüren, ob es warm war oder kalt, und über den Hinterkopf, um zu prüfen, ob die Haare unter dem Netz saßen und dem ebenfalls ockerfarbenen Haarband, das es hielt. Und sie merkte, dass die Wangen noch mehr an den Knochen spannten und dachte an Marlene Dietrich, die sie stets bewundert hatte. Wie gern hätte auch sie den Mut besessen, Anzug und Zylinder zu tragen. „Jeden deiner Filme habe ich gesehen“, murmelte sie, „und du weißt gar nicht, dass ich lebe.“ Es war mir nie vergönnt, nach Berlin zu fahren. Ob du je in Rom gewesen bist? Ob du wie ich ungesehen in deiner Kindheit den Sonntagsstaat deines Vaters probiertest?

Ada spürte die Kälte die Füße hochsteigen und öffnete die Augen, um sich zu vergewissern, dass die Brise die Balkontür nicht aufgeschlagen hatte und überlegte, ob sie andere Schuhe anziehen sollte, blieb jedoch bewegungslos sitzen, schloss die Lider wieder und versenkte ihr Gesicht erneut in der Sonne. „Wenn dir die Sonne zu heiß wird", hatte *mamma* gesagt, „dann rede mit ihr, sag ihr, dass sie dir nichts Böses tun soll, verbinde dich mit ihr in Freundschaft, doch suche den Schatten, mein Kind." *Mamma* war auch böse geworden mit den Jahren, immer mehr hatte sie das Leben des Vaters gelebt, der hart zu sich selbst war und noch härter zu den anderen, und das Leben der Rollen und Glaubenssätze, aber sie war auch einmal jung gewesen, ohne Schmerzen im Nacken und Rücken, die sie zunehmend beugten. Sie war freundlich gewesen mit den Hunden und Katzen, die durch das Dorf streunten, sich an den Häuserecken rieben und an ihren Waden. Sie hatte sie nie getreten.

Das Fahnenseil schlug leicht auf den Masten in dem mit winterfest verpackten Sonnenschirmen bestückten Park und sie hörte die Taue an die Boote schlagen und die Wellen an den Rumpf der Schiffe klatschen. Jetzt war es endlich gut.

Olga schlief friedlich und der Gurt um den Bauch ließ sie aufrecht sitzen, damit sie nicht aus dem Rollstuhl rutschte. Mit der Kraft, die kleine Säuglinge haben, hielt sie Adas Steiff-Tier, einen Wolf. Die linke Hand lag geschlossen auf der Lehne, seit Jahren schien sie diese nicht mehr geöffnet zu haben. Hunderteins war sie und die dünnen Haare waren lose im Nacken gebunden, weich fielen die Strähnen über die Seiten, das Gesicht war schon fast zum Skelett geworden, wie sie es aus den Beinhäusern kannte. Aufgestapelte Schädel ohne Unterkiefer, weil diese nach dem Tode, von keinen Muskeln und Bändern gehalten, mit der Zeit verloren gingen. Der Hals war eine Landkarte aus Falten, mit Tälern und Flussbetten, die sich teilten und wieder zusammenfanden. Und ständig bewegte sie den Mund, als würde sie kauen. Wenn Güte ein Gesicht hat, so hatte sich Ada oft gedacht, dann hat sie jenes von Olga. Im Alter, da werden böse Menschen noch böser und gute noch gütiger, es gebe keine Verstellung mehr, wenn die Kraft verbraucht ist, hatte ihr einmal ein Pfleger gesagt. „Frau Torelli, waren Sie eine liebe Lehrerin oder streng und gemein?", hatte er zwinkernd gefragt. Ada hatte erst lernen müssen, sich mit den Pflegern zu unterhalten. Anfangs war es ungewohnt gewesen, sich von einem Manne helfen zu lassen – hofieren schon, das hatte sie gekannt. Neu war, dass Männer den Tee servierten und das Apfelmus von den Mundwinkeln der Gäste tupften, die das Schlucken kaum mehr vermochten. Dass ein Mann hier für die Unterhaltung am Nachmittag sorgte, das Kartenspielen und Bingo, dass einer von diesen sich unterhakte manches Mal und sie duzte und behandelte wie ein Mädchen, das noch in kniefreien Röcken umherlief und nicht Frau war. Dass ein Mann ihr montags die Füße massierte und den Nacken. Für die Wassergymnastik hatte sie sich aber nicht gewinnen lassen.

Am Meer bei den Eltern der Mutter hatte sie die Sommer ihrer Kindheit verbracht. Am Meer war sie auch später jedes Jahr als Lehrerin gewesen. Schwimmen konnte sie gut. Eine der wenigen hier war sie, die es überhaupt konnten. Das Meer war ihr nahe, das Schlagen der Wellen ans Ufer, das Sich-Verlaufen der Schaumkronen im Sand, die Silbersplitter an der Oberfläche, wenn der Mond sich darin spiegelte. Das Hallenbad war fern.

Ada war nicht eine, von der man sagte, die muss in ihrer Jugend einmal eine Schönheit gewesen sein. Ihre Schönheit hatte etwas Unantastbares, darüber hatte man nicht geredet. Damals nicht und auch später nicht. Sie war auf ihre Weise schön gewesen, wer mit ihr sprach, hatte sie stets auch ein wenig bewundert. Und niemand sagte, sie muss es gewesen sein, denn schön war sie auch jetzt. Sie war es besonders jetzt, da ihr Gesicht auch Spannung und Falten hatte. In ihre kindlich-neugierige Miene hatte sich die Erfahrung des Alters gemischt. Sie musste sich nie Respekt verschaffen, sie bekam ihn. Nur von ihrem Vater nicht.

Sie scherzte nicht mit den Pflegern, sie zeigte ihnen nicht ihre verwaschenen und jeglicher Spannkraft entsagenden Strumpfhalter, wie andere es taten im oberen Stock. Sie war heiter und ernst, sie lächelte und war auch traurig. Manchmal ertappte sie sich dabei, daran zu denken, dass es auch angenehm sein musste, so frei zu sein, in der anderen Welt. Die Unbeschwertheit, die *mamma* genommen worden war am Tage der Hochzeit, hatte ihr die Mutter nie zugestehen wollen. Die Tochter sollte sie nicht erinnern an den Preis, den sie dafür zahlte, verheiratet zu sein, als das Ledigsein eine Schande war. *Mamma* hatte kein Kind mit Liebe empfangen. Und lange hatte das Festhaltenwollen an der Lüge der Eltern Ada die Fähigkeit der Hingabe genommen.

Ada hatte auch nach dem Tod der Mutter nur allmählich vermocht, Entscheidungen zu treffen, ohne dass sie da war, die ihr sagte, was richtig war und was falsch. Diese Momente, in denen sie abgeschüttelt hatte, was von der *mamma* war und der *nonna* und der *bisnonna* und den vielen tapferen, gebrochenen, zurückgesetzten Frauen zuvor, diese waren die intensivsten in ihrem Leben. Als Zweitgeborene hatte sie es einfacher gehabt, war zugleich ausgestattet mit einem Charakter, der sie weniger aus Rebellion handeln ließ als mehr aus kindlicher, impulsiver Spontaneität. Und wenn sie daran dachte, fiel ihr Anis ein: „Du bist selbst verantwortlich für das, was du tust. Wenn du Schuld zuweist, kommst du nicht weiter. Du darfst deinen Weg gehen, deinen eigenen. Nimm die *mamma* nicht als Hemmschuh. Sie konnte nicht anders. Nimm von den Ahninnen, was gut war an ihnen, was gut ist für dich. Gib ihnen zurück, was nicht das Deine ist. Sie sind deine Kraft und dein Licht, damit du den Weg nach vorn findest."

Ada war seit viereinhalb Jahren in diesem Altersheim, verscheuchte im Sommer das Wissen darob mit dem Sitzen am Balkon, mit dem Verharren in der Sonne, dem Schaukeln am Vormittag im Park auf den bunten Plastikschalen für die Enkel der Menschen, die hier wohnten. Dass sie verrückt sei, weil das so gar nicht zu ihr passe, hatte ihr der Pfleger gesagt, der sie duzte. Es hatte sie gefreut.

Sie wehrte sich im Winter, der ihr die Töne und Bilder der Kindheit nahm, indem sie noch hingebungsvoller ihre Kleider bürstete und die Schuhe putzte, um die nahe Kurpromenade hochzugehen, indem sie noch sorgfältiger ihren Lidstrich zog, als sei sie die *primadonna* der römischen Oper auf Besuch in *Cinecittà*.

Sie wollte nicht besser sein als die anderen. Sie hatte aber Angst die Rolle zu verlieren, die sie stets geschützt hatte. Sie brauchte den Respekt, auch wenn sie wusste, dass er einsam machte, auch wenn sie wusste, dass er ihr ohnehin entgegengebracht wurde, als hätte sich das goldene Licht der letzten Sonnenstrahlen vor dem Auswerfen der Fischernetze in sie eingegraben.

Manchmal kam eine Nichte ihres verstorbenen Mannes Temistocle, die so entfernt gar nicht wohnte, die

Tochter seines Bruders Orazio. Manchmal kamen Lehrerinnen von einst, alt geworden wie sie, mit ihr verbunden durch Erfahrung, die nach Jahren vereint, auch wenn Motivation und Freude sich damals unterschieden. Ada freute sich und schloss abends den Besuch ab wie den täglichen Eintrag ins Tagebuch. Sie wartete nicht wie Renato und Maria und Rosa auf Gäste, die nie kamen. Die vielen Marias, die hier wohnten, als hätte es früher nur diesen einen Namen gegeben, im Italienischen war das nicht anders als im Deutschen. Sogar ein zweites Kind trug diesen Namen, wenn die erste Maria die nächste Schwangerschaft der Mutter nicht erlebte. Wie viele Alte trugen einen Namen, den schon Geschwisterkinder vor ihnen getragen hatten, mit dem Namen hatten sie all die Aufgaben übernommen, denen jene sich verwehrt hatten, indem sie als Engel den Himmel suchten. Wie viele hier hatten nicht ihr eigenes Leben gelebt, waren selbst tot gewesen ein Leben lang, weil sie nur da waren um über anderes hinwegzutrösten, um Tote zu ersetzen, um Wünsche und nicht gelebte Träume ihrer Eltern zu erfüllen.

Sie saß nie am Eingang und fragte nach den Kindern und Geschwistern, sie wollte nie nach Hause oder zur Busstation und zum Bahnhof. Sie hätte gut daheim leben bleiben können, in der Herrschaftswohnung *nel Corso della Libertà* Nummer 18, alleine, mit einer Hilfe vielleicht. Einer Frau, die kam und kochte und putzte und wieder ging, oder einer Frau von irgendwoher, die bei ihr lebte, wie das jetzt so üblich war. Platz hätte sie genug gehabt in den hohen Räumen mit den vielen Büchern, eine vorübergehende Schwäche im vergangenen Sommer hatte sie hergebracht. Der Hausarzt hatte empfohlen, lieber bald in ein Altersheim zu gehen, denn die Wartelisten seien lang.

Renato war ihr der liebste von allen, er war immer noch der kleine Junge aus Lecce, der heraufgekommen war, um Arbeit zu suchen und hier blieb, dem sie manchmal die Hand lieh zum Halten, der sich nach Umarmung sehnte und nach seinen Eltern, der immer tanzen wollte, wenn er die Möglichkeit dazu hatte. Renato, der im Tanzen noch jünger war, als er ohnehin schien, trotz der weißen Haare, die sich am Ansatz kringelten, der sie führte, ohne ihr je auf die Füße und die fein glänzenden Schuhe zu treten. Wenn sie ihn anschaute, sah sie ihn als Kind auf der *piazza* vor der Kirche Fußball spielen, sie sah ihn die Autos der ersten Touristen bewachen für ein paar *centesimi*, sie sah ihn am Bahnhof stehen und den ersten Gästen aus der Fremde das Gepäck über die Gleise zum Ausgang schleppen.

Der Bahnhof in dem Dorf, in dem sie aufgewachsen war, war nicht groß und lag weit vom Zentrum entfernt, unten im Tal. Und auch Autos kamen nicht hoch ins Zentrum zur *piazza* mit dem Schloss, der Kirche, der Apotheke und dem *caffè*. Von allen Seiten führten Treppen zur Altstadt, in manche hatte man, im Abstand der Reifenspur eines Autos, Beton eingelassen, um das Hoch- und Runterfahren zu ermöglichen. Doch endeten alle Wege in schmalen Gassen, durch die nur Menschen gehen konnten und auch heute noch Esel zum Transportieren von Hausrat und Müll. Italienreisende kamen nicht viele, zu nahe lagen Tivoli und Palestrina und Subiaco bei Rom, die die Hügel ihrer Kindheit in den Schatten stellten. Wenn jemand kam, dann verbreitete sich die Botschaft davon treppauf, treppab durch die von grauen Häusern gesäumten Gassen, und es waren stets Menschen, die länger blieben, monatelang, die mit Strohhüten auf dem Kopf im Schatten von Häusern und Baumkronen saßen und zeichneten und schrieben, die manchmal sehr freundlich waren, manchmal auch von oben herab und unwillig über das Geschrei der in der Nähe spielenden Kinder. Einer von diesen hatte ihr Himmel und Hölle gezeigt, hatte mit einem Ast zwei Türme in die trockene Erde gezeichnet, Quadrate in die Rechtecke gezogen und ihnen ein rundes Dach aufgesetzt. Er hatte ihr umständlich mit Mimik und Gesten erklärt, wie man einen Stein in das erste und jeweils nächste Feld werfen und mit einem Bein darüber hüpfen müsste. Und sie hatte gelacht, sie kannte das Spiel schon lange, sie hatte es mit den Geschwistern und Freundinnen viel ausgefeilter gespielt, als er es ihr beibringen wollte. Sie hatten beim Hüpfen die Beine gewechselt, sie hatten die Augen verbunden. Ihre Spielfelder waren in der Form eines Kreuzes. Zuerst die Erde und dann die vielen Felder des Fegefeuers, zuletzt die Hölle, die man überspringen musste und in die man auch keinen Stein werfen durfte und danach der Himmel. Tage später war er zurückgekehrt, hatte mit einer Kreide das Spielfeld auf den Lehmboden gemalt und ihr diese geschenkt. Es war das erste Mal, dass Ada eine Kreide in den Händen hielt, sie drehte sie hin und her und betrachtete die weißen Finger und vergaß das Gefühl von Glück nie mehr, das sie in diesem Augenblick empfand.

Renato war ihr von all den Heimbewohnern der liebste, auch wenn er selten lichte Momente hatte und ihr kaum schien, er würde verstehen, was sie sagte.

November 1927

4. November

Caro zio!

Endlich habe ich an diesem großen Tag die Gelegenheit und Zeit auch Dir zu schreiben. Meine Mutter hat Dir von der Ankunft in diesem kleinen Weiler im Sarntal bestimmt berichtet, ich habe sie gebeten, Dir meine Briefe an sie vorzulesen. Mein Schulhaus steht nicht einmal in einem Dorf, es steht neben einem abgelegenen Bauernhof und einem Stall. Die meisten Schüler kommen von weit her, das nächste große Dorf ist eineinhalb Stunden von hier entfernt.

Ich versuche mein Möglichstes, um eine gute Lehrerin zu sein.

Gestern war der erste Schultag mit allen Schülern, auch den großen, die bislang noch auf den Almen waren und den Feldern der Väter. Es mangelt ihnen, wie mir scheint, sehr an Disziplin, ich hoffe, das wird sich mit der Zeit legen, noch wirken sie unaufmerksam und mit den Gedanken in den Wolken. Heute feierten wir einen großen Tag, es ist schließlich der 4. November. Der Sieg! Fast alle Schüler waren im Unterricht und ich erzählte ihnen vom Weltkrieg und habe gespürt, dass das auch die Großen interessierte, die gestern noch missmutig aus dem Fenster schauten. Ich erinnerte sie daran, weshalb der Krieg ausgebrochen war, ich berichtete von der Teilnahme vieler Nationen, von den Kämpfen am Land, zur See, in der Luft, vom Leiden und dem Tod von 650.000 italienischen Soldaten. Und wahrscheinlich waren es noch viel mehr. Ich erzählte ihnen von der großen Schlacht von Vittorio Veneto, die nicht nur im Sieg Italiens gipfelte, sondern dem Krieg an allen Fronten ein Ende setzte. Und wir dachten gemeinsam an den Duce, der den Krieg nie wollte und keinen weiteren Krieg dulden wird und an die vielen Helden, die für die Heimat ihr Leben gelassen haben.

In der vergangenen Woche bin ich den Einladungen gefolgt, die mehrere Familien und ihre Kinder an mich gerichtet hatten. Überall hat man mich mit größter Herzlichkeit empfangen. Ich muss jetzt noch darüber lachen, wie wir uns unterhielten, mit Händen und Füßen, mit dem Deutsch, das ich vermag, mit dem wenigen Italienisch, das die Bergbewohner beherrschen. Ich glaube, es wäre gut, mein Deutsch zu verbessern, ich glaube, ich würde die Sprache schnell lernen, leider fehlt mir die Zeit dazu.

Ich hoffe, es geht Euch gut und Deine Kinder haben das Schuljahr gut begonnen, ich bitte Dich, Dich um meine Mutter zu kümmern, die unter meiner Abwesenheit doch sehr leidet, in den Ferien werde ich Euch besuchen.

Es grüßt und küsst Euch, Eure Maddalena

Mai 1929

Zur Firmung von Ada hatte der Vater den Kindern ein Fahrrad versprochen. Nicht ihr allein sollte es gehören, auch Gina, der Schwester, die bald die erste heilige Kommunion empfangen würde, den zwei Brüdern und Maria. Ada hatte sich so sehr auf diesen Tag gefreut. Sie schoben das Fahrrad, das für die Kleineren viel zu groß war, den Hügel hinauf und fuhren dann die Pinienallee hinunter, die zum Pferdestall und Landhaus des *Principe* führte, der nie da war, stets in der Stadt oder in seinem *palazzo* im Dorf. Mit schiefen Kronen neigten sich die schlanken Bäume in der Landschaft und die gegen Norden gerichteten Flanken der Stämme waren von Moos und von Feuchtigkeit liebenden Flechten bewachsen. Die Wimpel waren gesenkt, auch wenn es windstill war. Die Geschwister liefen nebenher. Die Schritte, die die anderen machten, wurden gezählt. Jeder sollte gleich lang am Fahrrad sitzen dürfen.

Ada war verunsichert an jenem Tag, seit dem frühen Morgen schon pochte das Herz anders als gewohnt, der Magen war flau, der Bauch gebläht und die Beine schienen zu schwach, den Körper aufrecht zu halten. Stärker als sonst nahm sie den beißenden Geruch nach Verbranntem wahr, der sich über die Landschaft legte, wenn ein Bauer dem Feuer übergab, was er nicht brauchte, wenn er Erde verbrannte, um sie wieder fruchtbar zu machen. Eine junge Frau war sie nun und *mamma* achtete streng darauf, dass Ada ihre langen, dunkelbraunen Haare im Nacken zusammenband, und wenn eine Lockenwelle nach vorne fiel, so strich die Mutter sie ihr ungeduldig hinter das Ohr. „Das geht nicht so, mein Kind", sagte sie, „du musst dir deine Mähne fester binden." „Das tut mir weh", hatte Ada gesagt. „Daran wirst du dich gewöhnen", sagte *mamma*. Ada durfte keine kurzen Kleider mehr tragen, die Mutter hatte ihr einen Rock genäht und auf das Bett gelegt. Er bedeckte die Knie und sperrte ein und behinderte bei alldem, was sie tat. Bei jedem Schritt fühlte sie den Stoff. Es war kaum möglich, sich auf die Schaukel zu setzen, das Seil schob den Rock hoch bis zum Schoß. Und blies der Wind in das Gewand, und hier auf den Hügeln wehte immer Wind, auch im Hochsommer, wenn in den Städten die Hitze erstarrte, so wies die Mutter sie an, den Stoff zu halten, auf dass er nicht die Knie entblößte und das Becken umstrich.

Ada war besorgt. Seit gestern hatte sie Blut in ihrer Unterwäsche und sie getraute sich nicht darüber zu reden. Zuerst war es nur ein brauner, vertrockneter Fleck, der sie erstaunen ließ, mit der Zeit aber erschauerte sie, da es flüssig war und rot. Sie hatte einen schweren Stein genommen und ihn zum *Santuario Santa Maria della Consolazione* geschleppt, müde war sie und verschwitzt, sie hatte ihn vor die Muttergottes gelegt und sie gebeten, dass dies aufhören möge, dieses sonderbare Bluten, das sich zu erklären sie nicht verstand. Sie hatte versprochen gehorsam zu sein und dem Vater auch in Gedanken nicht zu widersprechen. Das Bluten hatte nicht aufgehört, sie hatte ihre Wäsche gewaschen und in den Feldern auf den Haselnusssträuchern zum Trocknen ausgebreitet. Sie hatte sich auf die Schaukel gesetzt und geweint und sich gefragt, ob sie nun sterben müsse. Das Bluten ging nicht weg.

Als sie abends nach Hause ging, bedrückt und ratlos, entdeckte sie im Feld ein Mauseloch, es war nicht rund wie die vielen anderen Mäuselöcher, von denen es viel zu viele gab und in die die Großmutter Kampfer stopfte, um die Nager zu vertreiben. Es hatte die Form eines Herzens. Und sie beugte sich nieder und fuhr mit den Fingern die Ränder entlang.

„Du bist unwohl", sagte ihr die Mutter am Abend, als sie sah, wie Ada verstohlen ihre Wäsche wusch. Fragend blickte die Tochter sie an. „Ich sagte ja", fuhr *mamma* fort, „du bist jetzt eine Frau und hast dich entsprechend zu benehmen. Du bist jetzt reif Kinder zu bekommen. Einmal im Monat wirst du unwohl."

„Ich fühle mich nicht unwohl", sagte Ada. „Ich weiß nur nicht, was das ist. Hast du das auch?"

„Wenn du verlobt bist, werde ich es dir erklären, vor deiner Hochzeitsnacht. Vorher brauchst du das nicht zu wissen", sprach *mamma*.

Und die Mutter brachte ihr von häufigem Waschen hart gewordene, linnene Tücher und erklärte ihr, wie sie sie verwenden sollte. „Wenn du die Tücher wäschst", sagte sie dann noch, „häng sie nicht draußen in der Sonne auf, dass alle Leute sie sehen. Diese Tücher hängst du auf die Leine am Dachboden, das geht niemanden etwas an. Und mach nicht so ein Gesicht, das ist mir auch passiert."

Am Abend verkroch sich Ada im Pferdestall, kaute an einem Stück *carruba*, spuckte die bittere Schale und die Kerne aus und ritzte traurig ihr Monogramm in die Holztür, AST 1929, Ada Secondina Torelli.

November 1929

Der Vater saß abends am Tisch und las einen Brief. So ruhig hatte ihn Ada selten gesehen. „Mein Bruder wäre stolz auf seine Tochter, würde er noch leben", sagte er. „Maddalena tut ihre Pflicht. Sie hat uns zwei Briefe geschickt aus dem Norden, der Postbote hat heute beide gebracht, wer weiß, wo der erste so lange blieb."

Auna di Sopra, Renon, 7 ottobre 1929

Caro zio!

Sono arrivata in questo paesello il 30. settembre dopo un'ora e mezza di cammino ...

Ich kam in dieses Dorf am 30. September nach eineinhalb Stunden des Weges. Der zuständige Direktor hatte mich bereits informiert, dass es hier nur eine Schule gäbe mit einem einzigen Schulraum, also fünf Schulstufen in einer einzigen Klasse. So war ich darauf vorbereitet und meine Erwartungen wurden bestätigt. Schon tags darauf besuchte ich den Pfarrer und bat ihn, nach der Predigt am Sonntag, es war der 2. Oktober, die Gemeinde zu informieren, dass ich nach der heiligen Messe die Einschreibung der Schüler in die Klassen vornehmen würde. Ich freute mich sehr, viele Eltern mit ihren Kindern begrüßen zu dürfen. Ich hatte den Eindruck, dass die Menschen in diesem Dorf gut sind und umgänglicher als in jenem Dorf im Sarntal, in dem ich in den ersten zwei Jahren unterrichtet habe. Und auch die Rückkehr ins Gebirge zu den Menschen mit ihren traditionellen Kleidern machte mir mehr Freude, als ich es erwartet hatte. Das Gesetz der Anpassung ist die Quelle unseres Tuns und ich versuche mich in bestmöglicher Weise diesem Gesetz zu unterwerfen. Am dritten Oktober dann begann nach der feierlichen Messe der Unterricht.

Die Kinder sind brav, möglicherweise ist das nur am ersten Tag so, ich habe gelernt, dass die Bewohner dieses Landes sehr theatral sein können. Es befinden sich viele Repetenten in dieser Klasse und auch die anderen scheinen mir – bis auf wenige Ausnahmen – wenig intelligent. Vielleicht hat das damit zu tun, dass hier alle miteinander verwandt sind, so erklärte es mir die Wirtin im Gasthaus. Sie haben sich so unbeholfen ausgedrückt, dass ich mein Lachen kaum zurückhalten konnte.

Heute früh erzählte ich den Kindern des dritten Jahres vom größten Seefahrer, der je gelebt hatte, der das Land entdeckte, das heute Amerika heißt. Ich erzählte ihnen von den wichtigsten Ereignissen in seinem Leben, von seinen Wünschen und Zielen. Ich veranschaulichte ihnen die Lebensgeschichte dieses großen Italieners mit Bildtafeln und Zeichnungen, die ich vorbereitet hatte. In der ersten Klasse befinden sich manche guten Elemente. Ich würde mit diesen Kindern gerne mehr Zeit verbringen, um sie die Grundkenntnisse von Anfang an richtig zu lehren. Doch muss ich mich auch um die anderen kümmern, ich glaube kaum, dass man meinem Ansuchen stattgeben würde, mich nur auf die Jüngsten zu konzentrieren, und so lasse ich es bleiben.

Gestern habe ich ihnen lange von der ONB, der Opera Nazionale Balilla, erzählt und ich hatte die große Freude 34 Einschreibungen vornehmen zu dürfen. Ich habe sie alle ermahnt, Mitglieder der Jugendorganisationen zu werden, die Buben bei der Balilla, die Mädchen bei den Piccole Italiane. Ich habe ihnen die Vorteile aufgezählt, die moralischen und die materiellen.

Ich hoffe, die Anzahl der Mitgliedschaften noch erhöhen zu können, ich denke, das hat auch mit mir zu tun. Die Eltern meiner Schüler schätzen mich, die neue Lehrerin, sehr. Ich werde mein Bestes geben, sie alle zu überzeugen. Ich werde keine Anstrengung unversucht lassen, um aus diesen Kin-

dern den höchstmöglichen Gewinn für Italien zu erzielen. Ich werde alles tun, damit sie und ihre Eltern mich mögen. Dies für unseren Duce zu leisten, erfüllt mich mit Freude, obwohl ich manchmal lieber bei Euch und nicht hier wäre.

Es grüßt Euch von Herzen, Maddalena

Während der Vater räuspernd den Brief faltete und zurück in den Umschlag steckte, während *mamma* etwas sagen wollte und der Mann ihr zu schweigen gebot, als wäre die Stille verletzbar, die sich über die Küche gelegt hatte, während *mamma* zusammenzuckte und verstummte, dachte Ada, sie wolle auch Lehrerin werden. Sie würde in den Norden gehen, nicht für Mussolini, weil sie den Kindern Italienisch sprechen, lesen und schreiben lehren wollte. Sie las selbst so gern und hatte schon viele Bücher gelesen, die sie sich beim Pfarrer auslieh. Sie dachte, die Kinder müssten Italienisch lernen, um auch diese Bücher lesen zu können. Und natürlich wollte sie in die Welt hinaus wie Maddalena. Sie würde nicht lieber hier sein. Wie *mamma* wollte sie nicht werden. Ada wollte sich nicht die Stimme nehmen lassen und nicht resignieren, sie wollte nicht so streng werden wie *mamma*, aus der Notwendigkeit heraus, sich zu schützen und eine Moral zu verteidigen, die gar nicht ihre war. Sie wollte ihren Rock flattern lassen und die Haare, sie wollte die Welt betrachten, mit gehobenen und nicht gesenkten Lidern, ohne sich schuldig zu fühlen. Sie wünschte sich, die Welt mit eigenen Augen zu sehen und nicht nur auf den Postkarten, die das *caffè* auf der *piazza* schmückten, die Welt hören mit den eigenen Ohren. Sie wollte die Tür öffnen zu einer Leichtigkeit, die sie nur auf der Schaukel verspürte, pendeln wie die Äste der alten Tannen, die sich im Winde wiegten und wie die Federn der Pfauen, wenn sie das Rad schlugen.

Salvatore Torelli hatte in der Zwischenzeit den zweiten Brief entfaltet und begann zu lesen.

Lieber Onkel!

Heute ist ein wichtiger Tag, der 27. Oktober, Gedenken an den Marsch auf Rom. Ich erzählte meinen Schülern von der Unordnung, die nach dem Krieg im Lande entstanden war, und von der Notwendigkeit des Faschismus. Nachdem ich ihnen beschrieben hatte, welch alten Symbolwert das Liktorenbündel besitzt, die fasce und das Beil, im römischen Altertum schon Sinnbild für die richterliche Gewalt, nachdem ich ihnen erklärt hatte, dass Einigkeit stark macht und wie Mussolini mit dem Segen des Königs Vittorio Emanuele III. Ministerpräsident wurde und das Land für den Frieden und den Sieg wieder einte, wie er tausende Äcker urbar machte und Arbeit für zigtausende Menschen aus dem Erdboden zog, erläuterte ich ihnen, was der Faschismus für das Volk unternimmt. In allen Bereichen ist er tätig und setzt sich zum Wohle der Menschen ein. Auf sozialem und wirtschaftlichem Gebiet, vor allem in der Bildung und Schule und ganz besonders für die Kinder. Was unsere Regierung den Kindern bietet, ist vorbildhaft und einzigartig. Nachdem ich mit den Schülern die faschistischen Hymnen gesungen habe, grüßten wir mit den rechten, zur Sonne emporgereckten Armen – die wunderbaren Texte auf den Lippen – noch die italienische Flagge. Giovinezza! Giovinezza!

Was ich wirklich sehr bedauere, ist die Tatsache, dass ich all meine Energie und meine Leidenschaft nicht auf die Kleinen konzentrieren kann. Ich würde so gerne nur die erste Klasse unterrichten, diese Kinder scheinen mir braver und auch viel intelligenter.

Heute ist es schon sehr spät und so fasse ich mich kurz. Bitte grüß mir die mamma und die zia und all die Cousinen und Cousins, Maddalena

Stille lag im Zimmer, als jemand an die Tür schlug. Es war der Nachbar, ein Rudel Wölfe hatte elf seiner Schafe getötet, von manchen habe er nur mehr den Schwanz gefunden, sogar das Fell sei verschwunden. Der Vater stand auf und ging zum Schrank, öffnete ihn und suchte Patronen, nahm das Gewehr und ging. Ada wusste, kein Verbot würde jemals die Männer davon abhalten, auf Wölfe zu schießen. Und kein Gewinn aus dem höchstdotierten Lotteriespiel würde den Vater hindern, auf Vögel zu zielen. Auch wenn sie noch so reich wären und sich jeden Tag Fleisch kochen könnten, einen *primo piatto* und einen *secondo*, er würde es nicht lassen, Singvögel zu töten und Zugvögel obendrein. Rebhühner, Fasane, Wachteln, Wildgänse, Pfauen und Tauben und wie sie alle hießen.

Nachdenklich spielte sie mit den schwarzweiß geringelten Stacheln, die sie beim Eingang eines Baues einer Stachelschweinfamilie gefunden hatte. Sie drehte sie wie Mikadostäbchen, sah zu, wie sie zu Fall kamen, versuchte einen nach dem anderen wegzunehmen, ohne eine Bewegung auszulösen.

Weihnachten 1929

Terracina. Es gab nichts Schöneres für Ada. Den ganzen Tag waren sie am Strand gewesen, sie hatten Drachen steigen lassen mit dem Großvater. Aus dem Innenfutter alter Briefkuverts, aus Resten der Fallschirmseide, die der *nonno* irgendwo aufgetrieben hatte, und aus dünnen zu Kreuzen verknüpften Holzlatten hatten sie mit der *nonna* wunderbare Flieger gebastelt. Sie flatterten lautstark im Wind, rauschten über die Kronen der am Ufer stehenden Bäume, die Augen waren gerötet von der salzigen Luft, die Haare verklebt von der Feuchtigkeit.

Vom Haus des Großvaters aus sah man den *Monte Sant'Angelo* mit dem Tempel des Giove Anxur. Ada saß gern dort oben bei Sonnenuntergang, und schweifte ihren Blick über die rot aufleuchtenden Ruinen und die Küste, die in ermattetem Violett versank, während das Mondlicht im *Mar Tirreno* zu glitzern begann.

Am Abend ging sie noch einmal mit dem *nonno* den Strand entlang. Er hielt sie an der Hand, Ada liebte es, *papà* machte das nie. Sie hatte wahren Respekt vor ihrem *nonno*. Er hatte eine Glatze, dafür umso mehr Bart und unzählige weiße, wuschelige Haare an der Brust, die aus dem Hemd lugten. Sie kannte keinen Mann, der so behaart war wie er. Aber sie hatte auch noch nicht viele Männer gesehen, nur jene auf den Feldern, die im Sommer mit unbedeckten Oberkörpern die Arbeit versahen. Sie nutzte jede Gelegenheit, den *nonno* zu umarmen und mit ihren Händen unter sein Hemd zu fahren und sie wunderte sich jedes Mal, dass er es zuließ und sie nicht ungeduldig ermahnte. Seine Haare waren kräftig wie die grauen Fasern am Stamm der Hanfpalmen, die *nonna* liebevoll pflegte, war sie doch kundig, aus diesen Matten und Seile für das Boot ihres Mannes zu flechten.

„Das Schimmern da draußen, das du siehst, das sind die Seelen der Ertrunkenen", meinte der Großvater.

„*Zitta*", sagte er plötzlich und legte den Zeigefinger auf die Lippen. Ada war sofort still und bewegte sich nicht. Dass sie einen Wolf mit eigenen Augen sah, hätte sie nie zu träumen gewagt. Der Vater jagte sie in der Nacht, er hätte sie nie mitgenommen. Dass es ein ganzes Rudel war, ein großer Wolf und kleinere Wölfe, das schien ihr wie ein Märchen. Unbeweglich standen sie und auch der *nonno* schien den Atem anzuhalten. „Beweg dich nicht", flüsterte er, „die Wölfe sind scheu!" Und nach einer Pause flüsterte er weiter: „Keine Sorge, sie tun dir nichts."

In der Ferne hörte Ada Möwen schreien. Es war ein vertrauter Laut, er war Heimat und Fremde zugleich.

„Und so eine Wölfin hat Romulus und Remus genährt?“, fragte sie nach einer Weile, so still es ging und doch erschreckt darüber, wie laut sich ihre Stimme anhörte. Navino Bartoli flüsterte, soweit er es mit seiner tiefen Stimme vermochte, immer wieder brach sie ab und er musste sich räuspern. Das Flüstern war der Fischer nicht gewohnt, entweder sagte er gar nichts für Stunden, oder er sprach laut in einem unverkennbaren Bass. So werde die Legende zumindest überliefert, dass eine Wölfin die Zwillinge gestillt hat mit ihrer Milch, und dann war er still und dachte nach, ob das Mädchen alt genug sei, um ihm mehr zu erzählen.

„Im antiken Rom hießen die Bordelle *lupanari*“, sagte der *nonno* plötzlich laut und biss sich auf die Lippen. Er hatte es nur denken wollen. „Was sind Bordelle, *nonno?*“, war sogleich ihre Frage. „Bordelle sind Häuser, in denen Männer die Liebe von Frauen kaufen können. Frauen verkaufen ihre Körper an Männer, die keine Frau haben und sich nach einer sehnen.“ Ada wollte weiterfragen, aber war still, da einer der Wölfe sie wohl gehört hatte und zu laufen anhob, der Rest des Rudels folgte ihm. Und eine *lupa*, das sei eine Prostituierte gewesen. Eine Frau, die sich an Männer eben für Geld verkaufte. Und oft sagte man, dass Romulus und Remus nicht von einer *lupa*, von einer Wölfin großgezogen wurden, ihre Mutter soll eine *lupa* gewesen sein, eine Prostituierte. „Wenn man die Liebe verkauft, ist das schlecht?“, fragte Ada. Da wusste der Großvater nicht mehr zu antworten. „Ich weiß es nicht“, sagte er nach einigem Zögern. „Ich war nie bei einer *lupa*.“ „Du hattest ja die *nonna*“, sagte Ada.

Von den Prostituierten in Rom war oft geschwärmt worden, wenn die Fischer draußen auf dem Meer warteten, bis die Stellnetze schwer genug waren, um sie einzuziehen und den Fang nach Hause zu rudern. Die Männer berichteten von den Frauen, als seien sie ihnen schon oft begegnet. Sie wussten, dass es arme Frauen waren, ihnen blieb für ihre Liebe fast nichts, fast alles nahm der Besitzer des Bordells. Manch einer war tatsächlich einmal dort gewesen, in einer dieser vielen *case chiuse* in Rom. Manch einer hatte Erbarmen mit den Frauen und hätte ihnen gern mehr bezahlt, ein Almosen für sie allein, doch das Geld dazu hatten diese Männer nicht. Manch einer hatte versprochen, mit dem Besitzer zu reden, ihn dazu zu zwingen, den Frauen mehr zu geben, doch wer der Besitzer war, das wusste kaum jemand. Das wussten nicht einmal die *lupe*. Und hätten sie es gewusst und den Namen verraten, sie hätten die Arbeit verloren. Einen Mann gab es, der der Aufpasser war, und eine alte Frau am Eingang. Manchmal war ihr anzusehen, dass sie einmal eine *lupa* gewesen sein muss, doch ihre Blütezeit war schon lange vorbei. Sie kontrollierte die Kunden und prüfte, ob sie das vorgeschriebene Alter hatten, 18 Jahre, drei Monate und einen Tag.

Auf dem Boot, wartend auf den Fischfang, sprachen die Fischer viel von schönen Frauen und sie beschrieben die Mädchen, als würden sie sie alle kennen.

„Die Legende erzählt, dass Lupa eine Vestalin war, doch als sie sich mit dem Gott Marte vereinigte, verlor sie ihre Ehre und wurde deshalb zur Prostituierten“, und wieder machte der *nonno* eine Pause. Mars sei der Vater der Zwillinge und der Wolf ist sein Attribut, sein heiliges Tier. „Wenn du einmal nach Rom fährst, dann kannst du auf dem *Campidoglio* eine kleine Statue sehen, auf einer Säule, da ist die Wölfin abgebildet, mit den Säuglingen, die sich nach ihren Zitzen strecken. Und es gibt auch einen Garten neben dem *Palazzo Senatorio*, da sind Wölfe gefangen in einem Käfig", sagte er. „Die armen Tiere", entfuhr es Ada. „*Nonno*, wann fahren wir nach Rom?"

„Da musst du noch ein bisschen wachsen, Ada, da bist du noch zu klein. Rom ist eine große Stadt, da könntest du dich verlieren."

„Ich bin nicht zu klein", sagte Ada, „*mamma* sagt, ich sei nun schon groß." „Schau, mein Kind, ich bin schon viel größer und war noch nie in Rom", entgegnete der *nonno*.

Als sie nach Hause kamen, war die *nonna* gerade dabei *Limoncello* zuzubereiten. Sie machte es auf ihre Art, so wie sie es in Kalabrien gelernt hatte. Assunta Fasani kam nicht aus dem Latium und hatte oft Heimweh. Um dieses zu verscheuchen, kochte sie, so wie ihre Mutter es sie gelehrt hatte, auch wenn der *nonno* manchmal schimpfte. Doch sie war es gewohnt, dass er sich über das Essen beklagte und wusste, dass er ihre Küche liebte. Wie oft hatte er gejammert, es wäre zu scharf, und sich dann noch sonnenuntergangroten *peperoncino* über die *pasta* gebröselt.

Zitronenschalen mit Alkohol und Zucker und Wasser und Milch. *Crema di Limoncello*. Der *nonno* mochte lieber jenen ohne Milch, doch die *nonna* ließ sich nicht abbringen von ihrem Rezept.

Ada bekam das erste Glas davon. Sie hatte noch nie Alkohol getrunken, und schon beim Denken daran bekam sie heiße Backen, doch die *nonna* meinte, sie sei nun groß, sie dürfe nippen.

„Was ist dein Lieblingsfisch?", fragte Ada am Abend ihren *nonno*. „*L'astice*", sagte er, ohne zu zögern. „Hummer ist doch kein Fisch, *nonno*, das ist ein Krustentier." „Das weißt du gut, Ada, er ist das beste und schönste Krustentier, er ist abenteuerlustig und schnell und wandert kilometerweit, er kann hundert Jahre alt werden, wenn wir ihn nicht zuvor fangen."

„Der Hummer leidet, *nonno,* wenn du ihn in den Kochtopf wirfst, das weiß ich genau, ich habe der *nonna* zugeschaut, er hatte furchtbare Angst und hat wild gestrampelt im heißen Wasser, das tut ihm weh." „Auch die Fische leiden, wenn wir sie aus dem Meer ziehen", sagte der *nonno.* „Sie ersticken nicht gleich, und wenn wir sie ausnehmen, dann zappeln sie noch. Ich habe als Kind auch nicht geglaubt, jemals einen Fisch töten zu können, aber sie sind unser tägliches Brot, wir würden verhungern ohne sie." Ada schüttelte es und sie hatte das Gefühl, als sprenge es ihr den Brustkorb. „*Nonno*", sagte sie, „warum heißt es dann *Pater noster, qui es in caelis, panem nostrum cotidianum da nobis hodie?* Warum beten wir nicht, dass Gottvater uns den täglichen Fisch gibt?"

„Ada", sagte der Großvater, „du bist ein ausgekochter Backfisch."

„Ich denke", sagte Ada, „dass der *astice* auch mein Lieblingsfisch ist, denn, wenn er so schnell ist und so weit wandert, wie du sagst, dann wird es immer einen geben, der sich nicht fangen lässt."

„Deine Mutter hat gesagt, dass wir ein Auge auf dich werfen müssen. Ada, du verdrückst dich, wann immer es geht. Du hast andere Gedanken und sitzt nichts tuend in der Natur? Läufst du deinen Geschwistern davon?" „Nein, *nonno,* Vittorio und Francesco sind schneller, aber niemand", Ada zögerte, nicht wissend, dass sie damit die Worte gewichtig machte, „niemand schaukelt so hoch wie ich."

Als sie in ihrem Bett lag, schleckte sie sich die Salzspritzer von ihren Armen. Sie liebte diesen Geschmack.

17. Jänner 2000, Villa Serena, Bolzano / Bozen, 15 Uhr

Renato lächelte versonnen, als hätte sich eine fremde Weisheit über seinen Geist gelegt. Renato war wie Olga, er war nie böse. Ada liebte ihn, wenn er so verloren dastand und nicht wusste, ob den Fuß vorwärts setzen oder zurück. Sie tanzte mit ihm, an den Seniorennachmittagen, an denen alte Schlager gespielt wurden, setzte sich auf einen der zum Kreis gestellten Stühle. Wenn er Blicke auf sie warf, die Schüchternheit vergaß, die wohl sein Leben geprägt hatte, und sie aufforderte, mit ihm auf die Toilette zu gehen, entschieden schien seine Vorstellung dann. Ob er nur so redete, weil er es nicht mehr verstand, ob er so geredet hätte, hätte er noch verstanden, ob er noch Mann sein konnte, das Blut tatsächlich das Glied versteifte, daran weiterzudenken verbot sie sich – auch wenn es sich aufdrängte und sie betroffen war. Sie nahm es als Hinweis, dass er sie sah, als eine Frau. Sie nahm es als Zeichen, dass er mehr geträumt hatte als gelebt. Weiteres verscheuchte sie wie die Fliegen damals in der Küche, daheim in Paliano. Im Sommer, nach Monaten der Schwüle und vor den Gewittern waren sie besonders lästig gewesen. Auch in Oberinn waren die Fliegen lästig gewesen, besonders im Herbst, wenn die Kühe von der Alm zurückkehrten und auf den Wiesen das letzte Gras rupften, bevor der Winter einbrach.

Wenn es galt, Blumenerde nach einem Einkauf hinaufzutragen für die Topfpflanzen am Balkon, wenn es Schweres zu tragen gab, hatte Anis immer angepackt. „Lass mich das tun, sei eine Frau“, hat er gesagt. „Du musst annehmen lernen, nicht immer nur geben. Wenn du alles selbst tun willst, gibst du mir das Gefühl kein

Mann zu sein. Du bist eine Frau, du darfst nehmen. Der Mann gibt."

Ob Renatos Frau wie ein Mann war? Eine, die ihm nie die Freude geschenkt hatte, seine eigenen Muskeln zu spüren?

Ada war in den Norden gekommen im Namen des Duce. Sie hatte die ersten Jahre in Dörfern gewohnt, hoch oben in den Bergen, sie hatte gelernt, mit wertenden Blicken der Männer umzugehen, sie zu übersehen. Nie war ihr einer zu nahe gekommen, das hatte sie wohl *mamma* gelehrt, sich mit unsichtbarem Schleier zu schützen, den falschen Gedanken im Keim zu ersticken. Doch darum ging es gar nicht, um die Sünde, um die Angst, um die Bedrohung. Nicht das hatte sie davon abgehalten, interessierte Blicke abzustreifen wie frischgefallenen Schnee vom Mantel. Es war ihr kaum aufgefallen, wenn einer sie ansah, mit versteckter Absicht. Es fiel ihr kaum auf, dass der Schuldirektor sie verehrte, sie verstand es nicht, dass ein verwitweter Bauer sie bat, nicht nur Lehrerin, sondern auch Mutter zu sein für seine Kinder. Sie konnte es nicht glauben, dass der Besitzer der *Caffetteria Al Corso* in Sabaudia es ernst meinte, sie solle bleiben, nicht immer nur im Sommer wiederkehren, die Winter seien so lang. Die zwei Männer ihres Lebens hatte sie gesehen, wirklich gesehen. Gewissermaßen, nein, so war es auch wieder nicht, dachte sich Ada, wir haben uns gesehen, ich habe sie angeschaut, weil sie mich ansahen, aufrichtig.

Wenn Fasching war oder sonst ein Fest, dann blieb sie im Zimmer, auf ihrem Balkon, oder ging spazieren, wenn die Sonne tiefer war als das Dach des Hauses gegenüber. Ada wollte nicht hier sein, unter vielen Menschen, mit einem Trubel, der so unwahr schien. Sie wollte in ihrer Schule sein, als junges Mädchen in Paliano und auf Besuch bei den Großeltern am Meer und Hafen, als junge

Lehrerin in den Bergdörfern, als Ehefrau in der Stadt, in der sie seit der Vermählung gelebt hatte. Sie wollte den Teig ausrollen und mit dem Nudelholz ziehen und glätten, bis er durchsichtig war wie die Haut der Alten.

Sie fragte sich, welches Los das bessere war, das von Renato, der auf Suche war und von Moment zu Moment vergaß, das der Rosas und Marias, denen das Mus aus dem Mundwinkel floss? Doch wer wusste das schon, ob sie denn wirklich nichts mehr erlebten, ob deren Schicksal das schlechtere war oder das ihre, der zu vieles zumindest nicht entgangen war. Nur am Balkon wollte Ada noch leben, mit der Erinnerung und der Angst zu vergessen.

Bin ich resigniert, fragte sie sich da manchmal, bin ich nicht mehr *nonnos* Backfisch? Was ist aus mir geworden, dachte sie sich, warum bin ich so müde? Sie sprach mit sich selbst und schüttelte den Kopf dazu, und als ihr einfiel, dass diese Bewegung in Indien ein Ja bedeutete, so war sie plötzlich hellwach. Ihr Mann Temistocle war einmal dort gewesen. Wenn sie den Kopf geschüttelt hatte, so hatte er gelacht, du meinst ja?

Ja wozu?

Nein zur Müdigkeit?

Ach Temistocle, dachte sie. Die Vergangenheit macht die Dinge so schön. Wir hätten die Zeit besser nützen sollen.

Zehn Jahre sind in einem langen Leben nicht viel.

Oft dachte sie sich, sie müsste öfters an ihn denken. Er war doch ihr Ehemann.

Doch an ihn zu denken, machte sie traurig. Ihre Ehe war immer ernster geworden mit den Jahren. Sie hätten mehr lachen sollen.

Im Herbst, wenn das Gesicht dunkelbraun gebrannt war und dank sorgsamer Pflege noch immer glatt und weich, wenn der 24. November nahte, an dem die Sonne ihr Zimmer nicht mehr erreichte, da wollte sie gehen dürfen. Nicht irgendwohin, da wollte sie sterben, so sehr sie das Leben liebte. Doch so war sie immer schon. Froh und traurig, dunkel und hell, frech und ernst.

Ada saß auf dem Klappstuhl und es fröstelte sie. Sie dachte, so ist es gut, wenn die Wellen an die Hafenmauer schlagen und die kleinen Boote sich heben, wenn ein Schiff einfährt, wenn der Geruch nach Seetang so stark ist, dass sie ihn im Gaumen schmeckt, wenn sie die Frauen am Markt reden hört und die Kinder singen, wenn sie die Mädchen sieht mit offenen Haaren über die Hefte gebeugt, wenn im Wasser Sterne leuchten, als seien es im Kaleidoskop gebrochene Kristalle, und das Winseln eines Wolfes sie berührt.

Erst als die Sonne hinter dem Berg verschwand und die Dunkelheit sich über die Bäume legte, löste sich Ada von den Erinnerungen. Sie stand auf, zog mit eisigen Fingern die Decke von der Hüfte, faltete sie zusammen und gewahrte, wie kalt es geworden war. Sie schob die Balkontür auf und sah, dass man Olga aus dem Zimmer gebracht hatte, sie legte die Decke in den Schrank und holte den Holzstuhl von draußen, klappte ihn zusammen und stellte ihn neben die Heizung. Doch dann trug sie ihn wieder hinaus, um Olga am nächsten Tag nicht mit dem Geklapper zu stören. Ada breitete eine Zeitung darauf aus, um ihn vor Feuchtigkeit zu schützen, lüftete kurz das Zimmer, drückte sorgfältig die Tür zu und merkte, dass die Lackfarbe zu splittern begann. Danach schlüpfte sie aus dem Mantel, hing ihn an den Kleiderhaken, verschloss die großen Knöpfe, nahm die Kleiderbürste und entfernte die Fusseln der Decke. Sie ging ins Badezimmer und überprüfte mit einem Handspiegel den weichen Haarknoten am Hinterkopf und die geröteten

Wangen, legte etwas Puder auf und besah die Klobrille, ob sie sauber war. Das war sie seit der Kindheit gewohnt, oder besser seit damals, als zu Hause ein Wasserklosett errichtet wurde. Das war ein Ereignis gewesen. *Mamma* hatte den Söhnen immer wieder erklärt, dass auch sie die kleine Notdurft im Sitzen zu verrichten hätten, nicht nur die große. *Papà* hatte darauf immer gesagt, sie soll aus den Söhnen keine Töchter machen.

Sie wusch sich die Hände, cremte sie mit Eselsmilchsalbe ein und warf noch einen letzten Blick in den Spiegel. „Du musst dir jeden Tag einmal zulächeln", hatte Anis immer gesagt. „Nicht lachen heißt, dich kleinmachen. Wenn du dich kleinmachst, machst du nur dich klein, aber nicht die anderen größer. Wenn du dir erlaubst groß zu sein, erlaubst du es auch den anderen."

„Mach dein Herz auf, Ada, lächle dir zu."

Ada ging in den Speisesaal. Wie immer war sie die Letzte, die kam. *La signora.* Das war nicht so, weil sie meinte, etwas Besonderes zu sein. Es fiel ihr schwer, einen Platz zu wählen. Sie bevorzugte es, sich dorthin zu setzen, wo ein Stuhl frei war, das brachte tagtäglich Überraschung und immer wieder neue Gesichter. Sie plauderte gern mit anderen Menschen, doch sie mochte nicht festgelegt werden und vereinnahmt. Sie war die Pendlerin im Speisezimmer.

Sommer 1930

Das Fliegen der Schaukel enthob sie Zeit und Raum, erhob sie in andere Welten. Sie wollte nicht warten, bis sie endlich groß genug war, um das enge Dorf zu verlassen, vielleicht als Braut gar, vom Elternhaus in jenes der Schwiegereltern. *Mamma* hatte sie heute auf den

Fischmarkt geschickt, sie stand in der Reihe, hatte eine Hand in die Rocktasche gesteckt und spielte gedankenverloren mit den Münzen und Geldscheinen. Eine ältere Frau drängte sich vor, die Haare straff zurückgekämmt, pechschwarz im Schopf und am Ansatz schneeweiß, fettig, als wären sie eingeölt. *Mamma* hatte oft gesagt, dass jene eine Streitsüchtige sei. Als die Alte mit dem Finger auf diesen und jenen Fisch zu deuten begann, sammelte Ada ihren Mut, in Vorbereitung darauf, dass gleich ein Donnerwetter folgen würde. „*Tocca a me*“, sagte sie, „ich bin an der Reihe.“ Die *malvagia vecchia* betrachtete sie, als ob Jugend gleichbedeutend wäre mit Hintenanstehen. „Hat dir deine Mutter keine Manieren beigebracht?“, fragte die Alte. „Ich stand vor Ihnen hier“, sagte Ada, „und meine Familie wartet“, fügte sie betont hinzu. Wissend, dass die Alte niemanden hatte, der auf sie wartete, dass die Alte Eile nur kannte, weil sie sich diese selbst machte, dass sie keine Ahnung hatte, was es hieß, an Erntetagen einem Mann das Mittagessen aufs Feld zu schleppen, ihm stündlich frisches Wasser zu bringen zur Kühlung bei schweißtreibender Arbeit.

Ada sah dem Fischhändler direkt in die Augen, fester, als die Erziehung es vorsah, und er fragte sie nach ihren Wünschen.

Als Ada nach Hause ging mit dem tropfenden Fisch, der das Papier schnell durchweicht und ihre Hand befeuchtet hatte, sah sie die Menschen anders als bisher. Sie wusste, an der nächsten Treppe würde die Gelähmte mit ihrer dicken Tochter sitzen und über sie reden wie über jeden, der vorbeiging. Sie bemerkte einen unbedeutenden Moment lang den Gemüsehändler, der ihr nachschaute, mit einem Blick, der seiner Gattin nicht entging. Sie wusste, dass da oben in der engen Gasse eine andere Alte aus dem Fenster sah und sie beobachtete, jeden Schritt von ihr, und ihr Schmerzen in ihr Kreuz betete, als ob es ihr damit mit den eigenen besser ginge. Sie wusste, dass sie hier nicht mehr bleiben konnte, in diesem Dorf, in dem jeder Torbogen mit dem Wappen des *Principe* geschmückt war, einer *colonna*, einer schmalen Säule mit einem Fuß und einem Kapitell und einer fünfzackigen Krone darauf. Aspreno hieß der Nachfolger des jetzigen Fürsten Marcantonio, er lebte in Rom und nur ein Jahr älter war er als sie. Wenn er in Paliano weilte, spielte er im Innenhof des *palazzo*, der die Silhouette dieses Dorfes am Hügel bestimmte, man hörte manchmal Kinderstimmen hinter den hohen Mauern, man sah ihn nie in den Gassen und weiten Feldern. Aspreno war der 19. *Duca e Principe di Colonna*, sein Leben würde so ganz anders verlaufen als das ihre. Sie hatte sich nie in die Reihe gestellt, um einen Blick auf seinen Vater, den Fürsten, zu erhaschen. Manchmal, wenn das Patrozinium gefeiert wurde, ließ er sich blicken, fuhr mit seiner wunderschönen Frau Isabelle und der Tochter und dem Sohn auf dem Rücksitz im ersten hier je gesehenen motorisierten Automobil durch das enge Stadttor auf den großen Platz vor dem *palazzo* und der Kirche. Er grüßte die Menschen, die für ihn arbeiteten, die ihm Leben, Dasein, Essen, Schweiß, ihren Kinderreichtum und das Lieben an sich verdankten, die Möglichkeit heiraten zu dürfen, was Besitz- und Verdienstlosen verboten war. Menschen, die seit Generationen seiner Familie dienten, die seit Generationen Schlechtes sprachen, weil man das so gewohnt war und Adel nicht gut sein konnte, die sich vor ihm bis zum Boden verneigten, die dem Fürsten gar nicht die Möglichkeit gaben, sein wahres Gesicht zu zeigen, die alles wussten, obwohl sie nur wussten, was eine Bedienstete erzählte oder der Müller, der gemahlenes Getreide ins Schloss brachte. Sie standen in Ehrfurcht, war seine Exzellenz Don Marcantonio VII. Colonna doch der *Stator proximus a Solio Pontifici maximi,* höchster weltlicher Würdenträger im Dienste des Papstes. Natürlich, es war ein Amt, das man weitervererbte und sich nicht verdiente, fügten sie dann wieder hinzu.

Wer weiß, dachte Ada, die sich nie drängte, in der ersten Reihe auf dem Platz zu stehen, die lieber auf den Stufen saß, die hochführten in den ältesten Teil des Dorfes und hinauf zur ehemaligen Festung, in der sich nun das Gefängnis befand, vielleicht ist Sohn Aspreno ein Mensch wie ich? Vielleicht will er einfach nur über die Felder laufen, auf einer Schaukel fliegen, vielleicht engt ihn der *palazzo* ein wie mich das Dorf. Sie musste weg von dieser Gegend, auch viele der Colonnas waren gegangen, lebten verstreut im hohen Norden, auch dort, wo Maddalena ihren Lehrdienst versah. Sie habe einen Grabstein gefunden einer Freiin Colonna von Fels, hatte sie in einem Brief berichtet. Seit Jahrhunderten schon gebe es einen Zweig der Familie in einem Dorf am Berg über einem der Haupttäler des Landes, es sei ein kleines Bergdorf, so ähnlich wie Klobenstein, wo ihr Direktor säße. Und das Wappen der Herren von Völs, wie das Dorf Fiè auf Deutsch hieß, zeige dieselbe Säule, die in Paliano jeden Torbogen ziere und nicht nur in Paliano, in allen umliegenden Dörfern ihrer Heimat.

Caro zio, hatte Maddalena geschrieben, *Du wirst begeistert sein von dem, was ich hier erfahren habe.*

Die Herren von Fiè-Colonna haben in diesem Land vor Jahrhunderten sogar einen Landeshauptmann gestellt. Ihr Wappen ziert das südliche Seitenportal der Pfarrkirche in Völs, und nicht nur eine, sogar zwei Säulen sind darauf zu finden. Die Colonnas waren sicher schon viel früher hier. Ich glaube, lange bevor diese Menschen hier siedelten, die ein

Deutsch sprechen, das ganz anders ist, als man es schreibt. Dass Italien Anspruch auf dieses Land erhob, das ist gerecht im Sinne Gottes, waren doch die Colonna, das haben wir so oft in der Schule gehört, direkte Nachfahren des Giulio Cesare. Federico Barbarossa hat sie in den Norden verbannt, weil sie ihm zu aufmüpfig waren und zu empörungssüchtig.

Der Urvater Pompejus Valerius Colonna – so habe ich es im Nachlass von einer vor 200 Jahren in Bolzano verstorbenen Baronessa Colonna gelesen – habe sich oberhalb eines Flusses, der schnell und rauschend durch das enge Tal hervorkomme, mit Erlaubnis der Landesfürsten ein Schloss gebaut, welches er wegen der hohen Felsen Fels nannte. Sein Bruder Constantinus Colonna, der mit ihm verbannt worden war, habe sein Anwesen in einem anderen Tal hier im Oberetsch nach seiner Frau Maxentia benannt. Das barbarische Volk, das diesen Namen nicht auszusprechen vermochte, hat es einfach umgetauft, Matsch, Mazia. Heute steht nur mehr eine Ruine.

Und auf einer anderen Burg in der Nähe, sie soll die schönste des Landes sein, ist auf einer Sonnenuhr das Wappen mit der Säule der Colonna zu finden. Noch war ich nicht dort, sobald ich die Zeit finde, möchte ich dorthin fahren. Auch Münzen soll es im Stadtmuseum geben mit dem Wappen, auf dem die zwei Säulen zu sehen sind.

Die Herren von Völs-Colonna sind seit langem schon ausgestorben, hat man mir erzählt, und lange vor ihnen bereits die Herren von Matsch, doch das glaube ich nicht. Als ich bei der letzten Feier zu Mussolinis Marsch auf Rom mit meinen Schulkindern durch Klobenstein marschierte, war es nicht irgendein Offizier mit irgendeinem Namen, sondern ein Capitano Colonna, der den braven Schülern als Zeichen der Anerkennung ein Kreuzchen an die Brusttasche steckte und ihnen feierlich ein Buch der Società Dante Alighieri verlieh.

Ich hätte selbst nie gedacht, dass mich unsere Principi di Colonna jemals so faszinieren würden. Fern der Heimat ist vieles anders, und man gewinnt lieb, was man vorher nicht schätzte.

Ada gab der Mutter das Restgeld, das sie vom Einkaufen am Fischmarkt wieder mitgebracht hatte und wollte anheben, ihr von der alten Frau zu erzählen, doch sie besann sich und fragte: „*Mamma*, hat die *nonna* ihre Heimat vermisst? Schließlich war sie ja nach der Hochzeit kaum zu Hause in Kalabrien." „Das musst du die *nonna* fragen", sagte Adele Bartoli Torelli. „Ich weiß es nicht, sie hat sich nie beklagt."

„Warum interessiert sich Maddalena jetzt so sehr für unsere *Principi*?" „Wie kommst du darauf?", fragte die Mutter. „Es ist mir nur eingefallen, wegen ihres Briefes letzthin", sagte Ada. „In der Ferne, mein Kind, sieht vieles ganz anders aus. Was man hier nicht mag, das vermisst man plötzlich."

„Du bist doch auch weg von zu Hause, *mamma*."

„Nicht so weit weg, mein Kind, und wir fahren jeden Sommer nach Terracina, und sogar zu Weihnachten waren wir dort", erklärte die Mutter. „Und hattest du Sehnsucht, am Anfang? Da war hier ja alles neu für dich, ganz allein mit *papà* und er immer am Feld?", fragte Ada. „Ich war ja nicht lange allein, und ich weiß es nicht mehr, es ist so lange her."

„*Mamma*, ich möchte auch weg", sagte Ada.

„Jetzt werde erstmal 14 und beende deine Schule, dann kannst du arbeiten gehen. Das verjagt dir die Flausen. Wenn du einen Mann findest und *papà* sein Einverständnis erteilt, dann kannst du gehen."

„Ich möchte Lehrerin werden wie Maddalena", sagte Ada still. „Im hohen Norden?", fragte da die Mutter, die manchmal so tat, als wäre sie schwerhörig und manchmal Dinge verstand, die nur geflüstert waren oder gar nicht für sie bestimmt. „Ja, *mamma*", sprach Ada. „*Santo cielo*", entfuhr es der Mutter.

November 1930

9. November

Caro zio!

Danke Dir sehr für Deinen Brief. Wie schön, dass es Euch allen gut geht. Ich hatte seit den großen Ferien kaum Zeit zu schreiben, aber ich weiß ja, dass mamma Dir immer berichtet.

Heute habe ich Schule gehalten, obwohl unterrichtsfrei gewesen wäre. Schon am 6. November sind die Stunden ausgefallen, da die Pfarre ihr Patrozinium beging, St. Leonhard. Und auch am 11. bleiben die Schulen geschlossen. Der Tag des heiligen Martin wird hier groß gefeiert, die Kinder gehen mit brennenden Kerzen in selbstgebastelten Papierlaternen durch die Dörfer.

Es sind heute fast alle Schüler gekommen, auch die großen. Hier im Norden ist es um diese Jahreszeit schon sehr kalt und ich sehne mich oft nach dem Wetter zu Hause. Ich habe ihnen nochmals von den Vorteilen der ONB erzählt. Aus Brescia erhielt ich gestern einen Brief, dass man mir über den Postweg eine Reihe von verschiedenen Fez geschickt habe. Die Kinder werden mit diesen Hüten wunderbar aussehen. Auch die Halstücher, Hemden und Hosen habe ich für die Buben bereits bestellt. Es wird ihnen nichts ausmachen, im Winter mit kurzen Hosen zu sein. Auch in dieser Höhe nicht, die Menschen hier sind die Kälte gewohnt. Es verwundert mich, ja es verletzt mich, dass man hier um jedes Kind froh sein muss, das versteht, dass die

Piccole Italiane und die Balilla nur zum Vorteil gereichen. Wenn sie nur einmal sehen könnten, wie gerne die Kinder in Paliano dabei sind, dass sie auch in den Ferien die Uniform tragen. Aber die Kinder hier kommen aus ihren Dörfern nie hinaus.

Die Uniform wird mir helfen, das Gute, das wir hier tun, auch sichtbar zu machen.

Lieber Onkel!

Inzwischen haben wir den 11. November. Wiederkehr des Geburtstages seiner Majestät, Viktor Emanuel III., König von Italien. Ich erzählte den Kindern heute viel aus seinem Leben als Soldat und als Souverän, von St. Martin hat ihnen der Pfarrer ja schon bei der Frühmesse erzählt.

Ich hatte vorgestern von diesem noch unerwarteten Besuch erhalten, er hatte einiges mit mir besprechen wollen, über einige Familien geredet. Ich solle ein Einsehen haben, dass die älteren Kinder oft verhindert seien, die Schule zu besuchen, sie würden daheim bei der Arbeit gebraucht.

Ich habe ihm erklärt, dass es sehr wichtig ist, dass sie die Schule besuchen und nicht fehlen dürfen. Wir im Süden sind noch viel ärmer und die Kinder gehen trotzdem zur Schule, auch wenn ihre Väter sie genauso brauchen würden.

Ich habe ihm einen Limoncello eingeschenkt und er war ganz begeistert. Er hat sogar gescherzt, ich könne das Rezept seiner Häuserin verraten. Darüber ist es sehr spät geworden und so kann ich den Brief erst heute abschließen.

Grüß mir meine Cousins und Cousinen und deine Frau,
Maddalena

Sommer 1931

Es war ein besonderer Sommer. Ada war 14 geworden und im Herbst würde sie gehen. Nach Rom. *Nonna* Assunta hatte dem Vater so lange zugeredet, dass er sein Einverständnis gab. Ada durfte Lehrerin werden und in Rom die Schule besuchen. Der *nonno* war zunächst weniger begeistert. „Rom ist ein Sündenpfuhl", sagte er. „Dann komm mich doch besuchen, *nonnino*", und leise zwinkernd sagte sie, „dann schauen wir uns die *case chiuse* an." Der *nonno* stupste sie: „Sag das ja nicht laut, und außerdem hab ich ja die *nonna*." Die freundschaftliche Verbundenheit zu seiner Enkelin gefiel ihm, das vertrauliche Gespräch damals am Strand hatte er sich öfters vorgeworfen. Sie lachte. „Ich meinte ja nur von außen ..." „Geh deinen Weg, ich weiß du machst ihn gut. Ich gebe dir meinen Segen", sagte er.

Ada saß auf der Bank am Hügel, als es dämmerte. Sie saß und vergaß pünktlich zurück zu sein, wie es abgesprochen war mit den Eltern. „Wenn es dunkel wird, habt ihr zu Hause zu sein", hatte die *mamma* den Kindern gesagt. Ein einziges Mal hatte sie es angewiesen, sie war so ernst und streng dabei, dass Söhne und Töchter es verstanden.

Ada saß auf der Bank und sah, wie die Schaukel im Wind sich leicht bewegte, als sie ein Knistern im Haselnussstrauch vernahm.

Sie erschrak, die *nonna* hatte sie immer gewarnt alleine unterwegs zu sein. „Die Schäfer, das sind Männer", hatte sie gesagt, „nimm dich in Acht vor den Schäfern, alleine geht ein Mädchen nicht." Ada hatte daran nicht gedacht heute, der Abend war lau. Es fächelte ein Wind, der Blätter wie Federn baumeln ließ, und es war kühler als in den vergangenen Tagen, in denen die feuchte Hitze alles Wünschen und Denken erstarren ließ und die Zikaden ohne Unterlass sägten.

Es krachte wieder im Unterholz. Vor ihr stand ein Wildschwein und sah sie an, mit hochgezogenen Brauen wie ein Philosoph, mit aufgestellten Ohren, den grauen Rüssel geweitet, ihren Duft erforschend. Es blickte sie an und begann gemächlich in der Erde nach Wurzeln zu wühlen. Immer wieder schaute es auf, immer wieder grub es weiter. Ada blieb ruhig. Sie liebte Tiere, sie hatte keine Angst vor ihnen. In den Tieren lag das Göttliche, sie bewunderte ihre Geschmeidigkeit und respektierte ihre Kraft. Wildschweine hatte sie besonders gern, so wie die Wölfe. Sie blieb auch ruhig, als das Wildschwein näherkam und sie seinen Atem hörte, als es die noch unreifen Haselnüsse von den Sträuchern zog. „Sei ja still", hatte Navino Bartoli gesagt, „wenn du einem Wildschwein begegnest. Wenn du davonläufst, wenn du schreist, dann wird es dich verfolgen. Wenn du ruhig bleibst, wird dir nichts geschehen. Bissig werden sie, wenn sie Frischlinge haben und du versuchst diese zu vertreiben, wie du eine Kuh schlägst, wenn sie dir zu nahekommt, stell dich nicht zwischen die Kleinen und die Mutter, dann fühlt die Bache sich bedroht."

Doch es war keine Bache, es war ein Keiler, und obwohl sie noch nie einen so nah und alleine gesehen hatte, wusste sie, er war ein Prachtexemplar. Eine Trophäe für einen Jäger. Der Vater hätte gleich das Gewehr genommen, die Brüder hätten dann helfen müssen, das erlegte Ungetüm nach Hause zu schleppen. Sie wusste, dass sie eine Ausrede finden musste für das Zuspätkommen. Das Wildschwein, Symbol dafür mit Beharrlichkeit im Tiefen Reichtum zu finden, sie würde es nicht verraten.

Als sie nach Hause kam, war der Vater nicht da. Sie ging zur Mutter, die in der Küche beim Butterschlagen saß, neigte entschuldigend den Kopf und sagte: „Ich bin zu spät Mutter, es wird nicht wieder vorkommen, ich war bei der Schaukel und habe über die Zukunft nachgedacht, ich habe gar nicht bemerkt, dass es dabei dunkel wurde." Die Mutter sah überrascht auf. Und Ada wunderte sich, weil sie nicht schimpfte. „Machst du dir doch Sorgen? Willst du doch lieber hierbleiben? Du weißt, ich lass dich nicht gerne gehen. Du hast auch hier eine Zukunft, Ada. Ich habe von Rom noch nie Gutes gehört."

„Ich möchte nicht jetzt schon wissen, was mich erwartet, *mamma*", antwortete sie.

„In Zukunft bist du wieder pünktlich!"

„Ja, *mamma.*"

Wie groß meine Tochter geworden ist, dachte Adele Bartoli.

Herbst 1931

Wenn sie in Rom sei, müsse sie zuallererst auf den Knien die *Scalinata dell'Aracoeli* hochkriechen, hatte *mamma* gesagt. Bis zur Abfahrt war sie dagegen, dass die Tochter in der Hauptstadt weiterstudieren sollte, um Lehrerin zu werden. Sie hatte sie noch auf den Bahnhof nach Colleferro begleitet, das war eine Tagesreise für sie gewesen, und als der Zug einfuhr, begann sie zu weinen, als sei es ein Abschied für immer. „*Mamma,* warum soll ich denn auf den Knien die Stiege hinauf?", hatte Ada gefragt. „Damit du einen Mann findest", meinte die Mutter. „Einen guten Mann, der für dich sorgt, damit du viele Kinder bekommst." „*Mamma,* ich möchte nach Rom, um Lehrerin zu werden, nicht um zu heiraten." „Später wirst auch du heiraten, *figliola mia. Sia benedetta*", sagte sie.

In einem Internat der Schwestern Unserer Lieben Frau wohnte sie und Ausgang hatte sie kaum. Die Werktage waren dem Studium vorbehalten, am Wochenende durften die Mädchen gehen. Bald hatte Ada bemerkt, dass eine der Schwestern an der Pforte bestechlich war. Für Süßigkeiten aus der *pasticceria* drückte sie ein Auge zu, und ohne Pfand ließ sie Ada gehen, wenn jene sagte, sie möchte eine Kirche besuchen, sie würde ihr ein Andachtsbild mitbringen, sie möchte alle Kirchen sehen in ihrer Zeit in Rom. „So viel Zeit wirst du gar nicht haben, mein Kind", sagte da die Nonne. Angelina hieß sie, sie hatte Ada vom Bahnhof abgeholt und hierher begleitet. Ada verstand sich gut mit ihr und nutzte die Gelegenheit, das Gebäude zu verlassen, wenn *suora* Angelina den Portierdienst versah.

Die *Basilica di Santa Maria in Aracoeli* war die erste, die sie in Rom besuchte. Auf dieser Kirche befand sich die erste öffentliche Uhr Roms, las Ada in ihrem Stadtführer, den sie am Markt erstanden hatte. Marcantonio Colonna hatte sich hier feiern lassen nach dem Sieg in Lepanto, nur dank seiner Hilfe konnte Don Giovanni d'Austria ihn gegen die Türken erkämpfen. Was muss das für ein Triumphzug gewesen sein, dachte Ada, vom Petersplatz bis hierher. Menschen, die Blumen warfen, singend und applaudierend, sie konnte es sich nicht vorstellen. Eine Prozession, ja, das kannte sie von der Karfreitagsprozession zu Hause.

Der *famiglia principesca* Colonna begegnete sie in Rom immer wieder, ein Prospero Colonna war hier zur Zeit ihrer Geburt Bürgermeister gewesen. Und Vittoria Colonna, früh verwitwet, lebte im Kloster *San Silvestro in Capite, proprietà Colonna, affittato alle Clarisse*. Sie schrieb spirituelle Gedichte an Michelangelo und dieser verewigte sie, die Frau, mit der ihn eine tiefe Freundschaft verband, in der Gruppe der *beati*, der Geretteten des Jüngsten Gerichts. Ein weißes Tuch trägt sie um die Haare, ihr Körper ist inmitten all der Nackten in ein grünrot schimmerndes Kleid gehüllt. Sie sitzt auf einer Wolke, lehnt sich an den das Kreuz tragenden Simon von Kyrene, der Blick nach vorne abgeneigt, ins Leere schweifend, um nicht das Urteil zu hören gegen die Ruchlosen, die Verdammten. Ada verstand Maddalena, sie fühlte sich den Fürsten – fern von ihrem Heimatdorfe – verbunden.

Unter Napoleon war die *Basilica* ein Stall, erzählte ihr *suora* Angelina mit der gespaltenen Zunge, froh nun reden zu dürfen und zu erzählen, was sie wusste.

Mit 19 Jahren war die Nonne in den Orden der Klarissen eingetreten. So oft hatte sie gebeichtet, das Redeverbot gebrochen zu haben, dass sie eine gespaltene Zunge hatte, vom ihr als Buße auferlegten Ablecken des Terracottabodens. Das Kreuz am Boden des Kirchenportals lecken, immer wieder, obwohl kein Speichel mehr die Zunge befeuchtete, bis es ihre Zunge brach, das Sprechen vergällte. *Lingua* hat zwei Bedeutungen im Italienischen, Sprache und Zunge. Jahre waren nötig gewesen und die Vorsprache ihres Beichtvaters beim Vatikan, dass sie wechseln durfte, in einen Orden, der das Sprechen nicht verdammte.

Als zwischen 1886 und 1888 *il Vittoriano* erbaut wurde, konnten Protest und Barmherzigkeit die *Basilica di Santa Maria in Aracoeli* vor dem Abbruch retten. Das Viertel aus dem Mittelalter, zur Rechten des ausladenden Denkmals, und auch die Sakristei wurden demoliert, ins einst dazugehörende Kloster war bereits die Stadtpolizei eingezogen.

Langsam ging Ada die Treppe hoch, es waren fast 300 Stufen. Auf den Knien hochkriechen, fiel ihr ein, der Auftrag der Mutter, nur eine Alte tat es, und hielt immer wieder inne, um zu verschnaufen. Ada war nicht gekommen, um einen Bräutigam zu finden.

Im 14. Jahrhundert war die *Basilica* erbaut worden mit dem Geld des Volkes, las sie, aus Dank, weil die Jungfrau Maria die Stadt vor der Pest bewahrt hatte. Die Bauern, die in die Stadt gekommen waren, um ihr Gemüse und Obst zu verkaufen, hatten hier auf den Treppen geschlafen. Irgendwelche Trunkenbolde, vielleicht war es auch ein Prinz, so zumindest mutmaßten manche, hatten, irgendwann dieses Volkes überdrüssig, von oben Steine herabgeworfen und die Ruhenden getötet.

Seither schlief niemand mehr hier. Wundertätig sei die Maria weiterhin, erzählte man, alte Jungfrauen hätten auf wundersame Weise noch einen Ehemann gefunden, und jungen Müttern, die ihre Neugeborenen nicht nähren können, würde die Milch einschießen in die Brüste, wenn sie sich die Treppen hochschleppen. Noch heilsamer wäre es, in der Nacht hinaufzusteigen, das *Ave Maria* betend oder das *De Profundis*. Und wenn man dabei ein Stoßgebet an die Heiligen Drei Könige schicke, an Gaspare, Melchiorre und Baldassarre, wenn man auf Zeichen und Bilder achte und diese zu deuten verstehe, könne man sich sicher sein, im Lotto den Gewinn zu ziehen.

Ada saß lange vor dem *Santo Bambino dell'Aracoeli*. Das Jesuskind – so hatten es ihre Nonnen erzählt – konnte Tote auferwecken und Krankheiten heilen. Eine kleine Statue, 60 cm hoch, ein Franziskaner hatte sie aus Getsemani mitgebracht, die Farben waren während der Reise verblasst. Aus Sorge, die Figur mit falschen Tönen zu bemalen, wollte er sie doch wieder froh und schön, hatte er vor dem Schlafengehen das Jesuskind gebeten, ihm einen Traum zu senden, ihm zu weisen, welche Pigmente er verwenden solle. Und als er in der Früh erwachte, erstrahlte es in neuen prächtigen Farben, war geschmückt mit Rosenkränzen und Ringen und umgeben von Exvoto-Tafeln. Diamanten und Saphire hätte daraufhin das Volk gebracht und die später einfallenden Franzosen hätten alles gestohlen. Wenn es eine Bitte erhörte, dann würden die Lippen rot werden, wäre keine Hoffnung mehr, so würden sie erblassen. Ada saß da und bat still, sie möge eine gute Lehrerin werden. Auch wenn die Lippen des Jesuskindes nicht erröteten, war sie sich sicher gehört zu werden, war es doch gerade dieses Jesuskind, welches von den Kindern besonders geliebt und verehrt wurde. Kinder von überall schrieben ihm Briefe, in großen Truhen wurden diese aufbewahrt.

Wie gerne hätte sie in den Truhen gestöbert, erfahren, welche Sorgen und Nöte die Kleinen plagten. Ada war reif für ihr Alter.

Es wurden auf der *Piazza Venezia* vor dem *Vittoriano* gerade Bücher verkauft, als Ada das zweite Mal die *Basilica* besuchte. Ein Stand neben dem anderen und sie konnte sich nicht satthören am Rascheln der aufgeschlagenen Seiten im Wind und sattlesen an Titeln und Geschichten. Vorsichtig nahm sie den einen und anderen Band zu Hand, als würde er in ihren Fingern zerbröseln, sie verlor sich in Sätzen und Fantasien. Sie fühlte sich wie ein Bauernmädchen zwischen den Frauen mit modischen Frisuren, wunderbaren Kleidern und Lippenstift, den Herren mit Fliegen und Sonnenbrillen. Vor allem Bücher von Lucio d'Ambra wurden verkauft, einem römischen Romancier, und von Filippo Tommaso Marinetti. *Lo zar non è morto* – der Zar ist nicht tot – ein futuristischer Abenteuerroman, geschrieben von zehn Autoren. Sie hielt ihn lange in der Hand, wiegte ihn hin und her und wünschte sich, das Geld zu haben, ihn zu erstehen.

Das erste Schuljahr in Rom war ein Jahr der Eindrücke. Ada schaffte es kaum, all das, was sie lernte und sah, in ihrem Tagebuch zu notieren. Lange saß sie jeden Abend und schrieb, in der Früh war sie müde.

Sie sah die *Giovane Italiane* mit den weißen Blusen, den schwarzen Röcken, den Mützen und den dunklen Krawatten.

Sie beobachtete die Männer am Petersplatz, hoch oben in Seilen schaukelnd, die versuchten, die Kuppel mit elektrisch bedienten Leuchten zu versehen und frei und waghalsig unter dem Himmel schwebten.

Sie fütterte im Park der *Villa Borghese* Enten und vermisste die streunenden Hunde Palianos.

Sie stand vor dem *Caffè Marchetti* und betrachtete die Menschen, die aus Glasschüsseln Eis löffelten.

Sie stand mit Freundinnen beim Kolosseum und verfolgte den Lauf der *camerieri*, der Kellner, die mit einem Tablett in der Hand um die Wette liefen. Am Nikolaustag erlebte sie, wie Fans der AS Roma und der Lazio Roma sich vor dem Stadion schlugen und beschloss, sich niemals im Leben für Fußball zu interessieren.

Sie schaute sich das Sackhüpfen und Eierlaufen in Trastevere an.

Im Strandbad von Fregene sah sie das erste Mal Frauen in engen Badekostümen und ausladenden Sonnenhüten.

Sie saß mit ihren Freundinnen im Schatten, denn von der Sonne gerötete Wangen mochten die Nonnen nicht, und sie betrachteten an den Stränden des Tibers junge Männer, die von wackeligen Holzgestellen mit Kopfsprüngen ins Wasser tauchten, die schweißnass boxten und sich im Paddeln übten.

Sie beobachtete, wie riesige Marmorblöcke auf Flößen über den Tiber nach Rom geschifft wurden, da Mussolini der Stadt ein neues Aussehen geben wollte. Gewaltige Straßen schlug die neue Macht durch die alte Stadt.

Mancherorts erschien sie ihr wie eine einzige Baustelle. Das machte ihr Sorge und Angst, doch Tausende hatten Arbeit, hieß es, endlich Arbeit.

Sie hörte Straßenmusikanten, die vom Leben sangen, *vivere*, ohne Melancholie, ohne Eifersucht, ohne Geld, von Luft und Liebe und Freiheit.

Und sie ging immer wieder nach Trastevere.

Ihre Lieblingskirche war die *Basilica di Santa Maria*, sie konnte stundenlang in dieser Kirche sitzen, kannte schon alle Bettler, die seit Jahren Tag für Tag vor dem Säulengang verweilten und bucklig und mit zitterndem Arm die Innenhand vorstreckten, um von den Kirchgängern Geld zu erbitten. Von den Römern und den Menschen des Viertels bekamen sie wenig, von den Touristen mehr. Das Stadtviertel Trastevere war arm, Unrat und Schmutz lagen umher und doch hatte Ada das Gefühl, dass hier das eigentliche Leben stattfand. Aus den Fenstern duftete es nach *sugo di lepre* und in den Frühlingsmonaten, bevor die Weinbergschnecken sich verkrochen und in die Trockenstarre verfielen, erfüllte die Würze von *lumache* mit Weißwein und Petersil die Straßen, es war wie bei ihr zu Hause. Mit hochgebundenen und unter Tücher gestopften Haaren, mit Körben auf den Köpfen liefen die Hausfrauen bei Tagesanbruch auf den Markt, um einzukaufen und später ihre Kinder mit frisch Gekochtem zu den Nachbarn und befreundeten Bewohnern des Viertels zu schicken, um ihnen das Essen zum Kosten zu bringen. Wer besonders Feines zubereitet hatte, teilte es. Man tauschte Essen, Hab und Gut und Tratsch. Man lebte mit offenen Türen wie in ihrer Heimat, der *Ciociaria*, der Hügellandschaft zwischen Paliano und Anagni und Veroli.

Sie saß und betrachtete die Mosaike in der *Basilica*, Episoden aus dem Leben der Jungfrau Maria, sie zählte immer und immer wieder die Schafe. Zwölf waren es und in der Mitte befand sich Christus, ihr Hirte. Bemalte Steine, Marmorabfall und Glassplitter.

Es war eine der ältesten Kirchen in Rom, die älteste, die der Madonna geweiht war. Um 38 vor Christus war hier eine Ölquelle entsprungen, die bis zum Tiber floss, und auf die Geburt des Heilands verwies. Ada liebte diese Legenden und schrieb sie abends ins Tagebuch. Sie wollte nichts vergessen und alles den jüngeren Geschwistern erzählen, wenn sie wieder daheim war.

Sie war bekümmert, dass die *festa de'Noantri* just in die Zeit der Sommerferien fiel. Am 16. Juli, dem Patroziniumstag der *Madonna del Carmine*, wurde die Statue in einem langen Umzug von der *Chiesa di Sant'Agata* zur *Basilica di San Crisogono* getragen, wo sie die acht Tage des Festes blieb. Getragen von starken Männern, den *cicoriari*, Klaubern der Zichoriensprossen, die meisten aus deren Heimat, der *Ciociaria*. Sie waren die Helden dieser Woche, die starken Männer des Hinterlandes, für die die Städter sonst nur abschätzende Worte hatten. Alles, was gehen und stehen konnte, war auf der Straße, hörte sie erzählen, tagelang würde getanzt, gesungen, musiziert. Sportliche Wettkämpfe wurden ausgetragen und entlang der Gassen gab es Läden mit Süßigkeiten und gebrannten Mandeln. Und den Abschluss bildete ein Feuerwerk. Vielleicht, dachte sich Ada, kann ich einmal dabei sein, in einigen Jahren, wenn ich älter bin. Vielleicht kann mich *nonno* begleiten und ich ihm die Stadt zeigen, die er nur vom Hörensagen kennt.

La festa de'Noantri. Di noi altri. Sie dachte viel darüber nach. Nicht jene, die nicht hier wohnen, sind die anderen – wir sind die anderen.

Vor Schulschluss, im Mai 1932, fand sie die Zeit, die etwas abgelegene Kirche *Santa Maria Cosmedin* zu besichtigen. Es war nicht die Kirche, die sie interessierte. Es war die Legende um die *Bocca della Verità*. Die *Basilica* stand dort, wo sich in der Antike der Fleischmarkt befand, das *Foro Boario*, hier war einst Sumpf gewesen, mit der *Cloaca Massima* hatte man die Gegend trockengelegt, wegen des goldgelben Sandes an den Ufern des Tibers hieß die Gegend auch *velum aureum*. Die *Bocca della Verità* war ein fast zwei Meter breiter, runder Stein, er zeigte das Gesicht eines Faunes mit geöffnetem Mund. Es soll ein Kanaldeckel gewesen sein, irgendwann wurde er links in der Säulenhalle der Kirche angebracht. Die Legende erzählt, dass sich an ihm die Wahrheit der Aussage eines Menschen messen ließe. Wer Falsches erzählt hatte, und zur Erprobung dessen die Hand in den Wahrheitsmund steckte, dem biss der Faun die Finger ab. Das war früher so, bis die List einer Frau der Zaubermacht ein Ende setzte. Die Gattin eines römischen Patriziers war des Ehebruchs angeklagt und wurde von ihm der Wahrheitsprobe unterzogen. Am Tage, der dafür ausersehen worden war, warteten Schaulustige auf das Erscheinen der Frau, unter ihnen ein Unbekannter – in Wahrheit ihr Liebhaber. Als sie vorbeiging und mit Absicht strauchelte, fing er sie auf und drückte und küsste sie. Die Menge war erbost und wollte den Unbekannten bestrafen, doch großzügig und demutsvoll bat die Ehebrecherin, Gnade walten zu lassen, sie betend auf dem Weg zum Gottesurteil zu begleiten. Er sei ein armer Verrückter, sagte sie und steckte mutig die Hand in den Wahrheitsmund und verkündete dabei laut, niemals habe ein anderer Mann sie umarmt und geküsst als ihr Ehemann und soeben dieser Verrückte, den alle mit eigenen Augen sahen. Die Frau zog die Hand wieder aus der Öffnung des Steines, sie war unversehrt und der Gatte zufrieden.

Ada zögerte trotzdem, bevor sie die Hand in den Wahrheitsmund steckte, zwei Freundinnen waren mit ihr gekommen und sie kicherten und keine wollte die Erste sein.

Die Wege waren oft weit, nur selten fuhr sie mit der Straßenbahn, sie war zu teuer für Ada, sie war es gewohnt, zu Fuß zu gehen. Am Ende des ersten Schuljahres hatte sie viel gelernt, in der Schule, im Alltag der Stadt. Sie freute sich nach Hause zu fahren in ihr Paliano, auf den Hügel, zur Schaukel, zu *mamma,* zu *papà*, zu den Geschwistern.

Als sie dort war, war sie fremd.

Herbst 1932

Sie lernten in der Schule sieben Schulstunden am Tag. Das Beten nicht dazugerechnet. Die Schwestern Unserer Lieben Frau hatten eine Vorliebe für die Zahl Sieben, sie ist die magische Zahl dieser Stadt, sagte die Oberin wiederholt. So traf man sich um sieben zum gemeinsamen Gebet in der Früh und um sieben zum gemeinsamen Gebet am Abend. Sieben Planeten bilden die Hebdomas, sieben besonders helle Sterne bilden den Großen Bären, sieben sind auch die Plejaden, die Töchter des Titanen Atlas und der Okeanide Pleione. Rom wurde auf sieben Hügeln erbaut und hatte sieben Könige. Und es hatte sieben *septemviri,* weise Männer, die damit beauftragt waren, das Land zu verteilen. Es waren sieben Priester, *septemviri epulonum*, die für Gott Giove die Opfer und Kultmahle besorgten. Und sieben waren die *coorti dei vigiles,* die die Aufgabe hatten, Brände zu löschen. Und sieben waren die Kolosse, die Plinius mit Türmen verglich und von denen Marziale schrieb, es waren Statuen so hoch, dass sie den

Himmel berührten. Und sieben waren auch die Ereignisse, die laut der alten Geschichtsschreibung Roms Schicksal, *le sorti*, prägten.

Und nicht nur im antiken Rom sei sieben eine magische Zahl. Es gibt sieben Sakramente und die *chiese emblematiche* in Rom seien sieben, es gibt die Kirche der Sieben Schmerzen Mariens, das Dorf Settebagni in Salaria, und in der Nähe ihres Heimatortes, in der Nähe von Frosinone das mittelalterliche Dorf Settefrati.

Die Mädchen lachten unter sich und machten über die Nonnen stille Witze. Zum Glück reichte ein täglicher Rosenkranz im Marienmonat Mai, zum Glück mussten sie ihn nicht siebenmal beten. Nur eine war von der Sieben nicht so angetan. Es war *suora* Angelina, die Pförtnerin, die Ada am ersten Tage am Bahnhof abgeholt hatte. „Sieben mag schon richtig und gut sein“, sagte sie, „neun ist wichtiger. Die Neun ist die Zahl der Vollkommenheit. Die Neun enthält dreimal die göttliche Zahl Drei.“

Ada fühlte sich wohl im Internat. Unter sich tauschten die Mädchen Bücher, die verboten waren. Ada las *Nana* von Emile Zola, die Geschichte einer Frau, die ihren Weg ging. Sie verkaufte sich an Männer ohne Liebe, aber sie ging ihren Weg. Das war es, das Ada beeindruckte.

Im zweiten Winter hatte sie begonnen, sich mit kleinen Arbeiten Geld zu verdienen. Für einen Posamentenmacher fertigte sie mit ihren Freundinnen Abende lang Quasten, Zierbänder, Borten und Spitzen. Die Nonnen hatten eine Freude mit ihnen, erzählten von früher, sangen geistliche und auch profane Lieder. Zunehmend brachten alte Menschen ihre Flickarbeiten, wenn die Augen den Dienst versagten und der Faden nicht mehr die Öse der Nadel fand. Ein Schneidertisch mit allerlei Laden und riesigen Scheren und zwei Webstühle waren in einem hellen Raum aufgestellt, damit die Mädchen dort ihrer Arbeit nachgehen konnten, sofern das Studium und Beten ihnen die Zeit dazu ließ. Selbst nähten die Nonnen Kutten für die Geistlichen. Zur Modeschau für die Priester nahmen sie die Mädchen nicht mit.

Von Tag zu Tag wuchs Adas Freude. Manchmal war sie nachdenklich gewesen und verunsichert. *Mammas* Bitten und Ermahnen und Hoffen auf eine Umkehr der Tochter hatten ihren Entschluss nicht ins Wanken gebracht, aber doch die Stimmung verkehrt. Die Entscheidung, Paliano zu verlassen, um über Rom in den Norden zu gehen, war durch nichts mehr getrübt.

8. Juni 1933, Rom

Vittorio hatte ihr heute geschrieben, er arbeite nun bei einem Spengler, er stehe viel auf Dächern und richte die Regenrinnen. Das sei nichts für sie, schrieb er scherzend, sie würde sicher herunterfallen. Das würde ich bestimmt nicht, hatte Ada gedacht. Sie liebte die Höhe, den Blick hinunter aufs Tal, auf Häuser und auf Bäume.

In der Nacht nach diesem Tag schlief sie tief und träumte ihren Lebenstraum, sie hatte begonnen, ihn als solchen zu bezeichnen. Er kam immer wieder, fast wartete sie darauf, an den Tagen danach war sie ruhig und erfüllt.

Sie hatte davon geträumt, fliegen zu können. Sie flatterte nicht wie ein Vogel mit seinen Flügeln, sie schwebte. Sie hob vom Boden ab und segelte zum Himmel empor, hinauf und hinunter. Sie glitt über die Stadt, die Hügel und Berge und das Meer.

Ada wollte fliegen.

Es war ein wunderschöner Tag, der Tag, nachdem sie wieder davon geträumt hatte. Es war kurz vor Schulschluss, als Graf Zeppelin in Rom landete. Auf das Ereignis hatte die Stadt sich vorbereitet. Ada hatte Tage zuvor schon um Ausgang ersucht, sie wollte unter den Schaulustigen sein, wenn das Luftschiff über die Peterskuppel flog und die Engelsburg. Sie wollte dabei sein, auch wenn nicht in erster Reihe, da standen die Offiziere, da stand das Militär, waren doch König Viktor Emanuel III. gekommen und der Luftminister Italo Balbo. Menschenmassen waren hinausgezogen zum Flughafen Ciampino. Menschenmassen klatschten, als das ovale Ungetüm seinen Schatten auf die Wartenden warf und langsam am Boden aufsetze, das majestätische Surren der Motoren verstummte. Ada hatte sich noch nie überlegt, ob es schön sein müsste, König zu sein. In diesem Moment aber fühlte sie Neid. Er durfte das Luftschiff betreten. Sie, die Schaulustigen, mussten weit weg stehen. Wie gern wäre sie eingestiegen, hätte den Piloten gefragt, ob es schwierig sei, so ein Gefährt zu lenken, was für ein Gefühl es sei, da drinnen zu sein, ohne Wurzeln. Wie schön musste es sein, über die Landschaft zu schaukeln, wie leicht, wie frei.

Sommer 1935

Nonno packte am Abend noch seinen Rucksack, das Wetter am Tag darauf versprach gut zu sein und die See ruhig. Er wollte mit dem großen, mit einem Dieselmotor ausgestatteten Boot, das er sich mit mehreren Fischern teilte, von Terracina aus gegen Norden fahren, die lange Bucht des Circeo entlang und um die steilen Felsen herum, es dort festmachen und mit den Kindern ein wenig hochsteigen, um ihnen die Dünen zu zeigen, die sich nördlich zwischen Foce Verde und dem Circeo erstreckten, das tiefe Blau der langen und schmalen Seen östlich des Strandes, zerrissen an ihren Ufern. Er wollte ihnen den Ort zeigen, an dem er und sein Sohn Land gekauft hatten. Hier war es, so erzählte er den Kindern, wo Odysseus der Zauberin Circe begegnete, die seine Gefährten aus Troja in Schweine verwandelte.

„Wir werden auch Schweine und einen Esel haben und einen Garten, ich muss nicht mehr Fischer sein, nicht jeden Tag. Ich werde mein kleines Boot behalten, aber ich werde Landwirt", sagte der Großvater.

Vor der Foce Verde hatte *nonno* immer die meisten Fische gefangen.

Und Navino Bartoli hielt Wort, noch vor der Dämmerung fuhren sie los. Stumm verweilten sie in der Höhle der Circe, während leuchtende Streifen den Horizont erhellten und die noch tiefstehenden Sonnenstrahlen ins Innere fluteten und sich am Fels und Meeresboden spiegelten. Auch Grotten besuchten sie, in denen man Knochen und Schädel vorzeitlicher Menschen gefunden hatte. Und sie fuhren in die Ziegenhöhle, graublau war sie und rund wie das Pantheon in Rom. Von den Höhlenwänden, an die seit Jahrtausenden von Jahren die Wellen klatschten, pflückte *nonno litodomi, datteri di mare.* Großmutter würde ihnen die Dattelmuscheln am Abend zubereiten. Es war eine Köstlichkeit, wie die Kinder sie nur selten zu essen bekamen, Paliano war viel zu weit weg vom Meer.

Sie stiegen ein Stück den Berg hoch und der Großvater zeigte ihnen die Zyklopenmauern aus antiker Zeit und deutete auf das Land darunter. Es war eine Baustelle, ein aufgerissenes Land, Berge aus Erde und entwurzelten Bäumen, weiße Türme erhoben sich daraus. Von hier aus sahen sie aus wie Bauklötze zum Spielen. „Das ist der *Canale Mussolini*", erklärte er ihnen. „Hier habe ich Land bekommen, hier entsteht meine *fattoria*. Wenn ihr das nächste Mal kommt, werdet ihr hier wohnen, nicht mehr in unserem feuchten Häuschen am Hafen." Und Ada sah manche neue Häuser stehen an der Küste, davor das offene Meer, dahinter die Seen und die neue Stadt. Tausende von Menschen, die sie von der Ferne nicht wahrnehmen, die sie aber spüren konnte, Männer aus dem Norden, die hier ackerten für die tägliche Mahlzeit und die Zukunft der Familien obendrein.

„Das war eine unwirtliche Gegend", sagte er, „eine Brühe aus Wasser und Fröschen und Mücken, und jetzt entsteht hier Land. Das sind die pontinischen Sümpfe, jetzt werden sie urbar gemacht und parzelliert. Hier herrschte die Malaria, jetzt ist sie besiegt. Menschen aus ganz Italien kommen hierher, die arm sind an Geld, aber reich an Mut. Und den haben auch wir. Wenn ihr im nächsten Jahr wiederkommt, so werden wir einen trockengelegten Garten haben und frisches Gemüse und wir werden Platz haben und ihr könnt mit dem Fahrrad an den Strand fahren, ihr könnt dort baden und spielen, so wie die Reichen es tun. Es wird einen Stadtsaal geben und ein Kino, Hallen für Freizeit und ein *Dopolavoro*, es wird Geschäfte geben und eine Post und Werkstätten für Autos, doch es wird keine Stadt sein, die auf uns herabblickt, es ist ein Versorgungszentrum für die Belange der Siedler. Tausende Familien, die irgendwo in Italien bislang ums Überleben kämpfen mussten, werden hier ernten dürfen, was sie täglich säen, und wir werden unter ihnen sein." Antonicola Livio, ein Freund des *nonno*, der mitgekommen war, denn alleine hätte er das große Boot nicht steuern können, schüttelte den Kopf: „Navino, du bist ein Seemann, dich wird die Sehnsucht nach dem Meer jeden Tag wegtreiben von deinen Blumengärten." „Ich werde frühmorgens fischen, was wir selbst zum Essen brauchen, und auch mein Sohn wird es tun, auch er wird fischen, was wir zum Essen brauchen“, sagte Navino Bartoli, „und *nonna* wird froh sein, weil ich nicht mehr jede Nacht hinausmuss.“

„Ich bin jetzt alt und die Zeit ist neu“, sagte *nonno* nach einer langen Pause. „Meine Familie hat seit Generationen den Caetani als Fischer gedient, so wie Adas Vater den Colonna dient, mein Sohn soll frei sein.“

17. Jänner 2000, Villa Serena, Bolzano / Bozen, 18 Uhr

Olga saß schon in ihrem Rollstuhl an einem Vierertisch und wurde gefüttert, auch die vielen Marias saßen da und die Rosas und Renato und all die anderen 76 Gäste. Nein, nicht alle, manche blieben in den Zimmern, wollten es so oder konnten nicht anders. Ada wollte manchmal auch nicht, aber die Erziehung war streng gewesen, beim Essen war man gemeinsam. Sie nahm Platz, wo sie einen fand, grüßte und entfaltete die Serviette, die sie über die Oberschenkel breitete. *„Buon appetito“*, sagte sie. Laura sah sie an und sagte nichts. Ada hatte nie darauf reagiert, wenn Laura ihr Erscheinen stets mit *signora sempre ultima* kommentierte, immer die Letzte. Laura hatte all das, was auf dem Speiseplan stand, im Laufe des Lebens unzählige Male herzhafter gekocht, immer und immer wieder betonte sie es und Ada glaubte ihr sogar. Sie war nicht ungut, Laura, sie war schnippisch manchmal und verletzend, aber Ada konnte reden mit ihr, immerhin, wenn auch nur über Rezepte.

Es war ein schöner Nachmittag gewesen und Ada mit den Gedanken noch am Balkon, sie spürte den Wind an den Wangen und die leichte Rötung, sie bat um ein Glas Rotwein und fühlte sich vom Winter erlöst.

Laura schob nach dem Dessert den Teller ein wenig beiseite, meist stellte sie ihn auf den Nachbarstisch. Sie hatte vor, noch etwas sitzen zu bleiben und stand dann doch auf. Abrupt. Eine Wolljacke trug sie heute, die keine Farbe hatte, Laura war blass und grau wie ihre Kleidung. Sie stützte sich kurz am Tisch ab, holte tief Atem, verabschiedete sich und ging schnurgerade zu einer Pflegerin, um sie darauf aufmerksam zu machen, dass noch immer ein zertretener Kaugummi am Fußboden mitten im Speisesaal klebte und man sich hinknien müsse, um ihn mit einem Messer zu entfernen, mit den hochmodernen Lappen am Stiel würde das Malheur nicht behoben. „Bitte sagen Sie das den Putzfrauen, da möchte man meinen, wir sind in einem Saustall hier und nicht in einem Seniorenhotel“, sagte sie. „Wofür werden die Putzfrauen bezahlt? Der Geruch nach Chlor und Ammoniak macht nicht sauber!“ Laura sprach nie von früher, außer wenn sie vom Kochen sprach. Sie erzählte, wie sie den Hühnern den Hals verdreht und sie gerupft und kurz aufs Feuer gelegt hatten, um die verbliebenen Federn leichter zu ziehen, wie sie die Oliven vom Boden gesammelt und das Kreuz dabei geschmerzt hatte, wie sie Öl in den Teig fügte, damit die *frittata* nicht kleben blieb. Worum sie sich sorgte, war der Menüplan im Wohnheim, das als das beste galt in der Stadt und wofür die Gäste entsprechend zahlten, und darum, dass ihr niemand zu nahe kam. Früher, das war vorbei, heute lebte sie hier und sie beklagte sich nicht, es war gut so. Jetzt hatte sie sich um kein Essen mehr zu kümmern, was auch nicht herabzuwürdigen war, obwohl es ihr hier nicht schmeckte. Seit eineinhalb Jahren war sie hier, ihr Mann seit über drei. Am Nachmittag, beim Kaffee, saß sie neben ihm – das war ihre Ehe jetzt. Er wohnte in einem anderen Zimmer, in einem anderen Stock, ob er sie noch kannte, sie wusste es nicht und es kümmerte sie nicht. Der Platz hier war zufällig frei geworden, sie hatte sich nicht darum bemüht, die Ehe – so mutmaßte Ada – konnte keine gute gewesen sein, aber Laura sprach nie davon. Jetzt war er festgezurrt am Rollstuhl, von einem Band, das ihn hielt und von Medikamenten, die ihn beruhigten und den Tag verschlafen ließen. Laura sprach nicht mit ihm, sie saß still neben ihm, sie beobachtete und alarmierte die Pfleger, wenn ein Heimgast entlief, sie beklagte sich, wenn das Brot von gestern war, wenn die Katze in den Speisesaal kam, wenn das Trinkglas Spuren des Geschirrspülmittels aufwies, wenn sich die Tapete über der Heizung löste. Laura saß da und beobachtete und drängte sich eine Erinnerung auf, so sah sie diese an wie einen Film, den man beenden konnte, indem man die Augen schloss. Sie stopfte die Vergangenheit zurück in ihr Hirn, wie sie alljährlich die ausgedienten Kleider in die gelben Plastiktaschen der Fürsorge geschichtet hatte. Viele waren es nie gewesen, da sie viele nicht hatte, aber es war ihrem Gewissen unerträglich erschienen, nichts zu geben. Sie schloss jedes Andenken weg, so wie sie die gelbe Tasche vor die Eingangstür zu stellen pflegte, in der Zuversicht, dass sie abgeholt würde und in der Hoffnung, sie nie wiederzusehen. Dass es auch hierzulande Bedürftige gab, das verwunderte sie zugleich. Wer ein Dach hatte und ein Bett und zu essen, der solle zufrieden sein und das hatte in diesem Land doch jeder.

Ada erkundigte sich nach dem Leben der anderen, weil das Leben sie interessierte, aus dem eigenen erzählte sie nichts, da war sie wie Laura. Sie erzählte, wenn man sie fragte, aufdringlich war sie nie. Wenn sie erzählte, dann sprach sie von Bildern, von Momenten. „Kannst du dich erinnern, wie schön die Oliven glänzen, wenn es geregnet hat? Dann schimmern sie silbern“, hatte sie letzthin zu Renato gesagt, als er gedankenverloren einen

Olivenkern zwischen den Fingerkuppen rollte. Wie sehr habe ich es geliebt, wenn es regnete, hatte sie weitergedacht, wie habe ich es geliebt, wenn die Wiesen in Paliano zu dampfen begannen und der Sommerschauer über die glühend heißen Dachziegeln wehte wie ein seidenes Tuch. Und sie dachte daran, wie sehr sie in diesen Momenten den Wunsch verspürt hatte, sich mit geöffneten Armen in den Regen zu stellen.

Laura wohnte im selben Stock wie Ada, zwei Zimmer weiter. Sie hatte fast nichts mitgebracht von früher, all den Tand, den brauche man nicht. Die Mimosen, die sie vom Heimdirektor zum Tag der Frau bekam, die Pralinen zum Muttertag, auch wenn sie keine Kinder hatte, die gab sie den Pflegerinnen, die ein Gehalt bekamen, Aufmerksamkeiten aber keine. Die Geschenke, die manchmal die Menschen brachten, die engagiert waren für Clownerie und Unterhaltung, die nahm sie gar nicht an. Anders als die vielen Rosas und Marias, die alles festhielten und nichts mehr hergaben, die nur hie und da, wenn Enkel und Urenkel kamen, bereits weiß belegte Schokolade und Wäscheklammern mit Holzbienen weiter verschenkten. „Kinder haben hier nichts zu suchen“, flüsterte Laura stets, „in solch einer Umgebung haben Kinder nichts verloren.“ Sie hatte es mehrmals den Pflegern gesagt, die hatten dagegen nichts unternommen und Laura ging nun, wenn Kinder kamen, in ihr Zimmer. Das lag gegen Norden, und gleich neben dem Fenster ragte in einem ihr waghalsig erscheinenden Gebilde der Notaufzug empor, übers Dach hinaus ging er, ein moderner Zubau an der Rückseite des einstigen Lungensanatoriums. Sie hatte sich nicht beklagt, als er ihr die Aussicht nahm und der Geruch des Schweißens noch ätzender wurde als jener der Reinigungschemikalien, das war Vorschrift so und recht, auch wenn sie niemals mit diesem Aufzug würde aus dem brennenden Haus flüchten wollen. Der Raum war einst eine Rumpelkammer und als Gästezimmer ursprünglich nicht vorgesehen, doch es war ein Einzelzimmer mit einem eigenen Bad, ein Luxus, auch wenn es so klein war, dass sie auch die Toilette duschte, wenn sie sich duschte. Sie duschte ohnehin kaum, das war ihr fremd, der Waschlappen tat es auch, sie legte ihn nie auf die Heizung, stets feucht war er und der Geruch nach Abgestandenem stark.

Den platt getretenen Kaugummi wollte sie nicht hinnehmen. „Wie kommt der überhaupt hierher?", fragte sie Ada. Doch Ada hörte die Zikaden wieder anstimmen und sah die Schaukel vor sich, sie nahm die Frage kaum wahr und stand auf, faltete die Serviette, sagte, sie würde es nicht wissen und *buona notte,* und ging in ihr Zimmer. Und anders als üblich betrat Ada den Balkon, abends nach dem Essen tat sie das sonst nie. Olga war noch unten und sie ließ die Tür einen Spalt offen, damit die Abendluft sich mischte mit der Luft von Heizung und Atem.

Eine Unruhe erfasste ihren Bauch und ihren Kopf und ihre Hände wurden feucht trotz der Kälte und sie setzte sich auf die Zeitung, die sie auf den Stuhl gebreitet hatte, um ihn vor der Feuchtigkeit zu schützen. „Um fliegen zu können, musst du gut auf dem Boden stehen", hatte Reuben gesagt, der Pilot. *Volare alto,* hat er versucht ihr auf Italienisch zu erklären, da sie sein Englisch nicht verstand. „Wenn du nach unten verwurzelt bist, kannst du nach oben besser greifen", sagte Anis.

Anis, das wusste sie, war gestorben. Aber Reuben? Sie könnte Gina fragen. Sie könnte Gina schreiben. Sie könnte den hundertsten Brief schreiben. Sie könnte sich für den letzten bedanken, sie könnte sich nach ihrem Wohlergehen erkundigen, nach den Nichten und Neffen und deren Kindern. Und sie könnte sie nebenbei fragen, *ti ricordi di Reuben? Hai mai sentito di Reuben? Voleva volare alto.* Sie könnte zum hundertsten Male schreiben, und die hundertste Antwort erhalten. Wir müssen uns treffen, dachte Ada, wir müssen uns jetzt wirklich treffen, ich möchte dich so gerne noch einmal sehen. Ich möchte nicht immer nur schreiben. Wir müssen uns sehen.

22. September 1935

Es war eine lange Fahrt, sie schien unendlich und doch war sie kurz. Ada hatte viel zu denken, aus dem Fenster zu schauen, die Landschaften flogen vorbei, die Häuser, alles schien ihr anders. In Bolzano stieg sie aus, eigentlich wollte sie am selben Tag noch hoch auf den Berg, so spät aber war es gewesen, dass sie sich in einer Pension ein Zimmer suchte. Tags darauf stieg sie auf der *Piazza Walther* in die Zahnradbahn und in Soprabolzano stieg sie noch einmal um, in eine Schmalspurbahn, die sie nach Collalbo brachte. Kaum jemand sprach hier Italienisch. „Nach Klobenstein?", fragte der Schaffner. „*Si, signore*", sagte sie, „*solo andata.*" In Klobenstein müsse sie sich melden, hatte man ihr geschrieben, beim Herrn Direktor Giovanni Battista Sotgia. Woher er wohl stammte? Aus ihrer Gegend nicht. Den Nachnamen Sotgia hatte sie noch nie gehört. Sie wollte sich noch vorbereiten auf das Gespräch, doch saß sie wie auf Glassplittern in der schmalen Holzbahn mit den Jugendstillampen und sah hinaus. Ada war froh um jeden Moment, der vorüber war und sie der Unterredung näherbrachte, voll der Hoffnung, dass das Klopfen des Herzens, das ihrem Empfinden nach den gesamten Körper lähmte und zugleich in fremder Schwingung hielt, sich endlich beruhigte. Vor ihr lagen die Berge, ausgebreitet wie ein weißes Tischtuch auf einer langen Tafel. Die höchsten Gipfel waren von Neuschnee bedeckt.

Am frühen Nachmittag endlich kam sie ins Dorf, ließ den Koffer beim Bahnhäuschen stehen und machte sich auf die Suche nach dem Direktor. Es war Sonntag und sie fand ihn in der Offiziersstube, er grüßte sie freundlich und auch der *podestà* war da und lieh ihnen den Chauffeur und das Auto der Gemeinde. Sotgia stammte aus Umbrien, aus einem kleinen Dorf nahe Assisi. Und woher sie komme, fragte er auf der zwanzigminütigen Fahrt, von Paliano habe er noch nie gehört. Der Fahrer hielt vor einem Haus neben einem Geschäft, *alimentari* stand über dem Eingang mit roter Farbe, darunter war ein anderes, noch längeres Wort verblasst. Giovanni Battista Sotgia öffnete die Wagentür und trug ihre Koffer über die Seitenstiege hinauf. „Dieses Dorf hier ist Oberinn, Auna di Sopra", sagte er. „Das ist die Schule, an der Sie arbeiten werden, das Schulzimmer ist hier herunten. Das ist der Schlüssel zur Wohnung, dieser zur Klasse. Es ist schön hier, Sie brauchen in der Früh nicht so weit zu gehen. Ruhen Sie sich morgen aus, kommen Sie übermorgen früh zu mir, so besprechen wir, was Sie wissen müssen. Die Frau im Lebensmittelgeschäft ist sehr hilfreich, sie wird Ihnen erklären, wie Sie nach Klobenstein kommen. Der Weg ist gut markiert."

„Ich dachte, wir reden heute schon", wagte Ada zu sagen.

„Ruhen Sie sich erst einmal aus", sagte er.

„Was meinen Sie mit in der Früh?", fragte Ada.

„Über eine gute Stunde brauchen Sie nach Klobenstein, vielleicht auch weniger oder mehr", fügte er mit einem Blick auf ihre Schuhe hinzu.

„Ich bin das Gehen gewohnt", sagte sie, „ich bin nicht verwöhnt." Und sie befürchtete, zu schnell geantwortet zu haben, zu frech.

Er schien ihr nicht ungut. „Selbstbewusstsein werden Sie hier brauchen“, sagte er lächelnd. „Ich bin den Vormittag über im Schulhaus, kommen Sie einfach gegen 9 Uhr.“

Er reichte ihr die Hand, verneigte sich leicht, *signorina* Torelli, und fuhr. Sie schloss die Tür auf, stellte die Koffer ins Zimmer, verschloss die Tür wieder und ging die Treppe hinunter auf die Straße. Durchatmen, schauen, da sein. Auna di Sopra – war hier vor zehn Jahren nicht Maddalena gewesen?

Sie versuchte das Wort unter *alimentari* zu entziffern. „Lebensmittel“, buchstabierte sie leise. Das Dorf bestand aus einigen wenigen Häusern. Sie überquerte die Straße und betrat die Kirche, sie schritt hinunter, sie schritt hinauf, in wenigen Minuten war sie es abgegangen. Sie kannte von den Dörfern ihrer Heimat, dass man sich grüßte, hier sah man sie an, hier nickte man. Die wenigen Leute, die sie traf, sagten nichts. Sie spürte die Blicke aus den Häusern, sie spürte, dass alle wussten, die Neue war da. Hinter dem Schulhaus erspähte sie eine hohe Tanne. Ich werde Herrn Sotgia bitten, mir eine Schaukel zu besorgen, dachte sie sich. Für die Schüler und mich.

Ada war ruhiger jetzt und das Herz pochte nur noch im Hals, sogar etwas Hunger verspürte sie. Sie betrat das Zimmer mit Respekt und Andacht. Die vergangenen Jahre hatte hier ein Lehrer gewohnt, er war nach Mailand versetzt worden und war wohl sehr beliebt gewesen. Giovanni Pasqualini hieß er, er war auch *organista*, Orgelspieler in der Kirche, und außerdem Kapellmeister, hatte ihr der Direktor erzählt. Man würde ihn vermissen. Dass die Bevölkerung in dieser Gegend sich nicht gern an Neues gewöhne und dem, was sie nicht kannte, mit Vorsicht und Misstrauen begegne, hatte Maddalena oft geschrieben, und so sehr sich Ada selbst gut zusprach, so sehr sie sich freute, konnte sie sich einer Bangigkeit nicht erwehren. Sie drehte am Lichtschalter und fand sich im Schein einer Seelenlampe, schwach nur brannte sie und warf das Muster des gehäkelten Lampenschirms auf die Zimmerdecke. Ada öffnete bedächtig den Koffer, packte ihre Espressokanne aus dem Papier. Sie war ein Abschiedsgeschenk der *mamma*, achteckig und aus Eisen. So etwas würde es hier bestimmt nicht geben, hatte sie gesagt. Und auch Kaffee hatte sie eingepackt, das war ein Luxus, den sie sich leisten wollte. Im Norden trinke man Kaffee aus gerösteter Gerste und Feigenpulver. Kaffee war für Ada so etwas wie die Grenze zwischen Nacht und Tag. Sie stellte ihn am Morgen auf den Herd, nach dem Aufstehen, noch bevor sie ins Bad ging, und trank den Rest vom Morgen am Abend vor dem Schlafengehen.

Sie brachte die Kanne und das daheim schon gemahlene Pulver in die kleine Küche, die sich neben dem Zimmer befand und stellte vorsichtig die Fotos, die sie mitgebracht hatte, auf den kleinen Schreibtisch. *Papà, mamma*, die Geschwister, die Großeltern, eine Ansichtskarte von Paliano und einige Ansichtskarten aus Rom, die geliebte Kirche und die *Piazza Santa Maria* in Trastevere. Die Uhr auf der Fotografie stand auf 12.15. Das war die Zeit, in der *mamma* zu kochen pflegte und *papà* von der Feldarbeit heimkam, wenn er denn heimkam, oft genug blieb er draußen und sie brachten Essen und Wasser hinaus, unter einen Baum, in den Schatten. Seine schweren, zerklüfteten Hände fielen ihr ein, die Fingernägel, die rau und schwarz blieben, auch wenn er sie bürstete und pflegte. Er war ein kräftiger Mann, er war bestimmt auch ein guter Mann auf seine Weise, es stand ihm der Jähzorn im Wege. Sein Zorn, der sich schnell entfachte und jedes Gespräch unterband, das sich anders entwickeln könnte, als es in seinem Sinne stand. Sie betrachtete die Postkarte und hörte das Klappern der Schuhe auf dem Kopfsteinpflaster. Das würde sie vermissen. Eine kleine Statue der Fatima-Muttergottes stellte sie zu den Fotos, sie war den Hirtenkindern just im Jahr ihrer Geburt erschienen. Um das Ensemble ihrer Schätze legte sie getrocknete Olivenblätter, Oleanderblüten und einen Rosenkranz und ordnete ihn zu einem großen Herz. Frische Blumen wollte sie morgen sammeln, daran musste sie sich noch gewöhnen, an den dunklen Wald, das kannte sie nicht, die Fahrt hierher hatte ihr Respekt eingeflößt. Wildschweine gebe es hier keine, hatte Sotgia gemeint, aber wer weiß, was es sonst gab. Auna di Sopra hieß das Dorf, in dem sie nun leben würde, Oberinn auf Deutsch, und es war so gedacht, dass sie sich austauschen sollte mit der Kollegin in Vanga, in Wangen. Die nächsten Dörfer, Klobenstein und Lengmoos in die eine Richtung, Oberbozen in die andere, waren mehr als eine Gehstunde entfernt. Sie würde alles kennenlernen, dachte sie, Geduld war wohl das Wort, das sie sich in ihr Herz schreiben musste. Geduldig warten und geschehen lassen, das war nie ihre Art gewesen. Das hatte sie wohl vom Vater gelernt, die Dinge angehen und manchmal dem einen oder anderen dadurch die Möglichkeit zu nehmen, sich selbst zu entfalten.

Sie packte ihre Kleider aus und den Tabak, den Salvatore Torelli zu Hause selbst anbaute. *Mamma* hatte ihr eine Tüte davon zum Abschied gereicht. „Das ist gut gegen die Motten", hatte sie gesagt. „Naphthalin ist teuer, Tabak tut es auch! Du wirst viel Wolle da oben brauchen, im Norden ist es kalt, die Motten zerfressen alles." Und schließlich stellte sie noch die Blechflasche mit dem Olivenöl in die Küche. So etwas gebe es hier nicht zu kaufen, hatte Maddalena erzählt. Ada selbst hatte beim Sammeln der heruntergefallenen Oliven geholfen, und auch beim Mahlen und Pressen der Früchte war sie dabei. Wie hier – so hatte sie gehört – die Bauernfamilien ihre kleinen privaten Mühlen besäßen, etwas abseits am Bach, zum Verarbeiten des Getreides, zum Schmieden und Sägen und zum Walken der Wolle, so hatten sie in Paliano ihre eigenen Olivenpressen aus Holz und Granit, angetrieben von Eseln, die man sich gegenseitig lieh, die im Kreise gingen und den Mahlstein bewegten. Seltener wurde er von Wasser bedient. Wasser war rar und das Gefälle nur im Hinterland stark genug. Hier in den Bergen war das wohl anders, hier mahlten sich die Bauern selbst das Mehl.

Ada war müde von der Reise und ging bald zu Bett. Nachts träumte sie, und am Morgen erinnerte sie sich, auch wenn es nicht ihr Traum vom Fliegen war.

Sie stand hinter ihrem Pult im Klassenzimmer, die Schüler sahen sie erwartungsvoll an. Der Raum war wie die Bühne eines Theaters, riesengroß und all die Lichter auf sie gerichtet. Die Schüler warteten darauf, dass sie etwas sagte, unruhig wurden sie mit der Zeit, sie warteten darauf, dass sie sich endlich bewegte. Doch war sie gelähmt, sie hatte ihren Text vergessen, sie wusste gar nicht mehr, welche Rolle sie spielen sollte und wo sie war. Was tue ich hier? Was erwartet mich? Was soll ich tun? Die Schüler begannen zu klatschen und auf die Tische zu klopfen und mit ihren genagelten Schuhen auf den Boden zu stampfen: „Torelli“, riefen sie, „Ada Torelli!“ Ada presste die Augen zu und erwachte.

2. Oktober 1935

Es war Abend, der erste Schultag vorbei. Ada spürte, wie sie die Berge zu lieben begann, wie das Bedürfnis hochkam, zu gehen, das Land zu erforschen. Sie war froh, dass es hier Bäume gab, Bäume mit kräftigen Stämmen, die sie umarmen konnte, wie die Steineichen zu Hause, auch wenn sie viel dichter wuchsen, viel dunkler waren und weniger knorrig und das Gestrüpp am Boden üppig. Das Rauschen des Waldes erinnerte sie an das Rauschen des Meeres. Es machte ihr keine Angst mehr.

Aus den Lärchen mache man Pechseife, sagte die Frau im Lebensmittelgeschäft am Tage nach der Ankunft. Die Lärche sei ein Wunderbaum, sie hätte nur Kernseife zu verkaufen, doch eigentlich mache sich hier jeder die Seife selbst. Seife ist teuer.

Ada dachte an die steinerne Weltkugel am *Foro Mussolini* in Rom, aus einem der größten Marmorblöcke, der je abgebaut worden war: Tausende Liter Seife hatte man verwendet, um ihn wohlbehalten und ohne Sprung über die Berghänge von Carrara in den Apuanischen Alpen hinab ans Meer gleiten zu lassen und von dort dann auf dem Schiff nach Rom zu transportieren. Der Duce wollte ein Zeichen setzen: Er wollte die Olympischen Spiele 1940 in Rom. Er wollte ein Denkmal für sich.

Als die Kinder das Schulgebäude verlassen hatten, war sie noch lange dageblieben. Sie entfernte die Anschauungstafeln und Plakate, die seit dem letzten Schuljahr hier hingen. Das Zimmer war zu vollgepackt, sie wollte mit den Kindern selbst auf Entdeckungsreise gehen, gemeinsam mit ihnen wollte sie den Raum mit Blumen und Pflanzen schmücken.

Die Kinder sprachen kaum Italienisch, sie war verwundert deshalb, doch auch da müsse man wohl Geduld üben, dachte sie, Geduld und *perseveranza*, Beharrlichkeit. Sie hatten wahrscheinlich seit Monaten kein Wort Italienisch gesprochen, sprachen zu Hause nur Deutsch, es würde ihnen schon wieder einfallen.

Sie fasste Mut und schrieb dem General Colonna, beherzt hatte sie sich durchgefragt, der Offizier war inzwischen *comandante* geworden. Sie schrieb ihm, dass sie Lehrerin sei und aus Paliano im Latium komme. Das sei nicht weit von Rom. Sie schrieb in leserlicher Schrift und mit Bedacht, dass ihr Vater Salvatore Torelli und ihr Großvater Eleuterio Torelli und ihre Ahnen zuvor seit Generationen als Arbeiter auf den Feldern im Herzogtum des *Duca e Principe di Colonna, di Tagliacozzo e Tursi* ihren Dienst versahen. Möglicherweise sei er Mitglied der zu Hause stets hochverehrten *nobile famiglia*. Wenn dem so sei, so bitte sie ihn um eine finanzielle Unterstützung, damit auch die Kinder armer Eltern sich die Mitgliedschaft in den Jugendorganisationen leisten konnten. Fünf Lire seien für manche Familien so viel Geld, dass sie es unmöglich aufbringen könnten. Vielleicht könne er ihr, Lehrerin aus Paliano, Lehrerin in Auna di Sopra, damit behilflich sein, diesen Kindern die Mitgliedschaft bei der *Balilla* und den *Piccole Italiane* zu ermöglichen. Die *tessera* würde ihnen eine Tür öffnen aus ihrem Ausgeschlossensein, ohne Hilfe von außen würde diese verschlossen bleiben.

Ada nahm das Klassenbuch zur Hand und machte sich ans Schreiben.

Scuola elementare di Auna di Sopra (Renon)
VOI SIETE LA PRIMAVERA DELLA VITA.
VOI SIETE LA SPERANZA DELLA PATRIA.
Mussolini

stand am Deckblatt.
Ihr seid der Frühling des Lebens.
Ihr seid die Hoffnung des Vaterlandes.

Balilla – Piccole Italiane stand darunter.

Sie begann mit leserlicher Schrift die Namen ihrer Schüler einzutragen. Eine Spalte für die Buben. Eine

Spalte für die Mädchen. Einfach war das nicht, die Nachnamen erschienen ihr sperrig, sie las sie laut, um sie zu lernen.

III., IV. e V. classe
Anno XIII

Bertramer Giovanni
Gampenrieder Giorgio
Kahr Serafino
Kompatscher Sigfrido
Kröß Antonio
Mair Luigi
Mayr Pietro
Mur Ignazio
Oberrauch Alfredo
Pechlaner Enrico
Rottensteiner Giuseppe
Schweigkofler Eriberto
Untermarzoner Floriano
Valtingoier Rodolfo
Vigl Alfonso

Atzwanger Maria
Burger Marta
Kaserer Elisabetta
Kofler Francesca
Lang Giovanna
Mair Paulina
Obkircher Crescenza
Obertimpfler Maria
Oberkalmsteiner Cecilia
Seebacher Ottilia
Thurner Margareta

Neben die Namen fügte sie die Geburtsdaten der Kinder hinzu, den Namen des Vaters und den Namen der Mutter. Fast jeder zweite Vater hieß Giuseppe, fiel ihr auf, und fast jede Mutter Maria. Weiters hatte sie den Beruf des Familienoberhauptes festzuhalten, *falegname* schrieb sie nur einmal, Zimmermann. Alle anderen waren Bauern, *contadino* schrieb sie über zwei Dutzend Male.

Bei drei Schülern vermerkte sie einen kleinen Punkt, sie wohnten weit weg von der Schule und es war mit dem Direktor und Pfarrer so ausgemacht, dass sie nur bei gutem Wetter den Unterricht besuchen mussten, bei widrigem den weiten Weg nicht wagen sollten.

Viele weitere Spalten folgten den ersten, die Absenzen, das Benehmen, die Prüfungsnoten, all diese Bewertungen würde sie im Laufe des Jahres erstellen. Was sie noch zu tun hatte, war das Eintragen der Anzahl der Geschwister. Auch diese Spalte war auf Buben und Mädchen verteilt: acht Brüder, drei Schwestern, kein Bruder, keine Schwester, ein Bruder, vier Schwestern. Und sie begann zu rechnen, sieben Kinder hatten die Eltern im Durchschnitt, manche hatten noch wenige Geschwister, vielleicht, weil sie die ältesten der Nachkommen waren, manche waren zu zwölft und in einer Familie waren es sechzehn. Eine Familie mit so vielen Kindern kannte Ada von zu Hause nicht, auch wenn Kinderreichtum immer hochgehalten war in Italien und jetzt mehr Kinder geboren wurden als früher. Mussolini hatte auch dafür die Mütter umworben, im faschistischen Italien sei Platz und Brot für zehn Millionen Menschen mehr, die faschistischen Familien sollten die Zahl der Kinder erhöhen und die Vitalität der Italiener beweisen. In Paliano hatten sich die Frauen gewehrt, als zunehmend *visitatrici* kamen, fremde Besucherinnen, die den Frauen von familienfreundlichen, sozialen Einrichtungen und von Steuererleichterungen bei vielen Kindern erzählten, sie zugleich mit der Mahnung zur moralischen Verpflichtung überforderten und lapidar an ihre Fortpflanzungsfähigkeit und das Gericht Gottes erinnerten.

Es folgte ein weiteres Deckblatt: *Cronaca ed osservazioni dell'insegnante sulla vita della scuola.* Im Klassenbuch müssen die Absenzen der Schüler, aber auch die eigenen Absenzen eingetragen werden und möglichen Aushilfslehrkräften übertragene Aufgaben. Über den Inhalt des Stoffs, über Lernziele und Lehrergebnisse müsse berichtet werden, über die Teilnahme an Festen und Ausflügen, über Besuche der *superiori* und über Verbindungen, die über die Schule hinaus mit der Bevölkerung angestrebt werden. Die Bemerkungen seien in einem lebendigen Schreibstil zu verfassen.

Ada machte sich an die Arbeit, sie wollte sie gut machen. Sie schrieb:

2. Ottobre XIII. Inizio della scuola. Wir waren alle aufgeregt, die Kinder und auch die Lehrerin. War ich doch neu, war der Lehrer vor mir doch eine anerkannte Persönlichkeit. Wir besuchten die heilige Messe und trafen uns anschließend im Klassenzimmer. Jedes Kind stand auf und nannte seinen Namen. Ich wiederholte diese und bat sie, mit mir Geduld zu üben. Perseveranza, Ausdauer. Pazienza, Geduld.

3. Oktober 1935

Heute war der erste Schultag. Ich war aufgeregt und die Kinder waren es auch. Hier in Oberinn gibt es keinen Laden, in dem man Hefte und Federn kaufen kann. Und das Geld dafür hätten die meisten sowieso nicht. Ich tröstete sie, etwas würde mir schon einfallen, ich würde Hefte und Federn für sie besorgen. In Bolzano, so sagte man mir, wäre das möglich. Ich werde übermorgen, am Samstag, in die Stadt fahren. Ich hoffe jemanden zu finden, der mir das Geld für die Armen gibt.

In Abessinien, so hörte ich heute Abend, ist Krieg.

2. November 1935

Ada hielt inne und sah auf. Sie sah aus dem Fenster und sah die Bäume sich im Wind wiegen. Die Schaukel an der Tanne schlug hin und her wie das Pendel der Standuhr im Zimmer des Pfarrers. Hin und zurück. Der Zukunft entgegen, einem Ende irgendwann. Vor wenigen Tagen hatte der Gatte der Frau des Lebensmittelgeschäftes ihr geholfen, die Schaukel auf einem der hohen Äste zu befestigen. *Mio dondolo. Mia altalena.*

Es war kühl im Raum und es würde kalt werden im Winter, das wusste sie von ihrer Cousine Maddalena. Sie hatte das Gefühl, sie sei erwacht, als hätte sich ein Feuer entzündet, hier heroben, in dieser rauen Bergwelt. Sie hatte das Gefühl, zu sein, ganz einfach zu sein – sein zu dürfen, wer sie war. Unten im Süden, dem Land des Feuers, der hitzigen Männer und der verschwitzten Arbeiter auf den Feldern, der vielen Worte und langen Reden, da verbrannte die Glut die Gefühle der Frauen. Auch hier hatten sie kein leichtes Los. Auch hier waren sie Unfreie der Kirche und der Männer. Aber sie, Ada Secondina Torelli, Tochter der Adele Bartoli und des Salvatore Torelli, durfte hier als Fremde sie selbst sein.

Dedizione. Hingabe. Was für ein Wort. Liebe und Leidenschaft. Wie selten wurde eine Ehe wirklich vollzogen, wenn das Wörtchen Hingabe tatsächlich entscheidend ist, damit eine Ehe als vollzogen gilt. Ein moderner Pfarrer hatte einst in Rom gepredigt, der Beischlaf mache noch keine Ehe gültig. Die Hingabe sei genauso wichtig. Warum ihr das jetzt einfiel, sie staunte selbst. Sie hatte gestern und heute viele Frauen und Mädchen in der Kirche gesehen, auf der linken Seite in den Bänken, auf der rechten Seite die Männer, Greise und Buben. Das war in Rom nicht anders. Man hatte es mit Prüderie begründet, aber auch damit, dass sich Frauen unter ihresgleichen heilen und mit Stärke füllen sollten, die Männer in männlichem Fluidum ihre Gedanken reinigen und erneuern konnten.

Ob das so war? Viele Frauen hatten heute sehr müde ausgesehen, abgekämpft, nicht glücklich. Wie viele wohl aus Liebe geheiratet hatten, wie viele in Liebe ihre sechs, sieben und mehr Kinder empfingen?

Möglicherweise würden die Frauen hier fühlen wie sie, wären sie im Süden, irgendwo. Sie hatte ein Dienstmädchen in Rom kennengelernt, das eben aus dieser Gegend stammte und ihr von einer Freiheit erzählte, die sie von zu Hause nicht kannte. Möglicherweise besteht die Freiheit lediglich darin, in der Fremde sein zu dürfen, wer man ist, fern den Geboten des Vaters, der Regeln der Mutter, des Pfarrers und Dorfes. Das Gefängnis ist man sich selbst. Und sie wusste, als sie das dachte, dass das Wissen darum sie nicht von ihren Abhängigkeiten befreite, von der Erziehung und von Glaubenssätzen, die sie nicht guthieß, aber zu hinterfragen sich nicht getraute. Ada war stolz, diese Erkenntnis herausgepflückt zu haben aus dem heutigen Tag, so wie die Fischer die Muscheln aus den Netzen nach der Ankunft im Hafen.

Sie las noch einmal, was sie in ihr Tagebuch geschrieben hatte, bevor die Gedanken das Weite suchten, und sie merkte, dass die Handschrift von Seite zu Seite klarer geworden war, die Farbe der Tinte wurde kräftiger, der

Schriftzug bestimmter. So leicht und malerisch hatte sie als Kind geschrieben, dass die Lehrerin sie gelobt hatte, es sei vorbildhaft, wie sparsam sie umgehe mit Kohle und Papier. Es ist gut, so wie es ist, dachte Ada. Sie klappte das in Schweinsleder gebundene Buch zu, löschte die Karbidlampe, die den Tisch erhellte und begab sich zum Schlafen. Und als sie endlich im Bett lag, denn dieses und jenes vorzubereiten, war ihr noch eingefallen, dachte sie an Gott und sagte danke. Morgen war Sonntag. Sie wollte wandern, durch die Wälder gehen, bevor der Schnee kam. Um 10 Uhr nach der heiligen Messe wollte sie sich mit ihrer neuen Freundin treffen, Lucia war Lehrerin im Nachbardorf Wangen.

26. November 1935

Gestern hatten wir eine Lehrerkonferenz. Der Direktor ermahnte uns, auf die Mitgliedsausweise zu beharren. 22 Stück konnte ich vorweisen und ich habe mich nicht zu fragen getraut, ob ein drittes Geschwisterkind sie automatisch bekommt, wenn zwei Geschwister bereits dafür gezahlt haben. Oder ist eine kostenlose Mitgliedschaft erst bei vier Geschwistern möglich oder erst bei fünf? Zu Weihnachten werde ich nach Hause fahren. Vielleicht kann meine Familie mir helfen, das Geld für die Kinder der Armen zu sammeln. (Damit belasten möchte ich sie nicht.)

Ich bin sehr zufrieden mit dem Fortschritt der Kleinen. Sie beginnen anständig zu lesen und auch die Großen haben aufgeholt, was sie in den vergangenen Jahren, so wie mir scheint, versäumt haben, auch wenn mein Vorgänger ein sehr guter Lehrer gewesen sein soll. Mair Luigi und seine Schwester Paulina schämen sich sehr, weil sie beide schon so groß sind, sie strengen sich sehr an, nachzulernen, was die jüngeren Schüler schon viel besser können. Sie haben es nicht einfach, ihre kleine Schwester in der ersten Klasse, Barbara, tut sich leichter mit dem Lernen. Ich lasse nichts unversucht ihnen aufzuzeigen, wie wichtig es ist, sprechen, lesen und schreiben zu können. Ich denke mir, wenn ich sie motiviere, wenn ich ihnen erzähle, wie viel man über andere Sitten und Gebräuche und Legenden erfahren, wie viel man für sich selbst gewinnen kann, wenn man eine andere Sprache spricht, so werden sie gerne und auch gut lernen.

2. Dezember 1935

Der Kurat nimmt es zu ernst mit seinem Religionsunterricht. Er besteht darauf, ihn am Morgen zu halten. So müssen die Kinder sich bereits im Dunkeln auf den Weg machen, um 7 Uhr findet die Messe statt, von 7.30 bis 8 Uhr der Religionsunterricht und dann kommen sie in die Schule und sind schon hungrig und müde. Die Kleinen aus der ersten Klasse kommen bereits um 7 Uhr früh mit den Großen, um nicht alleine durch die Dunkelheit zu gehen, und ich habe mir angewöhnt, sie um halb acht vom Kirchplatz abzuholen und mit ihnen im Klassenzimmer zu warten. Sie nehmen am Pfarrunterricht noch nicht teil, haben stets draußen gewartet und geweint vor lauter Kälte. Ich habe die Schuldienerin gebeten, schon etwas früher das Klassenzimmer einzuheizen, damit die Kleinen sich in der Zwischenzeit aufwärmen können. Meist machen wir einige Turnübungen, das macht ihnen viel Spaß. Oder wir spielen gemeinsam, Tempelhüpfen und auch Seilziehen, manchmal sagen wir Auszählreime auf. Dass das auch Lernen ist, weil sie die Sprüche auswendig kennen und wiederholen, weil sie die Zahlen immer und immer wieder aussprechen müssen, merken sie gar nicht.

In der Zeitung haben wir gelesen, dass ein Pfarrer verbannt worden sei, weil er die Kinder aufgewiegelt hätte gegen den Italienischunterricht, und die Opera Balilla habe er als mascherata bezeichnet. Ich habe den Kindern erklärt, dass eine mascherata etwas anderes sei, da verkleide man sich, um eben anders zu sein. Die tessera aber und die Tracht der Balilla und der Piccole Italiane würden sie gleichmachen. Natürlich habe ich selbst manchmal Zweifel, ob dieses Gleichmachen der richtige Weg ist. Ich denke, er kann richtig sein, wenn man ihn vom richtigen Standpunkt aus betrachtet. Gleich im Sinne davon, dass niemand besser ist, niemand besser gekleidet oder auserkoren, so haben sie es dann auch verstanden. Ich versuche mit unserem Kooperator einen freundschaftlichen, respektvollen Umgang zu pflegen.

3. Dezember 1935

Wir warten auf den Nikolaus. Die Kinder sind schon aufgeregt, sie träumen von Kastanien, von Malfarben und Bleistiften. Ich habe ihnen erzählt, dass der Nikolaus der Lehrerin die Geschenke bringe, auf dass sie sie verteile. Ihre Erwartung kennt keine Grenzen mehr. Sie haben ein wenig Angst vor dem Teufel. Il diavolo – das habe ich mir erlaubt ihnen zu sagen – il diavolo non esiste. Es gibt keinen Teufel, der Teufel ist nur die eigene Angst. Der Pfarrer hatte es ihnen anders erklärt, und wenn ich sie auch nicht zu überzeugen vermochte, so konnte ich sie vielleicht wenigstens dazu bewegen, darüber nachzudenken, dass das Leben nicht nur schwarzweiß ist. Es gibt viele Farben dazwischen, so wie in der Natur.

6. Dezember 1935

Heute kam der Nikolaus. Eigentlich ist es ein Feiertag, wir trafen uns trotzdem in der Schule. Ich verteilte Geschenke an alle Kinder. Sie schienen fast verrückt vor Begeisterung, sie lachten, sie bedankten sich überschwänglich, und sie aßen die Süßigkeiten langsam und mit Bedacht, aus Angst, sie würden zu schnell fertig werden. Und ich war so glücklich, mit so wenig so viel Freude bereitet zu haben. Einige als Teufel verkleidete junge Männer sind am Nachmittag mit viel Lärm und Geschrei und Geklapper durchs Dorf gerannt. Ich habe den Kindern auch heute wieder erklärt, sie müssten keine Angst haben, es würde ihnen nichts geschehen, es wären keine richtigen Teufel.

Doch die Angst steckt tief in ihnen, dachte Ada und füllte ihren Tintengriffel neu. Sie haben es nicht anders gelernt. Mit Angst macht man die Kinder folgsam, das ist hier nicht anders als in Paliano und sonst wo auf der Welt. Die *mamma* konnte toben und schreien, vom *papà* reichte ein Blick und Vito und Francesco hatten zu Boden geschaut und waren still gewesen. Sie schrieb weiter in ihr Klassenbuch, unsicher, ob es denn für Herrn Sotgia von Interesse wäre, das alles zu lesen. Es überkam sie, und sie wollte notieren, was ihr einfiel. Sie dachte, er kann es ja überlesen, wenn es ihm sinnlos erscheint.

Wenn die Schatten länger werden und seltener, die Tage kürzer, spüren auch die Kinder den ewigen Kampf zwischen dem Licht und dem Dunkel, wie sie es kennen aus den vielen Sagen des Volkes. Diesen Kampf führt auch der heilige Nikolaus gegen den Teufel. Der Nikolaus belohnt das Gute und die Guten, der Teufel bestraft das Böse und die Bösen. Mir scheint, dass von Jahr zu Jahr das Böse und die Angst und zugleich das Spiel mit dem Bösen überhandnehmen, immer mehr verkleiden sich als Teufel, und immer weniger als Nikolaus, das hat mir auch Frau Dora vom Lebensmittelgeschäft bestätigt. Ich habe den Kindern erklärt, dass es auf alle Fälle besser ist, dem Nikolaus zu folgen. Er bringt gute Geschenke. Der Teufel bringt schlechte Träume.

Es ist ein Thema, das die Kinder sehr interessiert, wir haben in den letzten Tagen viel gezeichnet und ihre Zeichnungen erzählen vieles, manche sind nur in Schwarz getaucht, nur wenige Kinder zeichnen den Nikolaus und seine Gaben in frohen Farben, das macht mich nachdenklich. Man sollte den Kindern ihre kindliche Freude wiederschenken, viel zu früh sind sie kleine Erwachsene.

Ada legte das Klassenbuch in ihre Schulmappe und nahm den Brief zur Hand, den sie heute von Maddalena erhalten hatte. Sie hatte ihn am Nachmittag nur überflogen. Ihre Cousine unterrichtete einige Stunden von hier entfernt, in Pfunders, im Pustertal. Sie hätte eine Tagesreise unternehmen müssen, um sie zu besuchen. Ada hatte ihr im Oktober geschrieben. Sie hatten beide sehr viel zu tun.

Cara Ada!

Schweren Herzens habe ich im September Paliano verlassen und bin wieder in mein verlassenes Dorf in den Alpen zurückgekehrt, es ist der dritte Winter hier im Pustertal. Die Bevölkerung hat mich frohen Herzens begrüßt und aufgenommen, ihre Freude, mich wiederzusehen, hat mein Heimweh etwas gelindert. Die montanari lieben keine Neuheiten und keine Veränderung. Vielleicht freuten sie sich auch deshalb, doch ich denke, ich hoffe wohl, das hat auch mit mir zu tun.

Meine erste Klasse heuer macht mir keine Freude, die Kinder sind frech und tragen über ihre Schulbänke wohl

Streitigkeiten aus, die sie von ihren Eltern kennen. An die 900 Seelen zählt dieses Dorf, vielleicht auch einige mehr, doch es gibt immer etwas zu streiten. Ich mische mich in diese Angelegenheiten nicht ein und stehe mit all meiner Kraft und Energie zu unserem Duce. Ich gebe jedoch zu, dass es mir oft lieber wäre, nicht hier zu sein. Heute kamen zwei ehemalige Schüler, um mich zu grüßen und Abschied zu nehmen, sie wurden zum Wehrdienst einberufen. Ich habe ihnen gratuliert und ihnen für den Kolonialkrieg alle besten Wünsche mit auf den Weg gegeben. Wenn ich die Möglichkeit habe mich zu äußern, auf der Straße, in einem Geschäft, auch in der Schule, versuche ich die Notwendigkeit dieses Krieges und der Unterwerfung von Kolonialstaaten in Afrika zu erklären. Und ich glaube, man versteht auch, was ich damit meine. Natürlich wird dieser Krieg Menschenleben fordern und große Opfer, aber die Geschichte lehrt uns, dass Zivilisation und Fortschritt wie jedwede andere menschliche Leistung auf dem Martyrium von Helden ruhen.

Ich freue mich sehr, dass auch Du Dich für den Schuldienst im Norden entschlossen hast. Fast denke ich mir, dass ich da ein wenig Mitschuld trage. Ich freue mich.

Ich habe am 14. September mit dem regulären Unterricht begonnen, gleich am Nachmittag bin ich mit einer Schülerin ins Rathaus. Für ihr außerordentliches Zeugnis, für ihre italianità und ihr vorbildhaftes Lernen und Benehmen im letzten Schuljahr erhielt sie von der Società Dante Alighieri eine Schultasche im Wert von 100 Lire. Du wirst sehen, welch Freude es macht, kleine Kinder im richtigen Geiste zu erziehen. Diese Auszeichnung wird auch die anderen Kinder anfeuern, fleißiger zu lernen.

Im Allgemeinen empfinde ich die Stimmung gedrückter als in den vergangenen Jahren und bisher haben auch erst wenige Kinder die fünf Lire für die tessera einbezahlt. Ich habe ihnen wiederholt erklärt, wie wichtig es ist, Mitglied der Balilla und der Piccole Italiane zu sein. Natürlich sind wir von den großen Zentren, in denen für die Jugend so viel getan wird, weit entfernt und all die benefici, die die ONB bietet, erreichen uns hier kaum. Es ist selten, dass wir wirklich die Vorteile genießen können. Es mag damit zusammenhängen, dass manche Bauern einberufen wurden und ihre Familien verunsichert sind, viele beklagen sich auch darüber, dass – aufgrund des Krieges – nun alles teurer werde.

Stell Dir vor, letzthin besuchte mich ein Schuster und fragte mich, ob er denn das leerstehende Zimmer im Erdgeschoß der Schule als Werkstatt benutzen könne. Ein Laden in einer Schule? Ich sagte, es gebe doch schon einen Laden im Dorf und es brauche keinen zweiten. Zum Glück war auch der Direktor dagegen, als ich ihn dazu befragte.

Die Schuster und Schneider wandern hier, sie ziehen von Hof zu Hof, das sind sie so gewohnt seit jeher. Da nun aber doch einige italienische Familien hierhergezogen sind, die Frauen der Beamten und Militärs, wittern die Menschen hier die Möglichkeit eines guten Verdienstes. Die Frau des maresciallo ist auch Schneiderin. Ich gehe immer zu ihr, wenn ich etwas brauche.

Vier Kinder der ersten Klasse haben mir bereits ein ärztliches Zeugnis gebracht, das bestätigen soll, dass sie noch nicht reif seien, die Schule zu besuchen.

Im Dezember und Jänner – mach Dich darauf gefasst – werden sehr viele Kinder krank sein und hohes Fieber haben. Die Mütter lassen die Kinder stets gemeinsam zu Hause in der großen Stube, und so stecken sie sich gegenseitig immer wieder an und werden nicht gesund. Ich sagte ihnen wiederholt, dass sie die Gesunden von den Kranken trennen müssen. Das ist natürlich schwierig, wenn es in den Häusern nur einen einzigen Raum gibt, der warm ist.

Im Laufe der Jahre habe ich mir einiges einfallen lassen und ich denke, diese Ratschläge könnten auch für Dich sehr hilfreich sein.

So haben wir heuer gemeinsam zu stricken begonnen, wir haben etwas Wolle bekommen und werden der Winterskälte auf diese Weise trotzen. Ich habe den Kindern erzählt, dass es in meinem Heimatdorf, in Paliano, einen Mann gegeben hat, der auch stricken konnte, und niemand hat ihn ausgelacht deshalb. Er hätte die besten Socken von allen gestrickt und die Frauen gingen zu ihm, wenn sie besondere Wünsche hatten. Da schämten sich auch die Buben nicht mehr und beschlossen, es den Mädchen der Klasse gleichzutun. Du erinnerst Dich doch sicher an Benedetto Grasselli? Jetzt ist er ja schon einige Jahre tot.

Ich erzählte ihnen auch von den Benediktinerinnen in Veroli. Sie waren die besten Näherinnen von allen, zu Gesicht bekommen haben wir sie nie. Wir haben die kaputte Kleidung in die Winde gelegt und jedes Mal gehofft, doch einen Blick in die Klausur werfen zu dürfen. Sie haben sie nach Tagen wieder dorthin gelegt und so genäht, dass man keine Ausbesserung erkennen konnte. Auch hier gibt es Klöster, in denen Mönche und Nonnen in Klausur leben. Auch hier stellt fast jede Familie einen Geistlichen. Wie geht es eigentlich Deinem Bruder? Dass Vittorio Priester werden will, ich kann es noch immer nicht glauben. Niemals werde ich vergessen, dass er sich als Bub und Ministrant in so eine Drehwinde gequetscht hat, um die Klausur von innen zu sehen. Welches Donnerwetter dann folgte ob dieses lustigen Streiches. Wie gern hätte ich die Blicke der Nonnen hinter den Mauern gesehen.

Donnerstagfrüh biete ich trotz des unterrichtsfreien Tages eine Stunde Handarbeit an und eine Stunde faschistische Geschichte. Die Kinder sind alle begeistert und kommen gerne.

Aufgrund der Holzknappheit weiß ich nicht, wie lange es möglich sein wird, die Schule an zusätzlichen Tagen zu heizen, der Direktor hat mir gegenüber schon angedeutet, dass es in den kalten Monaten möglicherweise keinen alternierenden Schulunterricht geben wird und ich alle Kinder gemeinsam werde unterrichten müssen. Das wird anstrengend, aber ich unterwerfe mich gerne, wenn es vonnöten ist.

Und Adua, die Niederlage, wird gerächt werden! Es macht den Kindern große Freude, dieses Lied über die Faccetta nera zu singen, das schwarze kleine Gesicht. Sie haben auch gar keine Schwierigkeiten mit dem römischen Dialekt. Kennst du das Lied bereits? Es handelt von einer kleinen Abessinierin, die von den Italienern befreit wird, der man Freiheit schenkt, Recht und einen neuen König. Am Ende wird sie selbst das Schwarzhemd überziehen. Jeden Tag üben wir es und ich fand immer schon, dass wir uns beim Singen noch besser machen als beim Beten. „Unser Gesetz ist Liebesknechtschaft, unser Motto Freiheit und Pflicht. Schwarzes Gesichtchen, du wirst Römerin sein, deine Fahne wird die Italienische sein, wir marschieren dann zusammen mit dir, vor unserem Führer und vor unserem König." Es ist so ein schönes Marschlied, dass die Kinder beim Singen kaum sitzen können. So singen wir es stets im Stehen.

Singen, Ada, tut immer allen gut.

Mit viel Begeisterung haben wir auch schon begonnen, Alteisen zu sammeln. Regelrechte Wettbewerbe sind unter den Schülern entstanden, wer mehr von zu Hause mitbringen kann. In der Klasse türmen sich bereits Töpfe, Besteck, Eisendeckel und sogar Ringe.

Es hängt immer davon ab, wie man sich einem Thema nähert. Der Reis, nationales Gericht der Italiener! Ich habe bereits mehrere Schulstunden dem Reis gewidmet, wie man ihn anbaut, wie gesund er ist, wie man ihn zubereitet. Gestern kam die kleine Veronika triumphierend in die Schule: Gestern habe ich weh bekommen (ieri havevo ricevuto male – dieses Verb „ricevere" verwenden sie in jedem Zusammenhang und statt „avere" schreiben sie immer „havere", vielleicht, weil es dem deutschen „haben" so ähnelt), die Mutter gab mir Reis mit Milch und dann tat es nicht mehr weh.

Jeden Morgen fragen sie mich, was ich gestern Abend in den Nachrichten gehört hätte. Ich habe einen kleinen Radioapparat und der hilft mir über einsame Abende gut hinweg, und man weiß, was unten im Süden geschieht.

Ich hoffe, ich konnte Dir ein paar gute Ratschläge erteilen und Du wirst das Unterrichten als genauso erfüllend empfinden wie ich. Ich freue mich auf Deine Antwort.

Sehen wir uns zu Weihnachten in Paliano?

Ciao, sei fest umarmt, Maddalena

Pfunders, 24 November XIII

Ada faltete den Brief, schob ihn ins Kuvert und legte ihn in die Schatulle, in der sie alle Briefe zu sammeln pflegte. Sie würde die Kinder fragen, ob sie Lust hätten, das Lied einzustudieren. Damit man ein Lied richtig singt, muss man es mögen, dachte sie. Antworten wollte sie Maddalena am nächsten Samstag oder Sonntag, heute war es zu spät, einen Brief zu beginnen.

7. Dezember 1935

Die Fabbrica Lenci aus Turin hat mir eine wunderschöne Puppe geschickt, mit wunderschönen grünen Kleidern. Ich vermag kaum meiner Freude Ausdruck zu verleihen und kann es kaum erwarten, sie den Kindern am Montag zu zeigen. Sie werden sich noch mehr freuen als ich.

10. Dezember 1935

Heute kam Herr Direktor Giovanni Battista Sotgia zu Besuch. Ich glaube, er war mit mir zufrieden.

12. Dezember 1935

Gestern war die Mutter der kleinen Maria bei mir, ihrer Tochter gehe es sehr schlecht, sie habe hohes Fieber und könne wohl länger nicht in die Schule kommen. Ich gab ihr alle Medizinen, die ich hatte, sie haben wohl nicht geholfen. Heute erfuhr ich, dass das Mädchen gestern Abend noch in die Stadt ins Krankenhaus gebracht werden und dortbleiben musste. Gemeinsam mit den Mitschülern habe ich heute für sie gebetet, auf dass sie bald wieder gesund wird und mit uns sein kann.

16. Dezember 1935

Es naht das schönste Fest des Jahres, Weihnachten. Mir scheint, wenn die Sonne sich an ihren tiefsten Winkel zurückzieht, wird der Wunsch der Menschen nach Licht am stärksten. Vielleicht brachte diese Tatsache unsere Vorfahren auf die Idee, eine kleine Tanne mit Kerzen zu bestücken und damit die Stube zu erhellen. L'abete als Symbol der Hoffnung, dass die Tage wieder länger werden, dass der Frühling naht und die Böden wieder fruchtbar werden. Ich mag diese Zeit, die langen dunklen Abende, auch ich habe das Gefühl mich ein wenig zurückziehen zu dürfen, zu sammeln. Wir können nicht immer in voller Pracht dastehen. Die Bäume tun es ja auch nicht.

17. Dezember 1935

Heute haben wir viel für die Befana fascista gesammelt, wir haben sie um knappe drei Wochen vorgezogen: 15 Kilo Äpfel, Kartoffeln und Kastanien. Die Kinder hatten alle Hände voll damit zu tun, zu Hause und bei den Nachbarn zu fragen, was sie entbehren und ihnen überlassen könnten. Die Gemeinde gab uns die Erlaubnis, unsere Sammlung an die Armen zu verteilen. Mit welcher Freude wir das getan haben und wie viel Freude wir damit schenken durften. Ich weiß gar nicht, wer sich am meisten freute. Die Beschenkten? Die Schenkenden?

Die Einschreibung im Dezember war hervorragend. Ich weiß, ich werde 100 Prozent erreichen. Acht Ausweise fehlen mir noch, dann sind sie alle dabei. Der Direktor hat mir erlaubt nach Klobenstein zu gehen und ich konnte dort viel erledigen. 24 Uniformen konnte ich nach Hause bringen, zwölf für die Balilla, zwölf für die Piccole Italiane. Und all die Hefte für die zweite Klasse. Und ich ließ mir auch noch 100 Hefte geben für die Armen, es reicht bei weitem nicht. Es ist ein Anfang. Wenn man Briefe schreibt, erreicht man gar nichts. Wenn man etwas erreichen möchte, muss man selbst hingehen. Die Kinder sind so hilfsbereit, sie helfen mir in der Schule und außerhalb der Schule, wo immer es nötig ist. Einige haben mich begleitet, um mit mir den Rucksack zu tragen. Wir verstehen uns fast ohne Worte. Wenn ich eine Idee aufwerfe, verstehen sie sie sofort und ohne Zögern sind sie bereit, sie umzusetzen. Auch ihre Familien begegnen mir mit Herzlichkeit und Respekt.

20. Dezember 1935

Im Leben der Kinder ist Weihnachten ein viel wichtigeres Ereignis als der Besuch vom heiligen Nikolaus oder als Ostern, in der Kirche zweifellos das größte Fest. Weihnachten ist das ausdrücklichste Zeichen der Liebe der Eltern gegenüber den Kindern und damit für die Kinder der direkteste Ausdruck dessen, was sie wirklich brauchen, Zuneigung, Geborgenheit. Ich denke, es ist Aufgabe von uns Lehrern, den Kindern zu helfen, ihren Gefühlen Ausdruck zu verleihen. Das ist nicht immer ganz einfach, denn sie sind es nicht gewohnt, viel zu reden, sie sind verschlossener, als ich es von zu Hause kenne. Ich habe ihnen erklärt, dass die Gefühle der Eltern viele Umwege nehmen, dass auch Eltern nicht immer fähig sind, sie zu zeigen. Und wissend, dass es sehr arme Kinder gibt, die zum Weihnachtsfest keine Geschenke bekommen, da andere Sorgen die Eltern plagen, habe ich ihnen aufgezeigt, dass die Liebe nicht etwas Greifbares ist, sie ist da und will einfach nur anerkannt werden, um zu wirken.

Heute war der letzte Schultag dieses Jahres. Ich werde meine Kinder vermissen.

17. Jänner 2000, Villa Serena, Bolzano / Bozen, 19 Uhr

Laura war nicht die einzige Frau im Altersheim, deren Mann auch hier war. Da war noch Paula.

Paula schob ihren Mann stundenlang durch den Gang auf und ab, wenn das Wetter es nicht zuließ, in den Park zu gehen, sie schob ihn und hielt sich selbst am Rollstuhl fest, der ihr zur Gehhilfe geworden war. Roberto verstehe alles, beteuerte Paula, nur das Sprechen hätte er verloren, sie schob ihn und streichelte ihm über den Hinterkopf und den hauchdünn gewordenen Rossschwanz, gelblich weiß war er geworden, sie beugte die Knie und brachte ihr Ohr nah an seinen Mund, um ihn zu hören, der nur die Lippen bewegte. Sie ging mit ihm auf und ab und lebte mit ihm und es war ihr einerlei, wo sie war, bei ihm wollte sie sein, den sie erst vor vier Jahren geheiratet hatte, als die Krankheit ausbrach. Fünfzig Jahre waren sie beisammen und immer hatte sie nein gesagt, heiraten wolle sie nicht, und sechsundvierzig Jahre lang hatte er gewartet und sie nie gedrängt, und sie war dankbar dafür, dass er sie nie trieb. Paula hatte nicht heiraten wollen, Paula hatte eine schwere Kindheit und auch in der Jugend war manches geschehen, das erzählte sie allen, und allen sagte sie dann, dass sie über das, was vorgefallen war, was ihr das Heiraten vergällt hatte, nie gesprochen habe und nicht sprechen würde. Paula hatte zeitlebens all ihre Erinnerung an früher zu verdrängen versucht. Sie schob ihren Mann auf und ab und streichelte ihn und hielt seine Hand und brachte ihr Ohr an seinen Mund, als wäre die Liebe erst erwacht. Sie war stets mit ihm gegangen und als sie ihn nicht mehr pflegen konnte, als es für sie noch keinen Platz hier gab, war sie von früh bis abends hier gesessen, nur dienstags und freitags vormittags nicht, da war sie bei einer Tochter in einem anderen Altenheim. In einem Heim, wo ihre Tochter gar nicht hingehörte, wo sie nur ungern lebte, aber sein musste, da es für Patienten ihrer Art keinen anderen Platz gab als jenen, unter Alten zu sein, die nicht mehr wissen, was sie tun, die aber noch gehen können und laufen und essen. Da war sie bei der Tochter, die noch denken konnte und verstehen und lesen und auch undeutlich sprechen, die jedoch nicht mehr gehen konnte und auch nicht rauchen. Das war das Schönste, wenn die Mutter kam und ihr die Zigarette zum Mund führte und sie ziehen ließ bei offenem Fenster, weil es verboten war. Paula ging auch jetzt dorthin, dienstags und freitags, das Heim lag jenseits der Straße, nur Zebrastreifen waren zu überqueren. Paula hatte Angst vor dem Alleinsein, Paula ertrug es nicht, erinnert zu werden und wollte da sein, wollte da sein und sein für beide. Sie hatte gebeten, dass die Tochter hier Aufnahme fände, auf der Warteliste war sie an fünfter Stelle und Paula wollte lieber selbst die Fünfte sein, die der Tochter Platz machte, als dass es Roberto war. Es war nicht auszudenken und sie sich sicher, dass er alles verstand, auch wenn seine Miene meist dieselbe war, die Brauen hochgezogen und aufmerksam, so hatte er sie immer angesehen, er hatte sie immer verstanden, auch wenn sie ihre Sprache sprach, die nicht die seine war, auch wenn er ihr Deutsch und ihren Dialekt nie lernte. Nur gegrüßt hat er manchmal, „Guten Morgen" und „Guten Mittag" und „Guten Abend" und es klang stets, als ob er einen Schnupfen hätte, er blieb hängen an der letzten Silbe, als würde er den Ton suchen, um seine Gitarre nach ihrem Klavier zu stimmen.

Heute Vormittag hatte Ada ein wenig mit Paula geplaudert. Es war nichts Besonderes gewesen, Ada wusste jetzt, auf ihrem Balkon, gar nicht mehr, worüber sie gesprochen hatten. Aber plötzlich bewegte sie diese Liebe Paulas zu ihrem Mann. Diese Hingabe, dieses Dasein für andere. Ihr war dieses Dasein für einen einzigen Menschen nicht vergönnt gewesen, oder vielleicht war es nicht für sie vorgesehen. Vielleicht hätte sie es auch gar nicht wollen. Sie hatte viele Kinder in der Schule. Eigene hatte sie nicht. Temistocle starb nach wenigen Jahren Ehe. Anis nach vielen Jahren der fernen Nähe. Und Reuben? Er müsste bald 100 sein, er war bestimmt schon tot, er war nicht nur ein Pilot, ein Offizier der Luftwaffe ist er gewesen. Aber wer war Reuben schon? Der Freund des Mannes ihrer Schwester. Ein Engländer, mit dem sie geplaudert hatte. Zweimal. Mehr nicht. Geplaudert auf Italienisch, mit Händen und Füßen. „Gut, dass ich wenigstens ein bisschen Italienisch kann“, hatte er gesagt und gelacht. „Im Englischen ist es nicht schick, sich mit Händen und Füßen zu unterhalten.“ Sie hatte auch gelacht damals.

Gina. Ich habe Sehnsucht nach dir. Ich möchte dich endlich wirklich sehen. Wie geht’s dir, Gina, liebste Schwester? Du wolltest damals nicht mit mir auf der Schaukel sitzen. Und ich war so froh, dass du das nicht wolltest. Ich war viel lieber alleine, dem Himmel entgegen.

Ada spürte plötzlich, wie kalt es war. Und sie ging zurück ins Zimmer.

3. Jänner 1936

Während der Ferien waren Diebe in der Schule. Sie haben den Geldschrank geöffnet und entwendet, was sie darin fanden. Viel war es nicht, ein paar Lira nur. Ich denke, sie waren wohl auch in meinem Lehrerzimmer. Ich vermisse eine Schachtel mit Bunt- und Bleistiften, mit Radiergummis und all den Gegenständen, die eine Lehrerin für ihre Arbeit braucht, was mir die Gemeinde für den Unterricht zur Verfügung gestellt hatte und mir die Kinder zur Aufbewahrung gegeben hatten, weil sie es doppelt besaßen und nicht verlieren wollten. Sie kamen wohl, da ich nicht da war. Die Schüler werden traurig sein.

4. Jänner 1936

Die Kinder sind aus den Ferien zurück. Ich habe im Klassenzimmer auf sie gewartet und sobald sie hereinkamen, erzählten sie von den Geschenken, die das Christkind gebracht hatte. Manche hatten sogar Bücher bekommen, was für ein Luxus, in welcher Sprache sie geschrieben sind, erzählten sie nicht und ich fragte nicht danach. Außer dem Lesebuch kennen die meisten ja nur den Kalender, Bücher kann man sich beim Pfarrer ausleihen. Selbst Bücher besitzen, das tun nur wenige Familien, auch die nicht, die zu den Besseren gehören, weil sie etwas haben, das über den täglichen Gebrauch hinausgeht. Viele Kinder hatten einen Aal bekommen, „Anguilott“ essen auch die Deutschen hier, ein in Salz eingelegter Fisch – frischen kennt man kaum.

Ada dachte an ihren *nonno*. Er wird heuer 75 Jahre. Er ist Bauer geworden, wie es die Väter und Großväter meiner Kinder sind. Im Herzen blieb er Fischer.

Die Mädchen und Buben der armen Familien standen etwas abseits und schwiegen und schauten unter die Bänke, auf den Boden, zum Fenster hinaus. Sie hatten nichts zu erzählen und haben sich deshalb wohl geschämt. Sie taten mir so leid. Poveretti. Ich näherte mich der Gruppe, die abseits stand, und Ignazio erzählte mir: Signorina, zu mir ist das Christkind nicht gekommen, ich bin den ganzen Tag am Fenster gestanden und habe auf das Christkind gewartet, und am Abend lag noch immer nichts unter dem Christbaum. Nur drei Kerzen brannten ... Und ich, um ihn zu trösten: Vielleicht, mein liebes Kind, hat das Christkind bei dem vielen Schnee und dem vielen Eis den Weg zu deinem Haus nicht gefunden ... Aber zu unserem Nachbarn hat es gefunden, signorina. ... Und ich: Vielleicht hatte es einfach keine

Zeit mehr, zu dir zu kommen, vielleicht kommt es noch … Und Ignazio war darauf still und seine Augen leuchteten wie zwei Sonnenstrahlen, er träumte von einem Morgen voller Geschenke und Freude. Ich dachte bei mir, ich will heute noch einen Baum schmücken, mit all den Kerzen, die ich nur finden kann. In der Sakristei sind so viele Stümpfe, ich will den Pfarrer bitten, mir zu geben, was er nur entbehren kann.

6. Jänner 1936

Giorno di festa! Nach der heiligen Messe gingen wir gemeinsam zur Schule. Alle waren aufgeregt und konnten es nicht erwarten, dass die Schultür sich endlich öffnete. Und dann sperrte ich sie auf: Oh, oh, entfuhr es den Kindern. Sie waren ergriffen vom Christbaum, der in hellstem Lichte erstrahlte, sie sahen gar nicht die Süßigkeiten und das Obst, das sich darunter befand, sie sahen nur das Leuchten der Kerzen, die still vor sich hin flackerten und das Klassenzimmer in ein wundersames Licht tauchten. Bello, bello, flüsterten sie ergriffen, wie schön! Unter dem Baum für jeden von ihnen ein Säckchen mit Süßigkeiten, wohlerzogen wie sie sind, holte sich einer nach dem anderen jeder das seine, machte es auf und sah hinein. Doch niemand, nicht ein ein ziges Kind, entnahm ihm ein Bonbon, sie verschnürten die Säckchen wieder, um sie wie einen Schatz, den man nicht berühren durfte, mit nach Hause zu nehmen.

Zur Heiligen Familie haben wir die drei Weisen aus dem Morgenland dazugestellt. Die Krippe ist wunderschön. Einige haben frische Tannenzweige gebracht und Tannenzapfen, von manchen kamen die kleinen Geschwister und auch Mütter waren heute gekommen, warteten schüchtern vor der Schule und traten dann ein. Wir standen gemeinsam bei der Krippe, es war so stimmungsvoll. Die Augen der Kinder überstrahlten die Kerzen. Und meine Freude war unbeschreiblich, ich schaute ihnen nach, bis das allerletzte Kind um die Ecke gebogen war. Erst dann löschte ich die Kerzen, die noch nicht heruntergebrannt waren, putzte das Wachs vom Boden und versperrte das Klassenzimmer.

11. Jänner 1936

Die Frist ist vorüber und die Liste mit den Einschreibungen komplett. Alle meine Schüler haben eine Mitgliedskarte. Ich bin so froh darüber. In der Zwischenzeit haben wir bereits 28 Uniformen, jene für die Balilla und die Piccole Italiane zusammengerechnet. Die Kinder werden übermorgen zur Befana das erste Mal die Uniformen tragen, sie sind außer sich vor Aufregung. Jene, die keine haben, weil mir zu wenige geschickt worden sind, sind betrübt. Ich weiß, ich hatte versprochen, dass jede, dass jeder eine eigene bekommt. Es muss doch noch ältere Uniformen geben, von den Kindern, die inzwischen gewachsen sind. Gestern war ich eigens dafür in Klobenstein, drei Uniformen hat man mir noch überreicht, es sind noch immer nicht genug. Ich werde morgen weitersuchen, ich werde nicht aufgeben, meine Kinder haben eine große Freude daran, das schwarze Hemd zu tragen und die kurzen Hosen.

Ich glaube, ich darf stolz sein. 44 Schüler zählte die Schule im vergangenen Jahr. Und 19 waren bei der Balilla oder den Piccole Italiane. 45 sind es in diesem Schuljahr – 26 in der III., IV. und V. und 19 in der I. und II. Alle sind sie dabei, alle haben ihren Beitrag gezahlt und ihren Ausweis bekommen! Für die Ärmsten hat mir ein Spender, der nicht genannt werden will, das Geld geschickt, es lag in einem Briefkuvert ohne Absender und ohne weiteren Kommen-

tar: „Per la tessera, per i bambini poveri di Auna di Sopra", stand am Umschlag, „per la maestra Ada Torelli di Paliano", mehr nicht. Ob es der comandante Colonna war? Fünf Lire für einen Ausweis und die Mitgliedschaft sind viel Geld für manche Familien, ich denke, dass es nicht gerecht wäre, wenn sie nicht mitmarschieren könnten, nur, weil sie das nicht aufbringen können.

14. Jänner 1936

Gestern waren wir in Klobenstein und feierten die Befana fascista. Es war ein wunderbares Fest, seine Exzellenz, der Präfekt war da, der Herr Inspektor, der Direktor natürlich, der Herr Podestá und auch Offiziere waren da und ranghohe Beamte. Sie schauten den Kindern zu und hatten für jedes von ihnen ein persönliches Wort und ein aufmunterndes Lächeln. Und alle sind mitmarschiert. Und alle hatten einen Hut und eine Krawatte und eine Uniform. Manch eine war zu groß und war verrutscht, manche knüpften wir mit einem Stück Seil ober den Hüften zusammen, manche waren zerknittert und nicht sauber. Aber jedes meiner Kinder hatte eine Uniform, ich war so stolz darauf, dass ich es noch geschafft hatte, die fehlenden zu finden.

Sie waren alle gekommen, die Gemeindevertreter waren da und Musik gab es und die 45 Kinder der Schule von Oberinn wurden beschenkt. Die Befana brachte Stoff und Strümpfe, sie brachte Schuhe und Orangen, sie brachte Hefte und Süßigkeiten. Gemeinsam suchten wir die Geschenke aus und verteilten sie. Jene, die arm sind, bekamen mehr Stoff als die anderen, die ihn sich eher leisten können. Für zwei Schwestern hatte die Befana nichts gebracht, man hatte ihre Namen auf der Liste vergessen, ich habe mir nichts anmerken lassen und sie bekamen Geschenke wie all die anderen auch. Ich nahm da ein bisschen und dort ein wenig und es fiel niemandem auf. Doch ich habe es mir notiert und werde dem Verantwortlichen die Namen schicken, damit das nicht wieder passiert. Auch ein Mittagessen bekamen wir in Klobenstein, wir waren glücklich, als wir gemeinsam so reich beschenkt die eineinhalb Stunden wieder nach Hause gingen.

Es war das erste Mal, dass die Kinder ihre Uniform trugen, es war ein besonderer Tag. Natürlich hatte ich ihnen erklärt, dass sie – mit dem Tragen dieser Kleider – an den Duce denken müssten und ihm danken, denn er hat dies überhaupt ermöglicht.

Ada zitterte beim Schreiben dieser letzten Zeilen. Sie legte ihre Feder aus der Hand und atmete tief durch. Sie hatte dem Direktor das Klassenbuch jeden Monat zur Durchsicht und Kontrolle vorzulegen. *Visto* schrieb er dann darunter und gab es ihr wieder zurück, manchmal schrieb er *buono* und *interessante*, einmal hatte er darunter notiert, dass sie dem faschistischen Gedanken im Unterricht mehr Aufmerksamkeit schenken solle. Sie war tatsächlich gerührt, dass sie alle Kinder dieser Schule in die Jugendorganisationen hatte eintragen dürfen, sie nahm es als Kompliment und als Bestätigung für ihre Arbeit als Lehrerin. Nicht um den Duce ging es ihr, dass sie etwa Kinderherzen für ihn hatte entzünden und begeistern können. Den Duce erwähnte sie Herrn Sotgia zuliebe im Klassenbuch, aber er kümmerte sie wenig. Sie freute sich, dass auch die Ärmsten hatten dabei sein können, dass auch die Ärmsten ein Geschenk bekamen: Dass gerade jene, die von sich aus nicht die 5 Lire für den Mitgliedsausweis und die Uniform aufbringen konnten, dass gerade diese nicht von der *Befana* beschenkt werden sollten, die gar nichts hatten, nur das Essen, das ihnen ihre eigenen Felder brachten, die nicht mehr Bargeld hatten, als jenes, das die Bäuerin beiseitelegen konnte für den Arzt oder sonst einen Notfall, weil sie es geschafft hatte, ein paar Eier zu verkaufen, weil sie stundenlang im Holzfass Milch zu Butter trieb und schlug, weil sie jede einzelne Borste eines geschlachteten Schweines, soweit man eines hatte, aufsammelte, dem Schuster verkaufte als Werkzeug, um die Leinenfäden einzuziehen, als Nadel zum Nähen, dass genau die ärmsten der Kinder keine Geschenke erhalten sollten, ganz einfach, weil sie die 5 Lire nicht hatten – das hatte sie nicht hinnehmen wollen. Und sie hatte es geschafft, dass alle von der Befana beschenkt wurden, dass es keinen Unterschied gab zwischen arm und noch ärmer.

Es war ihr aufgefallen, dass nicht alle von Herzen begeistert waren und manche sich schämten. Es standen Halbwüchsige auf der Straße, die die Kinder in den Uniformen verspotteten, die sie Faschisten schimpften und verächtlich lachten. Es gehörte viel Mut dazu, hier mitzugehen. Und sie wusste, dass kaum eines der Kinder an den Duce dachte, dass viele Kinder am Nachhauseweg im Wald noch, vor ihren Höfen, die Kleider wechselten und die Uniform versteckten, um die Väter nicht zu erzürnen. Sie wusste, dass die Kinder hin- und hergerissen waren, dass sie an der Lehrerin hingen und die Eltern nicht enttäuschen mochten.

Dass sie ausnahmslos alle ihre Kinder in der Mitgliedsliste eintragen konnte, verschaffte Sicherheit, das war ihr bewusst. Das war ihre Trumpfkarte gegenüber dem Direktor, den anderen Lehrern, gegenüber den Inspektoren.

Und während Ada Secondina Torelli dies dachte, überfiel sie plötzlich eine Einsamkeit. Sie hatte wohl begonnen, all das, was nicht ins Klassenbuch gehörte, in ein

Tagebuch zu schreiben. Aber bereits die Klassenbucheintragungen schienen ihr abends oft zu viel, und so standen im Tagebuch immer weniger Notizen, und auch diese hatte sie – seitdem der Einbruch in der Schule offenbar wurde – verschlüsselt.

Ada stand auf und öffnete das Fenster. Kalt strömte es herein, noch kälter, als es im Zimmer sowieso schon war. Sie fröstelte, doch das Atmen erschien ihr jetzt leichter. Sie hörte vom Stall des Nachbarn Schafe blöken und beschwor einen Heißsommermittag in Paliano herauf, sie als Mädchen, in *zoccoli,* in ihren Holzschuhen, den Hang hochlaufend zum Lindenbaum. Im Juli, wenn leichter Wind den Hügel streifte und die nachtpupillengroßen Blütenkugeln wie kleine Hagelkörner von der großen Linde fielen, stellte sie sich in diesen Regen des Geknisters, fühlte die kleinen Nüsschen auf Sonnenhut und Schultern prallen und stellte sich vor, so müsse es sein im Norden, im Winter, wenn es schneit. Sie liebte diese einzige Linde, die es auf den Kindheitshügeln gab, jedes Blatt ein Herz. Sie liebte Bäume. Sie liebte alle Bäume. Manche besonders.

Sie besuchte sie alle, die hier auf dem Hügel standen, sie grüßte jeden einzelnen Haselnussstrauch und an jeden Stamm legte sie ihre Hand. Sie streichelte die Steineiche, den Feigenbaum, die fette Korkeiche mit der hängenden Schaukel, sie schüttelte am Holunderstrauch, sie betrachtete das weiche Grün der Olivenblätter und suchte in den knorrigen Stämmen nach Gesichtern. Sie wusste viel von den Bäumen, die Großmutter erzählte oft, dass hier gute Geister wohnten, Wichtelmänner und Feen, dass diese Blüten für jene Erkrankung heilsam seien und jene für eine andere.

Den Duft der Lindenblüten mochte sie gerne, obwohl er so stark war, dass er sie niesen ließ. Sie sog ihn ein in den wenigen Tagen der Pracht, bevor die Sonne den Fruchtflügel mit den zu einem kleinen Strauß gebündelten fünf Blüten brach und in raschelndes Gelb verfärbte. Blüten, mit denen ihre Brüder Propeller spielten und Flugzeug. Am allerliebsten aber war ihr der süßliche Geruch der Feigen.

Nonna sagte, wenn man mit den Bäumen redet, dann wachsen sie besser. Dasselbe sei es mit den Pflanzen im Garten, dem Spinat, den Tomaten und Zucchini. Wenn man sie anspricht, nehmen sie den verbrauchten Atem des Menschen als Antrieb stärker zu gedeihen.

Holzpantoffeln trug sie im Sommer wie im Winter: Man konnte einfach in sie hineinschlüpfen, in diese Schuhe, die lang zu groß waren, nur ein Lebensjahr passten und dann lang zu klein. Barfuß gehen tat ihr weh. Mit den *zoccoli* gehen tat auch weh, aber anders. Sie spürte das Krachen der stumpf gemähten Stängel unter den Sohlen und fragte sich, ob sie ihnen den Mut zum Weiterwachsen genommen hatte. Und die Disteln und die wenigen Blumen, die der Mahd getrotzt hatten, waren im Juli starr und steif wie Schilf und peitschten gegen die Waden, die abends gerötet waren und stets gezeichnet von mit getrockneten Blutstropfen gesprenkelten Ritzen und Kratzern.

Sie liebte es über die Felder zu laufen, die grenzenlos waren. Zäune gab es nicht. Dass es hier im Norden am Berg so viele Zäune gab, so viele Grenzziehungen, so viel Streit um ein paar Meter Erde, das hatte sie erst lernen und verstehen müssen. Bei so viel Stein, bei so viel Wald musste um jedes Stückchen Alm gerungen werden.

Hier am Berg trugen auch viele Kinder Holzpantoffeln. Viele hatten gar keine Schuhe oder teilten sie sich mit ihren Geschwistern. Manche Mädchen kamen im Winter, wenn es schneite, nur mit wollenen Kniestrümpfen in die Schule. Das Lanolin würde mehr Wasser abhalten als ein Lederschuh, sagten sie. Die Knie waren rot von der Kälte.

Heute Abend, just an diesem wunderschönen Tag, just nach dieser wunderbaren Feier, spürte Ada eine tiefe Verlassenheit. Die Kinder waren ihr nah, ihr Alltag, ihre Familien fern.

25. Jänner 1936

Seit einigen Tagen habe ich es mir zur Angewohnheit gemacht, vor der Kirche auf die Kinder zu warten. Es ist dunkel, wenn ich das Haus verlasse und bitterkalt, doch es macht mir nichts aus. Es ist schön, hier zu stehen und sie schon von der Ferne kommen und laufen zu sehen mit ihren Lampen und Fackeln und den Kerzen in den Laternen. Arme Kinder, wie sehr bewegt mich tagtäglich dieser Anblick. Jeden Morgen muss ich aufs Neue an die Sprösslinge der Reichen in den Städten denken, die diese Kälte, diese Finsternis nicht kennen, die sonntäglich aufgeputzt und verweichlicht daheim zwischen Polstern und Decken und Teppichen sitzen, die nicht etwa selbst zur Schule gehen müssen, zu denen die Lehrerin und der Lehrer nach Hause kommen, um ihnen lesen und schreiben beizubringen. Oder jene, die mit dem Autobus zur Schule fahren und jeden Morgen wieder jammern und zetern, weil sie ihr Zimmer, vollgefüllt von Spielsachen, verlassen müssen.

Wie viele unbeschreibliche Opfer verlangt das Leben von diesen Bergkindern!

14. Februar 1936

Valentinstag. Heute lehrte ich die Schüler der ersten Klasse das Gedicht mit den Fingern. Den Kindern der anderen Klassen hatte ich in der Zwischenzeit einige Aufsatzthemen gegeben und sie gebeten, dazu etwas zu schreiben.

Ich kam zum Satz des kleinen Fingers, des dito mignolo: chi ruba va in prigione ... Ich erklärte ihnen, dass Gott alles sieht, er sieht es auch, wenn jemand etwas Kleines stiehlt, und sei es auch noch so klein. Es herrschte Stille in der Klasse und ich merkte, dass auch die großen Kinder aufgehört hatten zu schreiben und meinen Worten lauschten. Ich wollte sie in ihrer Konzentration nicht stören und verstummte selbst ... Da hörte ich aus den hinteren Bänken ein unterdrücktes Schluchzen. Giuseppe, mein Kind, was ist denn, fragte ich. Und er, mit Tränen in den Augen: Signorina, heute früh habe ich die Zündhölzer gestohlen, die sich am Schreibpult befanden ... Und in der Bank hinter ihm erhob sich Eriberto und sagte, den Blick voller Scham: Maestra, ich bin auch schuldig, ich war dabei ... Und dann folgte eine Stunde der Beichte, einer nach dem anderen stand auf und erklärte schuldbewusst, was er getan hatte, der eine hat den anderen geschlagen, einer hat dem anderen das Heft beschmiert, einer hat dem anderen die Spitze des Bleistiftes abgebrochen. Ich war komplett verwirrt und hätte am liebsten selbst all das erzählt, was ich falsch gemacht habe in meinem Leben. Was tun mit diesen ehrlichen, aufrichtigen Dreikäsehochs? Es war zu traurig, sie nun einfach so stehen zu lassen, mit ihren Lebensbeichten, mit diesen kleinen Vergehen, die doch keine Vergehen waren, höchstens Lausbubenstreiche, mit ihren erröteten Gesichtern. Eine unendliche, unbeschreibliche Liebe überkam mich und ich ging zu Giuseppe und sagte: Liebes Kind, ich verzeihe dir diesen kleinen Diebstahl, und ich bin mir sicher, auch Gott hat dir dein Vergehen längst schon vergeben. Ich bin mir sicher, dass du in deinem Leben nie mehr so etwas tun wirst, dass du heute für dein ganzes Leben sehr viel gelernt hast. Er nickte mit dem Kopf und sagte: Nein, ich werde nie mehr so etwas tun. Und ich streichelte ihm über die Wange und hatte das Bedürfnis, die ganze Klasse zu trösten: Gott hat alle eure Vergehen gesehen, die kleineren und vielleicht auch manche größere. Gott sah auch, dass ihr heute früh gemeinsam in der Kirche wart, er sieht, wie ihr euch tagtäglich bemüht und in die Schule kommt und aufpasst und Gutes tut, er sieht, dass ihr jeden Tag einen weiten Weg hierherkommt, obwohl die Straßen eisig sind und voller Schnee, obwohl der Schneepflug oft genug nicht gefahren ist und ihr mit schlechten Schuhen durch den tiefen Schnee stapfen müsst. Er hat gesehen, wie ihr eure Gedichte lernt und den Aufsatz schreibt und ich weiß, er hat euch lächelnd zugeschaut.

Als die Schulglocke ertönte, sind die Kinder nur langsam aufgestanden. Es war, als wäre mit dem Scheppern der Vorhang des Tempels zerrissen. Und mit ihm so vieles, das uns bislang trennte. Anders als üblich haben sie ein bisschen gezögert, bevor sie das Klassenzimmer verließen. Es war für mich selbst sehr schwer, sie gehen zu lassen, es war wie ein Abschied, und die Trennung schmerzte. Ich öffnete die Hefte und richtete meine Augen auf die halbfertigen Aufsätze, um mich abzulenken. Eines Lächelns konnte ich mich nicht erwehren. Was war das heute? Italienischunterricht? Religionsstunde?

Ada hob ihren Blick vom Klassenbuch. Ihr eigener Schulweg war nicht weit gewesen. Zwanzig Minuten vom Haus des Vaters auf den Hügeln der *Principi di Colonna* bis zum Unterrichtsraum. Zwanzig Minuten der Freiheit, des Nicht-beobachtet-Seins, zwanzig Minuten, die nicht gefährlich waren. Dort in Paliano gab es keinen Tiefschnee und keine Lawinen, keinen Erdrutsch und keinen Steinschlag. Untertags haben sich Wölfe und Wildschweine im Gebüsch versteckt, da knackte es manchmal in den Haselnusssträuchern und dem Eichenwald, aus dem Gebüsch getraut haben sich die Tiere nie. Sie kamen erst in der Dunkelheit auf die Wiesen und Felder und in die Nähe der Menschen. Der Schulweg war Freiheit. Hier war das der Schulweg auch, aber er war gefährlich. Wie viele Kinder in diesem Land mussten in der Dunkelheit aufbrechen, über eisige Stellen, durch Schluchten und Bachbetten, über Schneefelder und steile Abhänge, so steil, dass sie Mühe hatten, gerade zu stehen. Immer wieder hörte sie von Kindern, die in die Tiefe stürzten, auf dem rutschigen Berggras zu Tode rollten, die gesucht werden mussten, obwohl sie von klein auf gelernt hatten, mit dem Körper hangaufwärts hinzufallen und nicht mit dem Kopf talabwärts. Es war karg, das Leben hier. Es verwöhnte nicht, und die Einfachheit der Menschen, ihr Gemüt, ihre Fähigkeit es anzunehmen, es zuzulassen, sich in dieser Verbindung zwischen Himmel und Erde täglich aufs Neue einzupendeln, das beeindruckte sie tief. Jammern war nicht die Sache dieses Volkes.

20. März 1936

Elena.

Gut, rothaarig, mollig, Sommersprossen auf Nase und Wangen und wache, stets lächelnde Augen. Sie liebt die Lehrerin, das Spiel mit den Freunden, die Schönheit der Natur. Sie ist wie eine besondere Puppe von Lenci.

Das arme Mädchen hat keinen Vater mehr und keine Mutter, sie hat auch keine Geschwister. Sie geht gerne zur Schule, ist gern unter Kindern ihres Alters.

Heute war sie endlich wieder da, lange hat sie gefehlt, hat uns allen gefehlt.

Es war ein dunkler, eiskalter und abweisender Morgen im Winter. Es war ein gefährlicher Morgen für meine Kinder. Und es kamen auch nicht viele heute. Elena war krank gewesen und seit über einer Woche nicht erschienen, just an diesem abweisenden Tag kam sie und nahm still ihren Platz in der Bank ein. Ihre Wangen waren von Fieber gerötet, die Stirn war verschwitzt und ich erkannte, ohne die Hand darauf zu legen, dass sie glühte. Das Mädchen sagte nichts an diesem Tag, ihr Blick war verwirrt und sie hing Gedanken nach, die mit dem Unterricht nichts zu tun hatten. Ich näherte mich dem Mädchen, strich ihm vorsichtig über das heiße Gesicht und fragte: Elena, warum bist du heute gekommen? Warum bist du nicht im Bett geblieben? Sie lächelte mir zu und sagte: Ich musste dich sehen.

Ein unglaubliches Schuldbewusstsein ergriff mich, weil ich sie in den vielen Tagen nie zu Hause besucht hatte, mich nicht nach ihrem Befinden erkundigt hatte. Die Straße war mir zu unwegsam erschienen, der Weg zu weit.

Aber du bist ja krank, Elena! Du hast ja Fieber, mein Kind! Ich nahm ihre Jacke, wickelte das Mädchen darin ein, gab den anderen Schülern den Auftrag, inzwischen ein Gedicht zum Thema Schnee zu schreiben und ich ging mit ihm aus dem Haus. Ich begleitete sie, soweit es ging, und verabschiedete mich mit den Worten, ja schnell heimzugehen, sofort zurück ins Bett. Ich würde nach dem Unterricht kommen und nach ihr sehen. Elena strahlte mich glücklich an. Ich kehrte zurück, nahm den Unterricht wieder auf, doch die Unruhe, die mich ergriffen hatte, ließ mich nicht mehr los. Unentwegt dachte ich an Elena und an ihr sensibles, freudvolles Gemüt.

Gleich zu Mittag, sobald die anderen gegangen waren, machte auch ich mich auf den Weg. Ich durchquerte einen

Wald, die Bäume bogen sich unter der Last des Schnees, viele Zweige waren abgebrochen und immer wieder befreiten sich die Äste vom schweren Gewicht und warfen kleine Lawinen zu Boden. Doch ich hatte keinen Blick für dieses Schauspiel der Natur und erdachte mir ein schönes Märchen, das ich Elena erzählen wollte. Endlich fand ich das Haus, in dem sie wohnte, ich betrat ihr Zimmer und fand sie liegend auf einem Sack aus Stroh, für eine Matratze reichte das Geld der Familie nicht. Sie hatte erschreckend hohes Fieber und redete ununterbrochen im Wahn. Elena bemerkte ihre Lehrerin nicht, wohl streifte mich ihr Blick, doch wusste sie nicht, wer ich war. Sie sah durch mich hindurch und ich spürte eine derart große Schuld, dass ich ihre Hand nahm und sie zu küssen begann, ich hielt die Hand fest, begann zu beten, küsste die Hand erneut und blieb lange sitzen, bis mich die Frau des Hauses mahnte, mich auf den Heimweg zu begeben, es würde bald dunkel. Ich ging und betete und endlich überkam mich wieder Frieden und Ruhe, ich sah zum Himmel hoch und bat Gott immer und immer wieder, das kleine Mädchen gesund zu machen und ich bat ihn, mir die Augen zu öffnen, um die Kinder und ihre schweren Geheimnisse zu verstehen.

Ich ging direkt zum Arzt und ersuchte ihn inständig, heute noch nach Elena zu schauen. Ich würde die Kosten für den Aufwand und die Medizinen übernehmen.

Die Frau des Hauses war die Gattin des Messners, das hatte Ada bislang nicht gewusst. Er hieß Donatus und ihr Name war Teresa. Und Ada dachte an die Nonne Tarejia, daran, dass ihr Gesicht so jung war und sie im Alter noch keine Falten hatte. Verheiratet mit Christus und ohne Sorgen. Teresa dagegen war abgekämpft. Sie war gerade aus dem Stall gekommen, als Ada den Hof betreten hatte. Ihre Füße steckten in Halbschuhen und diese in Holzklumpen, damit die Schuhe nicht dreckig wurden. Sie entschuldigte sich etwas unbeholfen für ihr Aussehen und fragte Ada nach dem Grund des Besuches. „Ich möchte gerne Elena sehen", hatte Ada gesagt. Teresa hatte mit den Achseln gezuckt und ihr den Weg gewiesen, sie könne ruhig eintreten, die Stube sei vom Gang gleich links, sie könne sie nicht begleiten, sie hätte zu tun. Dann war sie wieder gegangen. Erst nach langer Zeit war sie gekommen, mit einem Essigwickel für Elena und heißem Kräutertee, sie bot ihn auch Ada an, die verneinte. „Elena hat keine Eltern", sagte Teresa, „und wir haben keine Kinder. Gott hat uns Elena als Pflegekind geschickt, er wird sie uns nicht wieder nehmen. Sie müssen jetzt gehen."

Ada hatte vor dem Aufbruch Elenas Nachttopf gereinigt. Sie wusste, dass viele Höfe hier noch über kein Klo verfügten, auch ein Plumpsklo war ein Luxus. Zur Verrichtung ihrer Notdurft gingen viele in den Stall. Und im Winter schliefen manche im Stall, weil es beim Vieh wärmer war als im Haus. Vor dem Weggehen hatte sie den Inhalt des Nachttopfes über die Mistlege geschüttet, war noch einmal in die Küche gegangen, hatte vorsichtig mit einer gusseisernen Kelle aus dem Wasserschiff am glühenden Holzkohleherd geschöpft, den Topf so gut es ging gewaschen und wieder zu Elena ins Zimmer gestellt. Elena fieberte und glühte und merkte es nicht.

Ada dachte am Abend noch lange an das Mädchen und an den Glanz ihrer Augen, der sie an Gott zweifeln ließ und an der Gnade und Gerechtigkeit, der sie fürchten ließ, das Mädchen würde die Nacht nicht überleben.

So verschlossen war die Frau des Messners gewesen, Ada wunderte sich, dass Elena so herzlich war, so freundlich und immer bester Laune. Um sich abzulenken, nahm sie ein Buch zur Hand und entdeckte darin das Bild eines

Mannes und einer Frau von Pompej, die Schreibgeräte und Eisengriffel hielten. Sie hatte das Bild schon oft betrachtet und oft hatte sie darüber nachgedacht, wie der Mensch aufs Schreiben kam und auf die verschiedenen Schriften. Und darüber, was die Handschrift ausdrückte über den Schreiber.

Jedes Mal, wenn wir schreiben, enthüllen wir einiges von uns selbst und jedes Zeichen ist ebenso einzigartig wie ein Ausschnitt aus unserem Fingerabdruck. Jeder Buchstabe steht da in Uniform und mit Hut und Kragen, mit Rock und Hose, mit polierten Schuhen und *zoccoli*, mit Sandalen und auch einfach barfuß. Er liegt, er ruht, er lehnt sich an, er tanzt, er steht. Buchstaben stehen Hand in Hand mit dem Nachbarn und manche stehen alleine. Das weiße Blatt Papier ist – sobald ein Buchstabe sich darauf befindet – für immer geprägt. Irgendwo hatte Ada das gehört oder gesehen, sie wusste nicht mehr wo, das tat ihr leid, sie hätte es gerne noch einmal Wort für Wort gelesen. Ihr fiel ein, dass Elenas Aufsätze besonders schön waren, so leicht und fließend. Auch die Schrift war so rund, so harmonisch und ausgeglichen.

Sie musste aus dieser Gabe etwas machen. Sie musste Elena morgen sagen, dass sie aus dieser Gabe etwas machen musste. Sie atmete auf, als der Doktor an die Tür klopfte und leise ihren Namen rief. „*Signorina* Torelli? Sie schläft jetzt ruhig“, sagte er, „machen Sie sich keine Sorgen. Sie hat zwar hohes Fieber, aber wenn sie die Nacht übersteht, dann wird sie das Leben meistern.“

„Wird sie denn die Nacht überstehen?“, fragte Ada zitternd vor Kälte.

„Sie hat gelächelt im Schlaf“, sagte der Arzt. „Sie wird überleben, um die Toten gut zu begleiten.“

Ada wusste nicht, was darauf antworten, und sah ihn fragend an.

„Elena durfte nicht zum Begräbnis der Eltern“, sagte der Arzt.

„Das war sicher nicht gut“, sagte Ada.

„Darunter litt sie sehr“, bestätigte er. „Es ist spät und ich muss jetzt nach Hause. Gute Nacht, *signorina maestra.*“

Ada sah ihm lange nach. Es war eine helle Nacht. Sie spürte Frieden und ertappte sich dabei, dass sie lächelte. Es war eine wunderschöne Nacht. Elena würde überleben und ihr Licht finden. Sie ging ins Zimmer, holte ihr Tagebuch aus dem Regal und schrieb. Heute ist Frühlingsbeginn.

30. März 1936

Verteilung der Zeugnisse des 2. Trimesters. Die Kinder strahlten aufgrund ihrer Noten. Ich bin überzeugt, dass gute Noten motivieren, noch mehr zu lernen. Schlechte Noten enttäuschen und nehmen die Freude.

Ada hatte heute einen Kuckuck gehört. Sie müsse ihren Geldbeutel schütteln, hatte ihr ein Schüler gesagt. „Wenn du das erste Mal im Jahr einen Kuckuck rufen hörst, musst du die Münzen klimpern lassen, dann hast du das ganze Jahr keine Not.“ Und als ihm auffiel, dass er sie geduzt hatte, machte er einen Knicks und sagte verschämt: „*Mi scusi, maestra.*“ Es war die Zeit, in der Adele Bartoli Torelli den Rohschinken aus der Kammer zu holen pflegte. Wenn der *cuculo* schreit, dann ist er reif, gegessen zu werden. Hier wurde vor Weihnachten geschlachtet, zu Hause im Jänner.

1. April 1936

Liebe Ada!

Vielen Dank für Deinen Brief. Endlich finde ich Zeit, Dir zu antworten, der Winter hat uns im Griff und wir haben heuer aufgrund des Holzmangels nur am Vormittag Schule. Auch eine Pause gibt es nicht, da es im Gang zu kalt ist, und im Klassenzimmer dürfen die Kinder nicht essen. So verlassen die Großen um 11 Uhr die Schule und mit den Kleinen beginne ich um 11.15 Uhr. Dann sind sie um 13.15 Uhr mit dem Schulunterricht fertig. Es ist wenig im Vergleich zu den anderen Jahren, doch arbeiten wir konzentriert und versuchen, an freien Tagen nachzuholen, was möglich ist.

Aufgrund des Krieges in Abessinien hören wir immer wieder von Sanktionen, von Sparmaßnahmen und einer guten Wirtschaft. Die montanari sind ja von Natur aus gute Wirtschafter. Das konnte ich auch gestern wieder bestätigt sehen. Ein Schüler aus der dritten Klasse schrieb in seinem Aufsatz: Wir sind schon um sieben Uhr abends schlafen gegangen, um kein Petroleum zu verschwenden.

Die Befana fascista ist vorüber, auch die Feierlichkeiten zur 7. Wiederkehr der Unterzeichnung der Lateranverträge zwischen dem Heiligen Stuhl und dem Königreich Italien.

Die schönste Nachricht, die ich Dir heute überbringen kann, ist die, dass wir nun ein Grammophon haben. Wenn die Kinder besonders brav sind, lasse ich sie einige Platten hören, Giovinezza, Balilla, Roma Divina, die Hymnen, gute und wahre Musik. Und immer wieder sehe ich, dass auch die kleinen montanari durchaus verstehen, was gute Musik ist und sich für Großes und Schönes begeistern können. Das macht mir Freude! Wie schön wäre es, wenn wir auch im Klassenzimmer ein Radio hätten und die Ansprachen aus Rom verfolgen könnten. Was würden diese Kinder sagen, wenn sie einmal in einer Stadt sein und am wahren Leben der Balilla teilnehmen, wenn sie bei großen Veranstaltungen mitmarschieren könnten? Dann wäre es ein Leichtes, sie zu überzeugen und unsere Arbeit das reinste Vergnügen. In wenigen Tagen sind es zehn Jahre, seit die ONB gegründet wurde, in ganz Italien kennt man sie und die Kinder ringen sich darum, dabei sein zu dürfen. Und wir hier müssen jeden Herbst von neuem beginnen, ihnen alles zu erklären.

Ich werde nicht müde, ihnen immer und immer wieder begreiflich zu machen, dass Italien Meister und Lehrer aller Völker ist, auch wenn Italien nicht frei und unter dem Joch anderer war, so kamen doch stets die Weisesten und Gelehrtesten aus diesem Land. In Italien entstand der Fortschritt, die beste Literatur, die beste Musik, die beste Kunst. Wenn ich ihnen Beispiele bringe, so hören sie gespannt zu.

Wie geht es Dir mit den Kindern?

Ich bringe auch vermehrt Zeitschriften mit in die Schule. Ganz besonders beeindruckten sie die Bilder der Marie José von Belgien, Principessa di Piemonte, Gattin des Kronprinzen Umberto II, an Bord des Schiffes Cesarea und auf Besuch in Addis Abeba, im Gewand einer Rot-Kreuz-Schwester, die schmalen Füße in den weißen zarten Schuhen, die Kopfbedeckung mit der Haarnadel befestigt, damit sie nicht davonfliegt, ganz in Weiß und schüchtern in die Kamera lächelnd, nur das kleine rote Kreuz auf der Brust. Die Eingeborenen mit ihren Speeren. Dieses Heldentum einer Prinzessin beeindruckte nicht nur die Kleinen, auch die Großen betrachteten mit Aufmerksamkeit die Fotos. Und wir sprachen davon, was uns bewegt, Gutes zu tun.

Leider gab es hier einen Vorfall, der mich aus meinem Gleichgewicht geworfen und mir die Freude verdorben hat, hier zu sein. Ein böser Mann hat ein Mädchen aus der IV. Klasse in den Wald gezerrt und ihr Gewalt angetan. Die Mutter kam völlig aufgelöst in die Schule und bat mich um Hilfe. Ich habe sofort die Carabinieri und den Arzt infor-

miert. Wer weiß, wo dieser Mann jetzt umgeht, ob er einer von hier ist oder nur des Weges war. Ich habe das Mädchen am selben Tag noch besucht, sie hat nur geweint. Ihr Leben ist ruiniert.

Zum Abschluss fällt mir doch noch eine gute Nachricht ein. Zu Ostern ist eine Lehrerfahrt nach Rom geplant, ich werde teilnehmen und freue mich schon sehr darauf. Fast alle Lehrer und Lehrerinnen aus Alto Adige werden mitfahren. Du auch? Ich habe meine Kinder gefragt, was ich ihnen aus Rom mitbringen soll, sie meinten einen kleinen Gruß des Duce. Ich hoffe, ich finde etwas, das ihnen gefällt. Ich würde mich sehr freuen, Dich am Bahnhof zu treffen.

Ich grüße und küsse Dich, Maddalena

Pfunders, am 21. März XIV

Ada hatte den Brief fast widerwillig gelesen und sie schämte sich dafür. Sie dachte über die ONB nach. Die *Opera Nazionale Balilla* wollte den Kindern Freiraum schenken. Aber tat sie das? Sollten sie nicht alle gleich erzogen werden? Die verschiedensten Gruppierungen gab es für die Mädchen und die Jungen. Sogar für die Dreijährigen schon gab es eine Organisation. Und für die Sechs- bis Achtjährigen die *Figli della Lupa*. Kinder der *Lupa*. Was das außerdem noch bedeuten könnte, das fiel ihr erst jetzt ein. Sie musste das ihrem *nonno* erzählen.

11. Mai 1936

Von Tag zu Tag fehlen mehr Schüler. Heute habe ich den Pfarrer mit der Bitte aufgesucht, er möge doch so gut sein, nach der heiligen Messe am Sonntag der Pfarrgemeinde zu sagen, dass es Pflicht sei, die Schule zu besuchen. Die Eltern müssen ihre Kinder zum Unterricht schicken, ansonsten sei mit Geldstrafen zu rechnen. Das sehe das Gesetz so vor, ich könne mit dem Stoff nicht fortfahren, wenn so viele fehlen. Er sagte, ich müsse Verständnis haben. Es sei die Zeit des Erdgrattelns, erklärte er mir, und ich verstand ihn nicht. Es ist jene Zeit, in der Humus auf die steilen Hänge gebracht werden muss, es ist die Zeit des Pflügens und die Kinder müssen Erdäpfel setzen. Es ist jetzt die Zeit, den Samen zu legen, um im Herbst zu ernten. Da sagte ich nichts mehr und vergaß die Strafen und die Verpflichtung, in die Schule zu gehen, und dachte, ich will mich noch mehr bemühen, damit die Kinder selbst verstehen, wie wichtig es ist, das Lesen und Schreiben zu beherrschen.

15. Mai 1936

Endlich ist auch hier in meiner Schule, inmitten dieser verlassenen Berggegend, der Frühling mit all seiner Pracht eingezogen. Die Kinder bringen mir täglich so viele Blumen, wie ihre Hände nur pflücken und tragen können, und in ihren Bänken sitzend, schweifen ihre Blicke stolz und eifersüchtig über die eigenen Sträuße und die Sträuße der anderen. Jeder hat ein Meer von Blumen vor sich aufgestellt, fast ein Wettkampf ist es, wer die schönsten, die farbenfrohesten und ausgefallensten findet. Wer könnte hier, in dieser primavera palpitante di vita, noch schimpfen, jammern, sich beklagen über irgendein Unglück. Wer könnte sich diesem Duft und dieser Pracht entziehen? Das Leben pulsiert – die Quellen, die Blüten, das Grün der Wiesen! Ich fühle mich Gott so nahe, wie ich mich ihm noch nie nahe gefühlt habe. Ich fühle ihn neben uns, wenn wir in der Früh gemeinsam das Morgengebet beten, ich fühle mich gar nicht imstande, meine Dankbarkeit zu formulieren, hier an diesem Orte zu sein mit diesen unvergleichlichen, wunderbaren Kindern. Es ist so schön, diesen Weg meines Lebens mit ihnen gehen zu dürfen, und meine Arbeit erscheint mir leicht und wunderbar, und keine andere Arbeit als diese möchte ich leisten.

Mai 1936

Fahrende Spieler hatten am Rande des Dorfes ihre Eselskarren aufgestellt. Zwei, drei Tage würden sie bleiben, die Bewohner des Berges belustigen. An einem Samstagnachmittag besuchte Ada mit den Kindern die Exoten, denn Exoten waren sie hier allemal. „Das sind Kriminelle", hat man sich im Dorf zugeflüstert. Ada wollte ihren Kindern zeigen, dass man keine Angst haben musste vor dem Fremden, sie war in Rom oft fahrenden Spielern begegnet, sie selbst war ja eine Fremde hier, und zu Hause in Paliano mittlerweile auch. Es gab eine Frau unter den Spielleuten, sie war über und über mit Tätowierungen bemalt, auf dem Rücken, den Armen, den Beinen. Blaue Sterne trug sie auf ihrem Körper, Palmenblätter und Blumenbilder, die sie nicht kannte, die von der Ferne kündeten, ein Adler breitete seine Flügel auf ihren Schultern aus, bereit in den Himmel zu steigen. Ada versuchte ein Gespräch anzuknüpfen mit der Frau, doch sie konnte kein Italienisch und auch kein Deutsch. Wer weiß, wo die Spielleute diese Frau aufgenommen hatten, die Attraktion der Truppe war sie gewiss. Ob sie es gern war, Ada bezweifelte es und zugleich dachte sie, dass diese Frau frei war, sie konnte ihr Leben leben, das Anderssein enthob sie der Gesellschaft, in der man sein musste und in der die Norm das Leben bestimmte.

Die Zirkuswelt gab ihr die Chance anders zu leben, anders als ihr Schicksal es vorgesehen hatte, als Hausfrau, als Arbeiterfrau, als Fabriksarbeiterin, als Bäuerin, vielleicht als *lupa*, wer weiß, als Prostituierte. Die Frau brachte das meiste Geld ein. Das Spiel der Männer, es waren nur Männer, die auf der Bühne standen und spielten, die Frauenrollen genauso wie die eigenen, dieses Spiel war nicht so gut, die Frau ein Magnet. Am Kopf, der nicht tätowiert war, trug sie bunte Bänder und Perlen.

Als sie abends, nach der Show als Zugabe, die sicher von Beginn an geplant war, noch Messer zu werfen begann, da war das Staunen und das Unbehagen der Zuschauer so fühlbar, als hätte sie die Gemüter und nicht die Schneiden scharf gewetzt. Diese Hingezogenheit zum anderen, die Angst davor, die Flucht, das Zurückziehen in die eigene sichere Welt und die dazwischen im Lichte aufblitzenden, umherfliegenden Klingen stählten die Luft und Stimmung, dass kein Laut mehr zu hören war. Als hätten alle das Atmen vergessen. Kein Gejaule eines Hundes, kein Ruf eines Vogels war mehr zu hören.

Als Ada heimging, schmeckte der Duft der Bäume noch intensiver und sie setzte sich auf die Schaukel hinter dem Schulhaus. Im Frühjahr war ihr Wunsch zu fliegen besonders stark.

24. Mai 1936

Cresima. Hier auf der Anhöhe des Ritten schien mir die Firmung etwas ganz Besonderes. Die Hälfte meiner Schüler begab sich schon in Herrgottsfrühe nach Lengmoos, um sie zu feiern. Ich stand gerührt auf der Seite und es bewegte mich zutiefst zuzusehen, wie die Mädchen in ihren weißen Kleidern den Weg von Klobenstein nach Lengmoos gingen, im Schatten der Bäume, über die grünen saftigen Wiesen. Es war sehr stimmungsvoll. Und es gibt hier so viele Bräu-

che, die auch den unseren sehr ähnlich sind. Viele Buben tragen hier zur Konfirmation die ersten langen Hosen. Die lange Hose als Zeichen, dass sie nun groß sind, dass sie bereit sind, erwachsen zu werden.

Vor einigen Tagen war Christi Himmelfahrt. Eine Prozession, wieder von Klobenstein nach Lengmoos. Es war so schön. Es erinnerte mich so sehr an daheim. Der Glaube ist hier nicht anders als dort. Im Gebet gibt es keine Unterschiede.

27. Mai 1936

Ich bin verzweifelt. Wir haben uns auf einen alternierenden Unterricht geeinigt, drei Stunden am Vormittag und drei am Nachmittag. Wenigstens das eine oder andere Mal sollten die Kinder kommen, sie verlernen so schnell und kommen aus der Übung, wird doch daheim kein Wort Italienisch gesprochen. Es nützt nichts, das Klassenzimmer ist beinahe leer. Sie kommen einen Tag und dann wieder drei Tage nicht. Sie müssten auf dem Feld helfen, „paesolare", sagen sie und ich habe ihnen schon wieder alles verziehen. Was für eine wunderbare Wortschöpfung, „landarbeiten". Sie müssen Essen und Wasser aufs Feld tragen, sie müssen Erde hochschleppen, die der Winter die Hänge abwärts rutschen ließ, sie müssen Steine aus den Äckern entfernen, sie müssen den Holzarbeitern helfen und Streu aus den Wäldern holen für den Stall. Ich weiß, dass die Kinder zu Hause gebraucht werden, wie viele helfen schon am Morgen noch vor der Frühmesse dem Vater oder der Mutter bei der Stallarbeit, aber so kann ich mein Pflichtprogramm nicht erfüllen. Ich muss mit dem Direktor Herrn Sotgia sprechen, vielleicht hat er einen Vorschlag oder eine Lösung.

1. Juni 1936

Gestern war ich in Klobenstein und endlich! Endlich habe ich alle Mitgliedsausweise für die Kinder erhalten, seit Monaten habe ich gewartet und umsonst nachgefragt. Ich werde sie morgen in angemessener Weise verteilen, ich freue mich sehr darauf. Und auch die Kinder werden sich freuen, sie haben sich so lange gedulden müssen. Auch Hefte für die ärmeren Schüler habe ich erhalten, und die Gemeinde hat mir drei Bilder geschenkt, unter Glas und in schönen neuen Rahmen. Das eine zeigt das offizielle Dokument der Bekanntgabe des für Italien siegreichen Endes des Ersten Weltkrieges, Il Bollettino della Vittoria, und die anderen beiden eine Abbildung vom Grabmal des unbekannten Soldaten am Denkmal des Milite Ignoto in Rom.

Zwei Bilder sind für die Schule und eines ist für mich.

Das *Bollettino della Vittoria*, sie würde es im Klassenzimmer aufhängen müssen. Sie wusste genau, dass jener Sieg der Grund dafür war, dass das Zusammenleben der Menschen, die seit Generationen hier wohnten, und der Italiener, die nach Kriegsende hierhergezogen waren, so schwer war. Die Bevölkerung fühlte sich noch immer Österreich zugehörig. Die Menschen taten sich nach bald 20 Jahren noch immer schwer, Italiener zu sein. Im Grunde konnte Ada sie verstehen. Was sie nicht verstehen konnte, war, woher der Hass manchmal kam, auch auf sie, so verhalten er war, so gut und herzlich ihre Beziehung zu den Kindern und ihren Eltern, sie spürte, dass man sie aus Prinzip zugleich nicht mögen durfte. Sie hatte diesen Frieden in Saint Germain 1919 nicht formuliert. Es waren Gedanken, die sie meist schnell verscheuchte. Sie machten Ada traurig.

11. Juni 1936

Ein Schüler hat mir gestern zwei Ausweise zurückgebracht. Warum er mir die Ausweise zurückgebe, habe ich ihn gefragt. Es ist Burger Francesco aus der ersten Klasse, er ist noch sehr klein und tut sich mit dem Italienischen schwer. Er zuckte nur die Achseln und konnte mir keine Antwort geben. Er hat einfach seine tessera auf das Pult gelegt und jene von seinem Cousin Vigl Giuseppe dazu. Ich habe also den Messner gebeten, mir die Eltern der zwei Buben nach der heiligen Messe zum Gespräch zu schicken, und ich habe diese gefragt, warum mir denn der Kleine die zwei Ausweise zurückgebracht habe, vielleicht wollten die Eltern nicht, dass die Kinder Mitglied bei der Balilla wären. Die beiden Väter erklärten sofort, dass es damit nichts zu tun habe, sie seien sehr erfreut darüber, dass sie nun auch ganz offiziell und mit Ausweis Mitglied der Balilla wären. Sie waren der Annahme, die Kinder müssten den Ausweis der Lehrerin wieder zurückgeben, so wie man ja auch das Zeugnis am Tag nach der Verteilung der Lehrerin wieder unterschrieben zurückbringen müsse. Die beiden Männer haben sich sehr entschuldigt und die Ausweise der Söhne wieder mitgenommen und sich dabei nochmals herzlich über die Aufnahme und meinen Einsatz bedankt.

25. Juni 1936

Am 22. Juni um 15.30 Uhr fand die Abschlussveranstaltung in unserer Schule in Oberinn statt. Die Kinder hatten so viele Blumen herbeigeschleppt wie noch nie, sie schmückten das Klassenzimmer, die Fenster, sie wanden Girlanden aus Margeriten und Arnika und Tannenzweigen, sie bastelten auch zwei Girlanden aus Eichenblättern und hingen die Kränze um das Bild von Benito Mussolini und seiner Majestät, dem König. Sie hatten auch den Bürgermeister eingeladen und den Direktor, die sich allerdings aufgrund eines Festes der Balilla in Bolzano entschuldigen ließen und nicht kamen. Die Kinder erschienen mir nicht enttäuscht, sie freuten sich, dass ihre Eltern dabei waren und trugen Gedichte vor und zeigten, was sie gelernt hatten. Sie waren in ihrer Begeisterung nicht zu bremsen.

Ich habe den Eltern die Hefte der Kinder vorgelegt, wir zeigten ihnen die Bastelarbeiten, die Zeichnungen, die Malereien, das Herbarium, das ein jeder sorgfältig angelegt hatte. Wir erklärten ihnen unsere meteorologischen Beobachtungen, die wir entsprechend dem Beispiel der von mir so verehrten Montesca-Schule in Umbrien in Kalenderform niedergeschrieben hatten. Wir gingen in den Schulgarten, den wir gemeinsam angelegt und gepflegt haben, und gewährten Einblick in unser kleines, selbst geschaffenes Schulmuseum, in dem wir sammelten, was ein jeder brachte, ein altes Wespennest, leere Schneckenhäuser, glitzernde Steine. Jedes Kind zeigte den Eltern begeistert, was es das ganze Jahr über gemacht und geleistet hatte. Das Publikum schien sehr zufrieden und ich war es auch.

Ich hoffe, im kommenden Herbst wieder hier sein zu dürfen.

Viel Freiheit hatten wir nicht, dachte Ada. Die Schulverordnung und das Unterrichtsziel haben uns nicht viel Spielraum gewährt, aber bescheiden haben wir genommen, was wir finden konnten, um die Wissenschaft mit unseren Beobachtungen zu beleben.

Das erste Schuljahr ist vorbei. Ada dachte an den Traum, den sie vor dem ersten Schultag gehabt hatte und vor Erleichterung und Erschöpfung begann sie zu weinen.

Sommer 1936

Zwei Tage nach Schulende fuhr Ada nach Hause. Mit so vielen Koffern, dass sie sie kaum tragen konnte, mit Wehmut und Vorfreude und Unsicherheit. Sie war nicht mehr die Schülerin, die aus Rom kam. Sie war die Lehrerin, die ein Jahr lang alleine gelebt hatte, eine junge Frau mit 19 Jahren.

Wenige Tage nach der Ankunft feierte ihre ältere Schwester Maria Amalia Torelli Hochzeit. Es war kein großes Fest. Sie feierten die heilige Messe in der Kirche der Colonna am Hauptplatz in Paliano, das Mahl gab es im Vorgarten des Heimathauses, eine lange Tafel mit weißer Tischdecke und in Zuckerguss gewälzten Mandeln neben den Gläsern, starker, würziger Weißwein, der Ada schnell in den Kopf stieg. *Mamma* schien gelöst und zufrieden. Maria Amalia hatte einen netten Jungen aus dem Nachbardorf Serrone gefunden, eine Stunde Gehmarsch von hier, höher gelegen und etwas kühler im Sommer. *Papà* hielt die erste Rede seines Lebens. Ada war gerührt ihn so zu sehen, ihn, dessen Worte immer saßen und schmerzten wie Holzsplitter unter dem Nagelbett. Er war verlegen.

Sie erzählte den Geschwistern vom Norden. Gina, die jüngste von ihnen, war inzwischen 13. Sie saß bei ihr, hielt ihre Hand wie in Kindheitstagen, sie war ein junges Fräulein geworden, würde aber immer die Kleinste bleiben. Vittorio lauschte und beobachtete und lachte und sagte wenig, aber was er sagte, das brachte unbeschwerte Fröhlichkeit. Er war stets der humorvollste gewesen unter den Kindern, der *birichino*. Dass er beschlossen hatte, Geistlicher zu werden, hatte alle überrascht. Francesco war in der Zwischenzeit hochgewachsen, 17 Jahre alt und als angehender Handwerker braungebrannt mit breiten Händen und starken Schultern. Er solle etwas lernen, hatte *papà* gemeint, der Beruf des Tagelöhners und Landarbeiters sei ein karger. Dass er die Arbeit des Vaters, des Großvaters übernehmen sollte, war ausgemacht, ohne dass je darüber gesprochen worden wäre. Aber die Zeiten seien andere, und es sei nicht klar, ob der Adel die Latifundien würde halten können. Und wenn sogar der Schwiegervater sein Gewerbe aufgegeben hatte, das seit Generationen die Familie erhielt, da sei es gut, wenn Francesco auch anderes könne.

Es war schön, dass zu diesem Anlass alle beisammensaßen. Ada wusste, dass es nicht viele solche Gelegenheiten gab.

„Hast du Maddalena je getroffen?“, fragte die Tante.

„Nein, wir wohnten weit weg voneinander. Warum ist sie heute nicht hier?“, fragte Ada.

„Sie hat auf der Lehrerfahrt zu Ostern wohl einen jungen Mann kennengelernt“, sagte die Tante. „Sie ist in Rom, sie möchte zurück aus Norditalien, sie möchte hier unterrichten.“

„Du könntest doch auch hier unterrichten, in der Nähe“, sagte Adele Bartoli.

„Nein, ich möchte im Herbst wieder hinauf, *mamma*, ich habe ja erst begonnen. Maddalena ist seit Jahren oben, ich kann sie gut verstehen, es ist nicht immer leicht. Man ist auch viel alleine.“

„Du armes Kind“, sagte *mamma*.

„Nein *mamma*, es ist schön.“

„Sind sie wirklich so dumm?“, fragte die Tante.

„Wer sagt denn das?“, fragte Ada zurück.

Ada erzählte, dass die Mädchen und Buben sich schwertun würden, schreiben und lesen zu lernen, es sei ja nicht ihre Muttersprache. „Die Kinder, die sind Italiener wie wir und sie haben auch die gleichen Schulbücher wie die Kleinen hier, aber sie sprechen eine andere Sprache", sagte Ada. „Ihre Muttersprache ist Deutsch, ein für mich schwieriges Deutsch", fügte sie hinzu, „sie sprechen vieles anders, als man es schreibt."

Sie hatte ihnen Kleinigkeiten mitgebracht, dunkles, steinhartes, fladenähnliches Brot. „Schüttelbrot", wiederholte Ada, „das heißt Schüttelbrot." Die Anwesenden versuchten es nachzusprechen und alle lachten. Die Bauern gehen dort nicht zum Müller, sie haben ihre eigenen Mühlen und backen zweimal im Jahr. Da gibt es selten frisches Weißbrot, ihr Brot ist dunkel und hart.

Sie hatte auch selbstgemachte Würste mitgebracht, Abschiedsgeschenk einer Bäuerin, und geräucherten Schinken, Speck würde das heißen, unaussprechlich erschien es den Anwesenden. Die lange Zugfahrt hatte diesem nicht gutgetan, das Weiß vom Fett war glasig geworden, die Kinder mochten ihn trotzdem. Die Mutter lobte das tiefe Rot. Das sei ein Zeichen guter Ware, rosaroter Schinken sei wertlos, er muss rot sein. Ihr war der Speck zu würzig.

Sie knabberten an dem harten Brot und schienen nicht ganz überzeugt. „Die Alten", so wollte *mamma* wissen, „wie essen die Alten dieses Brot? Da beißt man sich ja die Zähne aus." „Die tunken es in die Suppe *mamma*, dann wird es weich." Es werde ja nur zweimal im Jahr Brot gebacken, dann aber backen sie drei Tage lang, den Vorrat für ein halbes Jahr.

Ada suchte an einem Abend all die alten Fotos heraus, die es von ihrer Kindheit gab. Und sie fand ein Foto, das sie mit ihrer Klasse zeigte, in Paliano, auf den Stufen zur Schule sitzend. Stufen gab es ja überall in diesem Dorf, das auf einem Hügel erbaut war wie all die Dörfer im Latium. Jedes Fenster sollte etwas von der Luft erhaschen, soweit sie im Sommer spürbar war. Die Flucht vor Sumpf und Malaria.

Der Lehrer mittendrin, die Buben in der ersten Reihe im Schneidersitz, die Mädchen in der zweiten und dritten Reihe ordentlich sitzend, die Buben in der vierten und fünften stehend. Ada fragte sich, was aus ihnen allen wohl geworden war. „Viele sind gegangen, viele sind hier, manche sind verheiratet“, erzählte *mamma*.

„Ich werde morgen durch Paliano spazieren, ich hoffe, einige von ihnen zu treffen“, sagte Ada.

„Sie haben Respekt vor dir“, sagte ihre Mutter. „Du bist ganz anders geworden, die Lehrerin aus dem Norden. Du solltest nicht in diesem eleganten Kostüm gehen. Zieh etwas Altes an, das macht dich nicht so fremd. Du weißt, die *cuculi*.“

„Den engen Rock, den Gina nun trägt?“, fragte Ada etwas spitz.

„Du bist Lehrerin, Ada, keine Filmschauspielerin“, sagte *mamma*, „wenn du dich so herausputzt, wirst du keinen ehrbaren Mann finden.“

„Mamma, per favore! Ich bin 19! Du weißt, dass ich mir aus Gerede nichts mache. Sollen sich die anderen Menschen doch um ihre eigenen Nester kümmern.“

„Du aber weißt, dass ich hier leben muss“, sagte *mamma*. „Ich muss die *cuculi* ertragen.“

Da verstummte Ada.

Sie traf manche Freundinnen aus der Schulzeit am Tag danach. Zaghaft fragten sie, wie es so wäre im Norden, es waren Plaudereien, die im eiligen Grüßen endeten, Gespräche ergaben sich nicht. „Was gibt es da oben, was es bei uns nicht gibt, Ada?“, fragten sie. Es könne da oben doch wirklich nicht schöner sein als hier. Da oben gebe es keine Kultur, habe man immer wieder gehört.

Vor knapp fünf Jahren hatte Ada Paliano verlassen, um in Rom zu werden, was ihr größter Wunsch gewesen war. Fünf Jahre hatten sie zur Fremden gemacht. Ein wenig tat es Ada weh. Sie war überall fremd, irgendwie. Im Norden konnte sie nie wirklich dazugehören, hier im Süden war sie die Andere, die das hiesige Weltbild in Frage stellte, die man lieber zurückholte in die eigenen Reihen, als das Ausscheren verstehen zu wollen.

Just in diesen Tagen war die junge Lehrerin von Paliano verstorben und die Kinder brachten Blumen zum Begräbnis, ein jedes trug eine Blume in der Hand und legte sie in der Kirche rund um den Sarg. Sie war aufgebahrt, als unversehrte Jungfrau hatte sie die Augen geöffnet. „So viele Blumen hat die Stadt noch nie gesehen", sagte eine Frau. „Schade um die vielen Blumen", sagte der Mann neben ihr, „in der Sonne werden sie schnell vertrocknen." Wie viele Kinder würden zu meinem Begräbnis kommen, dachte Ada. Sie hatte ihr schönstes Kleid angezogen, es war gemustert, schwarz und grau und weiß, die Ärmel waren kurz und bedeckten nur den halben Oberarm, so hatte sie sich ein Tuch um die Schultern gelegt.

Die Stadt Paliano, hallte es in ihrem Kopf. Die Stadt Paliano war eigentlich ein Dorf.

Die *compari delle cantine* sangen traurige Lieder und während Ada ihnen zuhörte, dachte sie sich, sie müsse beim *calzolaio* ein paar Schuhe bestellen, diese typischen *ciocie*, die weichen Lederschuhe mit den aufstehenden Spitzen. Es würde ihren Kindern gefallen, wenn sie ihnen zeigte, wie man hier gekleidet war. Verlegen sah sie sich um, sie war abgeschweift mit den Gedanken, aufmerksam verfolgte sie nun Fürbitten und Abschiedsgedichte und Reden. Langsam bewegte sich der Zug von der Kirche zum entfernt liegenden Friedhof. Die Mädchen gingen in ihren Erstkommunionskleidern und hatten einen weißen Schleier über ihre Haare gelegt, die alten Frauen trugen Schwarz und lange Kerzen. Ein eintöniges Murmeln hatte die Menge erfasst und ehe sichs Ada versah, hatte das gemeinsame Beten auch sie ergriffen und ließ sie das Fernweh vergessen. Nach dem Begräbnis gingen alle nach Hause, die Familie der Lehrerin hatte kein Geld, die Gäste zu bewirten. Die Glocken läuteten und Ada fühlte wieder dieses Gefühl, nirgends mehr daheim zu sein.

„Ich möchte gern ans Meer", sagte sie abends zur Mutter. „Begleitest du mich? Fahren wir gemeinsam zu *nonno*?" „Ich kann doch nicht weg jetzt im Sommer. Mitten in der Erntezeit", antwortete diese. „Ach *mamma*, deine Eltern würden sich freuen. Francesco und Vittorio können *papà* doch helfen. Gina ist auch kein Kind mehr und kann kochen. Mamma, das schafft *papà* doch alleine."

„Nein, das geht nicht Ada, *lasciami*! Ich kann nicht so einfach weg wie du!"

Sie sah der Mutter zu, die das Abendessen vorbereitete, Ziegenkäse und Ricotta in Blätterteig. Wenn die Tochter auf Besuch war, so war es ihre Überzeugung, musste sie besonders gut kochen, denn im Norden würde sie nichts Gutes bekommen. Die Küche war einfach, sie aßen das, was die Gärten und Tiere um Paliano hergaben, doch die Mutter würzte gut und viel mit Zitrone und es schmeckte Ada hervorragend. Als Hauptgang gab es *piselli, fave* e *patate lesse*, Lamm mit Kräuterkruste und viel Gemüse.

„Wir haben manchmal die *fave* aus den Gärten der Nachbarn gestohlen", sagte Ada. „Gib zu, dass du das gewusst hast." „Ich weiß", sagte Adele Bartoli. „Ich habe es immer gewusst, aber ich habe nichts gesagt, die Kinder der Nachbarn haben unsere Bohnen auch gestohlen." „Oben im Norden sagt man, dass man die Kirschen aus dem Garten des Nachbarn stiehlt, manchmal sind es auch die Äpfel und Birnen, aber die Heldentat, das sind im Norden die Kirschen", sprach Ada weiter.

„Sie haben auch immer unsere Feigen gepflückt", sagte Adele Bartoli trocken.

„Und wir die ihren, *mamma*."

Gestern hatte die Mutter *rigatoni con la pajata* zubereitet, Rigatoni mit stundenlang in Tomatensoße gekochtem Darm. *Saltimbocca* war Adas Lieblingsessen. Doch das gab es nur selten, Kalbsfleisch war unbezahlbar. Öfter gab es *garofolato,* Hammel in Nelken gekocht. Auch *trippa* war ein römischer Leckerbissen, doch Ada mochte die Kutteln nicht. Sie war überrascht gewesen, dass Kutteln auch in Alto Adige als eine Spezialiät galten, dort kochte man sie als Saure Suppe. „Mamma, ich würde dir gerne einen neuen Topf zum Kochen schenken, deine sind ja uralt."

„Nein, Ada", sagte die Mutter bestimmt, „mit unseren Kupfer- und Tontöpfen sind wir groß geworden. Damit werde ich kochen, bis ihr mich tot aus dem Haus tragt. In diesen neumodischen Töpfen geht der Geschmack verloren, lass mir meine Töpfe, Ada."

Ein paar Tage später fuhr die *mamma* doch mit ihrer Tochter ans Meer, nach Sabaudia. Der Garten blühte, der *nonno* ritt auf dem Esel und seine Beine baumelten links und rechts an ihm herunter, fast streiften die Füße den Boden. Die *nonna* Assunta Fasani, verheiratete Bartoli, hatte einen Schlaganfall erlitten, just in der Nacht, bevor sie gestartet waren. Eine Stunde, nachdem die zwei das Zimmer betreten und sich zu ihr gesetzt hatten, starb sie. Ada war fassungslos. Warum war die Mutter mitgekommen, die *nonna* war ja noch gesund, als sie beschlossen hatte, doch zu fahren. Hatte die *nonna* auf ihre Tochter gewartet, um zu sterben? „Das kommt oft vor", sagte Adele Bartoli. „Das geschieht immer wieder, dass Eltern erst loslassen können, wenn alle Kinder da sind."

Nonnema, dachte Ada zärtlich, als ihr der Onkel eine weiße Mullbinde um das Kinn und den Kopf band, damit der Kiefer sich nicht öffnete. Die Mutter strich der *nonna* zärtlich über die Finger und faltete ihr die Hände.

Mit *nonno* saßen sie abends bei einem Glas süßen Wein und einer *crostata*, die seine Frau noch wenige Tage zuvor zubereitet hatte. Gefüllt mit der Marmelade aus wilden Kirschen. Auch Adele Bartolis Geschwister saßen mit ihnen an der Hauswand unter den zu einer Laube gezogenen Weinreben. Kein Lüftchen wehte und die Vögel waren ruhig. Navino Bartoli schien gefasst, fast heiter. Ada wusste, dass sie ihm nur wirklich nahe sein und mit ihm reden konnte, wenn sie alleine waren. Sie würde ihn bitten, mit ihr eine Bootsfahrt zu machen. Wie damals. Wie jedes Mal, wenn sie auf Besuch kam.

27. Jänner 1937

Der Winter ist eingebrochen. Viele Kinder hatten gefehlt und auch ich wurde krank und lag fiebrig im Bett. Am Montag kam ich wieder in die Schule, erholt und mit neuen Ideen, doch sie war geschlossen. Ein Diphtherie-Fall war aufgetreten und man wollte einer allgemeinen Ansteckung vorbeugen. Heute früh endlich konnte ich mit dem Unterricht wieder beginnen. Zehn Tage haben wir verloren. Wir werden den Stoff nachholen. Mir scheint, die Tage werden bereits länger und Unternehmungslust durchströmt mich. In der ersten Klasse habe ich ein Mädchen, Seebacher Anna heißt sie, die mich überrascht. Sie hat eine größere Schwester in der Dritten. Sie liest und schreibt bereits und ist im Rechnen ihrem Alter weit voraus. Sie singt wunderbar und kann alles, was sie bewegt, in italienischer Sprache erklären, mangelhaft, doch so, dass ich verstehe. Sie hat mir ein Bild gebracht, das sie während meiner Grippe gezeichnet hatte, „buona guarigione" hat sie darauf geschrieben, ein

Mädchen auf einer langen Schaukel auf einem hohen Baum. Mir kamen Tränen vor Rührung.

Ada ahnte, dass die Kinder dieser Familien in Geheimschulen an ihr unbekannten Orten Deutschunterricht erhielten, sie wusste davon, dass in Stuben und Dachböden junge Mädchen und pensionierte Lehrpersonen Unterricht erteilten, Frauen und Männer, die sich geweigert hatten, in die alten italienischen Provinzen zu gehen und deshalb vom Schuldienst enthoben worden waren. Aber sie sprach mit niemandem darüber, sie konnte die Eltern verstehen und auch die Kinder. Solange sie auch bei ihr fleißig waren, war es in Ordnung. Im Gegenteil, das Lernen der anderen, das Vertiefen ihrer wirklichen Muttersprache festigte sie auch im Italienischen.

19. März 1937

Heute haben wir uns mit den Prozessionsspinnern beschäftigt, mit ihrem Verhalten als Raupen, dem Einpuppen in einem Kokon und dem Schlüpfen als Schmetterling. Die Kinder haben zwei Nester mitgebracht, zwei Gespinste. Ich erklärte ihnen, warum die Raupen im Gänsemarsch auf Futtersuche gehen, eine Raupe an die andere gehängt, so sehen sie aus wie Schlangen und sind sicherer vor den Raubvögeln. Auch Eichenblätter haben die Kinder gesammelt und anhand dieser abgefressenen Blattskelette konnte ich ihnen erklären, wie die Raupen sich ernähren. Dieser Vormittag hat allen großen Spaß gemacht, denn jeder hatte etwas zu erzählen. Bei dem einen hängt ein metergroßes Nest vom Baum, die andere hat sich an den Haaren der Raupe regelrecht verbrannt.

Ich freue mich schon darauf, gemeinsam mit den Kindern die Natur zu erforschen, bald wird ja Frühling, nächste Woche ist Ostern. Im Mai, das wissen die Kinder, werden die ersten Raupen zu sehen sein.

Ada liebte diesen Unterricht, wenn sie nicht an Pult und Tafel stehen musste, und einfach nur anschaulich erklären und erzählen konnte. Sie liebte es, die Kinder zu selbstbestimmten Menschen heranzuziehen, sie liebte es auch, still zu sein und ihnen bei der Arbeit zuzuschauen. Sie liebte es, sie aus ihrem Schweigen zu holen, sie zum Erzählen zu verleiten. Oft beobachtete sie die Schüler, einen nach dem anderen, sorgfältig, mit Ruhe. Die Kinder merkten es, sahen ab und zu auf und fragten: „*Maestra*, ist etwas?“ „Nein, macht nur weiter so“, sagte sie dann. Ein Mädchen fragte: „Gell, du schaust mir zu?“ Und sie sagte: „Ja, ich schaue dir zu.“ Und die Kinder, froh, gesehen zu werden, vertieften sich in ihre Arbeit.

Einfach nur schauen, das war Ada wichtig. Es war nicht ein Nichtstun, wie manche wohl dachten, die an der Schule vorbeispazierten und sahen, dass die Lehrerin sitzt und schaut. Es war ein liebevolles Hinsehen, ohne Gedanken, ohne Bewertung, ohne Urteil. Ohne Kontrolle. Einfach nur lassen, beobachten, bestätigen, sie motivieren zu eigenem Einsatz. Etwas konnte jedes Kind sehr gut. Es war sehr oft nicht das Italienische, aber wenn sie erfuhr, was es konnte, was es mochte, was es begeisterte, dann war im Gespräch darüber und im Arbeiten daran auch das Italienische kein Hindernis mehr. Wenn sie selbst still wurde, das hatte Ada im vergangenen Jahr gelernt, wurden die Kinder rege.

2. April 1937

Drei Schüler sind sehr aufgeweckt in letzter Zeit, sie reden, auch wenn ich sie bitte, still zu sein und die anderen nicht zu stören. Sie flüstern und plaudern und hören nicht zu, sie können kaum auf ihren Bänken sitzen bleiben und stehen auf, gehen hin und her und tun manchmal so, als wären sie ganz alleine im Klassenzimmer. So übertrage ich ihnen all die Aufgaben, die ihnen die Möglichkeit geben, sich die Füße zu vertreten und ihre Unternehmungslust zu stillen. Ich bitte sie, die Tafel zu putzen, ein Plakat abzunehmen und eine neues zu holen, es aufzurollen und zu befestigen, ich bitte sie, die Fenster zu öffnen und nach kurzem Lüften zu schließen, ich bitte sie, das Holz zu holen für den Kachelofen, ich lasse sie nach dem Feuer schauen und ein Scheit nachwerfen. Und manchmal lächle ich ihnen zu und fordere sie auf, dreimal ums Haus zu laufen. Wie wenn man an einem Schalter dreht, hüpfen sie auf und weg sind sie, und wenn sie zurückkommen, sitzen sie eine Stunde und hören zu wie all die anderen. Man muss auch diese Kinder mögen, leicht ist es nicht immer und manchmal bin ich abends müde.

5. April 1937

Heute hat sich meine Schülerin Mair Paulina neben mich gestellt, mich nur angeschaut und nichts gesagt. Und als ich sie fragte, was sie bedrücke, meinte sie: nur noch zwei Wochen. Ich hörte ihr zu, ohne zu verstehen und fragte sie: Und dann? Dann komme ich nicht mehr in die Schule … Ich sah sie nur an und sie sagte dann noch: Und das gefällt mir nicht, ich möchte gerne in die Schule gehen. Du wirst 14, sagte ich. Es war mehr eine Feststellung als eine

Frage. Es sei jetzt an der Zeit zu arbeiten, hat mein Vater gesagt. Warum möchtest du gerne zur Schule gehen, fragte ich Paulina. Weil ich Sie mag, Frau Lehrerin, Sie sind immer so … Sie bemühen sich so sehr und ich weiß, dass Sie es nicht immer leicht haben mit uns. Und es muss nicht immer einfach sein, so weit weg von daheim, mit uns, wir sind doch ganz anders. Ich war gerührt und ich freute mich sehr über das, was Paulina sagte, ich hätte ihr so sehr vergönnt, noch weiter in die Schule gehen zu dürfen, nun, da es ihr endlich gefiel. Doch hatte sie mit 14 ihre Pflichtjahre beendet und ich konnte dagegen nichts sagen. Wir sind gar nicht so anders Paulina, antwortete ich, ich danke dir sehr, dass du es mir gesagt hast. Und wenn du abends nach der Arbeit manchmal Lust hast, etwas zu lernen, dann komm mich besuchen oder geh mit mir spazieren. Sie fragte: Darf ich?

Ja natürlich darfst du, es gibt kein Gesetz, das dir das verbietet, es sei denn du verbietest es dir selbst.

Mai 1937

Im Winter hatte Ada in ihrem kleinen Karottengarten vier grüne Schmetterlingspuppen gefunden und sie behutsam mit den Zweigen, an denen sie hingen, in ein Einsiedeglas gesetzt, ein wenig Papier als Deckel darübergebreitet und es mit Löchern versehen. Was für ein Schauspiel, als die Falter sich im Frühjahr einer nach dem anderen zu bewegen und zu schlüpfen begannen. Vorsichtig nahm Ada die jungen Tiere mit ihren verklebten Flügeln aus dem Glas und setzte sie ans geöffnete Fenster. Nach wenigen Stunden flogen sie fort. Ein Schmetterling aber verharrte lange, gaukelte unsicher durch das Klassenzimmer und setzte sich auf ihre rechte Hand, die Flügel weit emporgerichtet. „*Coda di rondine*", sagte Ada. „Wie nennt ihr diesen Schmetterling?", fragte sie die Kinder. „Das ist ein Schwalbenschwanz", sagte Elena laut und Ada wiederholte den Namen. „Schwalbenschwanz, spricht man es so aus?" Die Kinder lachten. „Wie wunderschön", entfuhr es ihr und sie vergaß, dass sie im Unterricht war und hob die Hand vorsichtig hoch und tief, um die Zeichnung auf der Unterseite der Flügel zu bewundern. „Das ist ein Tagfalter", sagte sie, „denn er stellt die Flügel nach oben, ein Nachtfalter legt die Flügel nach hinten." Du Gaukler der Lüfte, dachte Ada, ich gebe dich frei. Vorsichtig bewegte sie sich durch die eng gestellten Bänke zum Fenster und ließ ihn fliegen.

22. Mai 1937

La festa degli alberi. Das ist ein wunderschöner Brauch, der jährlich an einem anderen Tag in diesem Zeitraum gefeiert wird. Das Fest des Bäumepflanzens. Wiederum ein wunderschöner Tag, der all die Sorgen und die schlimmen Nachrichten von nahenden Revolutionen und einem neuen Krieg vergessen lässt. Es war, als hätten sich die Kinder in ein Gewand aus Fröhlichkeit gekleidet. Wir waren eine große Familie und leise Wehmut überkam mich, daran denkend, dass bald die Abschlussprüfungen beginnen und wieder der Sommer kommt, jeder seinen Weg gehen wird und ich meine Kinder nicht sehen werde. Mit den Kleinen muss ich noch das c und g üben, beim Sprechen tun sie sich noch schwer, diese zwei Buchstaben zu unterscheiden. Spielerisch haben wir das heute geübt, die Natur lädt ja geradezu dazu ein. Vogel – uccello, Kuckuck – cuculo. Ich berichtete ihnen, dass in meiner Heimat ein Mensch, der tratscht, cuculi erzählt.

300 Lärchen haben wir gemeinsam gepflanzt und nach dem offiziellen Teil wurden Brot, Mortadella und Honig verteilt. Auch die Schulklasse von Wangen feierte mit uns. Es war schön, meine Freundin Lucia zu sehen.

25. Mai 1937

Liebes Tagebuch!

Ada hatte begonnen, sofern sie Zeit fand, in ihr Tagebuch zu schreiben, dieses anzureden wie einen Freund. Es war ihre eigene Eselsbrücke, es sollte helfen, ins Klassenbuch zu schreiben, was dorthinein gehörte, und ins Tagebuch, was nicht Sache des Herrn Sotgia war. Sie tat sich schwer, dies einzuordnen und zu unterscheiden. Die Schule bestimmte den Alltag und außerhalb der Schule geschah wenig, ein paar Gespräche, Spaziergänge und Beobachtungen, Briefe von zu Hause, hie und da ein Dorffest und Wanderhändler, die den Duft der weiten Welt brachten.

Liebes Tagebuch!

Heute waren wir im Wald unterwegs und wir unterhielten uns über Farne und Flechten, ich zeigte den Kindern die gelben Flechten und die Landkartenflechten und die Bartflechten, das gewöhnliche Baummoos. Ich zeigte ihnen, wie viele unterschiedliche Flechtenarten es gibt. Sie waren erstaunt und begeistert, es war ihnen noch nie aufgefallen. In der Schule wollten wir Zeichnungen unserer Eindrücke anfertigen, doch erzählte ich ihnen dann von meiner Kindheit und Jugend. Es hatte sich so ergeben. Ein Junge war bei unserer Wanderung durch den Wald mit seinen Holzschuhen umgekippt und hatte einen dicken Knöchel. Ich weiß, dass das keine geeigneten Schuhe sind, vor allem im

Winter sind sie gefährlich. Wenn der Schnee unter der Sohle klumpt, kann man leicht umknicken. Ich erzählte, dass auch wir Holzschlapfen trugen. Ich erzählte ihnen, dass die Buben bei uns oft barfuß Fußball spielten, weil die zoccoli beim Fußballspielen durch die Gegend flogen und manchmal zersplitterten. Ich erzählte ihnen, dass auch wir arm waren und uns oft keine Schuhe leisten konnten. Manchmal hat man die Schuhe auch benutzt, um sich gegenseitig zu schlagen. Ich weiß, dass viele der Familien kein Geld haben, sich ordentliche Schuhe zu leisten, so bat ich sie aufzupassen, und mit diesen Holzschuhen nicht zu laufen.

Da der Fußknöchel von Pechlaner Enrico blauer wurde und dicker, schickte ich einen meiner drei aufgeweckten Buben zu Dora ins Lebensmittelgeschäft. Sie kennt sich aus mit Hausmitteln und kleinen Verletzungen. Nach fünf Minuten brachte er ein Glas mit etwas Arnikaschnaps, wir rieben den Knöchel ein und Enrico legte das Bein hoch auf einen Stuhl. Zum Glück hat er sich nichts gebrochen.

Um sie abzulenken, habe ich ihnen erzählt, dass die Kinder in Italien am Kirchplatz Fußball spielen. Das wollten mir die Meinen kaum glauben. Das wäre undenkbar hier. Auch mich hat das zu überraschen begonnen, die vergangenen Male, als ich zu Hause war. Mich hat das zu überraschen begonnen, was in meiner eigenen Kindheit so alltäglich war und normal. Ich sagte ihnen, dass der Pfarrer oft mit uns Fußball gespielt hätte, dass es da keine Unterschiede zwischen Mädchen und Buben gibt und in Veroli, wo eine Schwester meines Vaters wohnte und wo es fast mehr Kirchen und Nonnen gab als Einwohner, da hat auch der Bischof mitgespielt. In seiner Soutane mitsamt den rubinroten Knöpfen. Unser Pfarrer hier ist so steif, so harsch mit den Müttern, wenn sie einige Wochen nach der Geburt eines Kindes zum Aussegnen kommen, um wieder als Reine das Gotteshaus betreten zu dürfen, so ungehalten mit den ledigen Müttern, so streng mit den Ministranten, die er ohrfeigt, wenn sie etwas nicht richtigmachen. Er würde nie mit meinen Kindern Fußball spielen. Aber das darf ich ihnen nicht sagen, sie würden es vielleicht weitererzählen und dafür von den Eltern Schläge bekommen. Sie bekommen oft Schläge, auch wenn sie die Wahrheit erzählen, wenn sie etwas Wahres erzählen, das nicht sein dürfte. Wenn sie in der Sakristei Dinge erleben, die nicht rechtens sind. Da erteilen ihnen die Väter oder die Mütter Prügel und befehlen ihnen still zu sein. Über Gefühle geredet wird nur selten. Wenn ich mir vorstelle, dass die Frauen hier zum Pfarrer zur Beichte gehen, wenn sie schwere Not haben, der Ehemann trinkt und sie schlägt und darüber seinen Hof verliert. Da schickt der Pfarrer sie nach Hause, trägt ihnen auf, zehn Ave Maria zu beten und gehorsam zu sein, da mahnt er sie, dem Herrgott ein weiteres Kind zu schenken. Wie wollen sie sonst dereinst vor sein Angesicht treten.

Zum Glück ist der Kooperator einsichtiger, hoffentlich bleibt er uns länger erhalten.

Vittorio würde mit meinen Kindern Fußball spielen.

26. Mai 1937

Pechlaner Enrico brachte mir heute eine Dose mit selbstgemachter Pferdesalbe. Seine Mutter hätte sie ihm mitgegeben für Notfälle. Die sei für alles gut, sagte er. E tanti saluti dalla mamma.

Sein Bein ist noch dick von der Verstauchung, aber es geht ihm wieder besser.

1. November 1937

Allerheiligen. Ada hatte in der Früh die Messe besucht, war über das Land spaziert und hatte sich an den goldorange gefärbten Lärchen nicht sattsehen können. Es war ein sehr warmer Tag, viel wärmer als in der Jahreszeit üblich. Zu Hause öffnete sie die Fenster und lüftete ihr Zimmer. Da verirrte sich ein Schmetterling in ihre Kammer und setzte sich auf den Schreibtisch, sie saß dort und schrieb gerade einen Brief nach Hause. Sie war hellwach und wie im Traum. War es die *nonnema*, die kam, sie zu grüßen?

22. November 1937

Statt Schule fand heute ein Tag der Didaktik in Soprabolzano statt. Es ist für mich immer wieder schön, andere Schulen zu sehen und Lehrer kennenzulernen. Eine Lehrerin aus Rom erklärte uns, wie wir vorgehen sollten und was wir unternehmen könnten, damit die Schüler fleißiger und schneller lernen. Mir scheint das Programm, das uns vorgelegt wurde, viel zu schwer. Die Kinder haben eine andere Muttersprache und was von ihnen verlangt wird, können sie nicht bewältigen. Es kommt mir nicht sinnvoll vor, große Schritte zu machen, wenn sie die kleinen erst lernen müssen. Das sagte ich dann auch vor dem Plenum. Natürlich müsse man auf die Bedürfnisse der Kinder in Berggebieten Rücksicht nehmen, meinte die Lehrerin aus Rom, doch müssten sie – um das Abschlusszeugnis zu erhalten und für die Überstellung in die nächste Klasse – denselben Stoff beherrschen wie die Kinder im restlichen Italien auch.

2. Mai 1938

Auch in diesem Jahr haben wir uns auf den Marienmonat Mai vorbereitet. Wir haben in der Schulklasse einen Tisch aufgestellt, eine Tischdecke darübergelegt und jeder durfte bringen, was er mochte. Einige Schüler brachten kleine Statuen der Gottesmutter, andere brachten Kerzen und Blumen, wieder andere Baumrinden und Zweige. Jeden Morgen singen wir Lieder zu Ehren der Jungfrau Maria. Es macht so eine Freude! Ich erzähle ihnen von den vielen Legenden, die es um die Auffindung von Gottesmüttern in Einöden gibt, im Sumpf, im Sand am Meer. Auch hier wurden auf wundersame Weise Marienstatuen gefunden, auch hierzulande hat man an den entsprechenden Orten Wallfahrtskapellen errichtet, und auch hier erfreuen sie sich bei der Bevölkerung größter Beliebtheit.

Ada wollte noch etwas hinzufügen, schob das Klassenbuch aber beiseite und nahm das Tagebuch zur Hand.

Ein Bub erzählte, dass am Tage des Sonnenwunders von Fatima auch sein Vater am Feld gearbeitet und gesehen hätte, wie die Sonne sich in eine leuchtende Kugel verwandelte und zu kreisen und zur Erde zu fliegen begann. Der Vater habe es nur einmal erzählt, denn der Pfarrer habe gemeint, es sei Humbug und er solle davon nicht reden. Wir haben ihm ernst zugehört und versprochen, darüber zu schweigen.

4. Mai 1938

Prüfungstag für die Schüler der IV. und V. Klasse.

An diesem Punkte hielt Ada inne. Sie dachte nach, ob sie noch etwas hinzufügen sollte. Sie ließ es bleiben, setzte einen Punkt und kommentierte nicht weiter. Bei der Durchsicht der früheren Klassenbucheintragungen hatte sie immer wieder gelesen, dass die Kinder schwach waren und mindestens die Hälfte die Prüfungen nicht bestanden haben. Sie erwägte jeweils lange, ob ein Schüler in die nächste Klasse versetzt werden sollte oder nicht, sie dachte an die familiären Umstände, an den Fleiß, die Mitarbeit während des Unterrichts, und auch daran, was ein Kind brauchte. Sich in diese Statistik einzureihen, dass die Hälfte der Klasse nicht bestehen sollte, nur um ernst genommen zu werden, sich Autorität zu verschaffen, davon hielt sie nichts.

5. Mai 1938

Es ist der erste Tag, an dem nur mehr die Kleinen den Unterricht besuchen. Die Schüler der IV. Klasse sind in den Sommerferien. Ich habe in letzter Zeit bereits bemerkt, dass die Großen müde waren während des Unterrichts, sie haben oft vor Unterrichtsbeginn in den Feldern geholfen, vor der Messe noch waren sie im Stall, und nach der Schule ging es wieder zur Arbeit, bis zum Einbruch der Dämmerung. Die Tage sind schon sehr lang. Ich werde die Gelegenheit nutzen, mich auf jene zu konzentrieren, die sich mit dem Sprechen besonders schwertun: Das gesprochene Wort ist doch das beste Werkzeug, um jedes Eis zum

Schmelzen zu bringen und Verständnis für den anderen zu wecken.

In wenigen Tagen beginnt der verkürzte Unterricht. Ich werde die Kinder einladen, länger in der Schule zu verweilen, freiwillig, wenn ich noch etwas erklären oder vertiefen soll.

Morgen findet hier ein Konzert einer fahrenden Gruppe statt, es sind umherreisende Zigeuner, die vor Jahren schon einmal hier gewesen sein sollen. Sie spielen wunderbar Geige und Gitarre und Ziehharmonika. Ich freue mich sehr auf diese Abwechslung. Ich habe den Kindern vorgeschlagen, doch gemeinsam dieses Konzert zu besuchen, auch jenen der IV. Klasse, um das Schuljahr etwas anders zu beenden. Ich sehe die Großen ja erst in sechs Monaten wieder. Und jene der V.? Werde ich sie überhaupt noch sehen? Viele von ihnen werden bald 14.

6. Mai 1938

Ada hatte sich sehr auf die Spielleute gefreut. Sie hatte in Rom viel Musik gehört und auch Theaterstücke gesehen, mit den Schwestern waren die Schülerinnen oft zu Aufführungen gegangen, im Kloster der Kapuziner wurden die Passionsspiele dargeboten, auch die Frauenrollen wurden von Männern gespielt.

Sie schlenderte alleine zum Platz etwas außerhalb des Dorfes, wo die Zigeuner ihre Wägen und ihr Podium aufgestellt hatten, auf dem sie spielen wollten. Sie war etwas früher dort, mit einigen Schülerinnen hatte sie sie sich vage verabredet. Lucia hatte versprochen von Wangen zu kommen. Sie sah den Männern zu, wie sie die Bühne mit Blumengirlanden schmückten, wie sie immer wieder zu Gitarre und Geige griffen, um zu improvisieren, die Instrumente zu stimmen. Es waren hübsche Menschen, die Frauen waren es, die Männer auch. Sie trugen schwarze Hüte und Westen ohne Ärmel über weißen gestärkten Hemden. Sie umarmten sich viel, auch die Männer. Diesen Körperkontakt, diese offene Herzlichkeit, war Ada nicht gewohnt. Von daheim nicht, von hier noch weniger. Selten sah sie hier eine Mutter dem Kind über die Wange streicheln.

Sie hatten so etwas wunderbar anderes an sich und Ada fühlte sich in ihrem Fremdsein nicht allein.

Auch ein italienischer Laden stand da, ein Anhänger auf vier Rädern mit allerlei Gläsern voller Süßigkeiten, mit einem lustigen Mann, der Zuckerwatte drehte und Mandeln brannte, der seine karamellisierten Bonbons und sein Zuckerwerk offenbar selber liebte.

Sie kaufte sich ein Stückchen mürben Torrone und saß gemütlich auf einem Baumstumpf, als ein junger Mann sich zu ihr setzte und sie fragte, ob sie hier fremd sei. „Ich bin Lehrerin hier", sagte Ada. „Ich bin die *maestra* im Dorf."

„Mein Name ist Anis", sagte er und reichte ihr die Hand, „und wie heißt du?"

„Ich bin Ada Torelli aus Paliano."

„Paliano?", fragte er.

„Das ist im Latium, eine Stunde Zugfahrt von Rom. Und wo seid ihr her?", fragte sie.

„Wir sind von überall her, wir haben kein Zuhause. Hier aber sind wir beheimatet, wir sind oft hier und kennen die Wälder."

„Sind die Leute gut zu euch?"

„Hier geht es uns besser als den meisten Zigeunern in anderen Ländern. Hier sind viele Fremde. Aber hier herrscht auch viel Armut, und so ist es für uns nicht leicht zu überleben. Auch wenn wir bescheiden sind."

„Die Italiener meinen Sie mit den Fremden?“

„Vielleicht ist Fremdheit das bessere Wort als Fremde. Hier gibt es viel Fremdheit. Da sind Menschen, die seit Generationen hier wohnen und nun Fremde sind im alten neuen Land. Da sind Menschen, die die Vatersprache sprechen und hierherkamen, in die neue Provinz, um eine Arbeit zu finden, und Arbeit gibt es viel, für die Richtigen. Da gibt es aber auch eine andere Fremdheit. Die Fremdheit von Dorf zu Dorf. Die hohen Berge und tiefen Täler bringen das mit sich. Da gibt es Menschen, die nur den Weg von ihrem Haus zur Kirche kennen, für sie ist alles fremd.“

„Ich weiß“, sagte Ada still.

„Fühlst du dich fremd? Du bist ja auch nicht von hier.“

„Nein, das bin ich nicht.“

„Und wo bist du daheim?“

„Meine Heimat ist Paliano. Daheim bin ich auch hier.“

„Ich bin überall daheim und überall fremd. So gesehen ist dieses Dorf meine Heimat. Heute. Und morgen ein anderes.“

„Und wie heißen Sie mit Nachnamen?“

„Können wir du sagen? Ich heiße Anis Nando Steinbach.“

„Ich habe auch zwei Vornamen, ich heiße Ada Secondina.“

„Welch schöner Name.“

„Santa Secondina ist eine Märtyrerin, die ganz in unserer Nähe, in Anagni begraben ist.“

„Und du kamst als Märtyrerin hierher?“, fragte er schelmisch.

„Nein, ich bin Lehrerin. Dafür werde ich nicht verfolgt.“

„Ich bin Italienischlehrerin“, fügte sie nach einer kurzen Pause hinzu, und ganz still sagte sie noch, „es gibt andere, die wohl doch verfolgt werden, wenn sie das Falsche unterrichten."

„Es ist schön, dich kennenzulernen, Ada. Bleibst du hier? Hörst du uns zu?"

„Ja, ich bleibe."

„Können wir danach noch plaudern? Wartest du auf mich?"

„Ja, Herr Steinbach, das können wir."

„Sag bitte Anis."

„Ja, Anis, das können wir."

„Und du wartest?"

„Ja, ich warte."

Er war die ganze Zeit im Schneidersitz neben ihr am Boden gesessen. Als er aufstand, stützte er sich behutsam auf ihrem Knie ab, saß sie doch am Baumstumpf. Leicht küsste er sie auf die Wange, er zwinkerte ihr zu und ging zur Bühne.

Sie kannte ihn zehn Minuten. Zu Hause, im Latium, da küsste man sich auch auf die Wangen, auch wenn man sich erst vorgestellt worden war, auch wenn man zwei Minuten nur Belangloses miteinander geredet hatte. Aber da küssten die älteren Frauen die jüngeren und nicht die Männer die Frauen.

Sie sah sich um. Es wäre ihr nicht angenehm gewesen, hätten die Eltern ihrer Kinder dies gesehen.

17. Jänner 2000, Villa Serena, Bolzano / Bozen, 19 Uhr 15

Auf dem Bett sitzend hörte Ada das Geräusch eines Fliegers. Sie hatte Flugzeuge stets nur von unten gesehen, manchmal war der Himmel fast kariert, in Diagonale geteilt von weißen Streifen. Manchmal hat der Wind den

Wasserdampf zerrissen und ihren Traum vom Fliegen verweht.

Jeden Donnerstagnachmittag kamen zwei Clowns, um Abwechslung ins Altersheim zu bringen. Ada blieb immer dort, um ihnen zuzusehen, an den Spielen beteiligte sie sich nie. „Sind Sie denn etwas Besseres?", hatte sie einmal eine Heimbewohnerin gefragt. Ada hatte lange darüber nachgedacht. Nein, sie fühlte sich nicht besser, sie wollte sich nicht abheben. Sie wollte sich schützen. Sie wollte ihre Rolle nicht verlieren. Und das, obwohl sie ihren Schülern so oft gesagt hatte, sie dürften auch weinen, sie dürften auch schwach sein. Sie sollten in ihrer Schwäche ihre Stärke sehen.

Aber sie war die Lehrerin.

Sie wäre damals am allerliebsten mit den fahrenden Gesellen mitgegangen. Das war so absurd, dass sie zu jener Zeit gar nicht daran gedacht hätte, es sich wirklich zu überlegen. Es war ein Gedankenblitz, und das blieb er. Auf ihn folgte ein Donner und dann war es wieder still. Aber wie anders wäre dann ihr Leben verlaufen? Die Clowns erinnerten sie daran, an diese Möglichkeit. Deshalb wollte sie nicht mit ihnen spielen. Deshalb saß sie abseits und sah zu. Sie sah ihnen immer zu, wenn sie kamen.

Carla saß letzte Woche am Tisch und schob die Blätter hin und her, und hin und her schwenkte sie den Kopf in Richtung ihrer Schultern, so weit es die Steife des Alters erlaubte, sie starrte in den Farbtopf, den die Clowns mitgebracht hatten. Das letzte Mal hatten sie Kräuter mitgenommen, und ein wunderbarer Nachmittag hatte sich aufgetan, mit dem Riechen an den Pflanzen, mit dem Erinnern an Mutters Garten, dem Würzen von Speisen, dem Aufbrühen von Tee. Sie hatten auch Anis gebracht. Anis war das Hauptkraut in der *tintura imperiale*, die die

Benediktiner in Casamari brauten. Adele Bartoli verabreichte den Sirup, wenn die Kinder Zahnweh hatten. Hochprozentiger gelber Alkohol. Sie mussten den Zahn darin baden und was übrig blieb wieder ausspucken. Er betäubte den Gaumen und die Zunge und linderte den Schmerz.

Einmal schleppten die Clowns einen Eimer herbei, mit etwas Wasser drinnen, und jeder konnte dort seine Sorgen hineinwerfen, sozusagen ertränken. Auch das hatte den Heimbewohnern Spaß gemacht, denn sie haben gemerkt, wie viel sie gemein haben, wie viel sie miteinander verbindet, sie haben gemerkt, dass jeder Sorgen hat und dass die Sorgen des anderen mitunter sehr ähnlich sind, und wenn nicht ähnlich, doch auch sehr groß.

Diese Farbtöpfe schienen in Carla nichts zu bewegen. Sie starrte hinein und durch sie hindurch, sie starrte auf das Blatt Papier, das weiß bleiben wollte.

Links von ihr am Tisch saß Lucia, die zerkrümelte das Blatt Papier wie ein Tempotaschentuch, zerkrümelte es und knetete, bis es von der Feuchtigkeit der Hände zu zerbröseln begann, es war ein Aquarellpapier, faserig und bereit, das Nass zu speichern. Als sie endlich einen runden Ball aus dem Papier gezaubert hatte, oder etwas, das so aussah wie ein Ball, begann sie still zu weinen und tupfte das Papier gegen die Augen.

„Ich muss hinaus zum Bus“, sagte Oda rechts von ihr. „Ich muss hinaus, mein Mann wartet, er holt mich ab, damit wir heimfahren.“

„Komm, gehen wir ins Zimmer“, sagte die Pflegerin, „komm Oda, wir schauen uns an, was du anziehen könntest, um deinem Mann zu gefallen. Wir könnten ein schönes Kleid heraussuchen, es bügeln, und ich könnte dich schön machen für ihn.“ Sie wusste, dass Oda bis dahin ihren Mann, der nicht wartete, wieder vergessen hatte.

Carla hatte mit halbem Ohr zugehört, ein Wort hatte sie aufgefangen. Plötzlich lächelte sie und tauchte den Pinsel in die rote Farbe und sorgfältig und mit unglaublicher Ruhe begann sie, sich die Farbe auf die Fingernägel zu malen.

„Ihr habt zu viel von den Gästen verlangt“, sagte ein Pfleger zu den Clowns. Das Malen habe sie überfordert, sie würden es nicht kennen aus ihrer Kindheit. „Farben waren damals rar“, sagte er, „ihr könntet Stan und Olli spielen das nächste Mal, den Slapstick kennen sie aus dem Kino, dem ersten Fernsehen, damit sind sie älter geworden, das kennen sie und da müssen sie lachen. Das würde ihnen gefallen, wenn ihr zwei streitet, euch gegenseitig schlagt. Dick und Doof.“

Ada hörte zu und sagte nichts. Sogar ihr ernster Temistocle konnte herzhaft lachen, wenn er *Stanlio e Ollio* sah. Sie hatte diesem Humor lange nichts abgewinnen können.

Sie sagte laut zum Pfleger gewandt: „Sehen Sie doch, welch wunderschöne Fingernägel Carla hat, wie schön sich Carla heute gemacht hat. Wie glücklich sie ist.“

8. Mai 1938

Als sie Anis spielen hörte, schien ihr, die Musik sei wie ein Pflug in ihrer Seele, sie bahnte sich den Weg durch den Acker, holte die Steine empor und warf sie mit einer Leichtigkeit auf die Seite, als würden Engel sie versetzen.

Gestern Abend hatten die Zigeuner ein Theaterstück gespielt, heute haben sie wieder musiziert. Wie gestern, wie vorgestern war Ada gesessen, verzaubert, und hatte gewartet, um zu plaudern. Um irgendetwas.

Sie erzählte ihm, dass sie in dieser Nacht von Wölfen geträumt hatte. Die seien selten geworden, sagte Anis. „Einer meiner Großväter, jener, der noch lebt, wohnt am Meer“, sprach Ada, „da gibt es Küstenwölfe.“ „Ich hatte keine Angst vor ihnen, er hat mich gelehrt, mich ruhig zu verhalten, wenn ich ihnen begegne, ja nicht zu laufen. Ich hatte keine Angst, ich stand still und betrachtete sie“, sprach sie weiter. „Der Wolf ist ein Hüter“, meinte Anis, „wenn er dich begleitet, wenn du von ihm träumst, so bist du beschützt.“

Sie wollte sich fallen lassen und getraute sich nicht. Er hielt ihren Kopf in seinen Händen und küsste sie und sie küsste ihn, sie hatte keine Angst, seine Hände lagen ruhig auf ihren Wangen, auf ihrem Rücken, sie suchten nichts, sie lagen einfach da. Als wüsste Anis, was gut war und was nicht. Sie küssten sich und sagten nichts, sie spürte seine raue Haut auf ihrem Kinn, es brannte ein wenig und sie dachte, jeder würde es morgen sehen, dass sie gerötet war im Gesicht. Sie lagen auf Wurzeln und Moos und Tschurtschen und betrachteten die Baumwipfel, die sich zu bewegen schienen, obwohl es die Wolken waren, die über den Vollmondhimmel zogen. Als sie sich wieder gerade hinsetzte, einen tiefen Atemzug nahm, die Hände hinter dem Nacken verschränkte und den Rücken nach vorne bog, sagte Anis: „Du darfst dieses Leben leben, Ada, du darfst in diesem Leben heilen, was in anderen Leben vor dir verfehlt wurde.“ Sie schloss die Augen und fühlte eine Schwäche in sich aufsteigen, die eine Stärke war. „Wir sind überzeugt, dass unsere Seelen oft schon auf dieser Welt waren, wir dürfen sie jetzt, in diesem Leben, von allem erlösen, was ihnen einst widerfuhr“, sagte Anis. „Du darfst die Liebe fließen lassen. Die Liebe und das Vertrauen. Wenn das Vertrauen enttäuscht wurde, so ist die Liebe gehemmt.“ Ada nickte und sah zu Boden.

„Ich werde nichts tun, was du nicht willst“, sagte Anis. „Wir müssen weiterziehen.“ „Wäre es anders, wenn du bliebest?“, fragte Ada. „Könntest du mich nicht gerade deshalb zu etwas zwingen, was ich nicht will, weil du weiterziehst?“ „Glaub an dich“, sagte Anis, „dann wirst du die Antwort wissen, glaub nicht an das, was du gelernt hast, was du mitgenommen hast aus anderen Leben, glaub an dich und befreie dich von dem, was dich einengt.“ „Du verwirrst mich“, sagte Ada. „Ich weiß nicht mehr, was ich will und was ich darf und was nicht.“

„Würdest du mit mir gehen?“, fragte Anis.

Ada fand darauf keine Antwort. „Ich vermisse meine Schaukel“, sagte sie. „Der Ast, auf dem sie hängt, ist morsch geworden. Ich muss einen neuen Baum suchen.“ „Deine Schaukel ist in dir, mach die Augen zu und du wirst fliegen. Du kannst alles ausatmen, was nicht dir gehört. Du kannst dich selbst einatmen und nur du sein. Lächle dir zu, jeden Tag. Mach dein Herz auf und du wirst den richtigen Weg finden. Deinen Weg.“

Sie schloss wieder die Augen: „Dann bin ich ja in einer anderen Welt, dann bin ich ja nicht hier.“ „Dann bist du bei dir“, sagte Anis, „und du wirst dieses Gefühl immer heraufbeschwören können, wenn du es brauchst, wenn du traurig bist und an dir zweifelst. Du wirst dazu nicht mehr die Augen schließen müssen. Nimm dich an, Ada, so wie du bist.“

„Du weißt so viel, Anis, wer bist du?“

„Ich bin ein Sinto, Ada, wir machen Musik und wir ziehen weiter. Wir dürfen nicht bleiben, und wir können es auch nicht.“

Nicht können oder nicht wollen, dachte Ada. „Man sagt, ihr seid fahrende Gesellen. Solche gibt es auch hier. Seid ihr richtige Zigeuner?“

„Wir sind Sinti. Wir sind Fremde und man begegnet uns mit Angst“, sagte Anis, „und wir haben Angst, weil wir das Misstrauen spüren. Nicht alle ziehen umher, manche leben schon lange an festen Orten. Wir ziehen weiter, weil es mein Großvater schon tat, wir sind Musiker und leben von unserer Musik. Die Geige war mein Spielzeug.“

Ich bin auch eine Fremde, dachte Ada. „Ich glaub, ich muss gehen, Anis, morgen ist Montag und ich muss in die Schule.“

„Du wirst gehen, Ada, du wirst deinen Weg gehen, vergiss die Schaukel nicht. Liebe dich selbst. Du hast eine Urmutter, die auf dich schaut, du musst ihr nur vertrauen. Je mehr du bereit bist, Sicherheiten loszulassen, desto mehr wirst du ins Vertrauen kommen!“

„Das klingt wie aus den Zigeunermärchen, Anis, die Urmutter des Weiblichen, die weise Frau, die alles weiß. So etwas gibt es auch hier, doch man spricht nicht davon.“

„So vieles ist verschieden, und so vieles haben wir gemein. Mein Vater sagt, über alldem steht die Einheit.“

„Wie soll ich Sicherheiten loslassen, Anis? Es gibt ja keine Sicherheiten.“

„Eben“, sagte er.

„Bist du religiös, Anis?“

„Unser Glauben ist nicht viel anders als jener der Gadsche.“

„Wer sind die Gadsche?“

„Das sind all jene, die nicht Sinti sind. Das ist die Mehrheit.“

Du weißt so viel, dachte Ada und sagte nichts, es war so viel, was er sagte, und sie kam sich dumm vor, wie ein Schulmädchen, das nichts verstand. Wie musste es den Kindern in den ersten Klassen gehen, wenn sie nur Italienisch sprach.

„Du darfst auch nehmen Ada, du darfst auch empfangen. Du musst nicht nur geben.“ Er hielt inne und sprach dann weiter: „Ich meine nicht das Empfangen, das ihr Frauen erduldet. Ich meine nicht dieses Empfangen, das ein Kind in dir entstehen lässt. Ich meine, du darfst auch Gutes annehmen, du darfst dich verwöhnen lassen. Du darfst daran glauben, dass einer dich nur um deiner selbst willen liebt, dass einer dich liebt, weil du bist, wer du bist.“

„Ich wünsch dir eine gute Nacht“, sagte Ada und es schmerzte ihr im Unterleib, dass dies die einzige Antwort war, die sie sich auszusprechen erlaubte. Sie erhob sich und glättete ihr Kleid und rieb sich die Handflächen, auf denen Sand und Erdkörner klebten. Sie dachte, ich muss jetzt schnell gehen, ich mag dieses Pathos nicht. Auch er stand auf und umarmte sie und sagte: „Ich möchte mich in dir spüren, Ada, ich möchte alles tun, dass auch du dich spürst, Ada, es ist kein Zufall, dass wir uns begegnet sind.“

Ada löste sich abrupt und ging und wollte nicht zurückschauen und schaute doch zurück und sah, dass er dort stand, und spürte, dass seine Augen in den ihren tanzten und spürte ein Beben in ihrer Scham und war dankbar, dass er ihr nicht gefolgt war. Sie ermahnte sich, daran zu denken, dass sie Lehrerin war, und winkte ihm, wie sie den Schulkindern zu winken pflegte, wenn sie ihnen unerwartet begegnete.

In dieser Nacht träumte sie von einem großen Tor, hinter dem sich ein Abgrund befand. Zwei Eulen saßen links und rechts wie zwei Wächter. Als sie die mächtigen Holztüren aufstieß, ergriffen diese sie mit ihren Krallen, sacht und mit Vorsicht, trugen sie hoch hinauf in einen Himmel, der über und über in violette Farbe getaucht war.

Die *nonna* hatte ihr Lebtag in Traumbüchern gelesen, alle Träume hatte sie zu deuten gewusst. Die *nonnema* war nicht mehr.

Sie verstand, dass der starre Blick der Eulen nicht tötete, wie die Alten zu sagen pflegten, es war an der Zeit jeden falschen Glauben abzuschütteln. Die geheimnisvollen Vögel waren vielmehr Boschafter für einen Aufbruch. Einen, der sich im Inneren vollzog.

9. Mai 1938

Ada stand früher auf als sonst. Mit Sonnenaufgang verließ sie ihr Zimmer und machte einen Umweg über den Platz, an dem die Zigeuner ihr Feuer entfacht hatten. Sie sah, dass sie dabei waren, die Blumengirlanden zu entfernen und das Podium wieder abzubauen. Sie hatte es ja gewusst, dass sie heute fahren würden, aber sie hatte trotzdem das Gefühl, als würde ihr jemand ein Netz mit schweren Steinen um die Brust hängen.

Anis entdeckte sie und winkte ihr zu und rief, sie solle doch kommen.

„Ihr brecht wirklich auf?“, fragte sie.

„Wir müssen weiter, allzu lange an einem Ort mag man uns nicht.“

„Kommst du wieder im nächsten Jahr?“

„Ich verspreche es“, sagte Anis.

„Auch wenn die Zeiten noch schlechter werden?“

„Ich komme wieder, wir sind hier daheim.“

„Du bist doch überall daheim.“

„Ich bin hier daheim.“

„Wirst du mir schreiben?“

Anis hielt vom Schreiben nichts. Nichts von Briefen und nichts von Büchern. „Die Wahrheit", sagte er, „ist nie in den Büchern zu lesen. Sinti schreiben nicht. Ihre Geschichte ist mündlich überliefert, deshalb weiß man nicht, woher sie kommen, wo ihre erste Heimat war."

„Eine Postkarte?", fügte sie schüchtern ein.

Er lächelte, fuhr fort: „Seit 500 Jahren zieht meine Familie durch die Berge, wir ziehen durch die Alpen und über den Apennin in den Süden, wir ziehen wieder hoch, wir spielen auf, wir musizieren, wir ziehen weiter. Aber geschrieben steht nichts. Was geschrieben steht, ist Lüge. Was geschrieben steht, haben die Gadsche geschrieben und sie wissen nichts. Bleiben ist gefährlich. In über 500 Jahren haben wir unsere Feuer in den Wäldern angezündet und niemals ist ein Brand entstanden. Wir stehlen die Hühner und die Fasane, sagt man, wir stehlen die Kinder." Und wieder lächelte er und liebkoste ihr Gesicht. „Warum sollten wir Kinder stehlen? Unsere Eltern haben doch selbst so viele. Man versteckt in der Dunkelheit die ledigen Kegel in unseren Wägen, um sie loszuwerden. Eure Wahrheit sieht ganz anders aus. Wir schreiben sie deshalb nicht auf und ich werde dir deshalb nicht schreiben. Die Stille gehört dazu. Nicht als Pause beim Sprechen, sie ist Teil der Wahrheit und der Geschichte. Wie könnte ich dir diese Stille schreiben?"

„Es tut mir leid, dass ich gestern gegangen bin", sagte Ada.

Er sagte lange nichts und sie war erstaunt über das, was sie gesagt hatte.

„Ich komme wieder, wir sehen uns wieder, ich weiß es. Wenn du nicht weggehst, sehen wir uns wieder. Und wenn du weggehst, werde ich dich finden, irgendwo. Ada, ich weiß es gewiss."

Sie sagte: „Ich vertraue dir."

„Vertraue dir selbst, Ada. Vertrau dir und all den Schutzengeln, die du hast. Lächle ihnen zu. Lächle dir zu und du wirst sehen, wie wunderschön das Leben ist."

Sie umarmten sich nicht. Sie sahen sich an. Dann ging Ada zur Kirche, um dort auf ihre Kinder zu warten.

23. Jänner 1939

Heirat der jüngsten Königstochter Maria Francesca di Savoyen mit Principe Luigi di Bourbone-Parma, Bruder der einstigen österreichischen Kaiserin Zita, in Rom.

(Im kleinen Abstellraum der Schule habe ich erst jüngst zwei große Drucke mit Porträts der Kaiserin Zita und des Kaisers Karl I. gefunden. Sie zierten wohl einst das Klassenzimmer in den zwei Jahren ihrer Regentschaft. Ich habe sie dort belassen.)

10. Februar 1939

Der Papst ist tot. Die Nachricht erreichte uns in der Klasse, wir waren alle sehr betroffen. Ich erzählte den Kindern, wie er durch die Lateranverträge die Versöhnung mit dem Staat ermöglicht hatte und wir beteten gemeinsam für ihn, für seine Seele. Wir baten ihn, von oben gut auf uns herabzuschauen. Schon am Nachmittag ist er in der Sixtinischen Kapelle aufgebahrt worden, das wäre sein besonderer Wunsch gewesen, wurde im Radio gemeldet. Er wollte nach seinem Tode eine Weile unter dem Jüngsten Gericht des Michelangelo ruhen.

Ada verfolgte die Nachrichten aus der Welt sehr wohl. Sie sagte den Kindern nichts davon, dass der Heilige Vater ein sehr kühles Verhältnis zum Duce hatte, dass er schon zwei Jahre zuvor einen geheimen Text hatte über die Alpen schmuggeln lassen, der in tausenden Pfarreien vorgelesen worden und das Regime des Mussolini-Freundes Adolf Hitler bloßgestellt hatte. Hunderte Pfarrer sind daraufhin verhaftet worden, und die kirchentreuen Gläubigen waren eingeschüchtert. Hier, fernab der Propaganda, der die Frauen nicht so ausgeliefert waren wie die Männer, die zu Versammlungen liefen, anstatt zu Hause zu bleiben bei den Familien, hatte Ada selbst zu denken gelernt. Was sie dachte, das verschwieg sie in ihren Aufzeichnungen in den Klassenbüchern und auch im Tagebuch waren ihre Einträge vage. Hier in den Bergen hätte sie nichts tun können und auch nicht tun mögen, als die Kinder zu lehren, ihren eigenen Verstand zu gebrauchen.

14. Februar 1939

Begräbnis des Heiligen Vaters. Die Schule war heute geschlossen, da wir seiner gemeinsam in der Kirche gedachten. Die Zeitungen haben wunderbare Bilder aus seinem Leben abgedruckt, ich habe sie gestern mit den Schülern ausgeschnitten, wir haben sie auf die Rückseite eines Plakates geklebt und die Collage in der Klasse aufgehängt. Jeden Tag haben wir für ihn gebetet. Auch morgen und auch am Freitag noch wird die Schule aufgrund der liturgischen Feiern zum Tode des Heiligen Vaters geschlossen bleiben. Heute Vormittag wurde in Rom das feierliche Totenamt gehalten und am Nachmittag hat man ihn in den Sarg gelegt. Vier Särge waren es eigentlich, zuerst ein Zypressensarg, dann ein Bleisarg und zuletzt ein Sarg aus Ulmenholz. Und dieser kam dann noch in einen Marmorsarg. Jetzt ruht er in der Krypta von St. Peter. RIP: Wer wird ihm folgen?

16. Februar 1939

Heute kam die Mutter von Pechlaner Giovanni zu mir und bat mich um die Entlassung ihres Sohnes aus der Schulpflicht. In zwei Tagen wird er 14 Jahre alt und er würde zu Hause dringend für die Arbeit gebraucht. Ich hatte dagegen nichts einzuwenden und versprach ihr, den Direktor darüber zu informieren. Leid tat es mir sehr, denn Giovanni ist ein aufgeweckter Schüler und ich legte ihm ans Herz, sich in der Bibliothek Bücher auszuleihen und ein Tagebuch auf Italienisch zu schreiben, um das Erlernte nicht zu vergessen. Er könne mir auch Briefe schreiben, ich würde sie gerne beantworten und wenn er möchte, auch korrigieren. Und ich bat ihn, im Juni die Abschlussprüfungen abzulegen. Der Abschluss der IV. Klasse sei für seine Zukunft ein wichtiger Schritt.

19. April 1939

Meine IV. Klasse wird immer kleiner. Anna Valtingoier feierte heute ihren 14. Geburtstag und sie hat sich traurig von mir verabschiedet. Morgen wird sie bereits eine Arbeitsstelle antreten. Ich kann es nachvollziehen, die Familie braucht dringend Unterstützung, Anna ist das älteste von sieben Kindern.

Ein Brief von Maddalena lag in ihrem Postkasten, als Ada gegen Abend in ihr Zimmer kam. Eine Müdigkeit überfiel sie, wenn sie an Maddalena dachte. Sie hatte wegwollen aus dem oberen Etschland, sie war dann doch geblieben, als der Verehrer anders war als erwartet. Er hatte wohl schon eine Frau und auch Kinder. Ada füllte Wasser in ihren Espressokocher, schöpfte behutsam Kaffeepulver hinein, drehte die Kanne zu, stellte sie auf den Herd und ging ins Bad. Erst als der Kaffee brodelte und einige duftende

Tropfen aus der schmalen Öffnung spritzen, nahm sie die Kanne von der heißen Platte, verrührte vorsichtig das Gebräu, sodass sich das Starke und das Wässrige mischten und erst nachdem sie sich die Tasse mit Bedacht eingeschenkt hatte, nahm sie den Kuvertöffner zur Hand, entnahm das Blatt Papier, entfaltete es und begann zu lesen.

Ciao Ada!

Wie geht es Dir? Wir hatten hier in letzter Zeit viel zu tun, deshalb habe ich mich auch lange nicht mehr gemeldet. Am 1. April hatten wir die esami di dopo squadra der *Gioventù italiana del Littorio. Diese Prüfung, die ja nicht im Einzelwettbewerb, sondern in Mannschaften abgehalten wird, erlaubt es den Kindern zu erfahren, wie wichtig das Gemeinschaftsdenken ist, was das Zusammengehörigkeitsgefühl bewirken kann, wie stark der Einzelne in der Gruppe ist. Das lehrt sie gleich wie die anderen zu sein, kleine Soldaten mit Verantwortung, Pflichten und Versprechen, die es einzuhalten gilt. Das macht sie stolz, es lässt sie das sein, was sie sein möchten, kleine tapfere Männer, einer wie der andere, und doch besser als die üblichen.*

Ich hoffe, dass die Freude, die sie in diesem Augenblick spürten, sie weiterhin auf ihren Wegen begleitet und sie die Liebe zu ihrem Vaterland auch wirklich ausleben können, diese Liebe nicht nur ein leeres Wort bleibt. Das würde bedeuten, dass auch wir unsere Pflicht getan haben.

Am 21. April feierten wir Natale a Roma! Das Fest der Arbeit. Nachdem ich den Schülern von der Gründung Roms erzählt habe, von Romulus und Remus und der Weltherrschaft in der Antike, von Rom damals und heute, von der Rolle der Stadt als Lehrerin der Kultur, vom Fest der Arbeit und der carta del lavoro als Grundpfeiler der Arbeit im Faschismus, haben wir patriotische Lieder gesungen und unsere liebe Fahne gegrüßt.

Das sind die schönsten Momente in meinem Leben als Lehrerin.

Ich habe auch andere gute Nachrichten, meine Schwester Agnesina hat sich verlobt, sie will mit der Hochzeit warten, bis ich zu Hause bin. Bisher hat sie sich um mamma gekümmert und ich weiß im Moment nicht, wie es weitergehen soll, denn Agnesinas Bräutigam wohnt etwas entfernt, in Genazzano. Er wohnt daheim bei seinen Eltern, Agnesina ist deshalb etwas bekümmert, denn du weißt, nicht alle Schwiegermütter sind nett.

Vielleicht könnten wir mit demselben Zug nach Paliano fahren, so könnten wir uns die Fahrtzeit etwas verkürzen.

Ich werde auch heuer wieder um Versetzung zurück in den Süden ansuchen.

Es grüßt Dich, Maddalena

Pfunders, 10. April XV

Mai 1939

Der Mai verging. Adas Hoffnung schwand von Tag zu Tag. Sie hatte sich wenig für Politik interessiert, aber jetzt las sie und hörte, sie nahm auf und speicherte, was auch immer ihr an Nachrichten begegnete. In Deutschland werden die Sinti und Roma verfolgt. Dass Anis und seine Gefährten nicht kamen, beunruhigte sie sehr. Aber sie vertraute. Er hatte gesagt, sie werden sich wiedersehen.

Sommer 1939

Dieses Jahr war sie gemeinsam mit Maddalena nach Hause gefahren. Sie saßen im Zugabteil und schwiegen. Sie spürten, dass das vergangene Schuljahr anders war als jene, die folgen würden. Maddalena hatte zu zweifeln begonnen, ob all das, was sie den Kindern immer und immer wieder eingeschärft hatte, wirklich so gut war. Die Stimmung deutete auf Krieg. Dass ihre eigene Hochzeit geplatzt war, das hatte sie verändert. Sie wollte niemandem mehr bedingungslosen Glauben schenken, sie konnte es nicht mehr. Das hatte auch ihre überzeugte Gefolgschaft zum Faschismus geändert. „Im Grunde geht es uns jetzt nicht besser als früher", sagte sie zu Ada, „im Grunde lügen die Männer heute wie einst." Sie tat Ada leid. „Sei froh Maddalena", sagte sie, „dir ist bestimmt eine viel bitterere Erfahrung erspart geblieben. Du wirst bestimmt noch den Richtigen finden, der dich nicht anlügen wird. So wie einst gibt es auch heute Menschen, die nicht lügen. Mach dir keine Sorgen darüber, dass du etwas für nicht mehr richtig hältst, was vorher für dich gut und wichtig war. Wir können immer nur nachträglich wissen, was richtig war oder nicht, das gilt für alle Menschen. Wir tun oft Unrechtes im Glauben, wir seien im Recht. Wie sonst sollten Kriege entstehen?" „Ach du *ciocca*, deine Mutter sagte immer, du bist ein Hitzkopf", meinte darauf Maddalena. „Entschuldige Maddalena, wenn ich das so sage, aber sei einfach du und du wirst glücklich werden – und warum nennst du mich jetzt *ciocca*?", fügte sie nach einer Pause hinzu. Maddalena sah ihr kurz in die Augen: „Du hast recht, es passt nicht mehr zu dir."

Ada widerstand der kurzen Regung, Maddalena von Anis zu erzählen. Sie hatte nie jemandem etwas von Anis erzählt.

Der unsicheren Weltlage zum Trotz war es ein schöner Sommer. Ada fuhr mit Gina nach Rom, sie übernachteten in einem Kloster. Es war üblich geworden, dass manche Orden ihre Tore öffneten, um Zimmer an

Reisende zu vermieten. Gina war noch nie in Rom gewesen. Sie war aufgeweckt, sie war 16. Die jüngste der Geschwister war als Einzige zu Hause bei den Eltern geblieben. Vittorio lebte im Priesterseminar und studierte Theologie, Francesco war als Handwerker unterwegs und Maria hatte geheiratet. Gina war daheim, half, wo es sie brauchte und wartete. Sie schien einfach zu warten, dass der Richtige kommen möge.

Ada besuchte mit Gina *gli Studi di Cinecittà*. Es war eine komplizierte Reise von Rom nach Rom, in die *via Tuscolana* 1055. Ada war überrascht, wie groß und opulent alles war. 1500 Arbeiter hatten die Filmstadt in wenig mehr als einem Jahr errichtet. Die Architektur war beeindruckend, so klar, so rational. Die Anlage erschien ihr wie ein Schiff inmitten einer trockenen Landschaft. Vor zwei Jahren hatten hier noch Schafe geweidet.

Sie hatten es sich in den Kopf gesetzt. Ada liebte das Kino, auch wenn sie im Norden davon wenig mitbekam. Sie wollte nach *Cinecittà*, seit sie das erste Mal davon gelesen hatte. Nach den Plänen von Gino Peressutti war es vor zwei Jahren eingeweiht worden, über sechzehn Filmstudios verfügte es und viele sollten noch gebaut werden. Drei Schwimmbäder gab es und sogar ein Hallenschwimmbad. Über 24.000 Ampere – das stand auf einer großen Tafel neben dem schlichten Eingang. Was das bedeutete, wussten Ada und Gina nicht, aber es beeindruckte sie, das musste viel Strom sein, viel Strom und Energie für die Traumfabrik. Es gab riesige Schminkräume, die man besichtigen durfte, sofern sie nicht gerade benutzt wurden. In der Schneiderei arbeiteten junge Mädchen, es wurde gehämmert und gebaut, riesige Kräne standen umher, wackelig scheinende Gerüste mit Leitern, Laternen auf riesigen Masten, gigantische Kameras auf mehrbeinigen Stativen, weiße Pferde in einem offenen Stall, Wägen mit allerlei Geräten, Männer in saloppen Trenchcoats und in weißen Hemden mit aufgekrempelten Ärmeln und Bügelfalten trotz Hitze und Schweiß. Stadt der Kinos. Das Kino als Stadt. Ein lebendiger Traum. Häuserkulissen und hinter den vermeintlichen Mauern Gerüste aus Holz. Die Dreharbeiten zu *Il sogno di Butterfly* waren soeben beendet worden, im November sollte der Film in den Kinos zu sehen sein. Die letzten Dreharbeiten für *Grandi magazzini* waren gerade am Laufen, Alarm im Warenhaus, eine Komödie, eine Liebesgeschichte. Am Eingang wurden Autogramme von Assia Noris und Vittorio De Sica verkauft. Gina wollte sitzen bleiben beim Eingang, warten, bis die Stars vorbeikamen. Sie warteten lange und brachen dann doch auf, sie nahmen den letzten Doppelstocktriebwagen, der sie zurück in die Altstadt brachte. Gina war begeistert von den vielen Straßenbahnen, die in Rom fuhren. Und auch Ada genoss die Luft der Großstadt, aber sehnte sich abends zurück in den heilen Frieden der rauschenden Lärchen am Ritten.

Mussolini hatte *Cinecittà* eingeweiht, das Militär war aufmarschiert, es glich einer Kundgebung, einem Siegeszug. *La cinematografia è l'arma più forte.* Das Kino ist die stärkste Waffe. Ada war zunehmend skeptisch geworden in den letzten Jahren. Der riesengroße Schriftzug über dem Eingang hatte sie nachdenklich gemacht. Sie hatten einige der Filmstudios besichtigen können, die im Moment leer standen, bald würden in diesen weiten Räumen mit dem leicht sauren Geruch reale Welten entstehen, die viel wirklicher waren als das Leben. Das Unrechte ist keine Nachricht wert. Was hier entstand, würden Millionen Menschen sehen. Nein, hier war der Krieg fern, dachte sich Ada. Ein großes Plakat zeigte eine wunderschöne Frau in weißer Tunika, die gelockten Haare vom Winde aufgeblasen, und neben ihr die Aufschrift: *Perchè l'Italia fascista diffonda nel mondo la luce più rapida della civiltà di Roma.* Das hätte Maddalena nun wahrscheinlich doch gefallen. Auf dass sich vom faschistischen Italien das Licht über die Welt ausbreite. Aber nein, das würde nicht geschehen. Hier wurde Film gemacht, nicht Politik. Hier war das Lachen zu Hause, das Vergessen von Alltag und Sorgen. Hier wurde Unmögliches möglich. Hier war die Verfolgung der Sinti kein Thema, hier bekam eine des Diebstahls bezichtigte, unschuldige Verkäuferin ihr Recht und obendrein noch einen lieben Ehemann, hier wird gezeigt, wie groß der Unterschied ist zwischen den Besitzlosen und Besitzenden, hier war die Moral zu Hause, die Gerechtigkeit. Hier, innerhalb dieser Mauern, würden Träume Realität und mit ihnen Ethos und Wertschätzung. Dessen war sich Ada sicher. Hier wurden Visionen geschmiedet, eine friedliche Zukunft. Die Gefahr, die das Kino haben konnte, war augenscheinlich und sie war sich sicher, dass jeder, der hier arbeitete, davon wusste und entsprechend sorgsam damit umging, genauso sorgsam wie der Filmvorführer im Lichtspielhaus mit den auf Zellulosenitrat gebannten, auf Spulen aufgewickelten Bildern. Zu sehr ins Licht gestellt, vor der heißen Projektionslampe zu wenig geschützt, würden die Streifen augenblicklich explodieren, in Flammen aufgehen und für immer verbrennen.

17. Oktober 1939

1. Schultag. Die Kinder sind ins Schulhaus gelaufen wie eine Horde getriebener Lämmer. Ich habe sie aufgehalten und daran erinnert, wie man Hand in Hand zu zweit in Ruhe das Klassenzimmer betritt. Es tat mir zugleich leid, sie bereits in den ersten Minuten nach dem wunderbaren Wiedersehen in der Früh vor der Kirche zu ermahnen. Es hatte mich eine Nervosität ergriffen, die ich nicht kenne. Die Pläne zur Umsiedlung haben sich wie ein Lauffeuer durch das Land verbreitet. Ich weiß nicht, was ich davon halten soll.

Während ich den Blick über die Schüler schweifen ließ, erfasste mich wiederum diese Liebe zu ihnen, die stets jeden schwierigen Moment in den Schatten stellt. Ich hoffe, dass ich diese Kraft und Freude auch heuer wieder das gesamte Schuljahr hindurch haben werde. Etwas verwundert haben mich manche angeschaut, als ich ihnen scherzhaft aber doch bestimmt erklärte, dass es doch gut wäre, wenn sie sich die Haare schneiden, die Fingernägel putzen und auch den Hals waschen würden, die Ferien seien vorüber, das Lernen und Sich-Vorbereiten auf das Leben sei ernst und habe auch damit zu tun, auf sich selbst zu schauen. Ich habe mich zu ihnen auf die schmale Bank gesetzt und ihnen gezeigt, wie man gerade sitzt, mit den Händen am Tisch, sodass auch der Nachbar Platz hat und Raum für sich.

21. Oktober 1939

Treffen aller Lehrpersonen der umliegenden Dörfer in Bolzano. Manche hatten Fragen bezüglich des Unterrichtsmaterials. Der Regio Direttore gab uns Anweisungen für das ganze Jahr, sowohl was den Schulstoff betraf, als auch die Abstimmung, die möglicherweise noch innerhalb dieses Jahres zu erfolgen hätte. Im Juni, so führte er aus, hatten der italienische Ministerpräsident Benito Mussolini und der deutsche Reichskanzler Adolf Hitler über ein Optionsabkommen verhandelt, demzufolge sich die deutsch- und ladinischsprachigen Südtiroler für Italien oder Großdeutschland entscheiden sollten. Konkret sollte es einer Umsiedlung gleichkommen, wohl bedeuten, dass die Altoatesini auswandern müssten. Im Moment sei aber vieles noch offen und das meiste seien Gerüchte, sagte der Regio Direttore, wir sollten uns von der allgemeinen Empörung und Ratlosigkeit in unserem Auftrag und Tun nicht beirren lassen.

4. November 1939

Wie jedes Jahr haben wir auch heuer wieder des Krieges gedacht und sein Ende gefeiert. Die Kinder können sich glücklich schätzen, sagte ich ihnen, sie kennen den Krieg nur aus Erzählungen. Ich sei während des Krieges geboren, war damals noch so klein, dass ich mich nicht mehr erinnern könne. Aber ich weiß, dass die Eltern, die Verwandten meiner Kinder, die Großeltern hier sehr wohl Schreckliches erlebten. Ich weiß, dass der Krieg eine große Wunde hinterlassen hat, denn aufgrund des Krieges kam Südtirol zu Italien, und deswegen müssten sie nun italienisch reden. Ob das gerecht war oder nicht, darüber wollte ich nicht urteilen, kann ich auch nicht, aber ich weiß, dass es nicht einfach ist, wenn ein Land plötzlich einen anderen Vater hat. Ich weiß, dass der vor kurzem beschlossene Umsiedlungspakt zwischen Mussolini und Hitler in den Familien einen Krieg entfachte, der noch viel schmerzhafter ist, weil er in den Stuben und nicht auf fernen Schlachtfeldern ausgetragen wird. Ich nahm heute all meinen Mut zusammen, um die Kinder fröhlich zu stimmen. Ich weiß, dass in Europa bereits Krieg ist, und er ist gar nicht so weit entfernt. Hoffentlich bleibt es so, dass wir hier in unserem Vaterland keinen Krieg mehr erleben müssen.

15. November 1939

Von 38 Schülern haben 19 das Geld und den Antrag auf Mitgliedschaft gebracht. Ich habe mit ihnen bislang nicht darüber gesprochen, ich weiß ja nicht, welche Kinder hierbleiben werden und welche sich für das Gehen entscheiden. Es freut mich trotzdem, ich finde die Anzahl nicht schlecht und sie tröstet mich, denn der Gedanke, dass ich viele von ihnen vielleicht bald nicht mehr sehen werde, schmerzt mich unendlich.

21. November 1939

Wir wurden zu einem ernsten Gespräch nach Klobenstein berufen, der politische Sekretär und der Podestà sprachen mit uns über diesen sehr delikaten Moment in diesem Land. Es scheint, als gäbe es eine sehr starke Propaganda, die das Volk zum Gehen bewegt, dazu, ihre Häuser aufzugeben und mit diesen ihre italienische Nationalität. Wir bekamen den Auftrag, mit den Kindern über dieses Thema zu sprechen, sie aufzuklären, dass nicht alles Wahrheit sei, was man ihnen und ihren Eltern über das Leben nördlich der Grenze erzählen würde. Es sei dort nicht besser.

24. November 1939

Heute sprach ich mit Oberrauch Alfonso, dem Vater von zweien meiner besten Schüler, und ich fragte ihn direkt, ob er auch zu gehen gedenke. Er nickte und sagte, alle würden gehen. Er erzählte, ein gewisser Baron aus Bozen – er sagte Bozen und nicht Bolzano – sei bis zum Duce gefahren und habe ihn gefragt, ob es denn wahr sei, dass alle, die blieben, in den Süden umgesiedelt würden. Der Duce habe nur die Achseln gezuckt und darauf nicht geantwortet. Und deshalb hätten sie alle beschlossen zu gehen, so können sie sich wenigstens aussuchen, wo sie bleiben werden. Ich habe keine Ahnung, wohin diese Panikmache führen wird. Ich versuchte auf ihn einzureden und ihm zu erklären, dass dies bestimmt Ammenmärchen wären. Wer, wenn nicht sie, die Bauern, könnte denn die schwere Arbeit hier auf den Höfen leisten? Wer wäre fähig ihre Arbeit hier zu übernehmen? Aber wenn jemand von einer Idee überzeugt ist, kann ihn ein anderer nicht umstimmen, auch mit den besten Argumenten nicht. Natürlich habe ich ihn nicht auf Knien gebeten hierzubleiben, es hätte keinen Sinn gehabt, er hätte mich nicht verstanden. In diesem Moment wurde mir klar, dass wir Lehrpersonen keine Chance haben, ganz einfach aus dem Grunde, weil wir Italienisch sprechen, weil wir hierherkamen, um Südtirols Kinder zu Italienern zu machen: Wenn einer Deutsch spricht, kann er erzählen, was er will, sie werden es ihm glauben.

26. November 1939

Gestern sind meine Kollegin Lucia und ich beim Spazierengehen Seebacher Luigi begegnet, er ist Vater von neun Kindern, von denen sich vier in meiner Schule befinden. Auch ihn fragte ich, ob er gehen würde. Er antwortete sehr ausweichend, und als ich nachfragte, meinte er, er würde gewissermaßen gehen, aber sehr wahrscheinlich das Land nicht verlassen. Er gilt als einer der intelligentesten Männer des Dorfes.

Beim Spazierengehen hatte Ada auch die Mutter einer Schülerin getroffen. Auch diese hatte Ada gefragt, ob sie vorhätte für die Option zu stimmen, und sie hatte geantwortet: „Mein Mann hat optiert, wandern werden wir nicht." „Wie meinen Sie das?", hatte Ada gefragt. „Es isch jo nutzlos", sagte die Frau, „es isch jo nutzlos zu sogn, i bin a Walsche, wenn i koane bin. Solln die Walschen sogn, i bin a Deitsche, wenn se nettamol Deitsch kennen." Ada hatte sie nicht verstanden, sie fragte noch einmal: „Entschuldigen Sie, mein Deutsch ist nicht so gut, bitte sagen Sie es mir nochmals, ein bisschen langsamer." Und die Frau wiederholte: „Wir haben nichts gegen Sie, *signora*, verstehen Sie, ich meine, versteht ihr nicht, dass diese Option unsere Familien zerreißt?"

2. Dezember 1939

Der Großteil der Eltern meiner Schüler ist noch unentschlossen. Bis zum letzten Augenblick warten sie mit der Entscheidung, ob sie bleiben sollen oder gehen. Ich habe gemerkt, dass die Kinder Streitigkeiten austragen, die wohl ihre Eltern austragen. Die einen bringen jene Argumente vor, die ihre Väter vertreten, die anderen die Gegenargumente, die sie wiederum bei ihren Vätern hören. Ich bitte sie, sich in solchen Momenten zu beruhigen, jedem einzelnen Respekt entgegenzubringen, ganz egal, welcher Meinung er sei. Die Entscheidung sei eine ganz persönliche und niemand dürfe den anderen dafür verurteilen, da jede Familie unterschiedliche Bedürfnisse hat.

4. Dezember 1939

Heilige Barbara. Heute haben mir zwei Mädchen erzählt, dass ihr Vater sich für die Option entschieden habe. Sie werden gehen, am letzten Schultag in diesem Monat werden sie abfahren. Es waren zwei, die bereits die 5 Lire für die tessera mitgebracht hatten. Ich habe ihnen das Geld zurückgegeben. Wir bereiten uns auf das Weihnachtsstück vor und versuchen, die Politik aus dem Klassenzimmer auszusperren.

14. Dezember 1939

Carissima Ada!

Das wird wohl der letzte Brief sein, den ich Dir von Pfunders schreibe.

Du bist jung und hast noch so viel Enthusiasmus, für mich ist dieses Jahr hier das letzte im Norden. Ich hatte ja wiederum um Versetzung in die alte Provinz gebeten, und mit Ende des laufenden Trimesters wurde meinem Wunsche stattgegeben. Ich bin von den Jahren hier sehr müde. Gestern kam sich eine junge Lehrerin vorstellen, die mein Amt übernehmen und mich nun einige Tage begleiten wird, um zu sehen, wie die Arbeit vorangeht und um die Kinder kennenzulernen. Wenn es möglich ist, werde ich mich schon ab den Weihnachtsferien aus Krankheitsgründen beurlauben lassen, es geht mir nicht gut, und es scheint mir, als hätte ich keine Kraft mehr.

Es ist eine grauenvolle Zeit. Ich bin hierhergekommen mit so viel Freude und Einsatz, all meine Zeit und Jugend habe ich für diese Zöglinge aufgegeben, ich habe mich bemüht, aus ihnen gute Italiener zu machen. Und nun diese Option. Es ist ein Abkommen, das früher oder später nicht zu umgehen war. Dass die Verhältnisse in Alto Adige geklärt gehören, das war mir schon lange bewusst, was mich in den letzten Zeiten sehr beeindruckte, war zu erfahren, dass die Bevölkerung hier nicht nur geänderte Verhältnisse möchte, dass die Menschen hier auch eine Veränderung der unantastbaren Grenzen möchten. Ich glaube alle Familien in diesem abgeschiedenen Bergdorf werden sich für die reichsdeutsche Nationalität entscheiden, mit dem 1. Jänner also sollen diese Kinder, für die ich mich so eingesetzt habe, Fremde sein? Das trifft mich sehr und die Lust am Unterrichten ist entsprechend gesunken.

Gerade in der IV. und V. Klasse habe ich im Verlauf der letzten Jahre sehr gute, brave Schüler heranerzogen, die in der Zwischenzeit schon schreiben können, als wären sie Poeten, die Italienisch sprechen können und wissen, wie man sich zu benehmen hat, die mir durch ihren Fortschritt Zufriedenheit und Genugtuung schenkten. Und jetzt?

Die Kinder der ersten Klasse tun sich mit dieser Entscheidung der Eltern schwer. Deutsche werden, ja gerne, das imponiert ihnen. Aber dieses Land verlassen, die Felder, den Boden, alles, wo sie bisher gelebt und gespielt haben? Es scheint manchen, als sei ihr Leben nicht mehr sicher. Einige weinen immer wieder. Es ist alles anders nun und nichts wie früher.

Ich denke, da muss es eine intensive Propaganda geben, die das Land jenseits der Grenze als Paradies auf Erden darstellt. Anders kann ich es mir nicht erklären. Sie sagen, draußen wüssten sie wenigstens, was sie erwartet, hier würden sie ohnehin nicht bleiben können, hier müssten sie in den Süden ziehen, vielleicht nach Sizilien oder wer weiß wohin. Wie gerne würde ich ihre Sprache besser beherrschen, um ihnen zu versichern, dass alles nur erfundene Märchen der Propagandisten sind, die sie überzeugen wollen, zu gehen. Ich möchte ihnen so gerne sagen, dass sie denen nicht glauben sollen, dass sie den Entschluss bestimmt bitter bereuen werden. Ich glaube, ich bin meiner Verpflichtung als Lehrerin und als Italienerin bestmöglich nachgekommen. Die Bengel werden mir fehlen. Ich werde darum bitten in Paliano oder wenigstens in der Nähe, im Latium, unterrichten zu können. Mamma braucht mich mehr denn je.

Vor kurzem ist der König Viktor Emanuel III. 70 Jahre alt geworden. Ich habe meinen Schülern von seinem Leben und Wirken erzählt, von seinen vier Töchtern Jolanda, Mafalda, Giovanna und Maria Francesca und seinem einzigen Sohn Umberto. Ich habe ihnen erzählt, dass Giovanna den König von Bulgarien geheiratet hat und Mafalda einen Prinzen aus Hessen, der in engem Kontakt zu Hitler steht. Ich habe gemerkt, dass diese Geschichten mich interessieren, die Kinder aber wenig. Ich versuche die Schulstunden so etwas aufzulockern, aber ich gestehe, dass mir die Begeisterung am Unterrichten abhandengekommen ist und die Kinder mir deshalb wohl nicht mehr so zuhören, wie sie bislang zugehört haben.

Auch Du wirst es nicht leicht haben.

Gestern hatten wir eine große Versammlung mit den Lehrern der nahen und fernen Umgebung, der Direktor war anwesend und auch der Podestà. Wir wurden angehalten, die Einschreibungen in die ONB sofort zu stoppen und all jenen das Geld zurückzuerstatten, die die 5 Lire bereits gezahlt und den Antrag auf Immigration ins Deutsche Reich abgegeben haben.

Es war eine sehr ruhige Sitzung, jedes Wort wurde auf die Waagschale geworfen und alles vermieden, das unser italienisches Fühlen und Denken hätte verletzen können. Unsere Aufgabe ist es, vermehrt auf die Aussagen der Kinder zu achten, und alles, was von Interesse sein könnte, der autorità zu berichten.

Von Tag zu Tag merke ich, wie sich die Kleinen mehr vor mir verschließen, das tut mir sehr weh. Ich sagte ihnen, dass sich bis zum 31. Dezember, dem Tag, an dem sich die Eltern entschieden haben müssen, noch viel ändern kann, vielleicht würde wieder alles zum Alten zurückkehren, aber sie hören mir immer weniger zu.

Sie besuchen fleißig den Unterricht, sie sind ja dazu gezwungen, bis Ende dieses Jahres sind sie italienische Bürger. Doch ich weiß, nach den Weihnachtsferien kommen deutsche Lehrerinnen und all jene, die optierten, werden bei diesen zur Schule gehen. Ich hätte nicht damit gerechnet, dass mir das so weh tut. Ich hatte nicht gewusst, dass ich zu den Mädchen und Buben so ein tiefes Gefühl aufgebaut habe, und dass es mir leidtun würde, sie zu verlieren.

Heute, am 14. Dezember, kamen sie in die Schule in der Annahme, es sei der allerletzte Schultag. Wer diese Information verbreitet hatte, wusste niemand, sie waren da und wollten sich von mir verabschieden. Ich musste alle meine Kraft zusammennehmen, um nicht die Tür hinter mir zuzuschlagen und zu gehen. Unsere Arbeit war nicht falsch! Unsere Arbeit war gut! Wir haben sie aus Liebe zu unserer Heimat geleistet. Und jetzt ist all unser Dienst, unser Einsatz wie mit einer einzigen Windböe hinweggefegt. Ich habe mich zusammengenommen und ihnen mit der mir möglichen Ruhe erklärt, sie seien noch Schüler Italiens und blieben diese bis zum Ende des Jahres.

Ich weiß nicht, was in 14 Tagen sein wird.

Liebe Ada, ich wünsche Dir für die Zukunft alles Gute.

Fährst Du zu Weihnachten nach Paliano?

Deine Maddalena

15. Dezember 1939

Heute fand die erste Durchlauf-Probe unseres Weihnachtstheaters statt. Die einzelnen Textpartien hatten wir schon in den vergangenen Tagen gesondert geübt. Was für eine Freude – diese leuchtenden Augen der Kinder. Viele haben auch schon Moos und Flechten, Baumrinden und Figuren für unsere Krippe gebracht. Und täglich wiederholen wir die zwei Weihnachtslieder, die wir zu Beginn und zum Abschluss des Festes singen wollen. Ich weiß, dass sehr viele dieser Kinder nach Weihnachten nicht mehr hier sein werden, aber ich mache keine Unterschiede, so wie auch sie keine machen. Nicht minder begeistert als die anderen helfen sie beim Aufbau der Krippe. Die Religion kennt keine Option, der Glaube vereint uns alle.

18. Dezember 1939

Heute haben wir Weihnachtswünsche an den Direktor, den Segretario Politico und den Herrn Podestà geschickt. Jeder durfte schreiben, was ihm einfiel. Zunächst wollte ich nur die besten Briefe aufgeben, dann habe ich alle gemeinsam in ein Kuvert gesteckt und gleich noch zur Post gebracht.

21. Dezember 1939

Letzter Schultag. Dann beginnen die Weihnachtsferien. Ich habe jedem einzelnen meiner Schüler die Hand gereicht und ihm und seinen Eltern alles Gute gewünscht. Sie haben mir zugehört und sich höflich bedankt. Zuvor standen wir gemeinsam um die Krippe versammelt, sie ist wunderbar geworden, so phantasievoll und voller Symbolik. Wir haben gemeinsam gesungen. Als dann die Mütter und Väter kamen, nicht alle, doch viele, spielten die Kinder das Theaterstück. Es lag ein wunderbarer Zauber über der ganzen Klasse. Ich weiß, dass in der Zwischenzeit fast alle gegen das Dableiben im Königreich Italien und für die Auswanderung ins Deutsche Reich entschieden haben, und italie-

nische Kinder gibt es hier keine. Es schnürte mir bei jedem Händedruck, den ich gab und bekam, die Kehle zu. Doch noch ist ja das letzte Wort nicht gesprochen, wir Lehrpersonen haben bis zum 31. Jänner Zeit, um nachzudenken, wie wir auf diese neue Situation reagieren wollen.

17. Jänner 2000, Villa Serena, Bolzano / Bozen, 19 Uhr 30

Ada setzte sich wie jeden Tag nach dem Abendessen zum Schreibtisch und nahm ihr Tagebuch aus der Schublade. Was hatte sie heute geträumt? Wie gern würde sie sich öfters an ihre Träume erinnern, jene Spiegelbilder der Nacht. Und wie viele Tagträume hatte sie in ihrem Leben gehabt, es sind viele gewesen in 83 Jahren. Die meisten hatte sie vergessen, manche blieben wach. Die werden mich ins Grab begleiten, dachte Ada. Nein, das will ich nicht, dachte sie abrupt und war überrascht über die Heftigkeit des Gedankens. Nein, das will ich nicht.

Von einem Puzzle hatte sie vorgestern Nacht geträumt. Es war fast fertig zusammengesetzt. So eine Landkarte, wie jene, die ihr Reuben damals geschenkt hatte, 1945. Ein Stein fehlte und sie konnte ihn nicht finden. Sie konnte das Puzzle nicht fertig legen.

Gestern hatte Giorgia sich zu ihr gesetzt. Giorgia war keine große Rednerin, meist hielt sie sich im Hintergrund. Es hatte ein Konzert gegeben im Altersheim, Mitglieder eines Chores sind gekommen und haben Lieder gesungen von früher. Patriotisch war es hergegangen, in den Liedern fanden viele die Heimat, die Jugend, die alten Hoffnungen und Wünsche. Einer jungen Pflegerin flüsterte Ada ins Ohr: „Das ist ein faschistisches Lied, das muss doch nicht sein." Die Pflegerin zuckte mit den Achseln. „Das kenne ich nicht, und darauf kommt es ja nicht an", sagte sie. „Es ist ja auch ein altes Lied", sagte Ada, „aber bitte keine faschistischen Lieder, bitte nicht." Und als die Pflegerin meinte, es gehe doch um die Melodie, das Glück der Alten beim Sich-Wiederfinden in Schnulzen der Jugend, stand Ada auf und sagte es laut: „Bitte keine faschistischen Lieder! Wir haben die Zeit zum Glück überwunden!"

„Pardon", sagte der Chorleiter mit einer leichten Verbeugung. Sie hatte das Gefühl, dass er sich über sie lustig machte, und überlegte den Saal zu verlassen. Da er nun ein Lied aus den 50ern anstimmte, setzte sie sich wieder hin.

Als die Darbietung vorüber war und der Chor gegangen, standen die meisten auf und verließen den Raum. Ada blieb. Giorgia saß neben ihr. „Heute können wir lachen und lustig sein", sagte Giorgia, „heute können wir die Lieder singen, die uns damals nur Schmerzen bereiteten." „*O sole mio*, wenn ich das schon höre", sprach sie weiter, „mein Mann hätte mich nicht geheiratet, wenn er gewusst hätte, dass ich keine Jungfrau mehr war." Ada erzitterte bei diesem Bekenntnis. „Ich habe es jahrelang ertragen. Es war im Krieg, sagte Giorgia, es war ein Partisan, ich war auf dem Schulweg, ich konnte nichts machen, obwohl ich ihn sogar entfernt kannte. Ich konnte auch mit meinen Eltern nicht darüber reden. Ich erzählte es ihnen, natürlich, sie sagten mir, ich dürfe es niemandem verraten, auch nicht dem Pfarrer. Denn es war sicherlich auch meine eigene Schuld. Mein Mann hat es in der Hochzeitsnacht nicht bemerkt, doch Jahre später habe ich es ihm erzählt, es war immer schlimmer geworden, die Liebe für mich unerträglich. Es hat Schmerzen bereitet und immer und immer wieder musste ich operiert werden, und immer härter wurde die Narbe und irgendwann tat sie immer weh. Nicht nur in der Nacht, wenn er zu mir kommen wollte, sie tat immer weh, den ganzen Tag, bei der Arbeit am Feld, in der Küche, beim Spiel mit den Kindern. Der Schmerz war immer da.“ „Das tut mir sehr leid, Giorgia“, sagte Ada. „Kann ich dir irgendwie helfen?“ „Er hat sich nie beklagt, dass ich im Bett keine gute Ehefrau war, aber nach Jahren habe ich mir gedacht, vielleicht müsste ich es ihm erklären, ja und dann habe ich es ihm gesagt. Er hat mir leidgetan, er hat eine bessere Ehefrau verdient, das Vertrauen zwischen uns war stark genug, hatte ich geglaubt. Ich hatte geglaubt, ich dürfte es ihm erzählen.“ „Und dann hast du es ihm erzählt?“, fragte Ada. „Ja, dann hat er mich nie mehr angerührt.“ „Aber du warst doch nicht schuld, Giorgia, wie gut, dass du jetzt darüber reden kannst.“ „Weißt du Ada, ich habe einmal eine Ausstellung besichtigt, über den Krieg, da hing kein einziges Foto einer Frau. Da waren nur Männer im Schützengraben und neben Kanonen und in Schnee und Eis mit Fellmützen und abgehungert in Gefangenenlagern und siegreich und tot und verhüllt. Es war eine gute Ausstellung, sie hat den Krieg nicht verherrlicht. Aber es gab kein einziges Foto einer Frau. Als ob es uns nicht gegeben hätte. Als ob wir den Krieg nicht erlebt hätten. Der Krieg wird doch immer auch über die Frauen geführt, die Frauen werden vergewaltigt, um die Männer kaputtzumachen. Entschuldige, Ada, dass ich dich damit belaste, es brach aus mir heraus.“ „Hast du das immer mit dir umhergetragen, Giorgia, hast du das nie jemandem erzählt? Sprich mit jemandem, der dir wirklich helfen kann.“ „Nein, das kann ich nicht, Ada, mein Mann hat sich deshalb so sehr geschämt, ich musste versprechen, nie mehr davon zu reden. Die Kinder wissen es nicht und sie sollen es nie erfahren, nur du weißt es, Ada, und bitte vergiss es wieder. Ich weiß gar nicht, warum ich dir davon erzählte, vielleicht, weil *Il sole mio* das Lieblingslied meines Mannes war. Er hat es früher so oft gesungen. *Il sole, il sole mio, sta in fronte a te.* Und wenn er es nicht gesungen hat, hat er es gesummt. Er hat immer gesagt, *ich sei seine Sonne.* Danach sagte er das nie mehr. Und er sang auch nicht mehr. Und nie mehr legte er die Schallplatte auf. Wir hatten alle Langspielplatten von Caruso."

„Ich glaube, Giorgia, es tut deinen Kindern gut, wenn sie dies erfahren, sie müssen gefühlt haben, dass es etwas gab, das dich belastete. Wenn du stirbst, werden sie es nie erfahren, sie werden immer wissen, dass da irgendetwas war, dass da irgendetwas nicht stimmte. Sie werden immer den Bruch spüren und deine Traurigkeit weitertragen, obwohl es nicht ihre ist. Diese Traurigkeit musst du ihnen abnehmen, Giorgia, es ist deine Geschichte, nicht ihre."

„Sie können ja nach meinem Tod mein Tagebuch lesen, Ada, da habe ich es angedeutet."

„Ja, das können sie, Giorgia. Doch ist es etwas anderes, wenn sie mit dir darüber reden können. Das befreit auch dich! Gib ihnen die Möglichkeit diesen Faden, der bei dir gerissen ist, wieder zu verknüpfen, gut zu verknüpfen. Ich hatte viele Schulkinder, Giorgia, ich war ja Lehrerin. Ich habe gesehen, wie sie darunter litten, was den Eltern geschah. Ich weiß, dass sie es immer spürten, auch wenn die Eltern ihnen nichts erzählten und stets betonten, alles sei gut. Sag es ihnen, um auch deinem Schmerz endlich Raum zu geben, damit er sich entfalten kann."

„Darüber muss ich nachdenken, Ada, danke dir, ich werde jetzt auf mein Zimmer gehen."

„Es war gut, dass du mir das gesagt hast. Ich danke dir für dein Vertrauen. Schreib ihnen doch, sag ihnen, wenn sie mit dir darüber sprechen wollen, dann sollen sie kommen. Gib ihnen die Möglichkeit zu entscheiden, ob sie es wissen wollen."

Als sich Ada an ihrem Schreibtisch sitzend an das Chorkonzert und das Gespräch mit Giorgia erinnerte, fiel ihr auch wieder ein, wovon sie in der letzten Nacht geträumt hatte. In einem hellen, leichten Kleid, dem der Vestalin auf dem Plakat in *Cinecittà* sehr ähnlich, war sie schwimmen gegangen. Die Haare geöffnet, wunderbar gelockt, ohne Angst zu ertrinken, ohne Sorge, das Gewand könnte ruiniert werden, vom Wasser, vom Salz, ohne irgendein Zögern war sie in die Wellen gestiegen, fühlte sich getragen und hatte geschrien vor Glück und Freiheit und die Arme weit von sich gestreckt, als würde sie auf einem liegenden Baumstamm balancieren. Und sie wurde gar nicht nass. Sie schwebte in den Wellen, sie schaukelte auf Schaumbergen, sauste über weiße Gischt in dunkle Täler und wurde vom nächsten Kamm noch weiter hinaufgetragen, in den weiten Himmel. Was für ein Traum, dachte Ada. Wie würde *nonna* ihn deuten?

8. Jänner 1940

Sehr traurig habe ich heute meinen Unterrichtsraum betreten, das neue Jahr beginnt mit einer einzigen Schülerin, der kleinen Anna aus der IV. Klasse. Ein braves Mädchen, das sich bemüht, das sich nicht leichttut mit dem Lernen. Ganz alleine saß es da zwischen den leeren Bänken und ich konnte fühlen, wie einsam es war, ich war es auch. All das Vertraute erschien mir plötzlich so weit weg. Ich hatte gedacht, da sei Nähe entstanden zwischen mir und den anderen und nun bemerkte ich, dass sie mir abhandengekommen waren, durch eine einzige schriftliche Erklärung.

Das ist natürlich nicht das, was ich mir unter Schule vorstelle. Es erscheint mir wie Privatunterricht, aber was soll ich tun? Verzweifeln? Nein, ich werde mir etwas einfallen lassen, um nicht in Melancholie zu verfallen, um auch dem Mädchen die Situation erträglich zu machen: Auch sie ist verlegen und mit der neuen Situation überfordert, die einzige in der Klasse, die Freundinnen alle irgendwo verstreut. In den deutschen Sprachkursen oder gar schon über der Grenze. Was für ein Jahresbeginn.

Ich habe mit Anna die Heiligen Drei Könige zur Krippe gestellt, und wir haben frisches grünes Moos aus dem Wald geholt, einiges war über die Ferientage vertrocknet und braun geworden. Es liegt wenig Schnee heuer.

Und wie mochte es den anderen ergehen mit der neuen Lehrerin? Ob sie sich bewusst war, welch sensible Seelen hier in diesem Bergdorf wohnen? Aber noch scheint es mit den deutschen Sprachkursen nicht zu funktionieren. Es sind zu wenige Berufslehrer im Land, die Deutsch unterrichten können. Es wird noch einige Monate dauern, bis die anderen wieder einen geregelten Schulunterricht besuchen, habe ich gehört.

Das neue Jahr hat schwierig begonnen, für alle.

11. Jänner 1940

Die Schuldienerin versieht ihren Dienst nicht mehr. Einige Tage nun bin ich in der Früh aufgestanden und habe das Feuer geschürt und den Ofen bewacht und versucht, das Klassenzimmer einzuheizen. Es blieb eiskalt im Raum, er ist zu groß für uns zwei, und Anna und ich saßen hier in unseren Mänteln. In einem Nachbardorf hält der Lehrer, da auch er nur mehr zwei Schüler hat, seine Unterrichtsstunden in der Küche ab. Ich habe heute den Direktor in-

formiert, dass auch ich um Erlaubnis bitte, den Unterricht zu Hause in meiner Kammer abzuhalten, da haben wir es wenigstens fein warm. Dass es auf Dauer so nicht weitergehen kann, dessen bin ich mir wohl bewusst. Ich hoffe, eine Lösung wird sich finden.

Ich habe gehört, dass die neuen Hilfslehrer selbst noch zur Schule gehen, Prüfungen ablegen müssen und sich auf das Lehrprogramm vorbereiten. Ich hoffe, meine Kinder machen eine gute Figur, wenn es so weit ist.

13. Jänner 1940

Meine Kollegin Lucia hat geheiratet und ist noch auf Urlaub. Ich weiß gar nicht, wie viele Kinder sie zurzeit unterrichtet, sie kommt erst am Montag zurück.

Wenn ich so mit Anna beisammensitze, habe ich das Gefühl, als säße ich hier mit meiner kleinen Schwester Gina, genauso saßen auch wir immer beieinander, als sie noch klein war.

Über Weihnachten bin ich nicht nach Hause gefahren. Wer weiß, wie lange es mich hier überhaupt noch braucht.

Ich hatte das Gefühl, dass alles in der Schwebe ist. Ich wollte die Bevölkerung nicht im Glauben zurücklassen, dass ich mich abwende, da sich so viele für das Deutsche Reich entschieden haben, gegen uns, und ein bisschen, so denke ich manchmal, wenn ich traurig bin, auch gegen mich. Trotzdem, obwohl ich hierblieb, spürte ich ein Gefühl der Trennung, als sei zwischen uns eine Mauer gewachsen. Meine Schüler, mit denen ich noch so schön gelesen und gesungen und das Weihnachtsspiel vorbereitet habe, schauen verlegen in eine andere Richtung, wenn ich ihnen zufällig begegne. Gerne würde ich in ihre Herzen sehen und wissen, ob es ihnen wirklich besser geht. Wenn es ihnen wirklich besser geht, dann würde ich dagegen nichts einzuwenden haben. Ich vermisse sie alle. Ich höre im Klassenzimmer plötzlich das gleichmäßige Hin- und Herschaukeln des Pendels der Uhr. Über die Ferien war sie stehen geblieben. Vorsichtig habe ich sie wieder aufgezogen. Welcher Zukunft schlägt sie entgegen?

17. Jänner 1940

Anna hat seit zwei Tagen die Masern und so sitze ich seit Montag alleine hier, und fühle mich komplett überflüssig. Der Lehrer aus dem Nachbardorf wird seinen Dienst hier aufgeben und wieder in seine Heimat zurückkehren. So werde ich seine Schüler übernehmen, die nun wohl einen weiten Schulweg haben. Lucia hat sich seit ihrem Urlaub noch nicht zurückgemeldet, ich befürchte, auch sie wird nun – frisch verheiratet – nicht mehr kommen.

So könnte ich, wenn alles gut geht, doch noch eine Klasse von fünf Schülern unterrichten, ich hoffe so sehr, dass ich es schaffe, diese bis ans Ende des Schuljahres zu begleiten.

Februar 1940

Was für eine Zeit. Ada hatte keinen Kontakt mehr zu den Eltern ihrer Kinder und plötzlich doch Kontakt zu den Frauen im Dorf. Es war, als würden diese bei ihr Rat suchen, jetzt, da sie nicht mehr die Lehrerin war. Jetzt kamen sie, Ada verstand es nicht. Warum waren sie nicht früher gekommen? Ada hätte nichts ändern können, was hätte sie, kleinster Zahn im Rad der großen Uhr, denn schon tun können? Aber dass die Frauen jetzt kamen, wo alles entschieden war und ein Umkehren unmöglich, das stimmte sie nachdenklich.

Die Frauen waren bei keinen Propagandaabenden gewesen und klarer im Kopf als ihre Männer, schien Ada. Eine von ihnen, Notburga Rottensteiner hieß sie, lud sie zu sich nach Hause ein und Ada merkte schnell, dass die Frau einen großen Kummer hatte. 15 Kindern hatte sie das Leben geschenkt, drei hatten das Kleinkindalter nicht überlebt. *Una montagna di figli*, sagte man dazu in ihrer Heimat, dachte Ada, ein Berg Kinder. Der Gatte wollte gehen. Er hatte nicht nur fürs Gehen gestimmt, er wollte wirklich gehen. Es gab viele hier, die Wanderer waren, wie sie sich selbst nannten, die gar nicht vorhatten, das Land zu verlassen. Andere verluden wirklich ihr Hab und Gut, Koffer und Kleider auf einen Pferdekarren und fuhren in die Stadt zum Bahnhof, ohne zu wissen, wohin die Reise gehen sollte und ob sie je in das Land der Ahnen zurückkommen würden. Ada konnte kaum zusehen, es tat ihr so weh, wenn sie sah, wie ein Bauer den Hof der Eltern, der Großeltern, der Familie verließ, sie konnte es nicht mitansehen, wie die Familien zerstritten waren, getrennt in der Kirche saßen und nach der heiligen Messe auseinandergingen, ohne miteinander zu reden. Im Dorfgasthaus wurden nur mehr die einen bedient, die anderen, die Walschen, denn so wurden die Dableiber nun verhöhnt, nicht mehr. Der Greis blieb, weil er sagte: „Was sollen die noch mit mir in Deutschland? Ich möchte begraben werden, wo ich geboren wurde." Der älteste Sohn hat optiert, aber zögerte zu gehen, um den Alten nicht alleine zu lassen. Der andere ging, weil er als Zweitgeborener ohnehin keinen Hof hatte und kein Geld für eine eigene Familie, und jenseits der Grenze wurde er gleich eingezogen, für den Krieg. Das hörte Ada. Manche stürmten hinaus, um in den Krieg ziehen zu dürfen, andere sorgten sich. Einen ehemaligen Schüler traf sie, verzweifelt, der Vater hatte sich für das Gehen entschlossen, er aber habe Angst. Er wolle nicht hinaus an die Front, er hatte davon gehört, dass sie gleich abkommandiert würden, die Jungen, sobald sie erst einmal über der Grenze waren.

Sie sah eine Frau mit beiden Händen schwere Koffer schleppen, der Mann ging einige Meter vor ihr und hatte nur einen Rucksack geschultert. Sie sah ihnen nach und dachte, es stimmt gar nichts mehr. Wenn der Mann vorausgeht und den Weg bestimmt, ist er es auch, der schleppen muss. Wozu hat er seine Muskeln. Die Stärke der Frau liegt darin, auch Schwächen zu haben. Sie dachte nach. Nein, das Haben allein ist es nicht. Das Zeigen-Können ist ihre Stärke.

Auch Josefa, Notburga Rottensteiners Schwester, ging. Sie war eine der Ersten. Sie ging alleine. Weder geduckt noch aufrecht. Sie hatte ein lediges Kind und keinen Mann, sie ließ das Kind zurück und ging nach Österreich. In einer Glasschleiffabrik in Wattens in Tirol habe sie Arbeit gefunden. Zielfernrohre für die Wehrmacht wurden dort hergestellt.

Notburga Rottensteiner lud Ada in ihre Stube ein, sie stellte aufgeschnittenen Speck auf den Tisch, einen Korb mit Brot und ein Glas Rotwein. Fotos hingen in der Stube, sie waren mit Stofffetzen verdeckt, um sie vor Staub zu schützen. Es war alles vorbereitet für den Aufbruch. Notburga merkte, dass Adas Blick verwundert über den Herrgottswinkel streifte, den Rosenkranz aus Schrotkugeln, die verhängten Bilder. „Es sind alles Tote darunter“, sagte Notburga, „dieses Haus ist mein Elternhaus. Meine Brüder habe ich im Ersten Weltkrieg verloren, es waren zwei. Mein Mann hat hierher geheiratet und das gefällt ihm nicht. Er tut sich schwer damit, dass der Hof von mir kommt und nicht von ihm. Die Witwe meines ältesten Bruders erhebt Anspruch auf den Hof, ihr Sohn soll einmal Bauer werden. Mein Mann hat deshalb beschlossen, zu gehen. Er meint, es sei zu unsicher für uns, er meint, wenn die Witwe meines Bruders den Hof bekommt und wir gehen müssen, dann gehen wir gleich, dann gehen wir als Erste und bekommen einen guten Hof, wenn wir zögern, werden wir einen schlechten bekommen. Wir werden fahren, in einer Woche. Mit allen zwölf Kindern, die Älteste ist 18 Jahre alt, hat einen Bräutigam und muss trotzdem mit. Wir müssen alle mit, und möchten gerne bleiben. Alle, nur er nicht. Er will gehen."

„Das ist eine sehr schwierige Situation, ich verstehe, dass das nicht leicht ist für Sie", sagte Ada in brüchigem Deutsch.

„Der Mann schafft", sagte Notburga, und die Tränen liefen ihr aus den Augenwinkeln über die hageren Wangen.

„Es tut mir so leid", sagte Ada, „was kann ich denn für Sie tun?"

„Nichts", sagte Notburga und wischte sich mit dem Oberarm übers Gesicht, die Hände waren schwarz, sie hatte soeben Holz im Ofen nachgelegt. „Der Mann bestimmt." Ein Streifen aus Ruß zog sich vom rechten Auge bis zum Mundwinkel. „Ich habe von Kindheit an gelernt, auf andere zu schauen. Das ist das Los der Ältesten, ihre Schwäche und ihre Stärke. Sie schauen immer, dass es den anderen gut geht."

„Und deswegen schauen Sie am allerwenigsten auf sich", sagte Ada leise. „Soll ich mit ihm reden?"

„Er hat schon optiert, für Deutschland, da hilft kein Reden."

„Warum haben Sie mich eingeladen?"

„Weil ich ihnen danken wollte, Sie waren eine gute Lehrerin für meine Kinder."

Ada hatte vom Speck noch nichts genommen, und auch kein Stück Brot. Sie hatte sich gedacht, sie müsse etwas nehmen, um Notburga nicht zu beschämen, sie hatte nichts genommen, da sie keinen Hunger hatte und kein Bedürfnis zu essen und zu trinken. Sie befürchtete, ihr würden Speck, Brot und Wein im Magen liegen.

„Was kann ich denn tun?“, fragte sie noch einmal.

„Nichts“, sagte Notburga. „Ich wollte nur auf Wiedersehen sagen.“

„Denken viele Frauen so wie Sie?“

Notburga zögerte. „Es ist eine Frau aus Altrei hier, sie spricht Italienisch so gut wie Deutsch, sie sagte zu mir: Der *capo della famiglia* bin ich, er ist der Kopf, aber ich bin der Hals und wenn der Hals sich nicht dreht, dann dreht sich der Kopf nicht. Sie konnte ihren Mann überzeugen hierzubleiben. Sie sagte: Bevor ich nicht wirklich nach Sizilien muss, geh ich nicht.“

„Und Sie konnten Ihren Mann nicht überzeugen?“

„Nein, *signora* Ada, danke, dass Sie gekommen sind.“

„Vielleicht wird es ja wirklich gut dort!“, sagte Ada. „Vielleicht bekommen Sie einen Hof, der wirklich Ihnen gehört und Sie müssen nicht mit ihrer Schwägerin um das Hausen hier streiten.“

„Aber wir haben immer hier gewohnt! Ich habe gehört, die Söhne werden jenseits der Grenze gleich eingezogen. Ich fühle mich sicher hier. Ich habe Angst auf der Reise eines meiner zwölf Kinder zu verlieren. Es sind so viele Menschen unterwegs, die Züge so voll. Keiner von uns war jemals weg von hier. Sie sind weit gereist. Ich war noch nie in Bozen.“

„Soll ich mit Ihrem Mann reden?“, fragte Ada noch einmal.

„Nein, bitte nicht, *signorina* Torelli, das würde es nur noch schlimmer machen. Blut ist dicker als Wasser.“

„Wie meinen Sie das?“, fragte Ada.

„Es ist eben so, wie es ist, und es wird schon werden. Es ist ja noch immer alles gegangen. Das Leben geht immer weiter. So oder so.“

„Aber der Streit in der Familie tut besonders weh“, fügte Ada hinzu.

„Ja, das ist es, was ich meinte. Wir Familien sind alle zerstritten, und je mehr wir streiten, desto verstrickter wird es.“

„Sie sind wie ein Meter Wolle in einem Wollknäuel.“

Notburga sah Ada an. „Genauso empfinde ich es, das haben Sie schön beschrieben.“ Notburga sah aus dem Fenster. „Ich lebe, aber ich habe das Gefühl nicht zu leben. Aber das interessiert mich nicht mehr. Ich will nur noch Frieden, *signorina*. Frieden. Nicht mehr.“

„Das wünsche ich Ihnen von ganzem Herzen. Danke für Ihr Vertrauen, Frau Rottensteiner. Wir sehen uns bestimmt wieder, da bin ich mir sicher.“

Da konnte Notburga ihren Tränendrang nicht mehr stoppen und ein Beben schüttelte ihren Körper und löste den Krampf, der wohl seit Monaten ihr Herz gefesselt hatte. Ada umarmte die Frau, hielt sie fest und hatte das Gefühl, noch nie in ihrem Leben so ratlos gewesen zu sein.

18. März 1940

Endlich hat wieder so etwas wie ein regelmäßiger Schulalltag begonnen. Ich habe nun fünf Schüler und zwei werden noch dazukommen, weil ihre Eltern in der Nähe einen Bauernhof in Pacht übernehmen, der verlassen worden ist. Es ist eine Zeit des Umbruchs. Ich bin froh darüber, denn die zwei Wieser-Buben, die Schüler des ehemaligen Kollegen, wohnen weit entfernt und wenn es schneit und regnet, so meiden sie den beschwerlichen Weg. Ich habe sie vor einigen Tagen besucht, es sind tatsächlich fast zwei Stunden des Weges, das ist natürlich sehr lang und ich habe darüber nachgedacht, ob man versuchen sollte, eine Lösung zu finden, auf dass alle Schüler ungefähr eine gleich lange Wegstrecke zurückzulegen haben. Das würde bedeuten, dass auch ich in der Früh weiter gehen müsste, aber das macht mir nichts aus, die Gemeinschaft stärkt uns.

Lucia hat in Bolzano eine Aushilfsstelle übernommen, ich freue mich für sie, so ist sie in der Nähe ihres Mannes. Ich habe nun Freundschaft geschlossen mit dem Lehrer von Soprabolzano, und bin froh, denn es lenkt mich ab von der Einsamkeit, die mich manchmal beschleicht. Jeden Samstag gehen wir gemeinsam spazieren und tauschen uns aus. Es tut uns beiden gut, wir überlegen, wie wir das Beste aus unseren Kindern herausholen können, wie wir sie darin bestärken, gerne die italienische Schule zu besuchen. Das ist natürlich auch für sie nicht leicht, sie tragen schließlich die Entscheidung ihrer Eltern mit, die sie von den Freunden von früher trennt. Verständigung zwischen den einen, die sich fürs Gehen entschieden und den anderen, die zu bleiben beschlossen haben, gibt es im Moment keine.

Heute fanden im ganzen Land die Einschreibungen für die deutschen Sprachkurse statt. Die deutsche Schule, sagt man hier im Dorf. Die Kinder der Optanten warteten still in Reih und Glied und ohne zu rempeln und zu stoßen, eines stand hinter dem anderen, aufgeregt hielten sie ihre Einschreibezettel in der Hand und waren alle so stolz, so ruhig, so brav.

Dass sie bei mir nie so stillgestanden waren, so in Reih und Glied, das wurde mir schmerzlich bewusst. Ich weiß, dass es nicht mit mir zu tun hatte, es war wohl meine Rolle gewesen, gegen die sie sich wehrten, es war ihre Rolle gewesen, sich gegen mich zu wehren.

Es hat mich noch mehr geschmerzt zu sehen, wie die Meinen durchaus mit Neid auf sie schauten. Sie fühlen sich ausgeschlossen. Sie sind Kinder der Dableiber und dürfen nicht, was die anderen dürfen. Sie müssen. Sie müssen die italienische Schule besuchen, die anderen dürfen in die deutsche gehen. Das Dürfen, das Müssen, das macht es uns schwer.

Jetzt werden die Sprachkurse wirklich beginnen. Ich weiß nicht, ob ich im Herbst in ein kleineres Schulhaus umziehen werde müssen, weil sie dieses hier benötigen. In nächster Zeit gehen die Kinder im Nachbardorf zur Schule, wo das Schulhaus leer steht. Ich hoffe, nach all der Aufregung wird wieder Frieden in den Häusern einkehren.

28. März 1940

Das Schuljahr endet heuer am 31. Mai. Unser Vaterland hat große Schwierigkeiten zu bewältigen. Es sieht so aus, als müsse am großen Frieden gearbeitet werden, damit kein neuer Krieg entsteht. Ich bin zuversichtlich, dass es den Herren der Welt gelingen wird, Lösungen zu finden, die uns ein Weiterkommen in Respekt und Wertschätzung sichern, die nicht das aufs Spiel setzen, was in den vergangenen Jahren aufgebaut wurde.

Vor kurzem erschien eine Sonderausgabe der Zeitung Dolomiten, in der mitgeteilt wurde, dass alle Bewohner des Oberetsch, alle die sich entschieden hatten für den Verbleib im Königreich Italien zu wählen, an ihren alten Wohnsitzen bleiben dürfen. Das beruhigt mich.

15. April 1940

Ada sah, dass Rodolfo Wieser wieder eine nasse Hose hatte. Er kaute an der Haut seiner Fingernägel, zupfte mit den Zähnen an den verletzten Stellen und riss sie weiter wund. Als die Schulglocke ertönte und die Kirchenglocken anschlugen, rief sie ihn: „Rudolf, *ti chiami* Rudolf, nicht wahr?" Und er schaute sie an und erstarrte. Der Vater hatte ihm eingeschärft, dass er mit der Lehrerin nur das Nötigste reden sollte. Daheim war er Rudi, nur die Großmutter sagte manchmal Rudolf, weil ihr im Ersten Weltkrieg gefallener Sohn so geheißen hatte und sie nicht verstehen wollte, dass Rudolf nicht Rudi war. „Rudolf", sagte Ada, „du darfst weinen, es ist nicht schlimm, wenn ein Bub weint." Er sah sie an und verstand sie nicht. „Rudolf, du musst deinen Kummer nicht unterdrücken, du darfst weinen, auch wenn du ein Junge bist." Sie dachte an Anis, der ihr gesagt hatte, dass in der Niere der Kummer sitzt, und die Trauer sich andere Wege sucht, wenn sie nicht durch die Augen entweichen dürfe. Wenn ein Kind ständig eine nasse Hose hatte, so wusste sie, dass das Problem ein anderes war. Das Nässen an sich war es nicht. „Weinen, das tun die Weiber", sagte da Rodolfo. „Weiber sind schwach."

„Aber nein, Rudolf, das ist nicht so. Frauen sind sehr weise, die Weiblichkeit ist eine Stärke. Deshalb sind Männer doch nicht zwangsläufig schwach, nur weil Frauen stark sind." Er schwieg und dachte an den Vater, der stets geschimpft hatte, wenn er etwas aus der Schule erzählte. Weibergewäsch, hatte der Vater gezischt, wenn er wenigstens einen Mann als Lehrer hätte.

„Rudolf, darf ich dich zu Hause besuchen kommen?" Er schüttelte erschreckt den Kopf: „Mein Vater mag das bestimmt nicht, er kann es nicht verstehen, dass wir Italienisch reden müssen, wo wir doch Deutsche sind." „Ihr habt doch für Italien optiert?" „Wir bleiben da, um unser Deutsch zu verteidigen, hat mein Vater gesagt." „Ist dein Vater bös mit dir?", fragte Ada. „Nein, er ist nicht bös, er ist mein Vater", sagte er. „Möchte er nicht, dass du in die Schule gehst?" „Er meint, das soll ich bleiben lassen, ich brauch kein Italienisch, um die Kühe zu melken und das Feld zu beackern." „Rudolf, und was meinst du, glaubst du das auch? Möchtest du nicht etwas lernen? Du lernst ja nicht nur Italienisch, du lernst auch zu rechnen und zu schreiben?" „Ja, *signora maestra*." „Gehst du gern in die Schule, Rudolf?" „Ja, *signora*." Sie sahen sich an und sagten beide nichts. „Warum nennen Sie mich Rudolf, ich wurde Rodolfo getauft?" Betroffen schwieg Ada für einen Augenblick. „Wenn du traurig bist, komm zu mir, sag es mir, wenn etwas ist, das du deinen Eltern nicht erzählen möchtest!" „Es gibt nichts zu sagen, *maestra*, ich muss gehen, mein Vater mag es nicht, wenn wir spät nach Hause kommen, *arrivederci signora*." „*Ciao*, Rudi, denke daran – dort, wo es dich schmerzt, da sitzt auch deine Kraft." Er machte einen Knicks, sah auf den Boden und ging. Sie wusste, dass er sie nicht verstanden hatte, so wie sie Anis lange nicht verstanden hatte.

30. Mai 1940

Meine Kinder werden alle in die nächste Klasse versetzt, ein Bub wird im kommenden Schuljahr nicht mehr dabei sein, da er das Pflichtschulalter vollendet hat.

Sommer 1940

An der Seite des Deutschen Reiches war das Königreich Italien in den Krieg eingetreten. Am Land, im Latium, war davon noch nicht viel zu spüren. Früher als sonst war Ada heim nach Paliano gereist.

Sie fuhr zum *nonno* ans Meer und genoss in der nach Salz und Algen und Wildkräutern duftenden Abendwärme das Gluckern und Seufzen des Wassers.

Sie fuhr nach Rom und staunte, dass man auch hier in der Stadt noch wenig merkte vom Krieg. Sie spazierte über die Engelsbrücke und bemerkte, wie viele Autos es plötzlich gab. Sie blieb nur zwei Tage und übernachtete bei Ordensschwestern in der *via Nomentana*. Ada hatte absichtlich eine Unterkunft gewählt, wo sie niemanden kannte. Sie wollte keine Gespräche über früher führen müssen.

Sie fuhr nach Serrone, das Nachbardorf von Paliano. Es war für Ada eines der schönsten Dörfer der Gegend, wie ein umgestülptes Schwalbennest an den Hang geklebt. Wer hochwollte zum Turm, musste Hunderte von Stiegen steigen, so schmal waren die Gassen, dass kaum ein Schubkarren Platz hatte zu passieren. So abgegangen die Treppen, dass Ada mit ihren Ledersohlen und dem kleinen Stöckel bei jedem Schritt Acht geben musste, nicht zu rutschen. Katzen und Hunde strichen die Hausmauern entlang, eine Straßenbeleuchtung gab es nicht und ein Verlassen des Hauses bei Nacht war nur mit Kerzenlicht oder bei Vollmond möglich. Viele Häuser waren unbewohnt und der Efeu hing über die Dächer herab und über die Haustüren, die so klein waren, dass man den Kopf einziehen musste, um den Wohnbereich zu betreten. Vor die Stalltüren hatten Nachbarn Steine gelegt, damit sie nicht so laut quietschten, wenn der Wind durch die Winkel zog.

Hoch oben thronte ein Turm der Colonna, jahrhundertelang hatten sie auch in dieser Stadt regiert. Es war so üblich, dass die Bewohner der verschiedenen Viertel der kleinen Stadt im Sommer in Wettkämpfen gegeneinander antraten. Zum *Palio* versammelten sich auch in die Ferne gezogene Verwandte, in Geschicklichkeitsspielen forderten sie sich gegenseitig heraus, sie tanzten zu Ziehharmonika, *lira calabrese* und Mandoline.

Eine Tracht trug die Bevölkerung von Serrone, die Ada an Anis erinnerte, ein rotes Kopftuch um den Hals, weite weiße Hemdsärmel, schwarze Hosen und die Männer ein schwarzes Gilet. Sein Hut fehlte, und solche Schuhe hatte er nicht, Lederschuhe, die man die Waden hochband, sonst hätte es gepasst. Es wurde *salsiccia con cicoria* angeboten und in einem riesengroßen Kupfertopf köchelte auf offenem Feuer die *pasta e fagioli*. Ada traf viele Menschen, die sie kannte. Es war anders als in Paliano, herzlicher, ungezwungener. Wohl, da auch sie anders war, da sie in Serrone immer nur Gast gewesen war, die um zwei Jahre jüngere Schwester von Maria Amalia Torelli Infinito, und niemandem vorführte, dass man auch weggehen konnte, den eigenen Weg gehen.

In Paliano erschien es ihr von Mal zu Mal befremdlicher, durch das Dorf zu spazieren, sie fühlte sich den Blicken ausgesetzt, wer sie fragte, wie es ihr ging, war nicht wirklich an ihrem Befinden interessiert, es schien ihr, man wolle Stoff fürs Tratschen. „Du musst dich nicht kleinmachen, damit andere sich nicht klein fühlen", hatte Anis einmal gesagt, „du kannst zu deiner Größe stehen und die anderen zu deiner Größe einladen. Hab nicht Angst vor deiner eigenen Größe."

Und sie fuhr nach Palestrina. Eines Tages, unangemeldet, holte sie ihr Bruder Vito ab. Er wollte ihr die Stadt zeigen, in die er zum Studium gezogen war, in der er geblieben war, das uralte Palestrina, gelegen unter dem Monte Ginestro, dem Berg, der über und über mit Ginsterbüschen bewachsen war. Es war üblich, dass die Brautpaare der Gegend gemeinsam hochspazierten, um blühende Zweige zu verknoten, mit der Bitte, dass die Liebe ewig währen möge.

Ada und Vito schlenderten durch die Stadt, so viele Winkel gab es, ganz oben, gegenüber dem *Palazzo Colonna Barberini* stand das Krankenhaus. „Eine wunderbare Aussicht haben hier die Patienten", sagte Vito, „auf der einen Seite eröffnet sich ihnen die Burg, die auf dem alten Tempel erbaut wurde, seine Formen übernahm, da sieht man noch die Säulen in den Mauern, siehst du, Ada, die Treppe war auch damals schon der Aufgang." Sie blickte sich um und bat ihn, sie daran zu erinnern, Ansichtskarten zu kaufen. „Unten neben der Kirche gibt es einen Souvenirladen", antwortete er. Nach einer kurzen Pause fuhr er fort: „Und auf der gegenüberliegenden Seite sehen die Kranken diese herrliche Landschaft, die Hügel getaucht in die vielen Schattierungen von Grün. Es ist eine fruchtbare Gegend, viel grüner ist es hier als in Paliano."

Der *Santuario oracolare della Dea Fortuna Primigenia* war das wichtigste Orakel in Roms Antike, die Terrassen des Tempels lagen auf riesigen Stützmauern. Und als sie weitergingen, deutete er auf das Geburtshaus des Kirchenmusikers Giovanni Pierluigi da Palestrina. Er hatte die kleine Stadt, die nach der Antike in Vergessenheit und Verfall geraten war, wieder weltbekannt gemacht. „Und über diese Gassen schlenderten die Gebrüder Thomas und Heinrich Mann. Hier haben sie sich inspirieren lassen für viele ihrer Werke", berichtete Vito. „Das ist kein Wunder", sagte Ada. *Der Zauberberg* war eines ihrer Lieblingsbücher, sie hatte vor einigen Jahren die Übersetzung gekauft und sie immer und immer wieder gelesen.

Sie saßen am Hauptplatz und schleckten an einem Eis.

„Wirst du hierbleiben, Vito?“, fragte Ada. „Ja, mein Zuhause ist jetzt hier“, sagte er.

16. Oktober 1940

Das neue Schuljahr hat begonnen, alle meine Schüler sind gekommen. Jeder in seine eigenen Sorgen gekehrt und verhalten haben wir der heiligen Messe beigewohnt, auch zwei Mütter sind erschienen. Wir begegneten uns fast schüchtern, obwohl ich mich so auf meine Kinder freute.

Es ist Krieg. Auch wir in der Schule kommen nicht umhin, davon zu sprechen. Italien ist im Krieg und ich hoffe, dass er nicht lange dauern wird und das Land dazu beitragen kann, endlich einen wirklich stabilen Frieden auf der Welt zu schaffen. Es wird viel von den Helden an der Front berichtet und ihr Einsatz und ihre Stärke werden in den Zeitungen und im Radio beschworen, doch darüber spreche ich mit den Kindern nicht, das gehört nicht in ein Klassenzimmer. Wir werden über Dinge sprechen, die uns nahegehen und uns bewegen, und wir werden weiterhin versuchen, mit dem Schulprogramm bis zum Mai so gut wie möglich voranzukommen.

18. Oktober 1940

Heuer sind es sogar noch mehr Schüler als im vergangenen Jahr, fünf Schüler mehr habe ich, insgesamt elf. Eine Familie, die ursprünglich für das Deutsche Reich optiert hat, hat ihr Gesuch wieder zurückgezogen und sich für den Verbleib in Italien entschieden. Wieser Rodolfo hat mir heute gesagt, er habe gehört, dass die neue Deutschlehre-

rin sehr streng wäre. Seine Schwester meinte, es sei fein bei mir in der Klasse, das sei viel angenehmer als mit so vielen Kindern, die hätten keinen gescheiten Sitzplatz und dürften sich stundenlang nicht bewegen. Sie dürfen auch nur Deutsch lernen, sonst nichts. Sie würden nicht basteln und keine Geschichte hören. Ich habe ihnen zugelächelt und danke gesagt, ich wusste nicht, was ich hätte sonst sagen sollen.

28. Oktober 1940

Heute hatten wir die erste Lehrerkonferenz dieses Jahres in Bolzano. Der Inspektor höchstpersönlich war anwesend, erklärte uns, worauf wir in diesen kommenden Monaten zu achten hätten. Und er erklärte uns das Konzept Schule und GIL. Er meinte, es sei einigen Familien noch nicht klar, dass die Gioventù italiana del Littorio die Opera Nazionale Balilla abgelöst habe. Und manche wüssten noch immer nicht, dass die Mitgliedschaft nun nicht mehr freiwillig sei, sondern Pflicht. Dafür aber würden die Kinder die Schulbücher und auch medizinische Untersuchungen kostenlos erhalten sowie Geschenke zur Befana fascista und Ferienaufenthalte am Meer. Die Jungen könnten an sportlichen Wettkämpfen teilnehmen, die Mädchen an Tanz- und Gymnastikveranstaltungen. Man wisse, dass sich seit Jahren schon Jugendliche auf den Almen träfen, um dort deutsche Lieder zu singen, Theater zu spielen und Volkstanz zu üben. Sie seien nicht alle politisch und antinational motiviert, täten das wohl auch aus Freude am Beisammensein und Musizieren. Trotzdem und deshalb solle man nichts außer Acht lassen, sie für die GIL zu begeistern. Man wisse vom Völkischen Kampfring Südtirols. Auch wir sollten davon wissen.

3. November 1940

Heute und gestern war die Schule geschlossen. Wir saßen in der Kirche und beteten für die armen Verstorbenen. Die Tage hatten plötzlich noch einen ganz anderen Sinn.

4. November 1940

Ein Festtag, anders begangen als in den Jahren zuvor. Wir dachten an das Ende des ersten Krieges und an den Sieg still und ohne Aufheben. Wir besuchten anschließend gemeinsam die Messe, gedachten der Gefallenen, pflückten ein paar der letzten blühenden Blumen in den Wiesen und stellten den Strauß in eine Vase vor das Bild vom unbekannten Soldaten.

5. November 1940

Ich habe große Freude mit meinen Schülern, die sich sehr bemühen. Die Großen helfen den Kleinen und wir kommen mit dem Programm gut weiter. Da das Radiogerät kaputtgegangen ist und es niemand mehr richten konnte, habe ich eine Zeitung (Popolo d'Italia) abonniert und wir blättern darin und reden von den aktuellen Ereignissen, ohne sie zu bewerten. Natürlich ist der Krieg immer präsent.

15. November 1940

Das Dorf ist in Aufregung. Dieser Tage startete eine offizielle Erhebung über die Besitztümer der Bauern. Der eine beklagte sich und wollte nicht unterschreiben; der andere schimpfte über jene, die so viel Propaganda fürs Gehen gemacht hätten und nun würde man vertrieben, der dritte sagte, keine 12 Rösser bringen ihn weg von seinem Hof, der vierte versuchte zu vermitteln und erntete dafür nur Wut und Zorn. Die Bauern, die für Deutschland optiert haben, haben immer noch die Hoffnung bleiben zu können, viele beabsichtigen gar nicht zu gehen und begegnen mir mit großem Misstrauen.

20. November 1940

Natürlich ist es für meine Schüler nicht immer einfach, ich merke, dass ihre Gedanken abschweifen und sie lieber in der anderen Schule wären, wo auch die anderen Kinder sind. Sie sind ja in der Minderheit, wie auch ihre Eltern. Das zu ertragen, ist nicht einfach. Ein Mädchen verhielt sich heute besonders sperrig und als ich sie fragte, ob etwas vorgefallen sei, fragte sie frech zurück: Warum muss ich als Deutsche eine italienische Schule besuchen?

Ich hatte diese Antwort nicht erwartet, nicht von ihr, und die Tränen schossen mir in die Augen, so sehr hat es mich in diesem Moment getroffen. Am Nachmittag habe ich die Eltern aufgesucht und mit ihnen über den Vorfall geredet. Cecilia fühle sich sehr alleine in dieser Schule, ihre besten Freundinnen seien alle weg und Geschwister habe sie keine, sagte die Mutter. Ich hoffe, dass sie wieder Vertrauen zu mir gewinnt.

30. November 1940

Die Weihnachtsferien werden heuer früher beginnen als üblich. Das hat uns heute der Direktor mitgeteilt. Es ist sicherlich richtig, dass die Schulen früher schließen, es haben doch viele Kinder in ganz Italien Verwandte, die an der Front sind. So können die Lehrpersonen, die ja am gesamten Stiefel verstreut unterrichten, nach Hause fahren, die Familien in trautem Kreise und in Ruhe das weihnachtliche Fest begehen, in Gedanken an jene, die ihr Leben aufs Spiel setzen und von Weihnachten heuer wohl gar nichts haben werden.

6. Dezember 1940

Nikolaus. Ich hatte es schon geahnt, in der Früh kamen manche Kinder sehr traurig in die Schule. Sie hatten leere Teller ans Fenster gestellt, in der Hoffnung, der Nikolaus würde etwas hineinlegen. Manch einer hatte sogar ein Glas Schnaps dazugestellt, um den Nikolaus zu erfreuen. Doch die Teller waren am Morgen leer und manches Schnapsglas auch. Ich habe zu Hause ein paar Kekse zubereitet, einfache Butterkekse, man bekommt ja nicht viel, und Zucker habe ich karamellisiert, mit etwas Butter und Sahne aufgekocht und eckige caramelle geschnitten. Ich sagte den Kindern, das habe der Nikolaus bei mir abgegeben für sie, dieses Umsiedeln in diesem Lande habe auch ihm zugesetzt, er wäre ganz durcheinander und wüsste nicht mehr, wo welches Kind zu finden sei. Die Lehrerin aber fand er an ihrem alten Platz. Die Kinder hatten so eine Freude, dass mir wieder Tränen in den Augen standen, diesmal vor Rührung.

Wir haben bereits mit den Vorbereitungen zum Aufstellen unserer Weihnachtskrippe begonnen. Wir schneiden mit der Laubsäge kleine Tiere und Bäume aus dünnen Sperrholzplatten und bemalen sie, Tag für Tag bringen die Kinder Figuren von zu Hause mit, um sie in der Krippe aufzustellen, es fehlt nur noch die Heilige Familie.

Ich selbst werde die langen Ferien nutzen, um nach Paliano zu fahren. Ich bin besorgt wegen mamma. Mein Bruder Francesco hat den Einberufungsbefehl erhalten. Ich weiß nicht, wie sie es aufnimmt. Beim Wort Krieg ist sie immer zusammengezuckt. Ihr Bruder Virginio ist im ersten Krieg gefallen und auch Nello Torelli, Vater meiner Cousine Maddalena, bis vor kurzem wie ich Lehrerin hier im Norden, ist von der Front nicht heimgekehrt.

7. Jänner 1941

Das neue Jahr hat begonnen, die Ferien haben uns allen gutgetan. In der Zwischenzeit ist auch ein neues Radio gekommen, jetzt kann ich am Abend wieder Nachrichten hören und den Kindern am Morgen in der Schule erzählen, was geschehen ist. Ich werde mich auch in diesem Jahr bemühen, den Kindern die Freude am Lernen zu vermitteln.

13. Jänner 1941

Die Befana fascista wurde heuer in Lengmoos und nicht in Klobenstein gefeiert. Es hat viel geschneit in den vergangenen Tagen und die meisten Kinder sind noch immer krank. So bin ich alleine nach Lengmoos gegangen, um die Geschenke für die Kinder abzuholen. Stoff, Orangen und Süßigkeiten, wie werden sie sich in den nächsten Tagen freuen.

Und nach dem Rezept meiner *nonnema* bereitete ich ihnen schon zu Hause in Paliano eine *crostata* vor. Ein, zwei Wochen nach der Zubereitung schmeckt sie noch besser als frisch. Das dachte Ada voller Freude, sie notierte es nicht.

20. Jänner 1941

Das Sammeln von Alteisen macht den Kindern eine große Freude. Ich hatte sie selbst entscheiden lassen, welchen Tag sie dafür auswählen wollten, sie haben den Donnerstag gewählt und kommen nun tatsächlich jeden Donnerstag mit ihren Fundstücken in die Schule. In der letzten Zeit sind es weniger geworden, daheim hat man wohl bereits alles ausgemistet. So haben wir beschlossen, gemeinsam auf die Suche zu gehen, zu alten Menschen, die bestimmt noch vieles herumliegen haben, was sie nicht mehr brauchen, aber keine Kinder, die es aufräumen.

In der Schulzeitung las ich von einer neuen Unterrichtsmethode. Sie würde es den Erstklässlern erleichtern, die Buchstaben zu erlernen. Ich bezweifle, dass es gut ist, die Methode mitten im Schuljahr zu ändern, ich hoffe, die Verantwortlichen werden daran gedacht haben.

Nächste Woche fahre ich nach Bolzano, um mir dieses neue Lehr- und Lernsystem erklären zu lassen.

30. Jänner 1941

Vor einigen Tagen war ich in Bolzano und ließ mir vom Inspektor die neue Lehrmethode erklären. In der Schule Filippo Neri habe man damit bereits ausgezeichnete Resultate erzielt, sagte er mir. Er zeigte mir eine Reihe von Karten, auf jeder Karte befand sich jeweils eine Abbildung eines Gegenstandes oder eines Tieres, dessen Bezeichnung genau mit dem Buchstaben begann, den die Kinder lernen sollten. A für Apfel, B für Birne. Ich war begeistert, es erschien mir so spielerisch. Sofort begann ich zu Hause, selbst Kärtchen zu malen und auszuschneiden. Und tags darauf bastelte ich solche gemeinsam mit den Schülern in der Klasse. Indem wir Gegenstände zu den einzelnen Buchstaben finden und unser Kartenset vergrößern, macht das Lernen noch mehr Freude. Auch konnten wir unsere Motive dieser Berggegend hier anpassen. Mit dem T von tartufo konnten die Kinder wenig anfangen. Wir zeichneten eine tazza, einen tavolo und einen tovagliolo. Die Kinder erzählten, dass sie wohl eine eigene Tasse besitzen, einen eigenen Teller haben viele nicht. Die meisten sitzen gemeinsam um den Tisch und essen gemeinsam aus einer Pfanne oder Schüssel. Servietten gibt es manchmal an Festtagen.

6. Februar 1941

Wir haben uns ein hehres Ziel gesetzt. Jedes Mal möchten wir noch ein bisschen mehr Alteisen sammeln als die vergangene Woche. Heute sind wir zum Pfarrer gegangen und haben ihn gefragt, ob er denn etwas für uns hätte. Er hat uns in den Schuppen begleitet und uns gezeigt, wo wir etwas finden können. Und wir haben viel gefunden, ihm nochmals vorgelegt, was wir mitzunehmen gedachten, um ihm nichts wegzunehmen, das er vielleicht doch noch braucht. Er hat uns alles überlassen. So viel wie heute haben wir noch an keinem Donnerstag gesammelt.

3. März 1941

Das neue Lernsystem für die Erstklässler begeistert mich zunehmend. Es ist ein System, das die Kinder zum aktiven Mittun einlädt, der Schüler sieht mit eigenen Augen, welche Fortschritte er macht und das motiviert ihn sehr. Und die Kinder sind nicht nur mit dem Zuhören beschäftigt, sie können Aufgaben ganz alleine konkret erledigen, das macht uns allen viel Freude.

8. März 1941

Heute haben wir wieder gestrickt, für die Kämpfer an der griechischen Front. Die Wolle hat die Gemeinde verteilt. Wir haben beschlossen, dass wir uns auch außerhalb der Schule treffen wollen, vielleicht sogar mit den Schülern aus den deutschen Sprachkursen. So sind meine Kinder nicht so alleine und das Arbeiten macht mehr Spaß. Der Samstagnachmittag, so finde ich, ist dafür eine gute Zeit. Ich würde mich freuen, meine Kinder von früher zu sehen. Vielleicht wollen sie auch ein bisschen ihr Italienisch auffrischen. Und ich werde ein Auge zudrücken, wenn meine Schüler dann manches auf Deutsch sagen.

12. März 1941

Heute war der Direktor auf Besuch und hat nachgefragt, wie es mit dem neuen Schulsystem laufe. Ich sagte gut und ausgerechnet die kleine Editta, die sich bisher mit dem Verbinden der Buchstaben sehr schwer getan hatte, die jüngste der Klasse, fragte er, ob sie ihm das Wort mela buchstabieren könne. Und ohne zu zögern sagte sie: mare, elefante, luna, aeroplano. Er war begeistert, ich war begeistert, wir waren alle begeistert.

Herr Direktor Giovanni Battista Sotgia wird mit Ostern zurück in die alten Provinzen versetzt. Er hat es mir nach seinem Besuch erklärt und sich bei mir für meinen Einsatz bedankt, das schrieb Ada am Abend noch in ihr Tagebuch. Schon lange hatte sie es nicht mehr geöffnet. Sie war lieber unterwegs, um Kontakte zu Bauern zu knüpfen, die sie nicht kannte, weil sie keine Schulkinder hatten, abgelegene Höfe suchen, um zu erforschen, ob es sich lohnen würde, mit den Kindern am kommenden Donnerstag dorthin zu gehen. Sie strickte und nähte für die Soldaten, sie wollte den Kindern ein gutes Vorbild sein. Sogar eine Schneiderschere hatte sie erstanden, sie durfte sie in Raten zahlen, ein Monatsgehalt hätte nicht gereicht.

Man wisse noch nicht, wer sein Nachfolger würde, aber der Direktor werde in Bozen sein Büro haben. Da auch in Klobenstein nur mehr wenige Schüler die italienische Volksschule besuchen, zahle sich ein eigener Direktor hier nicht mehr aus.

Auch Ada bedankte sich bei Herrn Sotgia.

„Schreiben Sie nicht so viel ins Klassenbuch, *signorina* Torelli“, meinte er noch nach der Verabschiedung. „Schreiben Sie weniger. Ich habe Ihre Ausführungen immer gerne gelesen, aber schreiben Sie in Zukunft weniger.“

13. März 1941

Der Donnerstag ist für uns inzwischen heilig. Wir sind nicht ruhig, wenn wir unseren Schrotthaufen nicht sichtbar vergrößern. Heute haben wir gleich zwei Bauernhöfe besucht, wir haben gearbeitet und geschuftet wie verrückt, die Einnahme an Alteisen war wieder enorm.

25. März 1941

Heute haben wir Geld gesammelt für Pakete für die Soldaten an der Front. Ich habe nur wenige Schüler in meinen

Klassen und deshalb bekamen wir auch nicht allzu viel zusammen, ein bisschen etwas ist es aber doch, 21 Lire.

Mai 1941

Armut war das Wort, das diese Menschen prägte. Anis hatte gesagt, dass Armut eine tiefe Bedeutung hätte, arm an Mut. Wer mutig war, der konnte nicht arm sein, er hätte vielleicht kein Geld, aber arm wäre er nicht, sagte er.

Nein, da hatte Anis nicht recht. Diese Menschen waren arm und mutig. Sie hatten mehr Mut als jene, die so viel besaßen, dass sie gar nicht wussten, wie viel Korn in ihrem Speicher lag und wie viele Menschen dankbar gewesen wären um einige Hände voll. Diese Kinder waren mutig, die zur Pause in der Schule ein Stück hartes Brot mitbrachten und etwas Schmalz, den sie bis auf den letzten Rest aus kleinen Eisendosen kratzten, die einst einem Schuster für die Arbeit gedient hatten oder einem Apotheker für den Verkauf seiner Medizin. Sie waren mutig, auch wenn ihnen der Hunger manchmal aus den Augen sah und Ada wusste, dass in anderen Tälern dieses Landes Kinder oftmals noch viel ärmer waren und auf fremden Höfen arbeiteten, da die Eltern selbst sie nicht versorgen konnten.

Diese Kinder haben Mut, dachte Ada, als sie vom Brot sprachen und sie ihnen erzählte, dass man bei ihr zu Hause aus den Brotresten nicht Knödel machte, sondern *panzanella* mit Salat, dass ihre *mamma* ihr alt gewordenes Hartweizenbrot, die *pagnotta* in Wasser einweiche, sie zerbrösle und mit Essig und Olivenöl und Tomaten, mit rohen Zwiebeln und Gartenkräutern und mitunter auch grünem Salat zu neuem Essen mischte. „*Pane*, Brot“, sagte sie augenzwinkernd. Da lachten die Knirpse: „Frau Lehrerin, das heißt nicht Brod. Das sagen Sie zu weich. Das heißt Brot, mit einem harten t. Brot ist hart."

Dies waren die Momente, in denen sie eine tiefe Verbindung zu ihren Schülern spürte und die sie selig sein ließen.

Nein, Anis, da hattest du nicht recht, diese armen Kinder haben Mut.

Sie hatte den *Duca e Principe di Colonna* nie gesehen, und sie wehrte sich, so von ihm zu denken, wie er im Dorfe hinter vorgehaltener Hand beschrieben wurde. Ein reicher Herzog, der keine Ahnung hatte vom Leid seines Volkes. Mit seinem Verwalter hatten die Männer des Dorfes die Arbeit und den Lohn besprochen, er selbst kam selten aus Rom. Maria hatte ihn einmal gesehen, als er mit dem Auto die Allee hochfuhr. Von nichts anderem war geredet worden damals als von diesem Auto.

Wer war arm an Mut? Die Männer, die sich nicht zu wehren trauten, der *Principe*, der sich in seinem *palazzo* versteckte? War es Anis, der stets weiterzog, um sich seine Freiheit zu retten? War er es doch wieder nicht, weil er in den Wäldern lebte und die Sicherheit des Feuers im Hause mied? War sie mutig, weil sie sich von ihrem Gehalt Strümpfe kaufte und *mamma* nicht noch mehr Geld nach Hause schickte, damit Gina nun doch etwas lernen konnte? Waren die Frauen nicht mutig, die Kindern unter Schmerzen das Leben schenkten, die Tage nach der Geburt nichts aßen, weil es ihnen so geheißen wurde, die nur Zitronensaft tranken, ohne Zucker, weil die Hebamme es so meinte, die fast vor Schwäche starben deshalb? Waren die Frauen nicht mutig, die im Winter auf den nassen Windeln schliefen, um sie zu trocknen? Die ihrem Nachwuchs keine Unterhosen gaben, nicht, weil sie sich gar nicht die Zeit nehmen wollten, diese zu waschen, sondern weil sie das Geld nicht hatten, diese überhaupt zu kaufen. Die den Buben dieselben Kittel gaben wie den Mädchen, damit sie es laufen lassen konnten, wenn sie mussten. Die sich Barchentstreifen als Brusthalter um den Körper wanden, damit die Milch nicht ausfloss, die nichts hatten abgesehen von diesen paar Zentimetern knallroten aufgerauten Baumwollstoff. Wurden die Kinder nicht entmutigt, die jahrelang die fünfte Klasse wiederholen mussten, da sie die ersten Jahre mit Bravour bestanden hatten und es eine Schulpflicht von acht Jahren, aber weit und breit keine höhere, für sie leistbare Schule gab? Nur die Privatschulen, die keiner bezahlen konnte und deren Besuch nur möglich war auf Empfehlung des Pfarrers. War ihre *mamma* mutig gewesen, als Zehnjährige, als sie sich strikt geweigert hatte, eine Katze zu essen und zur Strafe für die Undankbarkeit drei Tage gar nichts mehr bekam?

Auch hier gab es manchmal Katzen als Mahlzeit. Ada schauderte es bei diesem Gedanken. Erst vor kurzem wieder hatte ein Junge erzählt, dass die Großmutter ihm eine Katze hatte unterschieben wollen anstatt eines Hasen. Ein Hase aber, das hatte er in der Zwischenzeit gelernt, würde immer mit dem Kopf serviert, als Beweis, dass es tatsächlich ein Hase war. Wurde ein Hase ohne Kopf serviert, dann war es eine Katze.

Sie sei zu nachgiebig mit den Kindern, hatte ihr letzthin der neue Direktor gesagt, sie solle etwas strenger sein. Missbilligend hatte er seinen Namen und sein *Visto* unter ihre Klassenbucheinträge gesetzt, als sie ihm diese in Bozen erstmals zur Kontrolle vorlegte. Die *bambini* müssten zu Dienern ihres Landes erzogen werden und sollten den Ernst des Lebens spüren, die Zeichnungen, das Singen, seien nicht von Nutzen. Singen für die Heimat, ja, kein Singen für Herz und Seele.

Ada hatte mit dem Kopf genickt, sie wusste, dass auch manche Eltern ihrer Schüler missbilligten, was sie tat. Sie misstrauten ihr, da die Kinder sie liebten. Sie hatten Angst, es wäre ein ausgeheckter Plan, um die Kleinen für falsches Gedankengut zu öffnen. Und sie waren eifersüchtig, weil sie, die Lehrerin, die Zeit für die Kinder hatte, die kein Bauer und keine Bäuerin je aufbringen konnten, der Stall, das Feld, das Pflügen, das Säen, das Ernten, die tägliche Arbeit im Jahreskreis, die nie weniger wurde, auch nie mehr, die sich Tag für Tag, Jahr für Jahr wiederholte.

War sie mutig, weil sie trotzdem zeichnete und sang, weil sie trotzdem ihre Kinder liebte?

Ada hatte sich vor einigen Tagen die Klassenbücher der vergangenen Jahre mit nach Hause genommen. Sie wollte darin lesen, was die Lehrpersonen vor ihr eingetragen hatten. Vielleicht würde ihr das helfen zu verstehen, was Herr Sotgia gemeint hatte mit seinem Rat, weniger zu schreiben. Die ersten Eintragungen stammten aus dem Jahre 1931. Da war Maddalena schon nicht mehr hier gewesen. Ada war froh darüber, sie hätte ohnehin nicht gerne gelesen, was ihre Cousine schrieb.

5. Mai 1931. Sie sind dumm, diese Bauern, sie verrichten die Arbeit, wie ihre Ahnen sie seit jeher verrichten. Ich sagte den Schülern, dass sie es anders machen sollen, dass sie es ihren Eltern sagen, dass sie es anders machen können. Sie lachten mich aus und wollten mir nicht Glauben schenken.

Ada dachte an den Vater und erinnerte sich, wie schwer er es annahm, wenn der Verwalter des *Principe* ihm erklärte, dass er etwas anders angehen solle, als er es bislang tat. Vielleicht würde der Krieg das verändern, die Männer würden sehen, dass nicht weiterhin alles so sein musste, wie sie es gewohnt waren in ihrer kleinen Welt, sie würden neuen Menschen begegnen und anderen Bräuchen. Vielleicht würde Rodolfos Vater sehen, dass es eine andere Fußbekleidung gab als das schwere Schuhwerk mit der Holzsohle und den Nägeln. Dass es ein anderes Leben und Fühlen gab, dass man das eigene überdenken konnte, auch wenn die Menschen weit weg von hier genauso unter der Sonne schwitzten, die Hühner genauso mit umgedrehtem Hals noch umherliefen, bis sie tot umfielen und es dort wie hier Katzen zum Essen gab, wenn es sonst gar nichts mehr gab und der Hunger quälte.

Das war wohl das Einzige, was der Krieg konnte, die Menschen lehren, dass es auch anderes gab, dass man in der Fremde Freunde finden konnte, dass die Menschen da und dort im Grunde gar nicht so verschieden waren, dass man die gleichen Alltagssorgen hat und Nöte. Nur eben eine andere Sprache, um diese kundzutun.

Ada legte die alten Klassenbücher beiseite, die ihr nicht behagten, und beugte sich wieder über die Aufsätze ihrer Kinder.

Das Thema war Armut gewesen. Sie wusste, es war ein schwieriges Thema. Es hatte einfach nur Armut gelautet. „Schreibt auf, was euch dazu einfällt", hatte sie zu den Schülern gesagt. „Die Rechtschreibung macht mir heute nichts aus. Vergesst die Grammatik, denkt über das Wort nach und was euch dazu einfällt. Was ist arm? Was kann Armut für dich bedeuten, was für deinen Nachbarn, was für ein schwarzes Mädchen in Äthiopien, was für einen Priester, der von Eritrea nach Rom zieht?"

Ada hatte in Veroli bei ihrer Tante einmal so einen Priester gesehen. Er war Mönch in der *Abbazia di Casamari*, er war hergekommen, um zu lernen und danach in seiner Heimat Klöster zu gründen. Er hat es nicht mehr erlebt, hatte die *zia* erzählt, mit 39 Jahren starb er an Tuberkulose.

Ada hatte ihn während einer heiligen Messe gesehen. Padre Felice. Es war der erste, der bislang einzige Afrikaner, dem sie je begegnet war. Er war so dunkel, dass sie die Züge in seinem Gesicht kaum wahrnehmen konnte, er hatte ein sehr schmales, trauriges Gesicht. Die Augenränder, dort, wo die Lider beim Blinzeln aufeinandertreffen, schienen noch schwärzer, als wären sie geschminkt.

Nein, Anis, da hast du nicht recht. Armut hat nichts mit arm an Mut zu tun, im Gegenteil, arm macht mutig.

Und Ada legte die Hefte weg, es würde heute nichts mehr mit dem Korrigieren.

Sie war zornig. Zum ersten Mal seit damals im Mai vor drei Jahren war sie auf Anis zornig. Er hatte versprochen, er würde wiederkommen. Und sie saß hier und machte sich Sorgen.

„Nein, ich bin nicht auf dich zornig", flüsterte sie, nachdem sie den Rest des Kaffees vom Morgen getrunken und sich fürs Schlafengehen zurechtgerichtet hatte. „Ich bin zornig auf alles, was diese Welt so durcheinanderwirbelt."

13. Oktober 1941

Heute habe ich das Plakat von Abessinien, das seit Jahren das Klassenzimmer schmückte, abgehängt. Der abessinische Kaiser ist im Mai wieder in Addis Abeba eingezogen.

Mehr schrieb Ada nicht in das Klassenbuch.

In allen Kirchen des Landes hingen Votivtafeln von heimgekehrten Soldaten. Doch zur Ruhe kam es nicht. Wer überlebt hatte, musste an die nächste Front. Und manche, die heimgekehrt waren, starben Monate später, viele von ihnen an Malaria und Schwarzwasserfieber, weil sie das Chinin nicht vertrugen. Und manche hatte die Sehnsucht ergriffen, das *mal d'Africa*. Der Pfarrer hatte die Männer des Dorfes letzthin von der Kanzel herab gerügt. Es war ein Büchlein mit Fotos in Umlauf gekommen, Fotografien von schwarzen barbusigen Frauen.

17. Oktober 1941

Der neue Direktor war streng. Ada hatte beschlossen, nur mehr im Telegrammstil ins Klassenbuch zu schreiben, und sie schrieb auch immer seltener. Sie versuchte sich nicht beirren zu lassen und trotz der schlechten Nachrichten, die tagtäglich auch vor der Schultür nicht Halt machten, so gut sie es vermochte, den Unterricht zu gestalten. Lucia berichtete, dass sie einen Sohn bekommen und ihre Stelle aufgegeben hatte. Maddalena schrieb, dass sie nun in Veroli lebe. Der Mann der Tante sei gestorben und sie wohne nun bei ihr. Dort in Veroli seien viele höhere Schulen. Veroli, das bestand fast nur aus Kirchen, Klöstern und Schulen.

23. November 1941

Nach langer Zeit standen heute die Kirchgänger wieder beieinander. Das schwerbehinderte Kind der Familie Mur ist vor Monaten abgeholt und in ein Sanatorium nach Österreich gebracht worden. Die Mur hatten optiert, waren aber bislang nicht gegangen. Gestern kam der Brief, dass das Kind bei der Behandlung gestorben sei. „Sie haben es getötet", sagte die Mutter. „Unser Sohn war ein Krüppel, aber im Kopf war er gesund“, sagte der Vater. Wenn behinderte Menschen nicht mehr leben dürfen, was ist mit den verkrüppelten Söhnen, die aus dem Krieg zurückkehren?

22. Mai 1942

Besuch des Direktors. Die Kinder erkannten ihn sofort, als er die Schule betrat und grüßten ihn, wie es sich gehört. Er stellte fast jedem Kind eine Frage, hörte jedem aufmerksam zu und ich glaube, er war zufrieden. Er widerlegte das Gerücht, dass die deutschen Sprachkurse und die italienische Schule zusammengelegt werden sollten.

29. Mai 1942

Viele Kinder fehlen aufgrund von Infektionskrankheiten, die alle Schulen am Ritten erfasst zu haben scheinen: Masern und Windpocken. Seit Tagen besuchen nur drei, vier Schüler den Unterricht, so mache ich mit dem Schulstoff nicht weiter, sondern vertiefe bisher Gelerntes.

4. Juni 1942

Gestern sollte die Fronleichnamsprozession abgehalten werden. Ich hatte mit dem Kooperator schon ausgemacht, dass ich gemeinsam mit all meinen Kindern mitgehen werde. Aufgrund des katastrophalen Wetters wurde die Prozession abgesagt, es hat mir sehr leidgetan.

17. Juni 1942

Noch immer sind einige Kinder krank, es ist wie eine Epidemie, vielleicht sind sie am Ende des Schuljahres auch angeschlagen und erholen sich deshalb nur langsam.

Juni 1942

Es hatten sich wieder fahrende Gesellen angemeldet. Sie würden Abwechslung bringen in das Dorf, das nach der Option keine Ruhe gefunden hatte. Es wird uns allen guttun, dachte Ada. Sie wagte kaum zu hoffen, dass es Anis' Gruppe war, die kommen würde.

Ende des Monats hatte sie Geburtstag. Ada wurde 25. Sie war müde heuer und fühlte sich alt.

Wenige Tage nachdem die Nachricht trotz des tiefen Zerwürfnisses im Ort die Runde gemacht hatte, kamen zwei Familien mit schwer beladenen Karren ins Dorf und breiteten etwas abseits der Häuser ihre Planen aus. Sie hatten einige Ziegen mitgeführt und in Käfigen zwitscherten Vögel. Einen Esel hatten sie nicht, sie zogen die Karren selbst. Sie waren bunt gekleidet und Ada hätte nicht deuten können, woher sie kamen. Die Frauen waren mit Schmuck behangen, die Männer trugen Hüte und farbige Halstücher. Eine einheitliche Tracht hatten sie nicht. „Das sind Karrner", sagte Dora vom Lebensmittelgeschäft mit einem Ton der Geringschätzung. „Karrner", wiederholte Ada. Es war schwierig für sie, dieses Wort auszusprechen. Dora musste lachen, „Karrner", wiederholte sie nochmals und es klang schon viel versöhnlicher, „im Dialekt sagen wir Korrner. Menschen, die nur ihren Karren haben als Wohn- und Werkstatt."

„Das sind die Zigeuner hier in diesem Land“, erzählte sie weiter. „Sie essen Hundefleisch. Sie wollen sich gar nicht eingliedern, sie tun alles, um sich abzuheben. Sie bedienen sich, ohne zu fragen, aus unseren Gärten, und sie schämen sich gar nicht darob, sie behaupten, das sei ihr Recht.“

„Recht ist immer bedingt“, sagte Ada. „Recht hat doch immer mit einem Ort zu tun.“

„Nicht nur das“, sagte Dora. Sie war anders als die Wirtsleute neben der Kirche. Sie bediente in ihrem Laden alle, die, die für das Gehen gestimmt hatten und jene, die zu bleiben beschlossen. „Das Recht, das teilt auch einen Ort“, sagte sie.

„Sie waren schon lange nicht mehr da“, hub Dora nach einer Pause wieder das Gespräch an. „Sie ziehen in Gegenden, wo die Menschen weniger arm sind, es wundert mich, dass sie hierherkommen. Was wollen sie denn hier, wir sind ja noch ärmer.“

„Was haben sie denn auf ihren Karren?“, fragte Ada.

„Sie schmuggeln viel über die Grenzen und verkaufen Waren, die es hier nicht gibt, Körbe und Besen und Wagenfett, Töpfe und Lumpen. Sie schleifen Messer und reparieren Schirme. Die Frauen und Kinder betteln, die Männer sind manchmal zu allerhand nutz, aber sie ziehen zum Glück auch bald wieder fort. Sie sind von ihrer Armut getrieben, das kann ich verstehen, sie wollen auch nur überleben, aber wir mögen sie nicht. Sie sind nicht mutig genug, an einem Ort zu bleiben.“

„Werden sie auch spielen und musizieren?“, fragte Ada.

„Ich weiß es nicht“, sagte Dora, „manche musizieren, aber nicht alle.“

Ada konnte nicht umhin, sich einem Karren zu nähern. „*Buongiorno*“, sagte sie. „Grüß Gott, wo kommt ihr denn her?“ „Wir kommen vom Süden und vom Norden“, sagte ein dunkel gebräunter Mann, „wir kommen, wir gehen.“ „Seid ihr denn anderen fahrenden Gruppen begegnet?“, fragte Ada schüchtern. „Wir begegnen sehr vielen Menschen“, sagte ein anderer Mann. „Wir wissen nicht, wem wir alles begegnen.“

„Da gibt es eine Familie Steinbach, sie spielen Geige“, sagte Ada zaghaft.

„Nein, Frau, ich kenne niemanden mit dem Namen Steinbach. Es gibt viele Menschen, die Geige spielen“, sagte nun wieder der jüngere mit den schwarzen Haaren.

„Und wo zieht ihr hin?“, fragte Ada.

„Wir sind die Letzten unserer Sippe. Wir ziehen hinaus.“

„Ins Deutsche Reich?“, fragte Ada.

„Wir haben optiert, Frau. Wir sind Wanderhändler, müde vom Wandern, aber aus Armut zum Wandern gezwungen. Wir möchten gerne an einem Ort bleiben wie Sie. Brauchen Sie einen Wetzstein?“

„Wie bitte?“, fragte Ada. Sie verstand ihn nicht.

„Einen Stein zum Schleifen ihrer Klingen.“

„Ich habe nur eine Schneiderschere“, sagte Ada.

„Bring sie mir, Frau“, sagte der alte Mann. „Ich werde sie dir schleifen.“

„Sie ist aber noch sehr neu und sehr gut“, sagte Ada.

„Umso wichtiger ist es, sie zu schleifen, damit es so bleibt, Frau.“

Ada hatte ein mulmiges Gefühl, aber sie wollte Dora beweisen, dass diese Menschen nicht schlecht waren. Und sie hoffte doch etwas von Anis zu erfahren. Vielleicht würde der alte Mann gesprächiger.

Einige Tage später waren die Karrner in Herrgottsfrühe verschwunden. Sie hatten einige streunende Hunde mitgenommen, einige Messer und Adas Schneiderschere. Ada hatte die Raten noch gar nicht abbezahlt.

„Ich hätte dich warnen müssen“, sagte Dora, „wir könnten ihnen jemanden nachschicken, dass sie deine Schere zurückholen, sie können mit den Karren noch nicht weit sein. Sie ziehen sie ja selbst.“

„Nein, lass nur“, sagte Ada, die den Tränen nahe war, „das ist ihr Recht. Sie sehen es so. Sie sind ja wirklich arm. Und in diesen Zeiten vom Betteln zu leben, ist wohl noch schwieriger als sonst.“ „Sie denken, das sei ihr Recht. Wir sehen das anders. Wenn jeder so denken würde wie die“, meinte Dora. „Das ist es ja, weshalb Krieg herrscht, obwohl wir doch alle nur dasselbe wollen“, meinte Ada. „Wir wollen alle nur essen und ein bisschen weniger arm sein und es besser haben und unsere Kinder ernähren können. Aber wir sehen alle das Recht anders. Ich denke niemand will wirklich Böses, er tut es, ohne es zu wollen, aber im Glauben, recht zu haben.“

„So gesehen wird es immer Krieg geben“, sagte Dora.

„Ich hoffe nicht“, meinte Ada.

„Ich glaube nicht, dass man dich hier im Dorf verstehen würde, wenn du das laut sagst.“

„Vielleicht kommt einmal die Zeit, in der man das verstehen wird. Vielleicht ist das auch alles falsch, was ich sage“, erwiderte Ada.

„Rosa Mur wird dich nie verstehen, sie weiß nicht einmal, wo ihr Kind begraben ist.“

Ada sagte: „Danke, Dora, für deine Freundschaft.“ In einigen Tagen war Schulende und sie würde unverzüglich nach Hause fahren.

Abends klopfte es an die Tür. Es war Dora. „Ich möchte dir etwas bringen“, sagte sie. „Sie ist nicht neu, aber sie versieht ihren Dienst.“ Sie hatte eine Schneiderschere in der Hand und legte sie Ada auf die Kredenz. „Der alte Schneider braucht sie nicht mehr, er sieht nichts mehr“, sagte sie. „Er hat sie mir geschenkt, da ich ihm versicherte, sie in guten Händen zu wissen. Ein paar *centesimi* musst du mir dafür aber geben, Ada, sonst schneidet diese Klinge unsere Freundschaft."

Ada versuchte gar nicht, abzuwehren. Sie wusste, dass es Dora wichtig war, dass sie die Schere annahm. Sie holte einige Münzen aus ihrer Börse und gab sie ihr. „Danke", sagte sie, „ich freu mich sehr darauf, dich im Herbst wiederzusehen. Ich bringe dir etwas mit, das es hier nicht gibt."

„Du kommst wieder?", fragte Dora.

„Ja, natürlich", sagte Ada, „meine Kinder sind doch hier."

3. Juli 1942

Prüfungstag für die dritte Klasse. Prüfungspräsidentin war signorina Dalprà aus Bolzano. Von den Kindern fehlten zwei, sie haben immer noch Masern. Ich habe in der Zwischenzeit die Bewertungen für die Schüler der ersten und zweiten Klasse fertig gestellt.

5. Juli 1942

Sonntag. Gemeinsam gingen wir heute in die Kirche und wohnten dem Te Deum bei, das der Kirchenchor in den letzten Monaten fleißig einstudiert hatte. Oft hörte ich sie singen, liegt das Schulhaus und meine Wohnung doch direkt gegenüber. Der Altpfarrer hat heute sein 60-jähriges Priesterjubiläum gefeiert.

Nach der Messe verteilte ich die Zeugnisse und schärfte den Kindern ein, in den Ferien Tagebuch zu schreiben. Und sollte ich – ich hoffe nicht – im nächsten Herbst nicht mehr hier sein, sondern an einer anderen Schule unterrichten, ich würde trotzdem ihre Tagebücher lesen und sie ihnen zurückbringen. Mit Wehmut verabschiedete ich mich von jedem Einzelnen.

Zum Abschluss grüßten wir noch gemeinsam die Fahne und sangen die Giovinezza.

Sommer 1942

Der August verging im Flug. Ada saß manchmal auf der Schaukel und ließ ihren Blick über die Landschaft streifen. Die Bauern fehlten, viel Feld lag brach. Dieses Mal fuhr sie gar nicht nach Rom. Sie fuhr mit ihrer Mutter und Vito nach Veroli, wo eine Schwester des Vaters wohnte. Es war nicht weit weg von Paliano, doch die Landstraße war schlecht, im Auto war es heiß und die Stimmung gedrückt. Vor dem großen Stadttor ließen sie das Auto stehen und gingen die steilen Gassen hoch, hinauf bis zur *rocca* und zur *Basilica di Santa Maria Salome*. Sie barg nicht nur in einem goldenen Reliquienschrein das Haupt der heiligen Jüngerin Salome, die mit der Gottesmutter der Kreuzigung beigewohnt und an das Grab Jesu geeilt war. Sie barg auch die *Cappella della scala santa*, eine Kapelle mit zwölf Marmorstufen. Wer diese auf Knien emporstieg und bei jeder einzelnen Stufe ein Gebet sprach, war für hundert Tage von seinen Sünden befreit. Ada wusste, dass ihre Mutter in großer Sorge war wegen Francesco. Und deswegen sagte sie nichts, auch wenn es ihr das Herz zusammenzog, als sie sah, wie mühsam für Adele Bartoli das Erklimmen der Stiegen war. Wenn sie ein Bein hob und all das Gewicht nur auf einem der Knie ruhte, so verspannte der Schmerz alle Sehnen in ihrem Gesicht und Rücken und Hals und als Ada das nicht mehr mitansehen konnte und der Mutter doch unter den Arm greifen wollte, um sie wenigstens ein wenig zu stützen, zischte diese die Tochter nur an. „*Smettila!*" Vito begab sich auf die Knie und betete laut mit der Mutter, und so beugte sich schließlich auch Ada.

Als sie das Kirchengebäude verließen, war der Messner gerade dabei, den Vorhof zu kehren. Ein Sommergewitter hatte am Abend zuvor abgefallene Blätter umhergewirbelt. Er sah Ada an und wünschte ihr *tanti auguri e figli maschi.*

6. Oktober 1942

Ich bin wieder in meiner Schule in Oberinn. Wie bin ich glücklich mit meinen Kindern ein weiteres Schuljahr zu verbringen. Eine italienischsprachige Familie ist ins Dorf gezogen und so habe ich nun neben den Optantenkindern auch zwei italienisch sprechende Schüler. Sie sind die Söhne des neuen Briefträgers. Ich hoffe, sie verstehen sich gut, und meine deutschen Kinder werden das Italienische nun noch spielerischer erlernen. Ich unterrichte am Vormittag, am Nachmittag wird das Gebäude von der Lehrerin und den Schülern der deutschen Sprachkurse benutzt.

14. Oktober 1942

Ich habe nachgefragt, ob ich dem Unterricht am Nachmittag beiwohnen darf, um mein Deutsch zu verbessern, aber meine Bitte wurde abgeschlagen.

17. Oktober 1942

Ada hatte Papierdrachen von zu Hause mitgebracht. Sie hatte sie mit den Kindern ihrer Schwester Maria gebastelt, so wie *nonna* es ihnen gezeigt hatte. Eines Samstagnachmittags lud sie ihre Kinder ein, sie steigen zu lassen. Leichter Herbstwind wehte und vertrieb die sorgenvollen Gedanken. Andere Mädchen und Jungen gesellten sich dazu und hielten sich im Abseits. Sie kannten sich von früher, von der Schule kannten sie sich nicht. Fasziniert sahen sie zu, wie die Drachen im Aufwind nach oben kreisten und in die Tiefe stürzten. Sie schrien, da wie dort, wenn sich einer der Papierflieger zu sehr einer Baumkrone näherte und drohte sich darin zu verfangen. Sie lauschten da wie dort dem Sausen in der Luft, da wie dort versuchten sie die Schatten auf der Wiese zu fangen, ohne sich einander zu begegnen. Ada merkte, dass die Kinder sich auch gegenseitig betrachteten. Die ihren die anderen, die anderen die ihren. Kaum trafen die Blicke der einen die der anderen, so sahen sie wieder verlegen nach oben. Sie spürte, wie gern die Kinder mitsammen gestanden wären. Sie spürte, dass nicht viel fehlte, um für einen Augenblick all den Zwist der Eltern zu vergessen. Sie sagte: „Kommt doch, probiert es aus! Es kommt nur darauf an, zum Hochstarten die richtige Böe zu erwischen." Es war sogar Luca dabei, er war vor drei Jahren noch ihr Schüler gewesen in der ersten Klasse. Ihre Kinder sahen sie erschreckt an. Die anderen liefen davon.

Es war ein Moment der Unachtsamkeit und ein Drache zerriss in spitzen Zweigen.

18. November 1942

Ich habe gehört, dass immer mehr deutsche Schulstellen geschlossen werden, da es nicht genug Lehrpersonen gibt, die unterrichten können. Nun ist neben den Deutschstunden auch das Lehren von Rechnen erlaubt. Naturkunde, Erdkunde und Geschichte dürfen nur in der italienischen Schule unterrichtet werden.

12. Jänner 1943

Auf einer Schulbank habe ich ein Hakenkreuz entdeckt. Ich habe nachgefragt, wer dieses denn gemacht haben könnte. Die Lehrerin des deutschen Sprachkurses versicherte mir, dass das keiner ihrer Schüler gewesen sei. Sie meinte, das sei wohl die Handschrift eines Dorfbewohners, der für Zwist und Unruhe sorgen wolle. Ich habe nicht weiter nachgefragt. Die Lehrerin des deutschen Sprachkurses und ich begegnen uns mit Respekt und wir tun alles, um das Zusammenleben möglichst harmonisch zu gestalten. Ich weiß, dass der Kachelofen nicht gut funktioniert und deswegen verwenden wir in der Früh nicht alle für den täglichen Bedarf vorgesehenen Holzscheite. Wir lassen einige übrig, damit die anderen am Nachmittag nachlegen können, obwohl der Ofen sowieso erst zu Mittag richtig warm ist.

Sommer 1943

Liebes Tagebuch!

Gestern war ich wie im vergangenen Sommer mit mamma in Veroli, sie rutschte auf ihren wehen Knien die scala santa hoch und betete laut. Von Francesco keine Nachricht. Die Sorge beugt ihr das Kreuz. Sie ist abgemagert und ich vermochte kaum, sie aufzuheitern.

Ich kenne keine Stadt, in der so viele Hunde umherstreunen wie in Veroli. Wo üblicherweise in jeder Ecke Katzen greinen, tummeln sich hier die Hunde, wo einer schnuppert und markiert, laufen gleich drei andere hinterher und tun es ihm nach. Umso merkwürdiger erschien es mir, als ich im Schatten einer steilen Gasse einen Jungen entdeckte mit einem Hund an der Leine. Als er näherkam, sah ich, dass es kein Hund war. Es war ein grauer Wolf mit gelben Augen. Er war wunderschön und ich bewunderte die Eintracht der beiden. Doch hatte ich auch Mitleid mit dem Tier. Ich denke, er wird sein Rudel vermissen.

Wie wird es Francesco gehen?

Oktober 1943

Liebes Tagebuch!

Den ganzen Sommer lang hatte ich nicht gewusst, wie es weitergehen sollte. Am 8. September kam endlich die Nachricht vom Waffenstillstand zwischen Italien und den Alliierten.

Und Vito, mein geistlicher Bruder, hatte wieder eine seiner typischen trockenen Erklärungen bereit, die Italiener, so sagt er, gehen nicht unter, fosse acqua, olio o cacca, galeggiano sempre. Er ist und bleibt unglaublich. Ich liebe seinen Humor.

Am 9. September marschierte die deutsche Wehrmacht im Hochetsch ein. In meinem Schulhaus in Oberinn ist kein Platz mehr für mich. Hier wird nun deutscher Schulunterricht gehalten. Gestern, am Sonntag, bin ich mit der ersten Bahn hochgefahren, um meine Kinder zu grüßen. Wir waren alle gerührt, aber ich bemerkte gleich ihre Verhaltenheit, als ob sie sich kaum mehr getrauen dürften, mit mir zu reden. Ich habe um Erlaubnis gebeten, alles aus meiner Wohnung mitzunehmen, das mir gehört. Es hat sich manches in den vergangenen Jahren angesammelt. Ich hatte es schnell zusammengepackt, hatte ich doch auch dieses Mal, wie jedes Jahr im Juni – nicht wissend, ob ich wiederkehren würde – sorgfältig alles in Kisten verstaut und in eine Ecke geschoben. Es war so viel, dass ich es nicht auf einmal tragen konnte. Niemand brachte mich mehr zum Bahnhof so wie damals. Kein Herr Sotgia wartete, um mich zu begleiten. Einen Koffer mit Büchern ließ ich noch beim Kooperator. Mit ihm habe ich mich immer gut verstanden. Die Aufsätze der Kinder nahm ich mit, sie sind mir zu wertvoll. Ich befürchte, sie könnten weggeworfen werden oder in Ermangelung von Ofenholz verbrannt.

Die Deutschlehrerin hat mir erzählt, dass die Kinder eine große Freude hätten, wieder gemeinsam die Schule besuchen zu dürfen. Egal ob es die Optantenkinder sind oder die Kinder von Dableibern, sie seien vernünftiger als die Eltern und hätten gleich am ersten Schultag wieder Friede und Freundschaft geschlossen. Die Großen müssen erst nach dem 3. November zum Unterricht, sie werden bei den Erntearbeiten gebraucht. An die 80 Schüler würden nun die Schule in Oberinn besuchen und zwei Lehrpersonen sind für sie vorgesehen. Die zweite Lehrerin sei noch in der Ausbildung, in solchen Zeiten sind nicht viele Lehrer zu finden. Italienische Kinder gibt es keine mehr.

Jetzt unterrichte ich in Bozen. Mir fehlen die Kinder vom Berg, mir fehlen die Blumen, die sie mir so oft brachten, mir fehlen ihre schmutzigen Fingernägel und die von Wind und Wetter geröteten Wangen, die trockenen aufgesprungenen

Lippen, der Duft nach Lanolin in den Wintertagen, wenn sie mit durchnässten Socken ins Klassenzimmer kamen.

Mir fehlt meine Schaukel an der Lärche.

Ich habe auch die Pferdesalbe des Pechlaner Enrico mitgenommen, sie riecht etwas ranzig, aber sie versieht ihren Dienst so gut wie einst. Hier werde ich sie nicht mehr so oft brauchen. Die Schule hat nur einen kleinen Hof, zum Umhertollen kaum geeignet, die italienischen Kinder sind sehr streng und gut erzogen.

Ich werde auch dem Unterrichten in der Stadt etwas Gutes abgewinnen können. Man hat mich gefragt, ob ich zurückversetzt werden möchte in meine Heimat, doch ich möchte noch hierbleiben. Es ist anders mit Kindern zu lernen, die die gleiche Muttersprache haben.

Ich teile meine Wohnung mit einer Lehrerin, die den umgekehrten Weg gegangen ist. Sie heißt Martha Trafojer und hatte sich damals, 1939, für den Verbleib bei Italien entschieden. Sie hatte sich in einen Italiener verliebt, dessen Familie schon seit zwei Generationen hier lebt, er hat in Gries die deutsche Volksschule besucht und spricht im hiesigen Dialekt mit ihr. Als Altoatesina hatte sie in der Gegend von Parma jahrelang Italienisch unterrichtet. Sie erzählte mir, dass auch unter den Lehrern Verständnis herrsche – Verständnis zwischen den Optanten, die bislang in den Sprachkursen Deutsch unterrichtet hatten und den Dableibern, die Italienisch unterrichten hatten müssen.

Sie weiß nicht, wo ihr Verlobter ist. So wie wir von Francesco, hat auch sie von Armando nichts mehr gehört. Francescos letzte Nachricht kam vor bald einem Jahr von der Ostfront, manche Kameraden sind von den Gefechten am Don zurückgekehrt, von seinem Verbleib wissen wir nichts.

Wie wir, so hofft auch sie, dass er sich versteckt hält irgendwo, dass er irgendwo gesund gepflegt wird und auf bessere Zeiten wartet.

Im Grunde genommen geht es darum, dass die Schüler etwas lernen und Fortschritte machen. Die Sprache ist schlussendlich einerlei. Es geht ums Lernen an sich. Da habe ich ihr recht gegeben.

So oder so. Einen normalen Schultag werden wir heuer nicht erleben. Aufgrund der Bombardierungen sind die Schulen immer wieder geschlossen und auch aus meiner Klasse haben sich manche Schüler wieder abgemeldet, die Eltern sind mit ihren Kindern in Berggemeinden geflohen, in denen sie sich sicherer fühlen. Ich versuche sie abzulenken, soweit ich es vermag, ich versuche so locker zu sein, wie es geht, auch wenn ich selbst oft Angst habe und mich frage, was ich hier tue.

Wie mit den Kindern in Oberinn so sammle ich auch mit meinen Kindern in Bozen alles, was es zu sammeln gibt. Papier und Karton, Kleidungsstücke, jeden Stück Stoff, den es zu erhaschen gibt, auch wenn er schmutzig und zerrissen ist, Knochen aller Art. Wir nutzen schulfreie Tage, um am Ritten Beeren zu sammeln. Für sie ist das recht ungewohnt. Ich bin überzeugt, es tut uns allen gut.

3. November 1943

Liebes Tagebuch!

Ich muss dir gestehen, ich habe die Klassenbücher meiner Jahre in Oberinn mitgenommen, ich habe sie in meine Tasche gesteckt und die Tür der Klasse leise hinter mir geschlossen, als wäre ich eine Diebin. Ich dachte, bei mir sind sie sicher aufgehoben. Ich weiß, das hätte ich nicht tun dürfen, aber ich wurde sentimental, als ich im Klassenraum Abschied nahm von den Jahren, in denen ich hier Lehrerin gewesen war. Die Deutschlehrerin hatte ein neues Klassenbuch begonnen und ohnehin nicht in meinem weiterge-

schrieben. Die neuen Klassenbücher sehen ganz anders aus. Da wird nicht nur mehr der Name des Kindes verzeichnet, der Tag seiner Geburt, die Namen der Eltern und der Beruf des Vaters. Es gibt noch weitere Spalten zum Ausfüllen, so müssen in einer mit „Sondervermerk" überschriebenen Reihe physische Veranlagungen beschrieben werden. Ob ein Kind normal ist oder schüchtern, epileptisch, mondsüchtig, stämmig oder bleich, rothaarig oder blond. In einer weiteren Spalte müssen Krankheiten der Familie aufgelistet, Angaben über die Wohnkultur, die Körperpflege und die Abstammung gemacht werden, Arier oder Nichtarier. Über Kinder, die nicht arischer Abstammung sind, ist noch zusätzlich in einem Katalog ausführlich zu berichten.

Ich muss mich manchmal fest zusammennehmen, um nicht zu verzweifeln. Meine Kinder hier sind sehr lieb und ich habe sie alle sofort ins Herz geschlossen. Ich könnte und sollte froh sein, hier in der Stadt zu unterrichten, wo alles mit Ordnung zugeht und die Kinder regelmäßiger kommen, auch die großen, weil ihre Väter keine Bauern sind und sie nicht bei der Ernte helfen müssen. Kinder sind Kinder und ich liebe sie alle. Aber ich denke manchmal darüber nach, was ich alles gelernt habe, um Lehrerin zu werden, wie sehr ich mich vorbereitet habe, um eine gute Lehrerin zu sein. Und so viele Kinder in diesem Lande haben nun Lehrerinnen, die jung sind und unerfahren. Hoffentlich verstehen sie meine Kinder. Hoffentlich vergessen mich die Kinder von Oberinn nicht allzu schnell.

11. November 1943

St. Martin. Laternenumzug. Ada war am Nachmittag auf den Ritten gefahren, um ihren letzten Koffer mit den Büchern zu holen. Sie hatte dieses Lichterfest immer gemocht. „Mein Vater geht in den Krieg“, erzählte ihr Wieser Rodolfo, als sie ihm begegnete. „Er hat sich gemeldet, er will dann etwas für sein Land getan haben, wenn es nach dem Krieg nicht mehr italienisch ist.“ „Bitte ihn, dich zu segnen, bevor er geht“, sagte Ada und hätte ihm am allerliebsten über die Wangen gestreichelt. „Schafft es denn deine Mutter alleine, mit euch Kindern, mit dem Hof?“, fragte sie noch, als er sich zum Gehen abwendete. „Ich bin bald 14“, sagte er, „er hat darum gebeten, mich von der Schule zu beurlauben.“ Das ist schade, dachte sie. „Du bist tapfer, Rodolfo, du wirst deinen Weg gehen“, sagte sie. Und sie kam sich vor wie ihr Volksschullehrer damals, der mit den Kindern gesprochen hatte, als wäre er der Herr Pfarrer.

Sommer 1944

Francesco war verschollen. Adele Bartoli hatte sich tagelang in ihrer Kammer eingesperrt und war nicht mehr herausgekommen. Am Sonntag, dem 25. Juni kam sie aus ihrem Zimmer. Sie hatte ein schwarzes Kleid angezogen und sollte ihr Lebtag nur mehr Schwarz tragen. Sie hatte sich ein Kopftuch umgebunden, sie hatte es nicht mehr keck im Nacken verknüpft, wie früher, als sie dem Vater Wasser und Essen aufs Feld trug, sie hatte das Tuch unter dem Kinn verknotet. Sie nahm das Foto Francescos, abgelichtet in seiner Uniform am Bahnhof von Colleferro kurz vor seiner Abfahrt, von der Küchenkredenz, wo es bislang hinter dem linken Schrankfenster klemmte. Sie suchte einen alten Bilderrahmen, legte Francescos Porträt über das Bildnis einer entfernten, längst schon verstorbenen Verwandten, reinigte das Glas, stellte den Rahmen mitten auf den Tisch, holte eine Kerze und zündete diese an. Täglich sollte sie eine frische Blume dazulegen. Sie sprach nie mehr von Francesco und antwortete nur stumm, wenn man sie nach ihm fragte. Mit der Beflissenheit, die sie bisher ausgezeichnet hatte, machte sie sich wieder an den Alltag.

Zwei Wochen lang war Ada in Paliano gewesen, ehe sie verstanden hatte, was im Hause vor sich ging. Stets war sie der Mutter behilflich gewesen, wo sie nur konnte, wenn sie daheim war. So lief sie hinauf in den Dachboden, um oben die nasse Wäsche zum Trocknen aufzuhängen und die getrocknete zu holen, sie lief in den Keller, um kühlen Wein und Kartoffeln vom vergangenen Herbst heraufzubringen, in der Dunkelheit sollten sie vom Verderben geschützt sein. *Mamma* wollte nun alles selbst tun.

Adele Bartoli mochte auch nicht, dass Ada in der Küche hantierte. Sie wollte selbst an den Töpfen stehen und Gläser und Teller spülen.

Zwei Wochen lang war Ada still gewesen und hatte das seltsame Werken der Mutter beobachtet. „*Mamma*", sagte sie eines Abends, „wen versteckst du im Hause?"

„Wen sollte ich denn im Hause verstecken?", fragte Adele Bartoli. „Wir haben doch selbst kaum zu essen."

„*Mamma*, hör bitte auf damit, ich bin kein kleines Kind mehr. *Mamma*, ich möchte dir helfen."

Und so erfuhr sie, dass Adele Bartoli zwei Flüchtlinge im Hause hatte. Einer, sein Name war Kurt, war aus Salzburg und wohnte im Keller. Der andere, ein Schotte, Clarence aus Edinburgh, wohnte im Dachboden. Clarence hatte lockige Haare von der Farbe reifer Orangen und ein Gesicht voll von Sommersprossen. Von nun an übernahm Ada die Pflege der beiden. Warum Clarence sich verstecken musste, verstand sie nie. Vielleicht war er desertiert, sie fragte nicht und er erzählte es nicht. Mit Kurt sprach sie Deutsch, von Clarence lernte sie ihr erstes Englisch. Irgendwann erzählte sie dem einen vom anderen. Hier in diesem kleinen Pächterhäuschen am Fuße des Hügels von Paliano, während die Hitze herunterbrannte und die Bevölkerung auch noch Monate nach der Zerstörung der Benediktinerabtei von Monte Cassino durch die Alliierten Reste der Asche auf ihren verdörrten Äckern zu finden glaubte, während der Sommerwind die Wälder auf den Hügeln in Brand setzte und keine Männer da waren, diese zu löschen, begannen die zwei Karten zu spielen. Sie befreiten den Keller von allerlei Unrat, der sich über Jahrzehnte angesammelt hatte, sie brachten Eimer voll Erde hoch, um ihn zu vergrößern, sie nähten Hemden aus Fallschirmseide für Adele Bartolis Enkel, sie halfen der Mutter die wilden Kirschen zu entkernen, die Gina und Ada sammelten, sie rührten im Topf die Marmelade mit viel Zimt und wenig Zucker, rührten stundenlang, um die *viscile* haltbar zu machen für die *crostata* an Feiertagen.

Salvatore Torelli wusste, dass die zwei Männer in seinem Hause waren. Adele Bartoli wusste, dass er es duldete, sie aber nicht sehen mochte. Wenn es dämmerte, so gingen die zwei hinunter in den Keller, in dem sie nun gemeinsam wohnten. Sie sollten dem von der Arbeit heimkehrenden *papà* nicht begegnen.

„Warum tust du das, *mamma?*“, fragte Ada eines Abends, obwohl sie die Antwort wusste.

„Es wird auch russische *mamme* geben, die sich um unsere Soldaten kümmern“, sagte Adele Bartoli lapidar.

Gina hatte einen englischen Piloten kennengelernt. Er war beteiligt gewesen an der Auflösung des Konzentrationslagers Le Fraschette im nahen Alatri. Jahrelang waren dort Juden und Nichtjuden, Slawen und Frauen und Kinder aus dem besetzten Jugoslawien interniert gewesen.

Der Krieg war da und sie wussten es. Er war überall, im verstecktesten Winkel der Häuser. Und doch fanden sich Momente der Ruhe und des Glücks, die Ada nie mehr vergessen würde.

Gina durfte mit Hugh alleine nicht ausgehen, sie bat Ada, sie ins Kino zu begleiten. Ada ging gern mit ins Kino nach Colleferro, Hugh hatte einen Freund mitgebracht, der Pilot war wie er. Reuben hieß er und mit ihm konnte Ada ein wenig plaudern, hatte sie doch einige Worte von Clarence gelernt. Reuben war nett und Ada setzte sich mit ihm einige Sitzplätze weiter abseits, um die Schwester nicht unbeaufsichtigt, aber doch alleine zu lassen.

Wenige Tage darauf sah sie Reuben in Paliano. Sie wollte nicht wissen, was er dort suchte. Er war mit anderen Soldaten im Jeep unterwegs und Kinder drängten sich um das Fahrzeug und wollten es erklimmen, über die Reifen kletterten sie auf die Ladefläche. So ein Auto hatten sie noch nie gesehen. „Das ist amerikanisch", hörte sie Reuben den Kindern erklären.

Ada versteckte sich, sie war besorgt, dass seine Fahrt nach Paliano ihr hätte gelten können, der Hoffnung, ihr zufällig zu begegnen. Er hatte ihr bereits den Eintritt ins Kino gezahlt. Sie dachte an ihre Kinder im Norden. Sie dachte an den Zornausbruch des Vaters, als dieser gehört hatte, dass *mamma* den Töchtern die Spazierfahrt mit den Engländern erlaubte. „Sie sollen doch auch etwas haben von ihrer Jugend", hatte die *mamma* tapfer erklärt. „Was ist das hier denn schon für ein Leben!", war aus ihr herausgebrochen. Ada wusste, dass die Mutter eine unbändige Sehnsucht nach dem Meer hatte, das sich zu Wellen krümmte, wenn der Sturm darüber fegte, das sich wieder beruhigte. Ada wusste, dass es für Menschen, die am Meer groß geworden waren, kaum möglich war, im

Landesinneren Wurzeln zu schlagen und Halt zu finden. Salvatore Torelli hat sein Jagdgewehr genommen und die Tür laut hinter sich zugeschlagen. Clarence und Kurt mussten es gehört haben. Ada ging hinunter in den Keller, um sie zu beruhigen. Der Streit war nicht ihretwegen.

Die Schwester hat sich bei ihr Unterwäsche ausgeliehen, auch wenn sie unter dem hochgeschlossenen Kleid für jedermann gut verborgen blieb, in Bozen hatte sich Ada feine Unterwäsche gekauft. „Bitte begleite mich nochmals", sagte Gina zu Ada. „Wir wollen am Wochenende nach Subiaco fahren."

Sie war noch nie in Subiaco gewesen. Sie hatte viel von diesem Ort gehört, sie wusste, sie würde ihn lieben. Inmitten unberührter Natur hatte hier der heilige Benedikt das erste Kloster Italiens gegründet. Es war seine *culla*, die Wiege, das erste von einem Dutzend Klöstern in der näheren Umgebung, deren Grundmauern er legte, bevor er nach Monte Cassino ging. Und das war nur mehr eine staubende Ruine.

„Bist du dir denn bewusst Gina, was du tust?", fragte die ältere Schwester. „Es ist Krieg und vieles steht auf dem Kopf", fuhr sie fort, „da verdrehen auch wir manche Dinge."

„Mach dir keine Gedanken, Ada, ich pass auf mich auf."

Es war etwas kühler in den Bergen, kühler als auf den Hügeln der *Ciociaria*. Sie gingen den Pilgerweg hoch im Schatten von Bäumen, die aus Geröll wuchsen, nicht aus Erde, eine karge Gegend und zugleich so reich. Eine Mauer säumte den Hohlweg, und er war markiert, Rotweiß war die Farbe, die den Gläubigen und Suchenden den Weg wies.

Im *Monastero di Santa Scolastica* bauten vor vielen Jahren zwei deutsche Schüler von Gutenberg die erste

Buchdruckmaschine Italiens. Ada sog den Duft in den Räumen, die sie besichtigen durften, ein wie den Dampf von Eukalyptus und Salbei, den sie – über einem Topf gebeugt und mit einem Tuch über dem Kopf – inhalieren musste, wenn sie in der Kindheit Halsweh hatte.

Reuben war mitgekommen und sie merkte, dass er sie beobachtete. So betrachtete sie eingehend die alten Bücher in den Schränken, um sich abzulenken, plauderte über vieles, von dem sie wohl wusste, dass es sinnlos war, und schenkte sich und ihm keinen Moment, an dem es still geworden wäre und zu nahe. Die Bibliothek war riesengroß, sie war beeindruckt von den schweinsledernen Bänden, strich mit den Fingern darüber und zog sie schnell wieder zurück. Hier lag auch das ganze Archiv des Marcantonio Colonna. Mystik, Religion, Astronomie, alles war nach Kapiteln geordnet.

„Wäre es nicht besser, alles in Sicherheit zu bringen?", fragte sie Reuben. „Wer weiß, was noch alles bombardiert wird und zerstört."

Drei spätromanische Innenhöfe besaß das Kloster, einer war schöner als der andere. In jenem Hof, der zunächst der erste Zugang zur Kirche war, hatte der Torbogen die Form einer züngelnden Flamme, in der Krönung die Gottesmutter mit dem Kinde, auf den Seiten Engel.

Im ersten Hof stand eine Statue der Zwillingsschwester des heiligen Benedikt, in der Hand eine Taube. Scolastica war einen Monat vor ihrem Bruder gestorben, er hatte eine Taube gesehen, die in den Himmel flog und wusste, die Seele seiner Schwester war zurückgekehrt. Nach nur vier Wochen starb auch er.

„Siebenmal am Tag beten die Mönche", erzählte Ada den zwei Männern, *„ora et labora."* Sie dachte an ihre Nonnen in Rom und deren Begeisterung für die Zahl Sieben.

Sie gingen weiter hoch bis zum *Monastero di San Benedetto*. Sie war das Wandern gewohnt und lächelte leise, als sie bemerkte, wie die zwei Engländer ins Schnaufen kamen. „Wir kennen nur Hügel“, sagte Reuben, der sich alle paar Schritte verlegen mit dem Taschentuch den Schweiß von der Stirn tupfte.

Das *Monastero* erhob sich über jener Grotte, in der der heilige Benedikt seine ersten Jahre als Eremit verbrachte, bevor er beschloss, den Orden zu gründen. Die Gebäude schienen am Felsen zu kleben. Still betraten sie die Kirche, über und über war sie mit Fresken geschmückt. Stiegen führten abwärts in eine darunter gelegene Kirche und weitere Stiegen hinunter zur nächsten. Sie blickten aus den Fenstern, darunter der Abgrund. Von außen hatten sie die Befestigung so gar nicht wahrgenommen.

Eine schmale Treppe verzweigte sich in die *Cappella di S. Gregorio Magno*. Und hier ein Fresko des Franz von Assisi. Er war Adas Liebling unter den Heiligen, seit sie in Bozen nahe der Franziskanerkirche wohnte, hatte sie sich immer wieder mit seinem Leben beschäftigt. Der Heilige mit dem Wolf, der Heilige, der mit den Vögeln sprach. Ihr gefiel das Hinausgehen der Franziskaner, das Hinausgehen in die Welt, die Benediktiner lebten zurückgezogen, sie lebten hinter ihren Mauern, das war für Ada weniger nachvollziehbar. 1223 sei das Fresko gemalt worden, als er hier in Subiaco weilte, auf seinem Weg nach Rom. Es sei das einzige wahre Porträt von ihm, gemalt zu Zeiten, als er noch lebte. Sie hatte eine Fotografie des Francesco d'Assisi zu Hause, das linke Ohr – vom Betrachter aus gesehen das rechte – war größer als das andere. Man sagt, weil es über dem Herzen liegt, und das Herz ist das, was schlussendlich entscheidet.

Reuben tippte ihr plötzlich unbeholfen auf ihre Nasenspitze. „Du hast hier ein kleines Grübchen, *a small hole*", sagte er, nachdem sie *a dimple* nicht verstand. Sie wusste es. Er war der Erste, der es bemerkt hatte, der Erste, der es gesagt hatte.

„Ich bin Lehrerin", antwortete Ada nach einigem Zögern. „Ich gehe im Herbst wieder in den Norden, zu meinen Kindern."

Am Abend erzählte ihr Gina, dass Hugh sie in der Kirche gefragt habe, ob sie ihn heiraten wolle.

„Er ist doch kein Katholik", sagte Ada. Etwas Besseres fiel ihr in diesem Moment nicht ein.

„Ich weiß, Ada, aber ist Gott nicht ein und derselbe?"

„Ja", sagte Ada.

Herbst 1944

Liebes Tagebuch!

Ich bin an meine Schule nach Bozen zurückgekehrt, obwohl ich nicht weiß, wie lange der Schulunterricht aufrechterhalten werden kann. Es wird auch heuer wieder Kohleferien geben. Ich werde vom Anrecht auf zwei Wochen Urlaub Gebrauch machen und diesen mit den Weihnachtsferien verbinden. Martha erzählte mir, dass sie im Sommer einen Schulungslehrgang besuchen musste. Kaum fachliche Themen hatte man behandelt, sie hörten Weltanschauliches über das Reich und Europa, die Erziehung zum Führervolk, den politischen Auftrag der deutschen Erzieher, die Juden als Weltschmarotzer.

Sie fragte mich nach Francesco und ich sagte ihr, dass mamma zu hoffen aufgegeben habe, dass er noch lebe. Aber Schriftliches haben wir nicht. Wir haben nichts mehr von ihm gehört. Die Überlebenden seiner Division seien schon zurückgekehrt.

Und dass Armando gefallen sei, erzählte Martha.

Das tut mir so leid, habe ich ihr darauf gesagt. Wir haben uns umarmt.

Martha sagte, es wird schon weitergehen. Da hat sie recht, es wird weitergehen, es geht bestimmt weiter. Es kann nicht mehr lange dauern, bis wieder Frieden ist.

Ich mag Martha sehr. Sie ist eine richtige Freundin. Ich bin froh, mit ihr die kleine Wohnung teilen zu dürfen.

Spätherbst 1944

Es kam die Nachricht vom Tode Francescos. In Gefangenschaft sei er verhungert oder einer Krankheit oder Verletzung erlegen. Man hatte nichts weiter notiert. Mit dem Soldbuch kam sein letzter Brief, er hatte ihn nicht mehr abgeschickt. *Non voglio morire per la patria,* hatte er geschrieben, *caro padre, cara mamma, la guerra è ingiusta, maledetto chi la pensò.*

Die Nachricht kam mit der Post.

Maddalena schrieb es Ada in einem Brief. *Mamma* erwähnte in ihren Korrespondenzkarten nichts.

Zia Adele habe die Nachricht aufgenommen wie etwas, das sie nichts angehe, als hätte sie sie nicht verstanden oder als hätte sie es schon gewusst, schrieb Maddalena. *Zio* Salvatore hatte wohl immer noch gehofft. Sie sei ihm letzthin in Paliano begegnet, nach der Sonntagsmesse. Er, der nach dem Kirchgang stets nach Hause ging und anders als die eloquenten *Ciociari* kaum ein Wort zu viel verlor und nie stehen blieb, um einfach zu plaudern, er habe auf der *piazza* ein Glas Rotwein getrunken, sie habe sich zu ihm gesetzt und er habe geredet und geredet. Vito war ins Kloster eingetreten, Francesco tot. Er hatte keinen Sohn mehr.

Wie viele Millionen Briefe, dachte Ada, werden im Krieg geschrieben, wie viele voller Hoffnung auf ein Wiedersehen, auf einen Frieden, wie viele, die nicht abgeschickt werden, geschrieben an der Front, um für ein paar Stunden der Angst zu entfliehen. Wie viele Träume werden in unzähligen Feldpostblättern in Worte gefasst worden sein und nie abgeschickt? Weil es keine Möglichkeit dazu gab, weil der Tod sich dazwischen legte. Auch Francesco hatte seinen letzten Brief nicht mehr versendet. Hatte er keine Zeit dazu, wollte er nicht, weil seine Eltern, *papà* und *mamma* sich nur gegrämt und keine Antwort gewusst hätten? „Ich möchte nicht für das Vaterland sterben. Der Krieg ist nicht ehrenhaft. Verdammt sei, wer das behauptete." Wie viele Träume wird der Krieg beendet haben, wie viele Leben zerstört, auch wenn er nicht blutig zuschlug, in Form einer Bombe, eines Splitters, einer Kugel. Auch wenn er still und leise in der Nacht kam, im Schlaf, als hohes Fieber oder als tödlicher Frost.

8. Dezember 1944

Ada hatte es sich zur Angewohnheit gemacht, in regelmäßigen Abständen auf den Ritten zu wandern. Es führten viele Wege hinauf und je nach Jahreszeit wählte sie jenen, auf dem sie sich unter den Bäumen am besten vor möglichen Fliegerbomben schützen konnte. Sie hatte es sich zur Angewohnheit gemacht, Dora vom Lebensmittelgeschäft zu besuchen und mit ihr zu plaudern, der Weg war weit, und manchmal blieb sie über Nacht. Rodolfo sei in der Zwischenzeit ausgeschult, erzählte diese, er war nun 14. Nach dem feierlichen Hochamt, zu dem Ada heute zu spät gekommen war, winkte er ihr schüchtern zu, er war ein großer Junge geworden und schien ihr sehr ernst. Sie ging auf ihn zu und fragte ihn, ob er denn von seinem Vater etwas gehört habe. Und ohne Umschweife brach es aus ihm heraus. „Der Vater hat eine Karte geschrieben, auf der stand, wir werden nicht siegen. Die Mutter hat die Karte sofort verräumt und uns gesagt, wir sollen ja niemandem davon erzählen." Wer sind wir, dachte Ada, wen meinst du mit *wir*, aber sie sagte nichts. „Ich werde beten, dass dein Vater wieder gut nach Hause kommt, Rodolfo, ich hoffe es sehr für deine Geschwister und deine Mutter, das ist doch im Grunde das Wichtigste. Ich werde niemandem sagen, was du mir erzählt hast." „Ich heiße jetzt Rudolf", sagte er. „Ich heiße Rudolf Wieser."

Dezember 1944

Es ist kaum eine ordentliche Unterrichtsgestaltung möglich. Fast täglich muss ich die Kinder wegen des Alarms nach Hause schicken. Viele kommen gleich gar nicht, weil die Eltern sie schon frühmorgens aus Sicherheitsgründen in die Luftschutzkeller gebracht haben. Seit Tagen ist kein Heizmaterial mehr vorhanden. Wir werden früher als üblich den Unterricht beenden und uns in die Weihnachtsferien begeben. Ich habe mit dem Herrn Direktor besprochen, dass ich nach den Ferien noch meinen Urlaub antrete und zwei Wochen länger in Paliano bleibe. Er hat es mir erlaubt und mir alles Gute gewünscht. Ich werde meine Kinder vermissen. An die langen Sommerferien habe ich mich gewöhnt, an lange Winterferien nicht. Die Kinder sind eingeschüchtert und still, aber wer ist es in diesen Zeiten nicht? Sie schreiben gerne und machen wunderbare Fortschritte.

Sie nehmen sogar die Bücher mit in den Luftschutzkeller, haben mir ihre Mütter erzählt, so begeistert sind sie vom Lernen. Ich warte täglich, bis das letzte Kind abgeholt ist, ich schicke sie nicht alleine nach Hause. Manchmal begleite ich sie.

Ada war nachdenklich. Der Direktor war noch nie so freundlich gewesen, er habe viel Gutes über sie gehört, sagte er und reichte ihr die Hand. War es die Müdigkeit, die der Krieg mit sich brachte? War er selbst froh, dass Weihnachten nahte und er nach Hause fahren konnte, zu seiner Familie, die nach Venetien zu den Eltern der Gattin zurückgekehrt war? *„Ho sentito molte cose buone su di lei, signorina Torelli"*, hat er gesagt, *„buon viaggio."*

April 1945

Ada hatte am Leben der italienischen Königsfamilie stets regen Anteil genommen. Dass König Vittorio Emanuele III. nach dem Waffenstillstand mit den Alliierten und der Absetzung Mussolinis aus Rom geflüchtet war, hatte sie missbilligt. Seine Tochter Mafalda hatte er nicht retten können. Unter einem Vorwand wurde sie ins Kommando der deutschen Wehrmacht gelockt, war ihr Gatte doch Deutscher und fern, er würde mit ihr telefonieren wollen. Es war eine Falle. Sie wurde gefangen genommen und ins Konzentrationslager nach Buchenwald gebracht. Bei einem Bombenangriff wurde sie im August schwer verletzt, ein Arm musste amputiert werden, doch der Eingriff kam zu spät und – so mutmaßten die Zeitungen – man habe wissentlich zu lange damit gewartet und sie zu lange unbehandelt liegen lassen. Drei Tage später verstarb sie im Alter von 42 Jahren. Italienische Kriegsgefangene und ein unter ihnen weilender Padre, die entdeckt hatten, dass die Prinzessin sich bei ihnen aufhielt und nicht etwa die Frau Abeba, als welche sie bezeichnet wurde, oder die Frau von Weber, wie man sie offiziell nannte, hatten verhindern können, dass sie splitternackt ins Massengrab geworfen wurde. Sie bekam das Einzelgrab 262, eine unbekannte Frau.

Erst jetzt, acht Monate später, erfuhren die Königsfamilie und das Königreich Italien von ihrem Schicksal. Ada war tief erschüttert. Sie sammelte alle Zeitungsartikel und Bilder, die sie finden konnte und brachte sie mit in die Schule. Die Kinder lauschten ihr still. „Die *principessa* hatte vier Kinder, manche sind noch jünger als ihr", erzählte sie. Ada wusste, das war nicht Stoff ihres Schulprogrammes, doch das Schicksal der Prinzessin berührte sie sehr. Sie habe fast nichts gegessen, erzählten die Soldaten, die mit ihr eingesperrt waren, sie habe sogar das wenige, das sie bekam, geteilt mit denen, die es notwendiger hatten. Zwei italienische Häftlinge sollen ihr begegnet sein, als man sie verletzt ins Lazarett trug. „*Italiani*", sagte sie zu ihnen, „*io muoio, ricordatevi di me non come di una principessa, ma come di una vostra sorella.*"

Man habe mit der Operation absichtlich zu lange gewartet. Sie habe das Bewusstsein nach der Operation nicht mehr wiedererlangt.

In deutschen Konzentrationslagern werde man nicht nur eingesperrt, hatten Hugh und Reuben erzählt, dort würde gemordet. Das entlaste jedoch nicht jenes Internierungslager in Alatri. Auch dort starben Menschen an Krankheiten, an Überforderung und an Hunger. In Deutschland werden Menschen industriell vernichtet.

Ada dachte an das behinderte Kind der Familie Mur, sie dachte an das, was Martha über die Juden gelernt und gehört hatte, sie dachte an Anis.

Es musste doch irgendwann aufhören und irgendwann weitergehen.

Mai 1945

Das Schuljahr wurde früher als bisher ordnungsgemäß beendet. Viele Kinder waren eingeschüchtert und kamen aufgrund der immer häufiger werdenden Bombardierungen gar nicht mehr zum Unterricht. Auch die meisten deutschsprachigen Schulen wurden schon Ende April geschlossen. Ada verabschiedete sich von den Kindern und Eltern, ohne zu wissen, wie es weiterging. Gleich am ersten Ferientag fuhr sie nach Paliano. Vom Tode Hitlers und der bedingungslosen Kapitulation der deutschen Wehrmacht in Italien erfuhr sie zu Hause. Martha schrieb ihr: *Stell dir vor, Ada, wir wissen überhaupt nichts mehr. Manche sagen, jetzt wird wieder Unterricht gehalten wie früher. Die Menschen haben Angst, dass ihre Kinder wieder alles in Italienisch lernen müssen, andere sagen, wir sollen uns nicht fürchten und dritte meinen, es würde der Faschismus wieder aufleben. Es ist ein Irrenhaus. Die meisten Schulen haben schon geschlossen, aber regulär geht es nun doch weiter bis zum 30. Mai. Ich bin trotz allem guter Dinge. Ich bin mir sicher, dass eine gute Lösung für alle gefunden wird, dass wir gleichberechtigt und demokratisch unterrichten dürfen und wir uns im Herbst wiedersehen. Ich habe gehört, dass aus allen Lehrbüchern jeder faschistische und nationalsozialistische Stoff entfernt werden muss, es darf keine Mussolinibilder und keine Hitlerbilder mehr geben. Ich bin mir sicher, dass die Alliierten eine gute Lösung für uns finden. Ich wünsche Dir alles Gute derweil.* Ich freue mich, dich wiederzusehen, dachte Ada, du bist eine gute Freundin.

Wenige Tage nach ihrer Ankunft in Paliano hatte Ada noch einen zweiten Brief erhalten. Als Absender stand am Kuvert:

dott. Temistocle Pazienza
via Giuseppe Garibaldi 3, Anagni

Die Mutter gab ihr den Briefumschlag. „Wer ist denn das?“, fragte sie die Tochter. Ada war darauf nicht vorbereitet, nicht darauf, von Herrn Temistocle Pazienza einen Brief zu erhalten. „Ich habe ihn im Zug kennengelernt. Eigentlich am Bahnhof von Bozen. Er hat mir geholfen, die Koffer ins Zugabteil zu bringen. Und wir sind dann die ganze Fahrt nebeneinandergesessen“, erklärte Ada. „Und du hast ihm gleich deine Adresse gegeben?“ „Aber ja, *mamma*, er wohnt nicht weit von hier. Er besucht hier seine Familie, genauso wie ich, er meinte, wir könnten einmal gemeinsam einen Ausflug unternehmen.“ „Was ist er denn von Beruf?“, fragte Adele Bartoli. „Ist er Arzt?“ „Nein, *mamma*, er ist ein *dottore in architettura*, Architekt, ein Ingenieur, und stell dir vor, er hat einen Bruder, der arbeitet in Sabaudia, vielleicht kennt er sogar *nonno*. Die Welt ist doch klein, nicht wahr, *mamma*?“

August 1945

Hugh und Reuben waren im Mai abberufen worden, in ihre Heimat nach England. Ada hatte sie nicht mehr gesehen. Gina arbeitete an ihrer Aussteuer, nähte Decken und Vorhänge für das neue gemeinsame Heim und war nicht umzustimmen. Seit einem Jahr war sie volljährig. Der Vater sagte nichts mehr, seinen Segen hatte sie nicht, verbieten konnte er es nicht, die Mutter weinte. Ada und Adele Bartoli begleiteten sie zum Bahnhof nach Colleferro, von hier würde Gina den Zug nehmen quer durch das kriegsgebeutelte Europa, den Gutteil des Weges würde Clarence sie begleiten. Kurt war vor wenigen Tagen schon zu Fuß aufgebrochen, um nach Österreich zurückzukehren. Er hatte jetzt keine Angst mehr davor, gefangen genommen zu werden. „*Nessuna paura*", sagte Clarence in gebrochenem Italienisch, „ich bringe ihre Tochter heil in den Norden, sie wird als glückliche Ehefrau und Mutter wiederkommen." Für die Mutter war das ein schwacher Trost. „Und er wird dich heiraten?", fragte sie verzweifelt. „Gina, bitte überleg dir das, du kannst ja noch warten, bis alles wieder ruhiger ist." „Nein, *mamma*, ich habe es ihm versprochen. Ich liebe ihn. Ich gehe nach England, er konnte nicht hierbleiben, aber ich kann gehen."

Als Ada und *mamma* wieder zu Hause waren, überreichte ihr jene eine flache Kiste, eingewickelt in Packpapier. „Das hat dir der andere Engländer hiergelassen, kurz bevor er ging." „Und du gibst es mir erst jetzt?", fragte Ada. „Ich hatte Angst, dass auch du gehen würdest." „Aber *mamma*, ich habe ihn zweimal im Leben gesehen." „Man kann nie wissen, Ada." In der Kiste befand sich ein Puzzle. Reuben hat eine Landkarte von England auf einen Pappkarton geklebt und mit einer Laubsäge zerschnitten. Du bist in meinem Herzen, hatte er auf die Rückseite geschrieben. Komm mit mir, wollte er damit wohl sagen.

Ende September 1945

Ada hatte sich mehrmals mit *dottore* Temistocle Pazienza getroffen. Er war um einige Jahre älter als sie, zurückhaltend und höflich. Er drängte sie nicht. Es war vom ersten Augenblick an klar, dass er sie heiraten wollte.

Er hatte nicht so lange Ferien wie sie, er versprach, sie im September abzuholen, sie sollte nicht alleine fahren, die Züge waren überfüllt, viele Bahnhöfe bombardiert worden.

Einige Tage bevor sie gemeinsam nach Bozen fuhren, gingen sie ins Kino. Er liebte das Kino wie sie. Sie sahen *Roma città aperta* mit einer wunderschönen Anna Magnani, die dem Wagen hinterherläuft, in dem ihr Geliebter von den Nazis deportiert wird, die ihm hinterherläuft, Francesco rufend und erschossen wird. Der kleine Sohn wirft sich auf die Tote und schreit *mamma*. Und als sich am Ende das aus italienischen Faschisten zusammengesetzte Erschießungskommando weigert, Don Pietro niederzustrecken, der Mitglied der *Resistenza* war, exekutiert ihn der deutsche Offizier selbst. Ada war vom Film tagelang wie gelähmt. „Müssen wir uns das anschauen, was wir endlich hinter uns gebracht haben?“, fragte sie Temistocle. „Mein Bruder hieß auch Francesco. Ich will nichts mehr wissen von diesem Krieg, ich möchte nach Hause, zu meinen Kindern.“

Wenige Tage später fuhren sie ab. Ada bezog wieder ihre Wohnung mit Martha. Sie freute sich, ein neues Schuljahr würde beginnen und endlich würde es wieder so werden wie damals.

12. Oktober 1945

Ein wunderbares Schuljahr hat begonnen. Wir sind alle guten Mutes und freuen uns auf die gemeinsame Arbeit. Die Kinder sind folgsam und kommen begeistert zum Unterricht. Nur ab und zu muss ich sie daran erinnern, dass das Kauen von Kaugummis während der Schulstunden nicht erlaubt ist. Dann kleben sie sie auf ihre Bänke oder unter die

Sitze und sobald die Glocke läutet, kratzen und ziehen sie sie wieder herunter und kauen weiter. Manchmal tauschen sie die Kaugummis auch aus oder geben sie dem Sitznachbarn, der keinen hat. Dieser darf eine Weile kauen und gibt ihn dann weiter oder wieder zurück. Was uns der Krieg und die Amerikaner alles gebracht haben.

Spätherbst 1945

Notburga Rottensteiner war im Sommer aus der Tschechei zurückgekehrt. Auf den Fluchtwegen hatte sie inmitten der Menschenmassen, die über die verschlammten Straßen in alle Richtungen zogen, manche Kinder verloren, über den Sommer kamen auch diese nach Hause, unterernährt und wortlos. Über die Jahre hin, nach all den Bombardierungen hatte die 16-jährige Tochter vieles vergessen und nur mehr, aus dem Spalt des Viehwaggons herausblickend, das Ortsschild Bolzano erkannt. Den Jüngsten hatte sie tapfer über Feldwege gezogen und getragen, im letzten Moment stiegen sie aus. Der Vater hatte seine Familie alleine losgeschickt, er hatte den Befehl noch zu bleiben, bis im Mai der Bürgermeister von Mährisch Kromau auch ihm riet, er möge in derselben Nacht noch flüchten. Sie hatten den Hof in der Tschechei nur geliehen erhalten, nun mussten sie wieder gehen.

Im Haus in Oberinn wohnte nun die Witwe ihres Bruders. In der Zwischenzeit fand Notburga Rottensteiner in Signat einen kleinen Hof zur Pacht. Doch er war zu klein und ihre wiedergefundenen Kinder musste sie bei Verwandten und Fremden unterbringen. Als Ada davon erfuhr, machte sie sich auf, die Frau zu besuchen. „Wir hätten nicht gehen sollen", sagte Notburga. „Sie haben es ja vorausgesehen", sagte Ada. „Das hilft jetzt nicht", sagte

Notburga, „wir werden ein weiteres Mal wieder ganz von vorne anfangen. Es gibt sonst keinen Grund dafür, dass wir alle den Krieg überlebten. Es gibt nur diese Gewissheit, dankbar sein und neu beginnen.“

12. Dezember 1945

Liebes Tagebuch!

Heute ist ein Glückstag. Endlich habe ich Post aus England erhalten. Gina ist gut angekommen und hat geheiratet. Reuben war Hughs Trauzeuge und Hughs Onkel begleitete sie zum Traualtar. Sie habe die Familie sehr vermisst, aber natürlich konnte sie mit der Hochzeit nicht warten. Das verstehe ich gut. Ich bin so glücklich und freue mich für sie. Sie hat geschrieben, es gehe ihr gut. Hugh habe noch keine eigene Wohnung und so leben sie bei der Schwiegermutter. Mamma wäre entsetzt, wenn sie wüsste, wie es dort aussieht, von Ordnung im Haus halten die Engländer nicht viel, aber die Gärten vor den Häusern wären wunderschön, es regne viel und alles blühe und sei grün. Meine kleine Schwester ist schwanger, ich kann es kaum glauben.

Hugh will nicht, dass ich euch in diesem Zustand besuchen komme, aber sobald das Baby da ist, werde ich nach Hause kommen und es euch zeigen. Wenn es ein Sohn wird, werde ich ihn Francesco nennen, schrieb sie.

Ach Gina, meine kleine Gina.

Ich habe gleich bei der Poststelle in Paliano angerufen und gebeten, mamma diese frohe Botschaft so schnell wie möglich zu überbringen. Gina hat sicher auch mamma geschrieben, aber wer weiß, wie lange es braucht, bis der Brief dort ankommt.

Für mich ist heute Weihnachten.

Ich habe Gina gleich geantwortet, endlich habe ich ihre Adresse. Ich werde sie irgendwann in England besuchen, ich hab's ihr versprochen.

28. April 1946

Liebes Tagebuch!

Weißer Sonntag. Erstkommunion. Temistocle begleitete mich auf den Ritten und dass die Kirchgänger ihn eingehend betrachteten, das spürte er wohl, aber er ließ es sich nicht anmerken und sagte auch mir gegenüber nichts. Temistocle Pazienza. Sein Name passt wirklich zu ihm, er ist geduldig und still und würde mich auf Händen tragen, würde ich es wollen.

Wildfang, nennt er mich zärtlich. Ich bin sehr dankbar für seine Freundschaft.

Die Mädchen trugen Kleider aus Fallschirmseide. Die Männer trugen Schuhe, die die Amerikaner aus dem Fenster geworfen hatten. Alles Mögliche werfen sie aus den Fenstern der Kasernen und machen sich einen Spaß daraus zu sehen, wie die Vorbeigehenden darum raufen.

Als wir nach der feierlichen Messe draußen in der Sonne verweilten, zerschnitt ein Flieger ober uns das Blau. Wir erschraken und einige Mütter packten die Kinder und liefen mit ihnen ins nächste Haus. Wir verharrten still, bis das Rollen verhallte. Die Bomben werden uns noch lange verfolgen. Ich selbst erzittere jeden Samstag, wenn um 12 Uhr Mittag die Probesirene vom Rathaus ertönt. Wir tragen den Krieg in uns.

Juli 1946

Liebes Tagebuch!

Gina hat einen Sohn bekommen. Die Nachricht erreichte uns gemeinsam in Paliano. Wir freuen uns alle so sehr. Papà hat zwei Flaschen Wein geöffnet, um auf seinen Enkel anzustoßen. Er ist sehr alt und gesellig geworden und mamma lässt ihn kaum mehr aus den Augen. Manchmal scheint er sich zu verirren und findet nicht mehr heim.

Ich hatte Angst, mamma noch gebrochener vorzufinden als im vorigen Sommer, nachdem nun auch nonno gestorben ist. Vito hatte die Totenmesse für ihn gehalten, er war eigens mit dem Auto des Klosters von Palestrina gekommen und hatte mamma abgeholt. Einen Tag nur blieben sie in der fattoria ihres Bruders, mamma wollte nicht so lange fortbleiben, und ihre Heimat sei Terracina, nicht Sabaudia, da hätten die Eltern wohl am Ende des Lebens gewohnt, aber Heimat, das sei etwas anderes.

Nach den zwei Flaschen Wein hat papà Temistocle gefragt, wann er mich denn endlich heiraten wolle. Temistocle, der zu Besuch weilte, war dies peinlich und er sah mich an. Ich sagte papà, dass ich es sei, die die Hochzeit immer wieder hinauszögert. Eine verheiratete Lehrerin – das passt nicht so gut!

Da war papà wieder ganz der alte, es tat gut, ihn so zu sehen. Ada, wie lang willst du noch warten! Bis du eine alte Jungfer bist, die niemand mehr mag?

Ja, wie lange möchte ich noch warten?

Temistocle wechselte dann geschickt das Thema. Sein Bruder Orazio habe erzählt, dass man in Sabaudia manche faschistischen Inschriften entfernt hätte. Als die Kommunisten auch das Fassadenmosaik der Kirche zerstören wollten, auf dem der Duce im Hintergrund der Verkündigung Mariens höchstpersönlich dargestellt war, habe sich ihnen der Pfarrer in den Weg gestellt. Das Bild zeigt den Duce als Werkzeug des göttlichen Willens bei der Getreideernte. Das muss bleiben, habe er gerufen, als Mahnmal, das ist Geschichte.

Ich finde, man sollte alles niederreißen, sagte mamma.

Mamma hat die Entscheidung nie verwunden, dass nonno Terracina verlassen hat. Ihre Heimat wird immer Terracina bleiben, die mit den römischen Säulen verwachsene Stadt.

Dezember 1946

Liebes Tagebuch!

Heute war ich wieder mit Temistocle im Kino. Wir sahen „Der Bandit" von Alberto Lattuada. Mit Anna Magnani. In Cinecittà wohnen nun Hunderte von Flüchtlingsfamilien, hat mir Temistocle erzählt. Er habe es in der Zeitung gelesen. Die Filmfabrik war im Sommer 1943 zusammengestürzt wie ein Haus aus Spielkarten. Letzte Woche sahen wir „Sciuscià" von Vittorio de Sica. Ich musste laufend an meine Kinder denken. Welcher Zukunft schauen sie entgegen?

13. Oktober 1947

Liebes Tagebuch!

Gestern Nachmittag bin ich erneut mit Temistocle im Kino gewesen. „Caccia tragica" von Giuseppe de Santis. Wir haben inzwischen schon viele Filme gesehen, die den Krieg nur oberflächlich behandelten. Dieser Film hat mich im Innersten berührt.

Am kommenden Donnerstag bin ich auf eine Hochzeit eingeladen, ich habe den Direktor gebeten, mir an diesem Tage frei zu geben. Meine Freundin Martha hat einen sehr lieben Mann kennengelernt und wird nach Meran ziehen. Nun bin ich alleine in meiner Wohnung.

Mai 1948

Temistocle Pazienza hatte sich Anfang Februar eine *Lambretta* gekauft. Sobald das Wetter besser wurde und die Bergstraßen frei waren von Schnee und Eis, unternahmen sie Sonntagsausflüge in die Dolomiten. Warm eingepackt fuhren sie die Kurvenstraßen hinauf, um über die Gipfel ins Weite zu blicken. Temistocle litt mehr als Ada unter dem Eingesperrtsein in der engen Stadt. Behutsam fuhr er, nie zu schnell, er war ein ernster Mann, er sprach nicht viel, er schnitt keine Kurven und ging keine Risiken ein, trotzdem klammerte sie sich mit den Armen an seinem Oberkörper fest und legte sich mit ihm vorsichtig in die Serpentinen. Das Spazierenfahren auf dem Motorroller liebte sie, es gab ihr die Möglichkeit ihn fester zu halten, als sie es sich sonst getraute, es gab ihr die Möglichkeit ihn zu halten, der so distanziert war, so unendlich geduldig, dessen Zorn, sollte er einen haben, keinen Laut kannte. Er war die Ruhe selbst, ihr Ehemann. Ganz anders als der Vater, mit dem man streiten konnte, in Gedanken stets streiten musste.

Sie hatten in kleinem Kreise geheiratet, zu Ostern, in Paliano. Sie hatten eine geräumige Wohnung *nel Corso della Libertà* bezogen, in einem 1923 erbauten Haus, mit einer weiträumigen Diele, einem eigenen Bibliothekszimmer und einer Dachterrasse, die den Blick rundum erlaubte, über das Siegesdenkmal und die Talferbrücke bis hin zu den Dolomiten, deren weiße Spitzen sich abends mit der letzten Sonne rosa färbten. Die Hochzeitsreise würden sie im Sommer antreten, in den großen Ferien.

Der erste Ausflug mit der *Lambretta* hatte sie nach Runkelstein geführt, nahe der Stadt. Gemeinsam hatten sie dort die Fresken von Tristan und Isolde besichtigt, im Kulturführer las Ada von Isoldes Betrug mit dem Gottesurteil, es erinnerte sie an die Geschichte mit der *Bocca della Verità* in Rom. Das eine hatte mit dem anderen nichts zu tun und Ada wusste später selbst nicht mehr, warum sie die beiden Geschichten verband. „Temistocle“, hatte sie gesagt, „wir kennen uns jetzt zweieinhalb Jahre. Wenn du mich noch immer möchtest, dann sage ich jetzt ja.“

Juli 1948

Am 1. Juli um 8.03 Uhr in der Früh fuhr der Nachtzug in Roma Termini ein, die Sonne stand schon hoch, es würde ein sehr heißer Tag werden.

Ada war aufgeregt. Sie stiegen aus dem Zug, Temistocle trug seinen Koffer in der einen Hand und den ihren in der anderen, sie hatte keine Möglichkeit sich einzuhängen und ging neben ihm, der Blick fiel auf die Uhr. *Ci vediamo sotto l'orologio* hatte damals *suora* Angelina geschrieben, sie hatte sie hier abgeholt, als Ada nach Rom kam, um Lehrerin zu werden. Es schien ihr noch verwirrender als damals, der Bahnhof wurde gerade umgebaut, die Einwohner witzelten, er habe nun den Körper eines Dinosauriers.

Sie saßen am Tiber, wie sie es als junges Mädchen getan hatte, damals mit der Feldflasche, heute in einem *caffè* mit eisgekühltem Wasser, Minzblättern und Zitronenscheiben. In der Dämmerung stachen die Mücken die Beine, heute wie einst.

Mit dem neuesten Fremdenführer ausgestattet, den sie noch in Bozen in der Buchhandlung bestellt hatte, den sie schon durchgelesen hatte und mit Notizen versehen, betrachtete sie auf ihrer Hochzeitsreise die Stadt mit anderen Augen. Sie fühlte sich wie ein Kind, wenn sie dem Gatten dieses und jenes zeigen konnte, das sie damals gesehen hatte, damals, als sie bei den Nonnen weilte. Ernsthaft wurde sie zugleich, wenn sie Neues nachlesen und erfahren konnte, anders erfahren mit den 15 Jahren Leben, die sie in der Zwischenzeit geprägt hatten und vieles anders empfinden ließen. Sie besuchten ihre Lieblingskirche *Santa Maria in Trastevere* und zündeten dort eine Kerze an und wie sie es immer getan hatte, zählte sie die Schafe am Mosaik, es waren immer noch zwölf und mit dem Hirten dreizehn. Sie besuchten auch den *muro torto,* den antiken *murus ruptus, muro malo* hieß er auch im Volksmund, hier waren die Verbrecher und Prostituierten begraben worden, die sich vor dem Tode nicht bekehrt oder ihre Sünden nicht bereut hatten. Hier soll auch der grauenhafte Nero sein letztes Grabmal gefunden haben, und sein Geist spukte jede Nacht. Auch Targhini und Montanari, zwei Männer, die 1825 enthauptet worden waren, gingen hier mit den Köpfen unter den Armen spazieren. Wer in der Dunkelheit vorbeikam, der konnte Glück haben und ihnen begegnen, sie wüssten, welche Lottonummern bei der nächsten Ziehung gewinnbringend seien.

Abends suchten sie sich eine *hostaria,* und das H wurde Ada erst diesmal bewusst, *tabernae* hießen die Lokale früher, in denen man Wein trinken und etwas essen konnte. *Hostaria,* die *osteria romana.* Sie bestellte nur einen *sospiro* Wein, sie war es nicht gewohnt viel zu trinken, ihr Mann bestellte einen *quartino* und nach dem Essen noch einen *chirichetto.* Alte Weinmaße, die hier üblich waren. Am Berg, da wurde mehr getrunken. „Heute möchte ich auf meinen *nonno* trinken“, hatte Ada am allerersten Abend gesagt. „Er hat mir vieles von Rom erzählt. Er selbst war nie hier. Ich hätte mich so gerne bedankt und ihm die Stadt gezeigt."

Sie liebte es, eingehakt bei ihrem Mann, durch Rom zu schlendern, mit ihm auf einer der unzähligen Stufen zu sitzen und zu schauen. Sie war glücklich und angekommen, sie genoss es als *signora Pazienza* in der Hotelkartei geführt und vom Portier jeden Morgen und Abend mit diesem Namen begrüßt zu werden. Sie hatte vergessen, warum sie so lange gezögert hatte, Temistocle das Jawort zu geben.

Sie war angekommen. Und doch auch hier nur mehr Gast. Dass sie fast vier Jahre in Rom gelebt hatte, wollte sie kaum mehr glauben. Sie saßen an den Stufen des Obelisk Flaminio auf der *Piazza del Popolo* und erzählten sich zum wiederholten Male aus ihrer Kindheit und Jugend. „Hier war ein Nussbaum", sagte Ada. „Die Nonnen haben erzählt, dass sich hier das Grab Neros befunden habe, nicht beim *muro torto*. Jede Nacht haben hier Hexen und Teufel ihr Unwesen getrieben, jede Nacht sei hier Nero erschienen, bis die Römer des Spuks müde waren und den Nussbaum abschlugen und ihn in den Tiber warfen." Und natürlich besuchten sie die *Piazza di Spagna* und bei der *Fontana di Trevi* warfen sie mit der rechten Hand eine Münze über die linke Schulter, um wieder zurückzukehren.

„Wenn ein junger Mann zum Militär aufbrechen musste oder in den Krieg ziehen", sagte Temistocle, „reichte ihm seine Geliebte ein Glas Wasser von der Fontana, das war eine Medizin gegen das Vergessen und würde ihn daran erinnern, zu ihr zurückzukommen."

Sie besuchten das Internat, in dem sie gewohnt hatte und es saß eine uralte *suora* Angelina an der Pforte, als wäre sie dort sitzen geblieben, seit Ada das Haus verlassen hatte. Sie küsste Ada auf die Wangen und legte ihr zum Segen die Hand auf die Stirn, und Ada, gerührt, ging mit Temistocle und kaufte ein Tablett voller Süßspeisen und kehrte zurück, um es der Nonne zu überreichen.

Und abends saßen sie auf der *Piazza Navona* und tranken Absinth und Ada bemerkte, dass Temistocle immer wieder zum Geschäft blickte, am oberen Ende des Platzes. *Al sogno. Clinica della bambola e del giocattolo*, eine Werkstatt für kaputte Puppen, und ein Geschäft für Kinderspielzeug. Das Schaufenster quoll über von Holzpferden und Teddybären. Es saßen einige Deutsche in dem *caffè* neben ihnen, sie aßen Pizza und waren gut gelaunt. „Wenn ich daran denke, dass diese Menschen vor noch gar nicht langer Zeit unsere Feinde waren", sagte Ada. „Ich denke, sie lieben Italien, die Deutschen, denn wir haben auch eine gemeinsame Vergangenheit, und gemeinsam hat man wohl beschlossen, darüber zu schweigen", sagte Temistocle.

Und unentwegt kaufte sie Postkarten. „Was tust du mit all den Postkarten", fragte Temistocle, „du willst sie doch nicht alle verschicken? Dann hast du ja für mich keine Zeit." *„Signor Pazienza"*, sagte Ada betont, „sei nicht besorgt, die kauf ich den Kindern, ich möchte ihnen zeigen, wie es in Rom aussieht." Und immer wieder füllten sie ihre Flaschen an den öffentlichen Brunnen, standen brav in der Reihe und füllten die Flaschen randvoll mit dem Wasser. „Keine andere Stadt gibt es weltweit", sagte Temistocle, „die über solche Brunnen verfügt, *fontanelle pubbliche*, nur dafür da, den Durst der Pilger, der Wanderer, der Einwohner zu stillen, für keinen anderen Zweck, kleine Brunnen mit einem Schnabel aus Eisen, *nasoni* nennen sie die Römer." „Und darüber das S.P.Q.R. *Senatus Populusque Romanus*", sagte Ada strahlend, sie hatte einen wunderbaren Mann gefunden und war sehr glücklich und stolz, weil er so viel wusste. „Der große

Belli hat es in einem Sonett anders gedeutet“, sagte Temistocle lächelnd, *„solo preti qui regnano.“*

Und als sie weiterschlenderten, entdeckte Ada auch einen Brunnen in Form eines Hundes, eine *fontanella pubblica per i cani*. „Ich möchte so gerne einen Hund haben“, sagte sie zu ihrem Mann. „Keinen Wolf?“, fragte er lächelnd. „Du müsstest eigentlich einen Wolf haben mögen oder ein Wildschwein, was tust du mit einem gezähmten Haustier?“ „Einen Hund hätte ich gerne, der aussieht wie ein Wolf“, sagte Ada, „einen Wolf will ich nicht einsperren.“ „Wenn die Kinder größer sind, werden wir einen Hund haben und ein Haus mit einem Garten“, sagte Temistocle. Ada wusste, dass Temistocle Kinder liebte, so wie sie, und sie wollte ihm gerne eigene Kinder schenken. Zuallererst einen Sohn, der seinen Namen weitertragen sollte, über die nächste Generation.

Dezember 1948

Ada hatte aufgehört, ihr Tagebuch anzureden. Als Ehefrau schien es ihr nicht mehr angebracht, es war ihr, als würde sie hinter dem Rücken ihres Mannes mit jemandem Geheimnisse austauschen, von denen er nichts wissen sollte.

Ich bin schwanger, der Arzt hat es gestern bestätigt. Ja, ich bin schwanger, ich möchte es hinausschreien in die Welt, es meinen Schulkindern sagen. Temistocle freut sich so sehr. Er führte mich zum Abendessen aus und danach gingen wir noch ins Kino, unaufhörlich fragte er mich, ob ich nicht doch lieber hätte schon schlafen gehen wollen, ob ich nicht müde sei, ob ich bequem sitze. Ich bin doch nicht krank, hatte ich gesagt, wir bekommen ein Kind, ich bin nicht krank.

Ich freue mich so, ein Mensch entsteht in mir, ich werde ihm vorlesen können, mit ihm Blumen sammeln und pressen, ihm die Erde der Urgroßeltern zeigen, ich werde ihn durch die Schule begleiten dürfen und hinauslassen ins Leben. Ich werde ihn schaukeln, in mir, in meinen Armen, bis er selbst es kann.

Wir sahen „La terra trema" von Visconti. Es hat mich so aufgewühlt, dass Temistocle meinte, er würde in Zukunft noch genauer die Inhaltsangabe lesen, bevor er mit mir ins Kino geht. Ich dachte unaufhörlich an nonno und mamma. Nonno war auch nur ein armer Fischer gewesen, er hatte einer Regung folgend, vielleicht für seinen Sohn, aufgegeben, wofür sein Vater und die Väter davor Jahr für Jahr gerungen hatten. Ob er wirklich glücklich war damit, ob er auch an sich gedacht hatte oder nur an seine Familie? Wie viele Fischer setzen ihr Leben aufs Spiel für einige wenige Lire. Wie viele Händler beuten sie aus? Das hat der Krieg nicht verändert, sagte ich zu Temistocle. Warum hat der Krieg nicht solchen Ungerechtigkeiten ein Ende gesetzt?

April 1949

Temistocle Pazienza war 1935 nach Bozen gekommen, im selben Jahr wie sie. „Wie viel wir gemeinsam haben", hatte Ada gesagt, als er es ihr erzählte. Er war Architekt und sollte am Plan mitarbeiten, wie man die mittelalterliche Laubengasse verbreitern konnte. Eine der Häuserfronten sollte abgerissen und um viele Meter versetzt wiederaufgebaut werden. Er hatte dann anderes entworfen und sie war froh darum, sie bummelte gern mit ihm nach Besuch des Kinos durch die Gewölbe, manchmal fehlten ihr die schmalen Gassen der Heimat, hier wehte dieselbe Brise.

Seit sie nun zu zweit waren, hatte Ada – wie ihre Mutter – begonnen am Samstagvormittag Nudeln zuzubereiten, sie knetete den Teig für die Tagliatelle und walkte ihn, bis er hauchdünn und durchsichtig war, sie schnitt ihn in Streifen und trocknete die Bänder. Immer mehr Zeit verbrachte sie in der Küche und sah Zeitungen nach Rezepten durch und versuchte Temistocle die beste Ehefrau zu sein, die er sich nur wünschen konnte.

Im fünften Monat hatte sie ihr Kind verloren und der Arzt hatte gesagt, sie dürfe kein weiteres mehr bekommen. Sie hatte das Bedürfnis auf den Friedhof zu gehen, aber es gab niemanden, den sie dort hätte besuchen können. Niemanden, den sie besser kannte, mit dem sie reden konnte. In diesem Augenblick fehlte ihr die Familie sehr. Es gab für dieses Kind keinen Platz zum Abschiednehmen. Sie weinte still und verbarg es vor ihrem Mann.

„Mein Kind“, schrieb sie ins Tagebuch, „du hast mich losgelassen, bevor ich dich festhalten durfte. Du bist ins Licht geflogen und hast mein Herz in schwarze Tinte getaucht.“

Zuvor war sie noch täglich auf der Promenade spaziert, war im Petrarcapark auf den Schaukeln gesessen.

Jetzt mied sie den Platz.

Sie hätte so vieles anders gemacht als *mamma*, die es anders nicht konnte. Sie hätte ihr Kind nicht warten lassen, so lange, auf eine Schaukel. Temistocle hätte eine entworfen, mit einer Lehne für Kinder, damit sie nicht herunterfallen.

Oft spazierte sie zur Franziskanerkirche und entzündete in der Grotte der Maria Lourdes eine Kerze. Sie war mit Gott versöhnt, sie wusste, sie durfte ihre Trauer und alles Zweifeln in seine Hände legen. Er fing sie auf, so hoch konnte sie gar nicht schaukeln und so tief nicht fallen. Das war ein gütiger Gott, an den sie glaubte. Das war nicht der Pfarrer, der von der Kanzel fuchtelte und gestikulierte, der die Frauen peinigte, ihnen sagte, dass sie sich dereinst vor dem Gottesgericht verantworten würden müssen, wenn sie dem Manne nicht jedes Jahr ein Kind gebaren.

Über den Tod ihres Kindes schrieb Ada nur wenig ins Tagebuch. Sie vermochte nicht zu formulieren, was sie fühlte.

18. Oktober 1951

Mit Temistocle im Kino, von Carlo Lizzani „Achtung! Bandit!". Das war wirkliches Kino. Dass Gina Lollobrigida aus Subiaco stammt, das erfuhr ich erst heute.

Sieben Jahre ist es nun her, seit wir dort waren, Gina, Hugh und Reuben, es kommt mir vor wie eine Ewigkeit. Gina ist zum dritten Mal schwanger. In dem Land, wo es nur Hügel gibt, will sie eine montagna di figli bauen.

Gina war nie mehr in Paliano. Ich kann das verstehen und auch mamma meinte, es sei besser, nicht nach Italien zu kommen, wie solle sie denn mit kleinen Kindern so eine weite Reise unternehmen.

Gina schrieb, dass die Schwiegermutter das Verreisen nicht erlaube. Nein, ganz so war es nicht, sie dürfe gern nach Hause fahren, aber nur ohne die Söhne. Wohl hat sie Angst, dass ich nicht mehr wiederkehre, schrieb Gina mir scherzend, sie hat wohl Angst, die Italienerin würde die eigenen Söhne entführen. Sie schreibt immer so humorvoll.

Leicht wird es nicht sein für sie. Dass sie bei papàs Begräbnis nicht dabei sein konnte, das hat ihr sicher weh getan. Sie war stets papàs Liebling gewesen, das Nesthäkchen, auch wenn sie eine Tochter war.

Der zweite Sohn Ginas wurde Reuben genannt, aus Ehrerbietung an Hughs besten Freund in Zeiten des Krieges.

5. Dezember 1951

„Miracolo a Milano“. Schon „Ladri di bicicletta“ hatten wir uns zweimal angeschaut, so schön war der Film, so viele Fragen hatte er in uns aufgeworfen. Temistocle wollte sichergehen, dass der Dieb tatsächlich der Dieb war und der Vater des lieben Jungen ihn nicht unrechtmäßig verfolgte. Auch „Das Wunder von Mailand“ wollen wir uns nun ein zweites Mal ansehen. Ich fand diese Verknüpfung zwischen Realität und Märchen so wunderbar. Ich fühlte mich so ertappt bei meinen eigenen Träumen, als ich Totò und seine Freunde auf Besen durch den Himmel und die Wolken fliegen sah.

Mir fällt auf, dass in den Kinos nur Italiener sitzen. Filme auf Deutsch gibt es nicht, obwohl nach wie vor – außer in Bozen – viel mehr Menschen im Hochetsch wohnen, deren Muttersprache Deutsch ist.

1952

Ada unterrichtete an der italienischen Grundschule in der Altstadt und Temistocle ging seiner Arbeit als Architekt nach. Am Wochenende fuhren sie mit der *Lambretta*, im Sommer bereisten sie Italien. Eine Region nach der anderen nahmen sie sich vor. Sie besichtigten die Kirchen und saßen auf der *piazza*. Der Alltag war nicht eintönig, er war ruhig und geprägt von Achtung und Verständnis. Sie sprachen über das Weltgeschehen, über ihre Familien, sie waren allen Kinobetreibern bekannt, sie waren stets unter den ersten, die sich zwei Karten sicherten, sobald ein neuer Film ausgestrahlt wurde.

Jeden Streifen verzeichnete Ada in ihrem Tagebuch, und wenn ihr einer besonders gefiel, so versah sie den Titel mit Ausrufezeichen.

Vittorio de Sicas *Umberto D.* war so ein Film. Der Film erschütterte Ada, der alte Professor, der vor den Säulen des Pantheons steht und die Hand ausstreckt, um zu betteln. Als ein Passant ihm endlich einen Geldschein in die Hand legen will, wird er von seiner Scham überwältigt, er dreht die Hand, ballt sie zu einer Faust, als hätte er soeben nur nachgeschaut, ob es regnet. Erst der Hund rettet seinen Herren, indem er den Hut des Alten ins Maul nimmt, für ihn bettelt und endlich eine Münze bekommt.

„Das ist ja furchtbar", sagte Ada, die Tränen standen ihr in den Augen.

„In den nächsten Ferien", sagte Temistocle, „fahren wir wieder nach Rom."

Sie liebte die Stadt, sie liebte das Pantheon, die *Piazza Navona*, all die Orte, die den Touristen gefielen, und all die Winkel, in die Touristen nicht fanden. Temistocle versäumte keine Gelegenheit seiner Frau zu zeigen, wie gern er sie mochte.

„Danke, Temistocle", sagte sie und sah ihn an. „Ich hätte noch einen Wunsch", sagte sie zögernd.

„Du möchtest einen Hund", sagte er.

„Ja, warum weißt du das?", fragte sie.

„Ich habe es dir im Kino angesehen."

„Ich möchte ihn Flik taufen."

„Wie der Hund im Film", sagte Temistocle. „Ada, ich bin nicht mehr der Jüngste, ich werde die *Lambretta* verkaufen, das ist etwas für Junge, wir werden einen Fiat erstehen, dann können wir Flik mitnehmen nach Rom."

Ada umarmte ihn stürmisch wie ein kleines Kind.

„Ich denke, Flik sollte ein Pudel sein“, sagte Temistocle.

„Ja“, sagte Ada, „ein schwarzer Pudel, ich freu mich so.“

Dass *Umberto D.* ein Misserfolg wurde, und die Kritiken so schlecht waren, das konnte sie nie verstehen.

1953

„Vacanze romane“!!! Mehr muss ich gar nicht sagen. Als hätten sie den Film nur für mich gedreht. Audrey Hepburn und Gregory Peck auf der Vespa durch Rom! Temistocle hatte vorsorglich Taschentücher mitgenommen.

1954

Wie oft hatte Temistocle zum Spaß gefragt: „Pizza auf der *piazza* oder *piazza e cinema*?“ Immer wollte sie lieber schauen als essen.

Im Sommer liebte Ada das Kino unter dem Himmelszelt, das Freiluftkino, da konnte man so richtig mitleben, den Helden warnen, wenn man schon vorab wusste, dass sich ihm eine Gefahr in den Weg stellen würde, ihn anfeuern wie einen Boxer im Ringkampf. Besonders lustig war das bei *Don Camillo e Peppone*, wenn die einen zu dem einen hielten und die anderen zu dem anderen, und man konnte herzhaft gemeinsam weinen. Auch der Eintritt war nicht teuer, das Risiko war miteinberechnet, dass es anfangen konnte zu blitzen, zu donnern und regnen.

Ihr Film dieses Jahres war Fellinis *La strada*, die Geschichte der ausgebeuteten Gelsomina. Ihre großen Augen, ihre Treue, ihr Leid. Diese Reise, die zwei so unterschiedliche Menschen machen mussten, dieser Schluss, wie er in seinem Anzug in die Wellen geht und seine Hände sich vor Schmerz über ihren Tod in den Sand verkrallen, endlich kann er weinen.

Es war nach einer langen Zeit, als sie wieder an Anis dachte. Auch er war auf der Straße, unterwegs. Das hoffte sie.

25. März 1957

Heute wurde die EWG gegründet. Wie glücklich bin ich über dieses wunderbare Zeichen des Friedens und des Miteinander. Unsere Kinder werden in eine glückliche Zukunft hineinwachsen, es wird keinen Krieg mehr geben und keine Armut.

August 1960

Olympische Sommerspiele in Rom. Temistocle hatte eine Vorliebe für neueste technische Geräte und Autos und Gegenstände und hatte einen transportablen Fernsehapparat in Koffergröße gekauft. Sie hatten ihn mitgenommen und begeistert verfolgten sie mit *mamma* und der aus Serrone angereisten Schwester und den Nachbarn in Paliano die Eröffnung. *Mamma* hatte *crostata* vorbereitet, jeder, der kam, brachte etwas zum Naschen mit, frisches Brot, gedünstete Paprika, gesalzene Oliven in Öl und Rotwein. *Mamma* blühte auf, so viele Menschen in dem kleinen Raum, es war fast wie früher, die Flimmerkiste ein Ereignis.

Papst Johannes XXIII, der die Sportler segnete und die Fans anlässlich der zweimillionsten verkauften Vespa zu einer Audienz einlud. Der Marathonläufer aus Äthiopien, der erstmals für Afrika Gold gewann. Und das barfuß, ganz ohne Schuhe. Ada war so mitgerissen, dass sie es kaum aushielt, auf dem Küchenstuhl ruhig sitzen zu bleiben, sie musste hinaus, die Luft tief einatmen, den Wind spüren, der über die Hügel strich, die grauen Wolken sehen, die endlich Regen versprachen und Abkühlung.

Es war ein heißer Sommer. Temistocle fühlte sich nicht gut. Mit Flik spazieren zu gehen, war ihm manchmal zu anstrengend geworden. Sie wollten kühlere Tage abwarten und zu einem Spezialisten nach Rom.

Es war am letzten Augusttag, der Fernsehapparat war schon ausgeschaltet und die Gäste nach Hause gegangen. Temistocle hatte sich mit einer Zeitung am Sofa in der Küche ausgestreckt, Ada saß mit der Mutter vor dem Haus unter der Weinrebe, in der die Vögel die Kerne von den letzten verbliebenen Trauben pickten.

Flik kam aus dem Haus und jaulte, bis Ada aufstand, ihn kraulte und nachschauen wollte, ob sein Wassernapf leer war, er Durst haben könnte. Da lag Temistocle am Boden, er hatte einen Herzinfarkt erlitten und war still vom Sofa geglitten.

Ada stand bewegungslos. Sie verstand es sofort. Sie schrie nicht, sie warf sich nicht heulend auf ihn, sie war erstarrt, für Augenblicke wie eine Ewigkeit.

17. Jänner 2000, Villa Serena, Bolzano / Bozen, 20 Uhr 30

Ada erhob sich vom Schreibtisch und ging zum Kasten. Die Unruhe, die sie heute den ganzen Tag schon begleitete, wurde immer stärker. Sie entnahm dem Kasten wahllos ein altes Tagebuch und schlug es auf. Und fand sich wieder am 17. Jänner 1933.

Ada blickte zum Bett hin, Olga war in der Zwischenzeit versorgt worden von den Pflegern und lag dort mit geschlossenen Augen, der Brustkorb hob und senkte sich im Gleichmaß.

Ada las.

Am 17. Jänner ist die Festa degli animali. Vor der chiesa di Sant'Antonio all'Esquilino versammeln sich jedes Jahr am frühen Morgen Hunde und Katzen an der Leine, Ochsen und Esel, Kühe und Pferde am Halfter, Schafe und Hühner, um vom Pfarrer der Kirche ihren Segen zu empfangen. Dafür gaben die Armen ein paar Münzen, die Reichen auch Scheine. So einen Zulauf hatte die Segnung der Tiere, dass sie manchmal wochenlang dauerte, bis zum Beginn des Faschings.

Heute dauert die Segnung der Tiere nur mehr einen Vormittag lang, und sie findet auch anderswo statt, weil sie mit der Zeit den zunehmenden Autoverkehr blockierte. Mit Temistocle war es ein Spaß mit dem Fiat Topolino und dem aus dem Fenster schauenden Flik durch Rom zu fahren. Heute würde ich mich nicht mehr getrauen. Was für Einträge ich früher nur in mein Tagebuch machte, dachte Ada. Sie betrachtete das am Nachtkästchen aufgestellte Foto, ihr eleganter Mann mit einem frischgekämmten Pudel am Schoß.

Und plötzlich fiel es ihr ein. Gina hatte heute Geburtstag. Wie konnte sie das nur vergessen haben. Gina, die kleine, tapfere Gina wurde heute 77. Wie spät war es in England? Eine Stunde früher. Halb acht? Sie entnahm dem Schreibtisch ihr Adressbuch, es war vollgekritzelt, nie hatte sie es ausgetauscht durch ein neues. Gina war die Erste beim Buchstaben G. Sie sah, dass Olga fest schlief und setzte sich auf das Bett, nahm den Hörer vom Telefon auf ihrem Nachtkasten und wählte die Nummer.

Es läutete durch. Es antwortete niemand. In einer Stunde, dachte Ada, werde ich es wieder versuchen.

22. September 1961

Welch schöne Nachricht! Es gibt auch Dankbarkeit. Mamma schrieb mir heute, Clarence habe sie besucht. Er brachte einen Koffer voller Geschenke. Er hatte eine Frau bei sich und auch sie hatte orangerote Haare. Ich freue mich so für sie. Von Kurt hat sie nie wieder etwas gehört.

Sommer 1962

Sie war lange mit dem Zug gefahren, Verspätung hatte er und sie erwischte den Anschluss in Rom nicht mehr, so wartete Vito zwei Stunden in Colleferro, bis sie ankam. Er habe im Auto gebetet, sagte er, sie müsse sich keine Sorgen wegen seines Wartens machen, ob er im Auto bete oder in seinem Zimmer, in der Kirchenbank oder mit seinen Studenten, sei einerlei. Und als sie losfuhren, betete er wieder. Ein kurzer Segenswunsch, dass sie auf der Fahrt gut beschützt sein mögen. Das Innere des Autos war über und über mit Rosenkränzen behängt, auch dort, wo sie sich festhalten sollte, am Griff oberhalb des Seitenfensters, befand sich ein hölzerner Rosenkranz.

„Ist das nicht ein bisschen übertrieben, Vito, das grenzt ja an Kitsch", sagte sie.

„Das Auto gehört dem Kloster und benutzen darf es, wer es braucht, da nimmt jeder seinen persönlichen Begleiter mit", erklärte er.

„Du wirst staunen", sagte ihr Bruder Vittorio etwas später. Seit langem trug er einen anderen Namen, Padre

Romedeo nannte man ihn, für sie blieb er Vito. Er fuhr hügelauf und hügelab nach Paliano und über neue Wege und Straßen, er fuhr schnell und sie dachte, er wird die Schutzengel an seiner Seite haben, wenn nicht er, wer dann. Sie hielten bei einem verrosteten Wegkreuz im Schatten eines Feigenbaumes. *Jesu Passio* stand auf einem Herz mit weißer Farbe. *Ricordo della Santa Missione die P.P. Passionisti 9.5.37 – XV.* Daneben erhob sich ein kleines Häuschen aus Lehmziegeln und Schilf, in dem eine Futterkrippe mit frischem Stroh stand. Man musste sich beugen, um eintreten zu können. Darin Totenbildchen von Menschen der Umgebung und getrocknete, verkehrt aufgehängte Blumensträuße. „Eine Eremitin wohnt hier in der Nähe, unten am Bach, sie pflegt diese Krippe, als würden hier Ochs und Esel jeden Tag zum Fressen kommen", erzählte der Bruder. Warum die Eremitin nicht das XV mit einer Feile vom Marmor entfernt hat, dachte sich Ada, und anstelle dessen zwei Tiere fütterte, die es nicht gab. „Hast du sie einmal gesehen?", fragte sie ihren Bruder. „Ja ich kenne sie, sie trägt im Sommer und im Winter dieselben Kleider, schwarz verhüllt ist sie, sie ist eine gute Frau, lebt von den Almosen, schläft am Boden, und sie wäscht sich nicht." Sie fuhren weiter und immer wieder sah Ada an Wegkreuzungen und an Straßenrändern *Madonelle*, kleine Volksaltäre mit kitschig bemalten Marienfiguren, Ausdruck der Frömmigkeit.

„Wie geht es dir, Ada", fragte der Bruder nach einer Weile, „wie geht es dir mit dem Tode von Temistocle?"

„Er fehlt mir sehr, Vito, und ich mache mir oft Gedanken, ob ich nicht hätte früher mit ihm zum Arzt gehen sollen, anstatt abzuwarten, bis es kühler würde. Ich mache mir Vorwürfe, dass ich ihm keine Kinder geschenkt habe, keinen Sohn, nicht einmal eine Tochter."

„Nicht einmal eine Tochter, das sagst ausgerechnet du?"

„Er hat sich einen Sohn gewünscht, er hätte auch eine Tochter geliebt."

„Diese Gedanken helfen dir nicht weiter."

„Ich weiß." Ada machte eine Pause. „Wir haben uns fünfzehn Jahre lang gekannt, zwölf waren wir verheiratet. Eigentlich keine lange Zeit in einem Leben. Mit seinem Tod ist ein Traum gestorben, oder besser, die Sicherheit, dass es ewig so sein würde. Wir haben nie gestritten, nicht so wie *mamma* und *papà*. Kein einziges Mal."

„Hast du keine Träume mehr?"

„Sie sind nicht so wichtig."

„Du darfst nicht aufgrund seines Todes anderen Träumen keine Chance geben."

„Das klingt leicht, Vito, ist es aber nicht. Ich wollte alt werden mit ihm. Wir wollten gemeinsam alt werden, wir haben gesagt, wir sterben gemeinsam, ich habe immer gesagt, ich möchte vor dir sterben, er sagte, nein, er mag ohne mich nicht leben."

„Du hast noch Lebensaufgaben, Ada, sehr viele. Du musst ihn loslassen, du musst ihn gehen lassen. Das heißt nicht, dass du ihn vergessen sollst. Aber er darf seine Ruhe haben. Und du auch."

„Vito, es ist immer so schön mit dir."

„Ich meine das ernst, lenk nicht ab, verpflichte dich nicht vergangenen Dingen. Wenn du an das denkst, was dir versagt scheint, siehst du das andere nicht, das dich umgibt und das vor dir liegt."

„Du hast so recht, Vito, wie immer. Du Bruderphilosoph."

Sie sah mit Ketten verschlossene Eisentore und schief hängende Schilder, *vendesi*. „Warum ist hier so viel zu verkaufen?“, fragte sie ihren Bruder. „Wir sind im Schatten Roms und doch zu weit weg, hier gibt es keine Arbeit, hier gibt es nichts, die jungen Menschen gehen, die Alten sterben, viele Felder liegen brach und die Häuser verfallen.“ Sie kamen an einer *fattoria* vorbei, mit hohen runden Türmen, mit Leitern, die man früher benutzte, um diese füllen zu können, prall waren sie gewesen mit Mais, Futter für das Vieh, jetzt standen sie leer. Die Leitern verrosteten, in den Fenstersimsen wuchs Gras.

Sie stiegen wieder ins Auto und Vito hupte plötzlich, begann zu lachen und fuhr in jede Kurve, dass die Reifen nur so quietschten. „Hast du jemals dein Gesicht in einem zerbrochenen Spiegel betrachtet?“, fragte er Ada aus heiterem Himmel, die sich nicht anmerken lassen wollte, dass sie besorgt war ob der Fahrweise. Temistocle war viel behutsamer gefahren.

Stets hatte Vito sie überrascht, das war es, was sie an ihm so liebte.

„Mir ist nur einmal ein Spiegel zersplittert“, sagte Ada. „Ich habe die Splitter schnell aufgekehrt und in den Müll geworfen, es soll ja Unglück bringen.“

„Ich meinte das anders, lege einmal einen Spiegel über die Hälfte deines Gesichtes, spiegle darin nur eine Hälfte, du wirst sehen, da hat man zwei Gesichter. Versuch einmal die linke Hälfte zu verdoppeln und einmal die rechte. Da schaust du ganz anders aus. Wir haben alle zwei Gesichter“, sagte Vito.

„Jetzt werde ich rot“, sagte Ada verlegen.

„Dein zweites Gesicht ist die Hingabe, Schwesterherz“, sagte er, „das weiß ich genau. Die leidenschaftlich liebende Lehrerin.“

„Ach Vito, hör doch auf“, sagte Ada, „und fahr ein bisschen langsamer.“

„Vergiss all das, was nicht von dir stammt, wirf es über Bord. Weißt du noch, wie wir zwei gebrüllt haben oben am Hügel, wir haben unsere Stimmen ausgekostet, wir wollten wissen, wozu wir fähig sind."

„Es war so schön mit dir am Hügel!"

„Du kannst auch leise brüllen. Verzeih dir selbst."

„Ich war einmal verliebt, Vito, ich habe ihn nur ein paar Abende gesehen, wir haben geredet, aber es hat mich getroffen wie ein Blitz. Das ist lange her, es war lange vor Temistocle. Das war romantisch, aber mit der Liebe und Leidenschaft wie im Kino hatte das nichts zu tun."

„Lebt er noch?"

„Ich weiß es nicht."

„Ich gebe dir meinen Segen, *sorellina mia*", und er stieß sie leicht in die Seite wie einst.

„Kannst du dich noch an das Schilfmeer erinnern, in dem wir uns versteckten?", fragte Ada. „Zerschnitten war der Körper, aber das Spiel war so schön."

„Tu nicht so", sagte Vito, „du hattest Angst vor den Schlangen."

„Dieses Schilfmeer", sinnierte Ada. „Das stimmt nicht, ich hatte keine Angst vor den Schlangen. Ihr hattet sie und habt gesagt, dass ich sie hätte."

Und wieder drückte er aufs Gaspedal und hupte und begann zu singen, er war ein schöner Mann und Ada dachte, das ist wohl der Grund, warum er Priester wurde. So ein schöner Mann war zu schön für die Ehe mit einer einzigen Frau.

Wie konnte sie nur an so etwas denken.

„Ich war seit zwei Jahren nicht mehr im Kino", sagte sie plötzlich, „mit Temistocle habe ich mir jeden Film angeschaut. Seit er tot ist, war ich nie mehr im Kino."

„Das ist aber schade", sagte Vito.

„Ja, ich weiß. Ich habe die Filmkritiken in der Zeitung verfolgt, ich habe schöne Filme versäumt, *Rocco e i suoi fratelli* und *La dolce vita*. Letzteren hätte ich nicht ausgehalten, ich saß doch selbst mit ihm am Trevi-Brunnen."

„La Ciociara", sagte Vito, „hast du auch den nicht gesehen?" „Nein, auch den sah ich nicht."

„Es gab da einen Film von Antonioni", sagte Vito, „ich weiß nicht mehr, wie er hieß, jedenfalls war er unter 18 Jahren verboten und als einige unserer Heimschüler ihn doch besuchten und erwischt wurden, hat der Rektor sie aus der Schule geworfen."

„War er denn so schlimm?", fragte Ada.

„Ich weiß es nicht, ich habe ihn nicht gesehen. Aber seither darf niemand der Seminaristen ins Kino, auch die älteren nicht, in Opernübertragungen vielleicht, manchmal, wenn sie einen genehmen Inhalt haben, aber meist geht es ja auch in der Oper nur um unerlaubte Liebe."

Sie erreichten Paliano, ein neues Dorfschild stand da, neben dem Namen war das Wappen abgebildet, eine weiße Säule auf einem roten Oval, darüber bog sich eine in Gold getauchte Krone. Weiß und Rot. Rot und Weiß, diese Farben, die sie auch im Norden begleiteten.

„Du hast gesagt, ich werde staunen, was war es, was du mir zeigen wolltest?"

„Eigentlich nichts Besonderes. Ich dachte, du wirst staunen, weil sich so vieles verändert, dabei bist du es selbst, die Veränderung schafft, wenn du Veränderung zulässt."

„Ich verstehe dich nicht, Vito."

„Ich möchte dich bitten, *mamma* nicht mehr zu berichtigen, wenn sie etwas behauptet, das du als falsch empfindest."

„Wie meinst du das, Vito?"

„Du wirst mich schon verstehen."

Ada liebte es zuallererst den Friedhof zu sehen, die Toten zu grüßen, die sie kannte. Immer mehr wurden es, von denen sie gar nichts mehr wusste. Dann hatte sie Fragen für die Mutter, die erfreut war, wenn sie von Krankheiten und Unglücksfällen erzählen konnte und jemand es nicht besser wusste als sie.

Sie begann ihren Rundgang wie immer gleich links beim Eingang des Friedhofes, *Per i caduti*. Torelli Carlo war ihr Cousin gewesen und auch zwei Nachcousins waren im Ersten Weltkrieg gefallen. Fiore Giuseppe und Fiore Costantino. Und der Onkel, Maddalenas Vater. Die in ovale Porzellanbilder gefassten Porträts der jungen Soldaten ergriffen sie, wie immer, egal auf welchem Friedhof sie war. Es gab sogar einige in der Uniform der Marine, solche gab es in *Alto Adige* nicht, doch die Gesichter, sie waren alle gleich in ihrem Ernst, in dem Blick, der den Betrachter anschaute und durch ihn hindurch ins Leere. Die schwarzen Augen, die dunklen Brauen, der Schatten um den Mund, viel Weiß, viel Schwarz, die Schattierungen in der Sonne verblichen. Montesanti Giuseppe, *caduto sul Campo di Battaglia sul Fronte Russo. N.4.8.1919 – M.27.2.1944 Nascita, morte*. Er hatte mit Vito die Grundschule besucht.

Und gleich rechts beim Eingang eine große Steinplatte, keine Verzierung, keine Vornamen. *Tranquilli* stand hier nur. Sie war einmal an diesem Friedhof von einem Fremden gefragt worden, was das bedeuten könne, ob es der Name einer Familie sei oder einfach nur der Wunsch, in Frieden zu ruhen. Ada hatte gelächelt, es sei der Name einer Familie, es sei ein Zufall, dass das Grab sich gerade hier befinde, neben dem Eingang. Tranquilli war die Familie der Großmutter mütterlicherseits, doch das sagte sie ihm nicht.

Und neben dem Grabmal der Tranquilli jenes der *famiglia* Santopadre. Niemals hatte sie sich früher mit den

Namen beschäftigt, jetzt, durch die Kenntnis anderer Sprachen, durch die Möglichkeit des Übersetzens, hatten sie eine andere Bedeutung gewonnen. Heiliger Vater.

Und einige Schritte weiter, Montesanti. Heilige Berge. Seit sie in den Bergen wohnte, war ihr Blick geschärft für die gelben Hügel der Heimat, die im Sommer wehrlos waren gegenüber der Sonne, ausgebreitet ohne Deckung.

Und eines der Grabmäler ließ sie fast schon hellauf lachen, Tiroli Italo. Sie hatte eine Freundin gehabt, Agnesina Tiroli hatte sie geheißen, aus einer sehr großen Familie. Ob Italo ihr Bruder war? Geboren 1919. Die Friedhöfe schrieben Geschichten, die man kaum zu glauben wagte, würde sie den Namen in einem Roman lesen, sie würde ihn selbst übertrieben nennen. Italienischer Tiroler. Undenkbar.

Vito lachte, als sie ihm das Grabmal zeigte. „Ich habe einmal etwas Lustiges über die Menschen im Norden gehört", sagte er, „und über ihre Gemeinsamkeit mit jenen im Süden, *se il siciliano è il terrone dell'Italia, il tirolese è il terrone dell'Austria.*" „Vito, du bist unverbesserlich", sagte Ada und lachte. „Das ist ja ein Schimpfwort, darfst du so etwas sagen? Dass die Süditaliener als ungebildet bezeichnet werden, habe ich schon öfters gehört, das mit den Tirolern ist mir neu."

Auch die Eltern des Vaters, Torelli Eleuterio und Lolli Elisa, waren hier begraben. Das Bild zeigte den Großvater mit einem hellen Hut mit dunkler Schleife, in Jackett und Fliege und mit dunklem Vollbart. Ein fescher Mann. Die Großmutter war nicht alt geworden. Ein Jugendfoto und nicht das Hochzeitsbild zierte ihre Steinplatte, sie hatte die dunklen, vollen Haare nur sanft nach hinten zusammengebunden, eine Locke hatte sich hinter dem Ohr gelöst. Die Augen konnte man kaum erkennen, der Schlagschatten war zu hart. Sicherlich war sie noch ein

Mädchen damals, als sie beim Fotografen war. Und von ihrer Tochter Agnese, die jugendlich verstorben war, hatte es wohl kein anderes Foto gegeben als jenes auf dem Sterbebett. Da liegt sie, die Augen geöffnet in eingefallenen Höhlen, die Nase spitz, das Kinn etwas ungeschickt gestützt von einer weißen Manschette, ein schwarzes Tuch darüber drapiert, damit man die Stütze nicht sehe, ohne Hals, die Schultern hochgezogen, als würde sie im Begriff sein, noch einmal tief durchzuatmen, weiße Blumen im Haar, als ob sie schlafen würde mit offenen Augen. *Dona eis requiem*. Dass sie gerade Agnese heißen musste, das Mädchen. Damals in Rom hatte sie gemeinsam mit den Nonnen die Kirche der *santa* besucht, an dem Platze erbaut, wo man sie wie ein Lamm enthauptet hatte. Agnese war eine adelige Christin, die sich als zwölfjähriges Mädchen gegen die Verführungsversuche des Sohnes des römischen Präfekten gewehrt hatte. Sie ist die Schutzpatronin der Jungfrauen.

Ada nahm ihren Fotoapparat aus der Tasche, sie hatte im Auto schon eine neue Rolle eingelegt, um Gina später einen Abzug des Grabes von *papà* senden zu können. Nun fotografierte sie Bildnisse, die ins Auge fielen und bestachen. Porträts von Menschen, die sie kannte und auch nicht, sie wollte die Gesichter mit jenen der Bergbewohner vergleichen.

Und der *sacerdote*, der sie getauft hatte, Marcello Ficoroni, geboren 1880, gestorben 1920, *che per il mistero della divina parola si abbreviò la vita per volare a Dio*. Was damit gemeint sein konnte? Auch Vito wusste es nicht. „War es Selbstmord?“, fragte Ada. „Dann wäre er schwerlich innerhalb der Friedhofsmauern begraben worden?“ „Nein, ich denke nicht, man hat es damals wohl einfach nur umständlich ausgedrückt, er lebte kurz, um möglichst schnell zu Gott zu fliegen.“

Und die Schwester der Großmutter, *suora* Igina Lolli. In ein weißes Tuch ist ihr Gesicht geschnürt, streng um die Backen, um den Hals und um die Stirn gebunden, darüber der schwarze Schleier. Sie lächelte verhalten, der Blick verklärt, glücklich schien sie nicht. Eine gespaltene Zunge soll auch sie gehabt haben, wie *suora* Angelina. Auf dem Foto sah man dies nicht, Ada hatte davon nur gehört. Wie viel davon Legende war, wie viel Wahrheit, fragte sich Ada.

Die Sakramentsnische an der Außenwand ihres Heimathauses war neu gestrichen, in ockerfarbenem Rot. Der heilige Antonius mit dem Jesuskind im rechten Arm und der Lilie in der linken Hand hatte ein Glasfenster erhalten und ein Vorhängeschloss. „*Mamma* macht sich Sorgen, dass er gestohlen werden könnte, sie macht sich andauernd Sorgen, dass etwas gestohlen wird", sagte Vito, als sie endlich zu Hause vorfuhren und er das Auto im Schatten des Olivenbaums parkte. „Es fehlen ihr Dinge, die sie lange schon weggeworfen oder verschenkt hat." „Das ist das Alter", meinte Ada. „Ja, sie ist alt geworden", sagte Vito, „aber sie wird sich freuen, dich zu sehen."

Und er fügte hinzu: „Sie vermischt die Erinnerung, so wie die *panzanella*, mit dem, was noch da ist." Und plötzlich, ganz Vito: „Sie zieht manchmal zwei verschiedene Strümpfe an. An einem Bein einen hellen und am anderen einen dunklen, manchmal auch nur einen, manchmal einen neuen und einen alten gestopften." Er lachte. Und Ada lachte mit.

Der Eingang ins Elternhaus in der *via del Fienile* glich einer Grotte. Etwas Zement hatte *mamma* auf die alten Steine und den Verputz gestrichen und Tausende von Muscheln hineingesteckt, mit einem Bogen hatte sie eine Seite der letzten zum Hauseingang führenden Stufe verbaut, in diesen eine Statue der Maria von Lourdes gestellt, sie war für Adele Bartoli die Adresse für all ihre Sorgen. Viele Rosenkränze hatte die kleine Figur um den Körper gewickelt und ein paar Plastikblumen steckten für immer im hartgewordenen Zement. Die Haustür war offen und wie in der *Ciociaria* üblich mit einem Vorhang aus bunten Perlen verhängt, der Passanten den Blick und Mücken den Flug ins Innere verwehrte und doch den Luftzug nicht abhielt.

Ada musste lachen, seit die bisher namenlose Straße nun eine Benennung erhalten hatte, hatte die Mutter begonnen, den Eingang zu schmücken. „Du bist und bleibst ein *birichino*", sagte sie zu Vito. „Das ist es also, worüber ich staunen würde. Du hast sie einfach unterstützt dabei, anstatt sie davon abzuhalten."

„Warum sollte ich sie abhalten?", fragte Vito. „Sie würde nur traurig sein darüber, so aber ist sie glücklich. Es wohnt ja sonst niemand mehr hier, sie ist ja alleine, lass sie den Hauseingang haben, den sie sich wünscht."

„Du hast so recht, Vito."

Ada betrat den Gang und sah, dass die Feuchtigkeit des Winters dem Haus weiter zugesetzt hatte. Der Verputz blätterte ab und der Anstrich von früher brach hervor, hellblau, lindgrün, gelb und rosa. Es war wie ein sich wandelndes Aquarell, und die rote Treppe war noch mehr abgetreten. „*Mamma*", rief Ada, und aus der Küche hörte sie: „*Gina, sei tu???*" „*Son io mamma!*", sagte Ada. „*Dio santo*", entfuhr es der Mutter. Sie stand auf von ihrem Stuhl, etwas unbeholfen und hielt sich am Tisch, um nicht zu fallen und mit der anderen Hand bekreuzigte sie die eigene Stirn und die der Tochter, sie tätschelte ihr auf die Wange und streckte sich, so gut sie konnte, um sie zu umarmen und zu küssen.

„*Gina, finalmente, figliola mia, Dio sia benedetto!*"

„*Son Ada*", sagte die Tochter.

„*Grazie a Dio, Gina, finalmente sei ritornata.*"

„*Mamma*, ich bin Ada nicht Gina."

„Lass ihr ein wenig Zeit", sagte Vito, „sie wird dich gleich erkennen."

Die Zikaden schimpften an diesem Tage besonders laut und wütend, es war heute sehr warm, 39 Grad Celsius schätzte Vito und Ada war es nicht mehr gewöhnt. Es donnerte und sie hoffte, ein Gewitter würde sich über dem Dorf entladen und die Luft wieder zum Schwingen bringen, sie hoffte es, obwohl sie wusste, dass ein Gewitter hier einer Katastrophe gleichkam. Die Blitze schlugen nur so ein in die Stromleitungen, die sich in einem farbigen Kabelgewirr von Haus zu Haus schlängelten, die nirgendwo anzufangen schienen und nirgendwo aufzuhören.

Nach dem Abendessen verabschiedete sich Vito und erzählte noch einen Witz. „Warum haben die Giraffen so lange Hälse, *mamma?*", fragte er. Und als sie unverständig zu lächeln begann, sagte er: „Weil der Kopf so hoch oben ist." Da küsste und segnete sie ihn und gab ihm ein Kreuzzeichen auf die Stirn, wie sie es von jeher gewohnt war. Er fuhr zurück in sein Kloster nach Palestrina. „Ich komme wieder", sagte er zu Ada. „Mach dir keine Sorgen, ich sehe in letzter Zeit fast täglich nach *mamma*."

Ada verräumte nach dem Abendessen das gesäuberte Geschirr und sah, dass die Vorratskammer überfüllt war. 20 Packungen Fertignudeln lagen aufeinander, Hartweizenmehl, getrocknetes Brot. *Mamma* hatte Angst vor einem neuerlichen Krieg und sammelte, was sie nur kaufen konnte. Sie hörte der Mutter zu, die von den Verstorbenen sprach und von der Nachbarin. Alle vier Kinder würden noch zu Hause wohnen, erzählte *mamma*. Adelaide, so hieß die Nachbarin, wolle sie nicht gehen lassen und schimpfe andauernd, dass sie ihr noch am Rockzipfel hängen, jede mögliche Schwiegertochter, jeden möglichen Schwiegersohn verscheuche sie. „Da hatten wir es besser mit dir, *mamma*“, sagte Ada sehr sanft, „du hast uns gehen lassen.“ „Und jetzt bin ich alleine“, *mamma* begann zu weinen, „und meine *nipoti* in England habe ich nie in meinem Leben gesehen!“ „Sie werden dich bestimmt besuchen kommen, sobald sie groß genug sind, alleine zu fahren, Gina wird sie ziehen lassen, Gina ist so wie du, es hat ja keinen Sinn, sie festzuhalten.“

„Ob ich das noch erleben werde“, sagte *mamma*.

„Bestimmt“, sagte Ada. „Ihr jüngster Sohn ist jetzt fünf Jahre alt. Sie wird bestimmt keine Kinder mehr bekommen, *mamma*, bald sind sie reisefähig.“ Und die Schwiegermutter verstorben, dachte Ada, aber sie sagte es nicht.

„Gina hat mir Fotos geschickt“, sagte Adele Bartoli. „Sie sind in der Schublade meines Nachtkästchens, komm, bring sie mir.“ Ada stand auf, um sie zu holen, doch sie fand nichts, nur ein Medaillon mit dem Porträtbild des Vaters, die Bibel, ein paar Zeitungsausschnitte zum Thema Stromsparen und einen Rosenkranz. „Da sind keine Fotos, *mamma*“, sagte Ada. „Dann hat sie mir jemand gestohlen“, Adele Bartoli war aufgebracht. „Nein *mamma*, die hat bestimmt niemand gestohlen, wir werden sie morgen gemeinsam suchen.“ „Wo willst du sie denn suchen, Ada?“ „Im Haus, *mamma*, im Haus verschwindet nichts.“

„Ada“, sagte da plötzlich die Mutter, „versprich mir, dass ihr mich in meinem Hochzeitsgewand begrabt. Ich bin wieder schlanker geworden, ich passe wieder hinein, es ist ja nur ein Gewand, ein Rock, eine Bluse, das Tuch. Mehr ist es nicht. Maria hält nicht so viel von diesen Dingen, deine Schwester lacht darüber und meint, ich sei sentimental, versprich mir, dass es so sein wird.“ „Ja, *mamma*, ich verspreche es dir“, sagte Ada.

Der Mutter aber war das zu wenig. „Ihr legt mich in meinem Hochzeitsgewand in den Sarg, Ada, ja?“ „Ja, *mamma*, ich verspreche es dir.“

„Ich war mit Vito am Friedhof“, sagte die Tochter nach einer Weile, „viele der Nachnamen gibt es nun auch im Norden. Viele der Vornamen hier deuten mir so gar nicht italienisch. Auch Adele ist im Deutschen gebräuchlich. Und Amneris habe ich am Friedhof gelesen, sie ist 1917 geboren wie ich, Amneris Turella. Ich kannte sie nicht, war sie nicht von hier? Und woran ist Adelaide gestorben, *mamma*, die war doch nicht alt, das war die Tochter des Schusters, nicht wahr? Adelaide Camusi Nazzareno.“

„Ich weiß das alles nicht mehr“, sagte *mamma*, „ich weiß nichts mehr.“ Ada merkte, dass sie die Mutter überforderte.

„Am Friedhof sieht man, dass die Reichen immer reicher werden und die Armen immer ärmer“, sagte *mamma*. „Wenn wir tot sind, sind wir doch alle gleich“, meinte Ada beschwichtigend.

„Hast du die Blumen auf *papàs* Grab gewässert?“, fragte die Mutter.

„Ja *mamma*, das habe ich.“ Nur Plastikblumen zierten die Steinplatte des Vaters, aber Ada wollte der Mutter nicht widersprechen.

„Auch der Ehering deines Vaters ist verschwunden“, sagte *mamma*. „Nein *mamma*, du trägst den Ehering deines Mannes an deiner linken Hand und deinen eigenen an der Halskette, seit deine Finger so dick geworden sind.“ Ada half ihr auf und begleitete sie zu ihrem Bett. „Ich geh noch ein bisschen spazieren.“ „Mach das, mein Kind“, sagte Adele Bartoli und legte ihr zum Segen die Hand auf den Kopf. Und als Ada schon bei der Tür war, sagte die *mamma*: „Es lebt jetzt eine Deutsche hier im Dorf, du wirst sie bestimmt sehen, sie ist blond, sie ist die Frau des Bankdirektors.“

„Hat sie sich hier verliebt, wie konnte das geschehen?“, fragte Ada. „Hierher kommt doch kein Tourist, nicht hierher nach Paliano.“

„Sie haben sich am Meer kennengelernt“, sagte *mamma*. „Bringst du mir meine Madonna?“

„Welche Madonna?“

„Die Madonna von Lourdes.“

„Ich bring sie dir gleich.“

Ada ging vor die Haustür und löste die Madonna aus der Grotte und den Spinnweben, die sie überzogen hatten. Sie wischte sie vorsichtig ab und brachte sie der Mutter ans Bett. Die küsste die Madonna auf die Stirn, dann küsste sie ihre Finger und legte ihre Fingerspitzen der Gottesmutter an den Mund, diesen direkt mit den Lippen zu berühren, hätte sie sich nie gestattet.

Ada ging den Hügel hinauf und weiter zum Dorf. Es wurde bereits dunkel, aber sie hatte keine Angst vor den Wildschweinen. Sie würde ein Taxi nehmen nach Hause.

An der Außenmauer des *palazzo* hing eine Marmortafel mit einer langen Inschrift: *Ministero della pubblica istruzione. Il palazzo Colonna in Paliano ha importante interesse ed è quindi sottoposto alle disposizioni della legge 20 giugno 1909 NVM, 364 E. 23 giugno 1912 NVM 688 (Decreto del 6 novembre 1929)*

È fatto divieto di eseguire opere che possano danneggiare la luce o la prospettiva o comunque possano alterare le condizioni d'ambiente e di decoro del monumento (decreto 25 novembre 1954).

La luce o la prospettiva, zweimal las es Ada, das Licht und die Aussicht. Es dürfe nichts gebaut werden, was dem Palast sein Licht nehmen könne.

Es war eine warme Nacht, Ada traf keinen Menschen und sie sah auch kein Taxi, so ging sie zu Fuß wieder nach Hause, sie war sehr müde jetzt, sie betrat den Stall, der neben dem Haus lag, er war leer. Seit Jahren war er leer. Nur einige Maschinen für die Landarbeit hatten die jungen Männer hier abgestellt, die nun die Arbeit auf den Feldern verrichteten. Im Stall war es angenehm kühl. Sie drehte am Lichtschalter und betrachtete die spinnenverwobenen Ringe. Manchmal hatte *papà* hier den Schinken aufgehängt, zum Trocknen. Das war lange her. An der Holztür ein Monogramm. AST, Ada Secondina Torelli.

Und während sie da stand, hörte sie ein leises Bellen, das nicht das Bellen eines Hundes war. Es war ein Mauergecko, den sie wohl aufgeschreckt hatte, die Pupillen waren weit geöffnet wie die einer Katze in der Nacht. Sie liebte die Geckos, die so viel erzählten, die flüstern konnten und bellen.

Flik hatte sie diesmal zu Hause gelassen. Jetzt tat es ihr leid. Die Entscheidung war ihr nicht leichtgefallen, es war das erste Mal, dass sie sich von ihrem Hund getrennt hatte, das erste Mal in den vielen Jahren, seit sie den Pudel besaß. Orazios Tochter, die Nichte ihres Mannes, hatte sich angetragen, ihn in der Ferienzeit zu übernehmen, sie wohnte nicht weit weg von Bozen. Ihre Tochter hätte eine Freude mit ihm, hatte sie versichert, die Zugfahrt, das war doch nichts für einen Hund.

Am nächsten Morgen machte sich Ada auf den Weg zur Erscheinungskapelle *Maria SS. di Zancati*. Es war ein beschwerlicher Weg und eine Bekannte, die nach *mamma* sehen wollte, ging mit. *Mamma* hatte Ada darum gebeten, für sie dorthin zu gehen, sie wäre nicht mehr imstande, aber das Andachtsbildchen sei nicht mehr da, das seit Jahren in ihrer Bibel lag, das sei ihr gestohlen worden, sagte sie. Es war ein Wallfahrtskirchlein in der Nähe von Paliano. Ein schmaler, fast zugewachsener Weg führte durch Wiesen und Felder und Olivenhaine, eine Straße dorthin gab es nicht.

Die Muttergottes von Zancati war die stille Schutzpatronin von Paliano, verehrt, seit sie sich 1631 einem jungen Mädchen zeigte, das an einer schrecklichen Krankheit litt und an einem Ausschlag, den kein Arzt hatte heilen können. Nur mehr matt im Bett soll sie gelegen haben, da schreckte sie eines Nachts hoch, und rief, dass es so licht um sie sei, flehte, dass die Madonna ihr helfen möge. Eine Freundin, die neben ihr am Krankenbett weilte, sah nichts und machte sich große Sorgen, als das Mädchen in tiefen Schlaf fiel. Am nächsten Morgen stand es auf, und der Ausschlag war fast gänzlich verschwunden. Seither sind in Paliano immer wieder Wunder geschehen, der Pfarrer jubelte, Pilger kamen vorbei und die Gnadenkapelle wurde erbaut.

Ada ging neben der Freundin der Mutter und sie sprachen ein wenig von diesem und jenem und dem durchaus menschlichen Wunsch, dass Gott, der Erlöser, sich tröstend über seine Schafe beuge, den Sinn des Daseins offenbart.

„Hier gehen alle noch in die Kirche", sagte die Freundin der Mutter, sie war etwa zehn Jahre älter als Ada. „Wie ist es im Norden", fragte sie Ada, „stimmt es, dass sich im Norden viele Menschen scheiden lassen und gar nicht mehr in die Kirche gehen?" „Man ist auch im Norden fromm", sagte Ada ausweichend, „zumindest dort, wo ich wohne. Da vertrauen die Menschen und glauben auch das, was sie nicht verstehen." Noch weiter nördlich vielleicht, über der Grenze, da sei es anders, aber das wisse sie nicht. Wo sie wohne, da sei man fromm.

„Ich finde es schön, dass *mamma* diesen tiefen Glauben hat, die Gewissheit, dass jenseits dieses Lebens eine höhere Gnade waltet."

„Ja, das ist schön", antwortete die Bekannte knapp.

„Geht das mit *mamma* schon lange so?", fragte Ada zaghaft.

„Was meinst du damit?"

„Ich meine, dass sie verwechselt und vergisst."

„Tut sie das denn?"

„Ich meine, sie ist alt geworden", sagte Ada. „Ich weiß nicht, ob sie noch lange so alleine leben kann."

„Warum sollte sie es nicht können, sie hat doch stets ihr Leben lang für so viele gesorgt, warum sollte sie nicht für sich alleine sorgen können?"

Ada verstand, dass sie mit Vito darüber reden musste oder mit Maria Amalia. Über Krankheiten sprach man nur hinter vorgehaltener Hand, und nur in engstem Kreise.

Die Grillen zirpten laut an diesem Tage, es war sehr heiß, Ada hatte eine Flasche Wasser dabei, es reichte kaum für sie zwei. In der Kapelle endlich war es kühler, sie saßen dort, sie schwiegen und Ada brachte der Mutter ein kleines Andachtsbildchen mit nach Hause. Es zeigte eine junge, blond gelockte und selig lächelnde Muttergottes mit einem blonden, in weiße Tücher gehüllten Jesuskind im Arm, zwei Engel beteten links und rechts.

Mamma wird schon recht haben mit ihrem tiefen Glauben, der Glaube an ein Leben nach dem Tod hilft ihr die Einsamkeit zu ertragen, dachte Ada. An irgendetwas glauben doch alle, auch wenn sie sagen, sie glauben nicht. Das gehört wohl zur Natur des Menschen, so wie er essen muss und trinken und dem Tod mit jedem Atemzug ein bisschen näher kommt.

Am nächsten Tag ging sie zum Kaffeetrinken ins Dorf, setzte sich in den Schatten der Lauben gegenüber der Kirche, suchte sich regionale Zeitungen aus dem Stapel und blätterte sie durch. Wer hier saß, sah alles, denn keiner ging in Paliano zum Einkaufen, ohne nicht einen Sprung in die Kirche zu machen. Nur eine Frau ging vorbei, mit einem Kind an der Hand, sie war blond. Es musste die Frau des Bankdirektors sein. Maria Amalia hatte ihr gestern mehr von ihr erzählt. Sie wollte aufspringen, überzeugt, dass jene froh sein würde, als Fremde Deutsch mit einer Fremden plaudern zu können. Ada blieb sitzen. Es musste nicht heute sein.

In Rimini hatte sie ihren Mann kennengelernt, hatte Maria Amalia gewusst, er habe dort in einer Bank gearbeitet und sie weilte als Urlaubsgast an der Adria. Geheiratet hätten sie hier, viele Schaulustige waren zur kirchlichen Vermählung gekommen. Sie war Protestantin und der Pfarrer hatte einen eigenen Altar im hinteren Teil der Kirche aufgebaut, an der üblichen Stelle vor dem Hochaltar wäre die ökumenische Trauung unmöglich gewesen.

Gina hatte ihr keine Details über ihre Eheschließung geschrieben. Wie muss es damals erst gewesen sein? Oder war das anders in England, wo das Oberhaupt der Kirche eine Königin war? Ich muss Gina schreiben, dachte Ada, sie muss sich beeilen, wenn *mamma* sie noch erkennen soll.

Fünf Kindern hatte *mamma* das Leben geschenkt. Und keines war bei ihr. Das hat der Krieg verändert, dachte Ada, er hat die Grenzen geschlossen und geöffnet, er hat Familien in Zwist und Sehnsucht verstrickt, er hat Bände neu verknüpft und aufgelöst.

1965

30 Jahre hatte Ada unterrichtet. Im vergangenen Herbst war sie in Pension gegangen. Sie wollte nicht mehr zurück nach Paliano, nicht um dort zu leben, wohl um *mamma* zu sehen im Sommer, ihre Schwester und die Nichten und Neffen, den Bruder Vito. Doch ihr Leben war hier. Ohne die Kinder sein konnte sie nicht. Sie war gleich

am 1. Oktober zu den Schulen gegangen und hatte dort ihre Telefonnummer hinterlegt. Wenn es Kinder gäbe aus Familien, die wenig Zeit haben, die Unterstützung brauchen, beim Lesen, Schreiben, wenn die Eltern außer Haus seien, so möge man sie kontaktieren, hatte sie gesagt. Sie habe ihre Rente am Ende des Monats, und auch die Rente ihres Mannes, sie habe keine eigene Familie, sie habe Zeit.

Und sie hatte gehört, dass sich Sinti und Roma in den Städten niedergelassen haben, in Barackensiedlungen, zwischen Umfahrungsstraßen, unter und neben Brückenpfeilern, in unwirtlichen Gegenden, in denen sonst niemand hausen wollte, die man ihnen jedoch immer wieder streitig machte.

Sie hatte gehört, dass die Sinti begannen, ihre Kinder in Sonderschulen zu schicken. Sie hatte von der *Opera nomadi* gehört, dem staatlich unterstützten Schulprojekt einer Italienerin, das den Sinti-Kindern die Möglichkeit geben sollte, zu lernen wie andere auch. Und sie hatte in der Zeitung gelesen, dass die Familie Steinbach in Brixen sesshaft geworden sei. Der Patriarch der Familie – das musste Anis Vater sein – hielt Vorträge im italienischen Kulturzentrum. Er sprach über die Unterschiede der Sinti und Roma, er sprach über Verfolgung, Massenvernichtung und Musik. „Das war Völkermord“, so zitierten ihn die Zeitungen, „bei den Juden hat man sich entschuldigt, bei uns noch nicht. Wir waren nicht in den Lagern, weil wir Kriminelle waren, wir waren dort, weil wir Zigeuner sind.“

Die Familie Steinbach war sesshaft geworden.

Als Ada dies las, begann ihr Körper zu zittern, als hätte ein Zauberstab ihn berührt. Es kam nicht aus ihrem Inneren, dieses Zittern, es war, als hätte sie jemand geschüttelt, sie fühlte sich wie eine vom Wind ergriffene und vom Schuh eines Wanderers erfasste Wegesblume.

Die Familie Steinbach wohnte am Rande von Brixen. Sie hatte einen Lagerplatz, er war nicht verbrieft, er war ihnen nicht unwiderruflich versprochen. Immerhin waren sie hier, fernab von Nachbarn und Anrainern, geduldet, sie hatten einen Zaun und hofften, dort bleiben zu können.

Anis war nicht mehr auf der Straße, ob es ihm damit gut gehen mochte?

Anis musizierte noch immer. Oder er musizierte wieder. Die Familie gab keine Konzerte mehr, aber bei Hochzeiten spielten sie und unterhielten die Gäste. „Wir möchten auch arbeiten", zitierten die Zeitungen den Patriarchen, „wir können auch arbeiten wie alle anderen. Wir möchten nicht verschweigen müssen, dass wir Sinti sind, wenn wir eine Arbeit suchen."

Anis war am Leben. Seine Familie war der Deportation entgangen.

Sie zögerte lange, sie zögerte tagelang, und einen ganzen Tag lang war sie sogar zornig, da er sich nie gemeldet hatte. Schließlich überwand sie die Scheu und schrieb Anis' Vater. Sie habe ihn musizieren gehört vor 27 Jahren, sie sei Lehrerin gewesen in einem Dorf am Ritten und habe seinen Sohn Anis kennengelernt. Sie liebe die Musik der Sinti und nun sei sie in der Stadt, in Bozen, sei in Pension und habe Zeit. Wenn man sie brauchen würde, sie sei da, sie habe Zeit und würde, was sie vermöge, was sie an Erfahrung und Wissen habe, weitergeben. Man arbeite an einer Schule für die Kinder der Sinti, habe sie gelesen, wenn er ihre Unterstützung benötige, so möge er sich doch melden.

„Hochachtungsvoll", schrieb sie darunter, „*distinti saluti*, Ada Secondina Torelli Pazienza."

Es verging nicht viel Zeit. Früher als sie es erwartet hatte, fand sie eine Antwort in ihrem Postkasten. Sie war von Anis. „Ciao Ada“, schrieb er, als hätten sie sich erst gestern gesehen. „Dein Brief hat meinen Vater sehr gefreut, er hat mich gebeten mit dir darüber zu reden. Ich würde mit dem Zug kommen, am Sonntag, in elf Tagen. Am 17. um 13.10 Uhr wäre ich hier, ob du mich abholen kannst?“

Ada war verwirrt, als sie den Brief las. Anis wiedersehen? Sie hatte in ihrer Euphorie an die Kinder gedacht, nicht an Anis. Oder vielleicht doch? Warum hatte sie ihm direkt geschrieben und sich nicht als Freiwillige an die *Opera nomadi* gewandt? War es ihr wirklich um die Kinder gegangen, oder um ihn, oder zumindest um das Wissen um ihn, ob er den Genozid überlebt hatte.

Sie war seit fünf Jahren Witwe, doch auf den Bahnhof gehen, sich mit einem Mann treffen? „Du bist verantwortlich für das, was du tust in deinem Leben“, hatte er ihr gesagt. „Verantwortung macht dich frei, verwechsle Verantwortung nicht mit Auftrag und Nicht-Dürfen oder Pflicht. Wenn du etwas tust oder unterlässt, das du nicht willst, weil du glaubst, das muss so sein, bestrafst du dich selbst.“ „Hutzpe“, hatte er dann noch gesagt, „das ist jiddisch, habe Mut.“

Ada löste vorsichtig ein Blatt aus dem Papierbogen und schrieb zurück. „Sehr geehrter Herr Steinbach! Ich freue mich sehr, Sie zu sehen. Ich werde da sein, Ada Secondina Torelli.“

Sie ertappte sich in den nächsten Tagen dabei, dass sie die Gesichtscreme mit besonderer Aufmerksamkeit auf die Wangen rieb und um den Mund, um den sie erste Falten bekommen hatte. Noch bedächtiger als sonst feilte sie die Fingernägel. Und immer wieder überlegte sie, ob sie ihn noch erkennen würde, ob seine Haare noch so schwarz waren, die Finger vom Geigenspiel weich und fein.

Sie überlegte, was sie sagen sollte und was unterlassen, ob sie ihm erzählen sollte, dass sie verheiratet war, nur zwölf Jahre, weil ihr Mann älter war und früh verstarb. Sie überlegte, ob es ihn interessieren würde, wie sie lebte, ob sie eigene Kinder hätte oder nicht, ob er sie das fragen würde. Sie überlegte, was ihn langeweilen würde und was gefallen, was Altweibergeschwätz war und was nicht. Sie dachte nach, was er halten würde von ihrem Vorschlag. Und je mehr Zeit verstrich, desto öfter dachte sie daran, ob sie von damals reden würden, ob er sie küssen würde zur Begrüßung. Und was sie tun würde, wenn er es versuchte. Und je mehr Zeit verging, desto mehr begann sie zu hoffen, dass er es versuchen würde. Und dann schämte sie sich, sie dachte, das sei doch kindisch. Sie fühlte in diesen Tagen eine Einsamkeit, wie sie sie seit drei Jahren nicht mehr gespürt hatte, seit sie begonnen hatte, mit Temistocles Tod zu leben.

„Was sagst du, Flik, wird Anis dich gleich mitnehmen und daheim braten? Muss ich dich in Sicherheit bringen vor dem wilden Zigeuner?“ Zigeuner essen ja Hunde, hat man früher gesagt. „Muss ich dich verstecken, Flik?“

Der Pudel war alt geworden, er sah sie mit seinen großen Augen an, doch blieb er am Boden liegen. Früher war er aufgestanden, sobald sie seinen Namen nannte, er war wedelnd zu ihr gelaufen und schmiegte seinen Kopf an ihre Beine, jetzt sah er sie an, er hob nur die Brauen.

„Keine Sorge, Flik, niemand wird dich braten.“

Die Tage verstrichen schnell, Ada hatte zu tun, Lehrer und Erzieher aus dem Sozialdienst hatten sich bereits gemeldet, Kinder kamen zu ihr nach Hause, und es war klar, dass es Kinder waren aus Familien, die wenig Geld hatten, in denen es oft keinen Vater gab und zerrüttete Verhältnisse herrschten, wie *mamma* diese einst zu nennen pflegte. Sie gewöhnte es sich an, die Kinder nur nach ihrem Vornamen zu fragen, die Nachnamen wollte sie nicht wissen. So konnte sie den Nachbarn, die sich am Leid der anderen erfreuten, ehrlichen Gewissens sagen, sie wüsste nicht, ob dieses das Kind jenes Vaters wäre oder eines anderen.

Und so kam der Tag vor dem 17. Oktober. Abends saß sie auf der Terrasse, sie war länger als üblich mit Flik spazieren gegangen, manchmal schienen ihm die Beine nach hinten wegzurutschen. Der Tierarzt hatte gemeint: „*Signora*, lieber öfters am Tag, auch seine Blase hält es nicht mehr so lange, lieber öfters am Tag und dafür nur kurz, nehmen sie den Aufzug mit ihrem Pudel, Treppensteigen tut ihm nicht gut."

Ada war nach Temistocles Tod nicht umgezogen, sie wohnte immer noch im obersten Stock *nel Corso della libertà*, in einer Wohnung, die viel zu groß für sie war. Aus Gesundheitsgründen war sie oft die Treppen hochgestiegen, nun fuhr sie mit Flik im Arm mit dem Lift. Er liebte es, und ihr Gesicht zu schlecken wurde in diesem ungeheuerlichen Moment, als der Aufzug ruckartig losfuhr und mit einem Rumpeln stoppte, zum Ritual.

Ada trank *Limoncello* und ließ die Gedanken schweifen, ein Flattern in ihrem Bauch ließ sie aufhorchen und sagte ihr, ich bin aufgeregt. Wehr dich nicht, lass es gut sein.

Es war kein Windhauch in der Stadt zu spüren und ihr schien, als falle ihr der nach Erlösung rufende Himmel auf den Kopf. Es war Herbst, sie spürte eine Hitze in sich aufsteigen, als wäre Sommer. Flik schlief und rührte sich nicht, seit einigen Monaten hatte er leise zu schnarchen begonnen.

Ja, sie war aufgeregt. Und *mamma* hätte es ihr nicht verziehen. *Nonna* war da anders. Zufällig hatte der Fischer Navino sie kennengelernt, als die junge Assunta am

Hafen war und einkaufen ging für die Tante, bei der sie als Kindermädchen weilte. Zwei Jahre war die 18-jährige Assunta Fasani mit Navino Bartoli verlobt, zwei lange Jahre hatte sie ihn keinen Moment alleine gesehen. Im Schatten der Häuser der *via Purgatoio* durften sie miteinander reden: die *nonna* aus dem Fenster des Hauses und er, der *nonno*, auf der Straße. Kein Wort blieb ungehört in den verschachtelten und immer wieder von Erdbeben heimgesuchten Gassen von Terracina. Eng waren die Steinhäuser ineinander gebaut, die Schritte des Nachbarn hallten in den eigenen Räumen wieder, als ginge er durchs Zimmer nebenan.

So hatte Assunta geheiratet, ohne Navino zu kennen, das erste Jahr war schwierig gewesen, dann haben sie sich gefunden. *Nonna* hatte einen eigenen Kopf und erst lernen müssen, wie sie sich durchsetzen konnte, ihm aber gleichzeitig das Gefühl verleihen, dass allein er es war, der das Sagen hatte.

Nonnemas Eltern waren aus Kalabrien und *nonna* selbstbestimmter als die Frauen aus dem Latium. Assunta Fasani wurde von ihrem Mann nie so geknickt, wie *mamma* von *papà*. Ada war stolz darauf, dass sie ihre grünen Augen hatte, dass die Haut heller war und auch die Haare nicht ganz so schwarz wie jene ihrer Geschwister. Assunta Fasani hatte immer gesagt, sie habe normannisches Blut in ihren Adern.

Dass *nonna* die Heimat verlassen hatte, ihre *mamma* es tat, dass ihre Schwestern und sie es taten, dass die Frauen ihrer Familie zu gehen schienen und nicht zu halten waren, das fiel ihr erst jetzt auf. Wildfang, fiel ihr ein. *Ciocca*. Hitzkopf. Vogelwild. Ich darf stolz sein auf uns, ich brauche keine Angst haben vor morgen.

Viel zu früh stand Ada am Bahnhof und versuchte sich auf die Zeilen zu konzentrieren, auf das Buch, das sie mitgebracht hatte. Sie hatte immer eines in der Handtasche. Es machte ihr nie etwas aus, zu warten, denn sie hatte immer etwas zu lesen dabei. Sie hörte, wie der Zug angekündigt wurde, sie blickte hoch und sah, wie er in den Bahnhof einfuhr und hörte, wie die Bremsen quietschten. Sie vernahm den Duft nach Eisen und Bremsöl und von Geschwindigkeit und Sonne und Regen gefeilten Geleisen und von Menschen, die eilig einstiegen und die Aussteigenden behinderten. Sie dachte an Trennung und Tränen und Freude, sie sah die Bilder von den Menschen, die hier zu Zeiten der Option in den Norden gingen, die übervollen Waggons und die zum Abschied winkenden Hände. Sie sah die Frauen hier 1946, die mit Fotos und Namensschildern warteten und die Kriegsheimkehrer fragten, ob sie ihn gesehen hätten, ob sie Kunde hätten vom Sohn, vom Bruder, vom Mann, vom Vater. Sie stand mittendrin am Bahnsteig und hielt Flik in ihrem Arm, damit er nicht überrannt wurde. Sie hatte ihn mitgenommen, er war ihr Wolf und Hüter, sie sah versonnen in die eine Richtung und in die andere und sie war aufgeregt und versuchte daran zu denken, was die *nonna* ihr raten würde in diesem Moment.

Sie würde Anis nicht fragen, warum er sich nicht gemeldet hatte, warum er das Versprechen brach. Sie würde diesen Vorwurf nicht machen.

Und aus Angst ihn zu sehen, streichelte sie den Pudel und sah ihm in die Augen und kraulte ihn fast verbissen zwischen den Ohren, und plötzlich stand er vor ihr.

Sie lächelten sich zu und sagten nichts. Sie umarmten einander und ihr Bauch berührte seinen und ihr Herz lag auf seinem und sie spürte, dass seines genauso klopfte wie das ihre. Es war nur ein kurzer Moment. Unschlüssig liefen sie durch die Stadt und die Promenade entlang, setzten sich bei schönstem Wetter ins Kaffeehaus, zwischen Müttern mit Kinderwägen und Männer mit Miniradiogeräten am Ohr, um die neuesten Fußballergebnisse zu erfragen. Anis erzählte von seiner Familie und wie die Sinti heiraten. „Sie laufen einfach davon“, sagte er, „sie verschwinden in die Nacht und kommen nach drei Tagen wieder, das ist die Hochzeit.“ Sie hörte aus seinen Worten, dass er verheiratet war und Vater einiger Kinder, doch sie sprachen nicht davon und sie fragte nicht weiter. Sie sprachen von den Schulkindern und dass von der Musik nicht mehr zu leben sei. Sie sprachen vom Krieg und der Verhaftung seines Großvaters. Nach Süditalien hatte man ihn gebracht, weil man ihn für einen Antifaschisten hielt und einen Intellektuellen, dass er so feine Hände hatte, das wollte man nicht verstehen. Anis erzählte von dessen Flucht, von Fahrten den Stiefel herauf und wieder hinab, dass sie für das italienische Militär gespielt hätten und später für die Alliierten. Dass das Geigenspiel diesen gefallen hätte und jenen. Dass Tausende Sinti in Auschwitz starben. Irgendwann kamen sie auf ihre Begegnung zu sprechen, und sie fühlten, die Geschichte von damals sei noch nicht zu Ende.

„Spielst du noch Geige?“, fragte Ada.

„Ich übe jeden Tag“, sagte Anis. „Auch wir müssen üben“, fügte er lächelnd hinzu. „Es ist alles schwieriger geworden, ohne Genehmigung dürfen wir auf der Straße nicht mehr musizieren.“

„Das ist schade“, sagte Ada.

„Du bist immer noch wunderschön, Ada. Du bist noch viel schöner als früher. Du bist eine wunderschöne Frau.“

Ada war verlegen, so ein Kompliment am Sonntagnachmittag, das war sie nicht gewohnt. Temistocle hatte die Dunkelheit bevorzugt, um ihr solches zu sagen. Im Sonnenschein war er verhalten.

„Du warst noch verschlossen damals, als wir uns begegneten. Jetzt bist du fähig, das Licht hereinzulassen und die Türen zu öffnen, die sich irgendwann versperrt hatten, vielleicht schon, als du ganz klein warst, vielleicht schon bevor dein Vater dich zeugte."

„Du bist wie damals, Anis, du sprichst in Rätseln", sagte Ada.

Er ließ sich nicht beirren. „Versperrt, weil man dir gesagt hat, was du tun darfst und was nicht. Wenn du an die verschlossenen Türen glaubst, dann sind sie da. Wenn du sie öffnest und sie durchschreitest und sie hinter dir lässt, dann bist du bei dir. Eine Tür öffnen kann auch heißen, dass du eine Schwäche zeigst. Aber dann bist du bei dir. Dann bist du frei."

„Ich habe nicht vergessen, was du damals gesagt hast, Anis, ich habe dich sogar manchmal zitiert", gab sie zu, „aber wenn ich das tat, dann schien mir, ich würde predigen wie ein selbsternannter Pfarrer, ich behielt es lieber für mich."

Es entstand eine Pause. „Ich weiß, was du meinst, Anis, aber wenn du mich an meine Verantwortung mahnst und daran, zu tun, was ich will, was ich will und wollen muss, um ich selbst zu sein, dann habe ich das Gefühl, du willst mich drängen, das macht mir Angst, das verschließt mich. Können wir nicht einfach nur so sitzen, sitzen und reden?"

„Geschehen lassen", sagte er.

„Ja, bitte, nicht davon reden", sagte sie und sah ihm tapfer in die Augen.

„Warum hast du mich mit ‚Sie' angeredet, in deinem Brief?"

„Ich weiß es nicht, ich hörte, deine Familie genießt hier Respekt."

„Es geht uns besser als den anderen, wir haben einen Platz, an dem wir geduldet sind. Er gehört nicht uns, er wird nie uns gehören, aber er schenkt uns Sicherheit und Schutz. Die Sicherheit ist natürlich auch ein Gefängnis."

Ada nickte stumm. Sie warf einen Blick rundherum, die Gäste im Kaffeehaus waren in der Zwischenzeit fast alle gegangen, der Wirt putzte die Tischchen und stellte die leeren Stühle übereinander, um den Boden zu kehren. Sie saß da mit einem Sinto. Er war sehr gepflegt, er hatte noch immer seinen Haarschopf, weiße Strähnen zogen sich durch das tiefe Schwarz. Er trug ein weißes Hemd mit Bügelfalten und ein dunkles Gilet, dass er anders war, war nicht zu übersehen.

Ich sitze hier mit dir als Lehrerin, dachte Ada, ich sitze hier mit dir, weil ich mich angeboten habe, Sinti-Kinder zu unterrichten.

„Hast du immer noch Angst vor deiner eigenen Größe?“, fragte er, als hätte er ihre Gedanken erraten. „Wer vor der eigenen Größe Angst hat, hat auch Angst vor dem inneren Frieden.“

„Nein, ich habe keine Angst mehr, Anis. Es sind viele Jahre vergangen. Aber ich möchte hier mit dir sitzen dürfen, einfach so, ohne aus diesem Sitzen ein Glaubensbekenntnis zu machen. Niemals habe ich unterrichtet, um eine Idee zu vertreten, um jemandes Sprache zu sprechen, um etwas Höheres zu verteidigen. Ich bin nur eine Lehrerin, die Kinder liebt. Ich mache das nur für mich, für mich und die Kinder, egal welche Kinder es sind, Anis, ich bin kein Instrument.“

„Verzeih, Ada“, sagte er still, „verzeih, dass ich dich nicht gesucht habe. Verzeih, dass ich so vieles rede, von dem ich überzeugt bin, dass es nicht hierhergehört. Ich möchte dich nicht belehren. Ich bin verlegen, mindestens genauso wie du. Ich habe mich so sehr gefreut, als mein Vater mir deinen Brief überreichte. Ich habe elf Tage lang nachgedacht, was ich alles sagen könnte, um dich nicht zu enttäuschen, ich habe mich elf Tage gewappnet, um deinen Erwartungen zu entsprechen. *Scusami*, Ada.“

„In der Schwäche liegt Stärke“, sagte Ada lächelnd. „Seit wann möchtest du Erwartungen entsprechen? Ist das nicht das Ende einer jeden Beziehung, welcher Beziehung auch immer, auch einer Freundschaft?“

Er nahm ihre Hand und küsste sie.

Nach einem langen Tag begleitete er sie abends nach Hause. Sie verloren darüber kein Wort. Durch seine Nähe spürte sie sich selbst, wie sie sich noch nie gespürt hatte.

1966

Die unmögliche Liebe hat sie überwältigt. Und mit der Liebe überwältigte sie die Verlassenheit. Ada kannte dieses Gefühl nicht. Sie rannte von einem Zimmer ins andere und in die Küche und ins Bad, und im Spiegel sah sie nur sich selbst und wollte doch jemand anderen sehen.

Sie war Mitglied der *Opera nomadi* geworden, sie unterrichtete Kinder der Sinti und Roma in Sonderschulen, bis sich endlich die staatlichen für sie öffnen würden. Sie trafen sich zum Lernen am Rande der Stadt in einem von der Gemeinde zur Verfügung gestellten Haus, sie blieb in Bozen, nach Brixen fuhr sie nicht. Sie unterrichtete und wusste, es war nur ein Anfang, die Eltern wehrten sich, sie fürchteten den politischen Einfluss der Schule, sie fürchteten die Institution an sich, sie befürchteten mit der Anpassung zu verlieren, was sie seit jeher ausgemacht hatte, das Verzichten auf eine Schrift, die formulierte und log.

Erziehen war ein Anpassen und Eingliedern. Ada wusste es zu gut aus den Zeiten früher, auch wenn man es nicht wollte, es war doch so. Und Sinti und Roma, auch untereinander hatten sie nichts gemein.

Fragen über seine Frau und seine Kinder unterdrückte sie. Sie wusste, dass das Wissen sie verletzen würde und es noch schwerer machte. Sie wusste, dass es keinen Sinn hatte und keine Zukunft, dass es zwei Abende sein konnten, vielleicht drei oder vier, der Flug einer Schaukel. Niemals könnte sie zu ihm ziehen, niemals er zu ihr, niemals könnten sie eine Beziehung führen. Und wäre dies möglich, so waren sie doch viel zu verschieden.

Sie hatte Angst vor dem eigenen Mut und war mit der Unmöglichkeit jeden Handelns allein.

Ab und zu kam er und die Abende waren bedingungslos, erwartungslos, ohne Pläne, ohne Wertung und ohne Schuld. Eine Liebe, die nicht fordert und nicht eifert, die nichts nehmen will und nichts zurückhaben, die nichts braucht, auch keine Erklärung. Und die sie jeden Abend, wenn er kam, und er kam viele Wochen nicht, in Aufregung stürzte und Verlegenheit.

Sie wusste, dass er darüber nicht reden konnte. Und sie selbst wollte darüber nicht sprechen. Formulieren war vernichten, sie wollte dem Herzen trauen, der Hingabe die Freiheit schenken, die sie brauchte ohne das Wissen von morgen. Würde sie eine Antwort wollen, würde sie etwas Endgültiges wollen. Und Endgültiges trug das Ende in sich.

Die Liebe sollte über allem erhaben sein, was eine Beziehung ausmachte zu jener Zeit.

Ada wusste, diese Liebe war nicht möglich.

Anis wusste es auch.

Sie verloren darüber kein Wort.

Der Beginn war das Wissen und Verdrängen vom Ende. Wie Geburt stets auch Tod bedeutet.

Jedes Mal bereitete sie etwas zum Essen vor, stellte eine Flasche Wein auf den Tisch und zündete die Kerzen an, sobald sie auf den Stühlen Platz nahmen. Dass den Nachbarn sein Läuten unten an der Glocke an der vielbefahrenen Straße, das Warten auf ihr Öffnen und auf den Aufzug nicht verborgen bleiben konnte, das war ihr klar und es bedeutete ihr nichts. Ada Secondina Torelli machte sich über so etwas keine Gedanken, auch waren den Bewohnern des Hauses ungewöhnliche Besuche bei der *signora* nicht unbekannt. Dass die Lehrerin in Pension keinen Unterschied machte zwischen den Schülern, dass Menschen ohne Leumund bei ihr lernten und gingen und wiederkamen, daran hatten sie sich nach einiger Zeit gewöhnt.

Trotzdem. Verlegen bohrte sie jedes Mal mit dem Zeigefinger im Brot und erinnerte sich, dass *mamma* gesagt hatte, das Brot müsse man ehren. Und vorsichtig schob er jedes Mal die Krümel vom Tisch in die hölzerne Brotschüssel, es war eine alte aus Terracina, die Mutter hatte sie mitgenommen bei ihrer Hochzeit und Ada später dann nach Bozen als Andenken an ihr Zuhause. Sie bohrte weiter und holte das Weiche aus dem Weißbrot und rollte es und formte es zu einem Bällchen. Und wenn sie merkte, dass er ihr mit den Blicken folgte, legte sie es beiseite, um kurz darauf, verlegen, den Finger in die flüssige Kerze zu tauchen, um dann das erhärtete Wachs von der Kuppe zu ziehen und aus diesem eine Kugel zu formen. Es war wie ein Spiel und irgendwann standen sie auf und gingen schlafen, und erst als die Lichter aus waren, nur mehr eine Kerze am Nachttisch brannte, schaffte sie es, sich aus der Verlegenheit zu befreien.

„Wie viel einfacher wäre es auf der Straße", sagte sie manchmal, „unterwegs mit dem Karren, in den Wäldern, wie frei das Leben dort sein muss."

Dann sagte sie nichts und auch Anis sprach nichts mehr.

Doch einmal, da riss die Stille, die sich wie ein Schutznetz über das Schlafzimmer gelegt hatte, geredet hatten sie immer nur in der Küche.

„Ja, es war frei“, sagte Anis. „Durch den Krieg haben wir diese Freiheit verloren. Ihr wollt uns sesshaft machen und wollt uns doch an keinem Platze. Die Schule ist nicht neutral, sie kann es gar nicht sein. Sie lehrt, was die Mehrheit wissen soll. Sie lehrt uns eure Werte, uns nimmt sie die Identität.“

„Bitte nicht“, sagte Ada.

Es war aussichtslos.

„Wir haben unsere eigene Muttersprache“, sagte Anis, „für uns ist Italienisch genauso fremd wie Deutsch. Wenn ihr euch nicht findet, wenn ihr nicht imstande seid, eine Schule zu schaffen, in der zwei Sprachen gleichberechtigt gesprochen und zwei Kulturen gelebt werden können, wo soll da Platz sein für uns? Alles muss gleich sein, doch wir sind doch verschieden, Ada, wir sind alle unterschiedlich, auch wir zwei, du und ich.“

Ada fand keinen Schlaf. Noch vor dem Morgengrauen stand sie auf und weckte ihn, sie weinte.

„Ja, wir sind zu verschieden.“

1967

Am 28. Juni war Ada 50 geworden, sie hat sich mit Lehrerinnen von früher getroffen und in einem eleganten Restaurant gespeist, auch Martha hatte sie nach langer Zeit wiedergesehen, sie hat den Fiat Topolino verkauft und sich ein neues Auto zugelegt, hellblau und mit einem Sportlenkrad und einem runden Tachometer. Mit Flik am Beifahrersitz des Fiats 850 Coupé fuhr sie meist über die Landstraßen und in vielen Etappen nach Rom. Es war eine lange Fahrt, Ada war stolz auf sich. Es war fast wie fliegen, es war fliegen.

Gleich nach Temistocles Tod hatte sie den Führerschein gemacht, bei der ersten Prüfung war sie über ein Stoppschild gefahren und hatte einen Radfahrer fast übersehen, die zweite Prüfung hatte sie bestanden.

Es war bislang die längste Fahrt alleine.

Sie nahm sich ein nicht zu teures, sauberes Zimmer am Aventin in einem Kloster, ließ das Auto dort und fuhr mit dem Bus und dem alten Flik in der Handtasche in die Stadt. Es gab so viel zu sehen, nach so langer Zeit. Für heute hatte sie sich die *Galleria Colonna* vorgenommen, die Kunstgalerie im *Palazzo Colonna* in Rom, der auf dem antiken *tempio del Sole* erbaut worden war, einem der größten Tempel im alten Rom. Es war lange her, dass sie hier war, in der *via della Pilotta*, das letzte Mal 1948 bei der Hochzeitsreise.

Sie trat ein in den barocken Saal mit den blumenbemalten Spiegeln und der Kanonenkugel im Boden, just hier war sie 1849 eingeschlagen, als die Franzosen Papst Pius IX. gegen die republikanischen Aufständischen unterstützten.

Welch Weitsicht hatten die Colonnas damals schon besessen, Mitte des 17. Jahrhunderts eine Galerie in Auftrag zu geben, eine Galerie für die Kunstsammlung der Familie, zu Ehren des siegreichen Marcantonio. Die Schätze sollten bei Tod und Heirat nicht geteilt werden dürfen.

Was für ein Raum, so hell und glänzend mit den Kronleuchtern aus venezianischem Glas, den Skulpturen und feinen Möbelstücken, die Wände voll mit Bildern, die sie in ihrer Harmonie berauschten, Cupido, zu Venus gebeugt, der Satyr, der lüstern schaut, Amor, der ihr an den Lippen hängt ...

Eine Fotografie unterhalb des Bildes zeigte, wie das Bild einst retuschiert worden war. Man hatte ihr ein

Kleid angezogen, das ihren weichen Körper umschwang, rotweiß gestreift, und ein blaues Tuch über das Becken, über ihre Weiblichkeit, gelegt. Vor 15 Jahren, so stand zu lesen, hatte man das Werk von Michele di Ridolfo del Ghirlandaio von dieser nachträglichen Züchtigung befreit.

Im nächsten Saal die Landschaften und unter all jenen das vertraute Paliano, ein Gemälde von Jan Frans van Bloemen und Placido Costanzi, entstanden um 1750, *Paesaggio con castello di Paliano*. Es erzählte von Zeiten, in denen die Liebe noch nicht verboten war. Oder war sie stets ein Traum? Im Vordergrund lag ein Schäfer, sein freier Oberkörper dem Blick des Betrachters zugewandt, einzig ein rotes Tuch fiel über seine Lenden, in der Hand einen Stab. Ihm gegenüber ein Mädchen in blauem Gewande, der Rücken frei. Neben ihnen im Schatten Ziegen und Schafe. Eine unendliche Landschaft in Grün getaucht, ins verschwommene Spiel von Licht und Schatten hoher Bäume, dunkler Grotten. Im Hintergrund die Silhouette der Stadt am Hügel, die sich nach dem Himmel streckende alte Burg mit den hohen Mauern, aus dem es nun, für die Häftlinge, kein Entrinnen mehr gab. Der Himmel ist bewölkt.

Und sie ging weiter, kam zum Bild des Bohnenessers, zu den Tintorettos, *Ritratto di vecchio gentiluomo alla spinetta*, ein alter Edelmann mit hoher Stirn und langem, ergrautem Bart an einem Spinett, durch den grauen Hintergrund bahnt sich die Sonne ein sanftes Strahlen und zwischen den von ihrem Gold umrandeten Wolken ziehen vier Vögel durch den Himmel, so weich gezeichnet, so leicht. Jeder Strich war perfekt, die Vögel, die die Freiheit kennen.

Im Thronsaal, nicht unweit eines Schutzengels mit weiten Flügeln, befand sich die Kopie eines Bildnisses von Pisanello, es zeigte den Papst Oddone Colonna *Papa Martino V.,* ein mächtiger von goldener Robe umhüllter Körper. Der kahle Kopf viel zu klein, riesig und schauderhaft die zum Gebet gefalteten Hände in rote Handschuhe gestreift, als Bekleidung nur an der Stulpe zu erkennen – die Finger sahen aus, als wären sie in Blut getunkt worden und tätowiert. Ein grauenhaftes Bild, dachte Ada. Doch bemerkenswert schien ihr, dass er während der zehn Jahre seines Pontifikates nicht im Vatikan, sondern hier in diesem *palazzo* gewohnt hatte.

Ada blickte auf die Uhr, in Museen vergaß sie die Zeit, sie hatte Flik am Eingang gelassen beim Portier, sie wusste, er würde sich nicht bewegen und dort liegen bleiben, bis sie kam. Zu lange aber wollte sie ihn nicht warten lassen.

Im Raum der alten Meister ein Bild, an das sie sich nicht mehr erinnern konnte, es war, als sähe sie es zum ersten Mal. Nun stand sie davor und staunte, *Resurrezione di Cristo e di alcuni membri di casa Colonna* von Pietro da Cortona, 1596–1669. Die Auferstehung Christi und mancher Mitglieder aus dem Hause Colonna. Der *Christus Resurrectus*, schwebt umgeben von Engeln in den Himmel, und unter ihm steigen die Toten in Büßerkleidern aus marmornen Särgen, die ihre Namen tragen, Philippus Columna, Lucrezia Tomacella, Anna Borromea – unzählige Colonnas erheben sich aus ihren Gräbern und strecken dem Retter ihre nackten Arme entgegen.

Die *Principi* beschäftigten viele Maler, sie schufen ihnen Illusionen, sie bebilderten Heldentaten und erzählten Geschichte, sie schmückten die Wände des *palazzo* mit Szenen aus dem Leben des großen Marcantonio, Schiffe bei ruhiger See und im Kampf mit dem Sturm. In jedem Saal an der Decke und am Boden das Wappen der Familie, im Innenhof eine in Marmor eingelassene Säule, ihr Attribut. Die 30. Generation der Familie wohnte nun hier, was für ein Erbe musste das sein, was für eine Verpflichtung? Mit einem Papst unter den Ahnen, mit gepriesenen Helden, mit einer Seligen schließlich, Margherita di Colonna, sie war Franz von Assisi gefolgt, hatte die prächtigen Kleider ausgetauscht durch die einfache Kutte.

Doch auch andere Geschichten bargen diese Mauern, jene der Maria Mancini Mazzarino, es muss auch eine gute Zeit in ihrer kurzen Ehe mit Lorenzo Onofrio Principe Colonna gegeben haben, versicherte der junge Herr, der die interessierten Besucher durch einen Teil der Privatgemächer begleitete. Nur einmal in der Woche standen sie dem Publikum offen. Maria Mancini war den Römern ein Begriff, nicht, weil sie die Geliebte von Ludwig XIV. war, den Mann verlassen hatte und in Frankreich das Leben einer Vagabundin führte. In der *Chiesa dei Santi Vincenzo e Anastasio,* gleich neben dem Trevi-Brunnen, sei ihre Büste zu finden, erbauen ließ sie der Onkel, Kardinal Giulio Mazzarino, ein Skandal damals, das Gesicht einer Laiin in einer römischen Kirche.

Durch diese Tür hier, er zeigte auf eine Tür hinter einer Tapete, ist Isabelle Sursock Colonna geflohen im Zweiten Weltkrieg. Sie stammte aus dem Libanon und hatte sich hier wunderbar eingelebt. Obwohl die Römer *la regina,* die Königin Elena, liebten, verehrten sie auch Isabelle Sursock wie eine Regentin. Vier Enkelkinder hatte sie von ihrem Sohn Aspreno, erfuhr Ada vom Fremdenführer, erst vor zwei Jahren hatte dieser von seiner wunderschönen Frau Donna Maria Milagros del Drago noch einen Nachzügler bekommen, Stefano.

Auf einem Pult waren Bilderrahmen mit Privatfotos der Familie aufgestellt, die *principessa* und ihr Mann Aspreno, Milagros alleine, mit dem Sohn Prospero, der Tochter Laurentia und dem ältesten Sohn Marcantonio,

Milagros mit der Tochter und Schwiegermutter Isabelle Sursock Colonna, eine unnahbare Schönheit mit hochgesteckten Haaren und einer Eleganz, wie Ada sie nicht beschreiben konnte. Wunderschön, so fern zugleich, so einsam in den riesigen Sälen. Als Ada ein Foto knipsen wollte, um es der Mutter daheim zu zeigen, winkte der Fremdenführer ab, sie könne Fotos von den Trompe-l'œil-Malereien machen, wenn sie möge, Fotos von der Familie seien nicht gestattet.

Ein weit verzweigter Stammbaum erzählte von der Geschichte der Familie, sie begann mit Pietro I., der von 1078 bis 1108 lebte. Er stammte aus dem Dorf Colonna bei Rom. 22 Kardinäle weist die Familie auf, einen Papst, eine Selige, die spirituelle Freundin Michelangelos, viele Helden, den Bürgermeister Prospero.

Die Colonna waren mit dem Papsttum meist eng verstrickt, ein Colonna war stets ein *Assistente al Soglio Pontifico,* höchster weltlicher Würdenträger im Vatikan, ein erbliches Amt. Ein Foto zeigte Principe Aspreno neben Papst Johannes XXIII. Ada sah sich um, kein Wärter war da und sie fotografierte es und außerdem seine über und über mit Orden besetzte, in einem Glaskasten ausgestellte Uniform. Vielleicht würde *mamma* sich erinnern, wenn sie Bilder von früher sah, an vergangene Zeiten erinnerte sie sich eher, mit der Gegenwart verknüpfte Adele Bartoli nichts.

Über die *Piazza Pilotta,* die *Fontana di Trevi* und die *Piazza Navona* ging sie schließlich mit Flik ins *Caffè della Pace.* Es hatte eine neue Besitzerin und sie erkannte nur mehr einen alten Kellner von früher. Hier hatte Fellini Kaffee getrunken und von Al Pacino und Sophia Loren hingen Autogrammkarten an der Wand.

In der einstigen Puppenklinik *Al sogno* hatte sie ein Kuscheltier gekauft, einen Wolf der Firma Steiff, er würde seinen richtigen Platz schon finden, dachte sie. Auf dem Einkaufszettel stand nichts mehr von der Puppenwerkstatt. *Al sogno. Toy store. Piazza Navona 53.*

An Temistocle dachte sie nicht, sie war müde vom Museumsbesuch und Anis drängte sich auf in ihren Gedanken. Im Hintergrund lief das Lied *Ogniuno è libero* von Luigi Tenco, im Jänner hatte sich der Liedermacher erschossen, weil ihm Publikum und Jury in San Remo den Applaus verwehrten.

Sie holte sich drei Tageszeitungen, blätterte sie durch und hatte keine Schlagzeile erfasst, als sie sie wieder zusammenlegte, gelesen vielleicht, erinnern konnte sie sich an nichts.

Nachdem sie Anis damals gebeten hatte zu gehen, hatten sie sich nicht mehr gesehen. Ein Jahr Schweigen war seither vergangen.

Einige Tage, kurz vor ihrer Abfahrt, hatte er ihr geschrieben. Er, der nur das Nötigste schrieb und von Briefen gar nichts hielt, hatte geschrieben:

„Ich weiß, wir hatten keine Aussicht. Ist es nicht so, dass es früher noch eher möglich gewesen wäre als heute? Damals, wärest du ein Bauernmädchen gewesen, hätte ich dich mitnehmen können, mich mit dir drei Tage verstecken und mit dir als Ehefrau wiederkommen. Wir begegnen uns wieder. Und sei es in einem anderen Leben. Danke Ada, für alles, was du für uns tust."

Sie hatte nicht darauf geantwortet, sie überlegte, ob sie es überhaupt tun sollte.

Sie war sofort wieder da, diese Aufregung, dieser betörende Brodem einer wortlosen und unmöglichen Liebe, die jeden inneren Frieden nahm. Beides haben konnte sie nicht. Ada bestellte ein Glas Weißwein. Die Tische waren besetzt und ein Paar erkundigte sich höflich, ob es sich zu ihr setzen dürfe. Ada sagte ja und bereute es sogleich, nahm die Tasche, die auf dem Stuhl danebenlag, auf den Schoß. Indem das Bedürfnis wuchs, alleine zu sein, merkte sie, dass sie älter wurde. Sie liebte die Kinder, und nie wurde ihr die Zeit mit ihnen zu lange, auch mit den Freundinnen traf sie sich gerne, doch bald suchte sie eine Entschuldigung, wieder gehen zu können. Sich in sich zurückziehen können, mit sich sein, nicht nach dem Außen gerichtet. Bei sich sein, ohne Ablenkung.

Sie wollte es sich zugestehen, dass sie es schaffen würde, die Liebe, dieses Geschenk einfach nur anzunehmen wie diese drei Nächte, die sie sich niemals hätte erdenken können, dieses Einssein mit einem Menschen, dieses Gefühl, sich in einem anderen zu spüren.

Sie hatte das Geschenk auf die Seite gelegt, eingewickelt in Seidenpapier und mit einer Schleife fest verknüpft.

Sie hatte Temistocle geliebt, doch war es so anders, so ernst und zärtlich, jung und alt zugleich, so sehr vom Wunsch geprägt, ein Kind zu zeugen und zu empfangen. Temistocle bemühte sich redlich. Anis war einfach. Er war.

Und die Liebe zwischen ihnen war so selbstverständlich, so bar jeder Verstellung. Ursprünglich wie die Luft bei den Großeltern am Meer. Unverfälscht. Das Zusammensein so einfach. Nur das Getrenntsein war es, das sie unmöglich machte. Und diese Liebe konnte nur Trennung sein.

Liegt es an mir, dachte Ada. Liegt es daran, dass ich mich nicht genug öffnen kann, hingeben? Kann auch er nicht?

Sie wollte es sich zugestehen, frei zu sein, zu fliegen, in den Himmel zu fliegen auf ihrer Schaukel, ohne an eine Bindung zu denken. Doch wie damit umgehen, wenn ihr Herz nach Bindung rief?

Sie hatte seine Zeilen in der Aufregung falsch gedeutet. Sie hatte zu denken begonnen, dass er doch über eine Möglichkeit nachdachte, diese Liebe zu leben. Nun verstand sie. Anis hatte sich bedanken wollen, Anis nahm ihr das Gefühl der Schuld, das sie hatte, weil sie es war, die dem Zusammensein ein Ende setzte.

Sie trank den Wein und kraulte Flik und lief in Gedanken barfuß über Wiesen und Felder. Die eleganten Schuhe, die sie nun an den Füßen trug, die engten sie ein, die *zoccoli* der Kindheit hatte sie abwerfen können, einfach so.

Sie fühlte einen derart tiefen Schmerz in diesem Moment im *Caffè della Pace*, dass sie sich ihm hingab wie ein Kind, und Tränen stiegen ihr in die Augen, und indem sie den Schmerz zuließ, tat er nicht mehr weh, der Schmerz, den sie annahm, machte auch glücklich.

Santa voglia di vivere, dachte sie sich.

Sie atmete durch und entzündete sich eine Zigarette. Anis rauchte auch. Und manchmal gestattete sie sich einen Zug und manchmal mit ihm sogar eine ganze. Für diese Fahrt hatte sie sich eine Packung gekauft. Die erste ihres Lebens mit 50 Jahren.

Drei Carabinieri in Zivil gingen bei ihr vorbei, einer hatte den Hals vorgestreckt und Blick und Lider gesenkt wie ein Huhn, das auf Suche nach Futter ist. Am liebsten wäre sie aufgestanden, hätte seinen Rücken geglättet, den Hals und den Kopf gerade gestellt und nach hinten geschoben und die Augenlider nach oben: *santa voglia di vivere*.

„Mach nicht dich selbst klein, wenn du glaubst, jemand liebt dich nicht“, hatte Anis gesagt, „mach nicht dich selbst klein, wenn du glaubst, jemand schätzt nicht, was du tust. Verschick die Ausreden, die du parat hast, um dich klein zu machen. Setz sie auf einen Vogel und lass diesen fliegen. Du bist das Glück! Du bist die Freude.“

Sie entnahm der Tasche den Notizblock und begann einen Brief an ihn zu schreiben, sie wusste, sie würde ihn wieder und wieder zerreißen.

Der Tisch nebenan leerte sich und das Paar setzte sich um. Sie nahm es kaum wahr.

„Verletz dich nicht selbst, wenn etwas anders geht, als du glaubst, du wirst den Sinn noch erkennen. Sei sanft mit dir."

Da wusste sie, was sie ihm antworten sollte.

Sie nahm eine Postkarte aus der Tasche, eine Fotografie von einem Bild, das sie in der Galerie gesehen hatte. Sie klebte eine Briefmarke darauf, schrieb rechts seine Adresse auf die vorgezeichneten grauen Linien und links davon schrieb sie nur ein Wort: *Grazie*.

1985

Ada hatte wieder begonnen regelmäßig ins Kino zu gehen. Manchmal ging sie in das teure, ins Erstaufführungskino, da sah sie nur mehr selten Filme, die sie begeistern konnten wie damals, und das Ausmaß der Begeisterung maß sie zunehmend an den Tränen, die flossen und den Gedanken, die sie sich hinterher noch machte. Diese Filme *prima visione* hatten mit der Hoffnung, einen guten Film zu sehen, wenig zu tun. Da saßen die eleganten *Bolzanine* mit ihrer Begleitung, sie kommentierten die Szenen nicht, sie saßen unbeweglich, sie führten ihre Garderobe aus, sprachen draußen über die Allerwelt. Ada waren die billigeren Kinos der *seconda visione* schon lieber. Da kannte man die meisten Filme schon, das war es, was das Erlebnis krönte. Sie konnte sich auf Szenen freuen, sie konnte spontaner lachen, sie musste sich nicht sorgen, dass der Held womöglich am Ende sterben würde oder arm zurückblieb wie eh und je.

Die Filme, die sie mit Temistocle gesehen hatte, hatten kaum Hoffnung geschenkt und sie nicht verwöhnt. Die Filme der italienischen Nachkriegszeit hatten sie für ihr Leben geprägt. Anspruchsloses mochte sie nicht, Temistocles Kofferfernseher funktionierte schon lange nicht mehr, einige Röhren waren durchgebrannt. Einen neuen hatte sie sich nicht gekauft. Auch keinen zweiten Hund mehr wollte Ada. Flik war nicht zu ersetzen.

Wenn Ada am Morgen die Tageszeitung las, war das Kinoprogramm stets das Erste, in das sie sich vertiefte.

Die Tragödie eines lächerlichen Mannes hatte sie sich zweimal angesehen. Der reiche Vater, dessen Sohn entführt wird, der seine Augen über seine Fabrik schweifen lässt, wie ein Kapitän, der übers Meer schaut. Er erinnerte sie an *nonnos* Fernblick auf dem Circeo, an seinen Traum von einer sicheren Zukunft für seine Kinder.

Karwoche 1987

Vito war gestorben. Ihr Bruder, ihr Freund, der Geistliche, der immer so fröhlich war. Mit ihm konnte sie scherzen, Maria Amalia war stets ruhig und verhalten, Gina ihre eigenen Wege gegangen. An Francesco konnte sie sich kaum mehr erinnern. So sinnlos war er gestorben und mit ihm dieser Zweig der Torelli. Maria, die älteste, hatte vier Kinder und Gina, die jüngste, sogar sechs. Doch diese trugen andere Namen. Für *papà* war dies das Drama seines Lebens.

Maria hat sie in der Früh angerufen und ihr von Vitos Tod erzählt. „Er ist sanft eingeschlafen", sagte Maria. „So alt war er doch gar nicht", sagte Ada. „Er ist jünger als wir."

Mit Vito hatte sie geschrien, einfach geschrien, sie sind aufs Feld gelaufen und haben geschrien, dass es lauter nicht ging. Mit ihm war sie frei.

Vito, ihr Band zu Paliano, auch wenn er seit Schulzeiten in Palestrina wohnte, an der *Piazza del Duomo*. In Paliano gab es niemanden mehr, seit *mamma* 1969 starb, nur wenige Tage nach Flik.

Es war ein schwieriges Jahr gewesen und Ada hatte sich mit Maria Amalia an das Räumen des Hauses gemacht. Es war nie in ihrem Besitz gewesen. Ihre Familie hatte nur mehr das Grab am Friedhof.

„Ein gescheiter Bursche", hatte der Pfarrer gesagt, da Vito trotz seiner Fröhlichkeit und der Lausbubenstreiche auch ernst war, ein Einzelgänger und bedacht, „du solltest ihn studieren lassen, Salvatore."

Sie öffnete das schwarze Album, in das sie die Fotos der Kindheit geklebt hatte, all die Fotos, die sie in *mammas* Schrank gefunden und sich früher nie getraut hatte, mitzunehmen. Da stand Vito vor dem Fahrrad, da standen alle fünf Geschwister vor der Schaukel am Hügel. Vito in kurzen Hosen. Nach der Firmung hatte er nur mehr lange getragen. Einen tiefsitzenden Seitenscheitel hatte er, und feste, wunderbar gewellte Haare. Haare wie die Wogen des Tyrrhenischen Meeres im Sommer bei *nonno* und *nonna*.

Am Hügel hat er wilde Tiere gezähmt, aus Haselnussstauden hat er große Ringe gebogen, sich eine Peitsche gebastelt und imaginäre Löwen und Tiger ließ er durchs Feuer springen und auf zwei Beinen stehen und jaulen. Ein Zirkusdompteur. Sie hatte ihn bewundert. Seinem Lachen konnte sich niemand entziehen.

Ada ging zum Telefon und wählte die Nummer ihres Friseurs. Vor einigen Jahren hatte sie aufgehört, die Haare zu färben. Ganz weiß waren sie noch immer nicht, schwarze Strähnen zogen sich durch das Grau, und fest waren ihre Haare auch, dick waren die Zöpfe der Kindheit. Sie wollte sich Locken legen lassen, Wasserwellen für Vito. Sie suchte den Zugfahrplan, der alle sechs Monate der Tageszeitung beigefügt war. Sie wollte da sein beim Begräbnis.

Am Gründonnerstag sollte er begraben werden. In der Karwoche zu sterben, er hätte es sich nicht anders gewünscht, dachte Ada.

Ada sah in den Spiegel und dachte an einen Satz, den sie irgendwo gelesen hatte: Falten sind Orden des Lebens. Dieser Satz hätte von Anis stammen können.

Wir haben es als Kinder nicht gelernt, glücklich sein zu dürfen, dachte Ada. Wir zwei, du und ich, Vito, haben es wohl gelernt, uns aus den Klammern zu befreien. Dafür haben wir beide weggehen müssen, hinaus, um zu lernen, dass Freude auch schön sein kann, dass Freude nicht immer zugleich auch Schmerz sein muss. Auch Gina ist gegangen, sie durfte nicht mehr zurück, es kann nicht wirklich ihr Wunsch gewesen sein, nie mehr nach Paliano zu fahren. Freiheit heißt auch alleine sein.

Sie betrat das Bibliothekszimmer, viele Bücher hatten sich in der Zwischenzeit angesammelt, nur das Lesebuch der Schule besaßen sie zu Hause während der Kindheit. Wie viele sie jetzt hatte! Und ihr Wert war nicht geschmälert, keines hätte sie hergegeben, jedes hatte sie gelesen. Bücher trösten. Bücher lassen fliegen. Bücher geben jener Phantasie Gestalt, die im Leben unmöglich ist. Sie überlegte lange, welches sie sich mitnehmen sollte, für die Reise. Oder sollte sie ein neues kaufen? Dafür würde die Zeit nicht reichen. In einem Bücherladen verbrachte sie Stunden, hineingehen, ein Buch kaufen, hinausgehen, das konnte sie nicht, sie verlor sich zwischen den Regalen. So entnahm sie ihrem Schrank Italo Svevos *Una vita*. Ein Leben. Es war ein Schatz, eine Fundgrube, sie konnte es immer und immer wieder lesen. Und sie entnahm ihm den *Zauberberg* und Temistocles Schrank entnahm sie die *Gefängnishefte* von Antonio Gramsci, ihr Mann hatte den Philosophen verehrt.

Das Begräbnis des Padre Romedeo war feierlich, so viele Ordensleute und Geistliche hatte Ada noch nie versammelt gesehen, ihr schien, als hätte man ihr den Bruder genommen – das war nicht ein letzter Gruß an Vito, den man in eine Gruft versenkte, das war das Sich-Hüllen in eine Wolke von überholten Werten. Sie verabschiedete sich bald von den Trauergästen und spazierte mit ihrer Schwester Maria Amalia über die *via di Thomas Mann* die unzähligen Treppen hoch zum Museum im *Palazzo Colonna Barberini*. Es war alles anders jetzt als damals, 1940, als der Bruder ihr seine Stadt gezeigt hatte.

Palestrina war 1944 bombardiert worden, wo das Krankenhaus lag, erstreckte sich eine dürre Wiese. Die Häuser vor dem *Palazzo Colonna Barberini* waren verschwunden, unter deren Trümmern hatte man Terrassen und Säulen und Mauerreste freigelegt.

Es muss eine riesige Anlage gewesen sein in vorchristlicher Zeit. Auf dem heidnischen Platz hatte man Kirchen gebaut und eine Stadt. Die Bomben haben das Heidnische der Christianisierung entrissen. „Da hatte der Krieg wohl einmal auch etwas Gutes", sagte Ada zu ihrer Schwester.

Colonna gab es hier keine mehr. Die Barberini hatten den Palast übernommen, bewohnten nur mehr einen Teil und auch das nur in der Ferienzeit, einige Zimmer neben der Kirche der heiligen Rosalia. Den größeren Teil des Palastes hatten sie dem Staat zur Errichtung eines Museums geschenkt. Ada und Maria verzichteten darauf, es zu besuchen, sie wussten, dass es seltene Schätze barg, doch nach dem Tode des Bruders war ihnen nach solcher Ablenkung nicht zumute.

Über das Städtchen Genazzano, auf dessen Kuppe die Burg thront, in der Oddone Colonna geboren worden war, Papst Martinus V., fuhren sie wieder nach Hause. Still waren sie im Auto und fanden endlich das, was sie zuvor beim Begräbnis vermissten. Andacht und Vito, wie sie ihn gekannt hatten.

Am ersten Sonntag im Juli waren sie einst stets nach Genazzano gepilgert, es war dort Brauch, Treppen und Gassen mit Blumenbildern zu schmücken, eine Nacht lang malten die Bewohner mit Millionen von Blüten Heiligenfiguren, Phantasiegebilde und Schmetterlinge, es war schön zu hören, dass die Tradition noch lebte.

Abends saßen die Schwestern in Serrone auf der Terrasse und redeten von früher.

Am Karfreitag entzündete Marias Schwiegersohn im Hain unter dem Hause die Olivenzweige, das war üblich so in seiner Heimat, der Toskana, da warf man all das von den Bäumen geschnittene Gestrüpp aufeinander und verbrannte es. Es war ein stimmungsvolles Lagerfeuer, die Flammen züngelten drei Meter Richtung Himmel hinauf und Ada wunderte sich, dass keine Polizei erschien, um nach dem Rechten zu sehen. „Er hat das Feuer angemeldet“, sagte Maria. „In Südtirol gibt es das auch, am Herz-Jesu-Sonntag“, sagte Ada. Der Schwiegersohn kam mit einem Grillrost und frischen *salsiccie*. „Es wäre schade um die wunderbare Glut“, sagte er. Er warf einige Steine in einen Kreis auf die vor Hitze leuchtenden verkohlten Stümpfe, legte den eingeölten Grill darauf und die Würste. „Es ist Karfreitag“, flüsterte Maria. Ada wusste, was die Schwester dachte. „Wir sind alt geworden, Maria“, sagte sie, „das Fastengebot gilt nicht mehr für alle.“

Am nächsten Morgen holte sich Maria Amalia ein großes Einmachglas und schöpfte in dieses ausgekühlte Asche. Damit würde sie am Epiphaniastag die Felder segnen. Es ist nicht alles schlecht, was alt ist.

1990

Ada hatte nie aufgehört vom Fliegen zu träumen und die Sehnsucht in ihr wuchs. Nach langem Zögern hatte sie sich doch einen Fernsehapparat gekauft und suchte gezielt nach Filmen. Die Nachrichten interessierten sie nicht mehr, auch Serien mochte sie nicht, sie mochte Filme. Die Magie, die die Kamera erschaffen konnte, diese Magie, die sie in ihrer Jugend so sehr in den Bann gezogen, zu Tränen gerührt hatte, war in den modernen Streifen nur selten zu finden. Sie sah die Klassiker und die alten *cartoni animati*, sie beneidete die Figuren, die keine Grenzen kannten, sie flogen von hohen Bergen und standen wieder auf. Sie jagten sich, sie begruben sich unter Steinen, sie fielen von Abgründen und liefen wieder davon. Sie erlitten keine Knochenbrüche. Sie schlugen sich keine Nasen blutig. Und sie konnten fliegen. Der Phantasie war in Zeichentrickfilmen keine Grenze gesetzt, das war es, was sie liebte. Die Magie.

1. Februar 1994

Das Santo Bambino dell'Aracoeli, das Jesuskind, wurde gestohlen. Ich sah die Nachricht heute auf dem Titelblatt der Zeitungen. Es gibt in Rom kein anderes Gesprächsthema. Die Gefängnisinsassen hätten sogar einen Brief an ihre Kollegen, die Diebe, geschrieben und sie gebeten, es zurückzugeben. An wen sollen die vielen Menschen in ihren Nöten und die Kinder jetzt ihre Briefe schreiben? Ich hoffe sehr, dass die Franziskaner-Patres bald eine Kopie anfertigen lassen und das Jesuskind wieder in die Kirche kommt.

7. September 1994

Heute war ich wie jedes Jahr für einen Tag in Sabaudia. Ich besuchte die Familie meines Cousins und die Großeltern am Friedhof.

Tullio betreibt jetzt ein Strandbad, er hat Liegestühle aufgestellt und Sonnenschirme. Er ließ mich nicht zahlen, so gab ich ihm etwas Taschengeld für seine Kinder.

An der Anschlagtafel vor dem Friedhof hängen noch immer diese plakatartigen Todesanzeigen, die mir von Jahr zu Jahr fremder werden und absurder. Es ist nicht ein Abbild der Verstorbenen, das neben dem Namen und dem Geburts- und Todesdatum dargestellt wird, neben den Lebensdaten einer Maria Adelchi fand ich ein Bild der Fatima-Muttergottes, jenes von Gaspare Renzimucchi zierte ein Bildnis von Padre Pio. Und Panfilo Spera hatte überhaupt ein Konterfei des Papstes Johannes Paul I. neben seinem Namen prangen.

In der Aufbahrungskapelle gibt es keine Kerzen mehr. Es gibt nur mehr ein schmales Pult mit Tasten, jenen einer Orgel gleich. Gegen den Einwurf einer Münze lässt sich die eine oder andere Taste nach unten drücken und es entzündet sich ein elektrisches Licht.

Am Altar finden sich Kinderzeichnungen und Basteleien, Plastiksträuße, kitschige Engel und Rosenkränze aus bunten Perlen.

Es gibt kein besonders schützenswertes Fresko in der Aufbahrungskapelle, ich fragte den Messner, warum man denn die Kerzen entfernt hätte, ein bisschen Ruß tue doch den weißen Mauern keinen Schaden.

Er meinte, sie würden tropfen, und niemand habe mehr die Zeit, mit dem Messer das Kerzenwachs vom Boden zu kratzen.

1995

Ada hatte vor Jahren begonnen, erst Ende August, Anfang September ins Latium zu reisen. Im Sommer, während der Hitze, mietete sie ein Zimmer am Ritten und verbrachte dort die Zeit, in der sie früher ihre Schulferien hatte. Seit Jahren unterrichtete sie nicht mehr, auch keine Kinder mehr zu Hause und keine Roma-Kinder und Sinti. Sie war 78 und rüstig, sogar ein neues Auto hatte sie sich vor drei Jahren gekauft. Doch fuhr sie nur mehr kleine Strecken, auf der Autobahn fuhr sie nicht.

Sie fuhr mit dem Zug nach Rom und mietete sich dort für ihre Ausflüge ein Fahrzeug.

Ada saß am Sonntagabend auf der *Piazza Duomo* in Terracina und hörte durch die geöffneten Türen der Kirche die Abendmesse. Die Glocken der *Cattedrale di San Cesareo* schlugen alle 15 Minuten, die vollen Stunden in einem dunklen und die jeweilige Viertelstunde dazu in hellem Klang. Die Altstadt war wie ehedem, die unterschiedlich großen Pflastersteine auf der Piazza, die Säulen, die aus den Häusern ragten, die Mauern, die sich neigten, die engen Gassen und die Kinder, die auf dem Kirchplatz Fußball spielten.

Ada hatte sich dabei ertappt, Latium mit den Augen einer Fremden zu sehen.

Gestern war sie durch Paliano spaziert, nicht mehr als Tochter dieser Stadt. Sie ging langsam die Treppen hinauf bis zum Gefängnis, der einstigen Burg der Colonna, und auf anderem Wege unter im Wind flatternder und nach Weichspüler riechender Wäsche wieder hinunter. Es hatte sich auch hier nichts verändert, die Stromkabel zogen sich seit jeher von Haus zu Haus, die Straßen waren zu eng für Autos. Auf jedem Dach befanden sich Antennen, das wohl war früher anders gewesen, und dass die des Nachbarn kleiner war als die eigene, das schien den Bewohnern wichtig zu sein. Ein Meer aus Antennen, wie Skelette richteten sie sich gegen den Himmel und boten den Vögeln Platz sich auszuruhen.

Die Kirche von Paliano stockfinster wie immer, die Luft stickig wie einst, reinster Marmor, eine reiche Kirche für so ein kleines Dorf. Denn ein Dorf war es, auch wenn es eine Stadt war. Eine Säule auf grauem Hintergrund zierte das Deckenfresko, daneben eine Hand, die Richtung Himmel wies, ein wenig wie Michelangelos Herrgottsfinger in seiner Erschaffung Adams.

1987 ist Aspreno Colonna verstorben, Prospero ist von seinen Kindern nicht der älteste, aber er kümmert sich um den *palazzo* und die Galerie in Rom, er ist kein *soglio del papa* mehr, ein *gentiluomo del papa* ist er nach wie vor.

Ada kannte kaum mehr jemanden und kaum einer erkannte sie. Es war ihr recht so. Die Gesichter der Menschen waren andere geworden.

Das Gedächtnis der Orte, dachte sie sich, irgendwo hatte sie darüber gelesen, nun verstand sie es. Wenn alle Alten verstorben waren und die Jungen weggezogen, wenn irgendwann niemand mehr hier wohnen sollte, wie manche prophezeiten, so würde jede Treppe, jeder Stein, jeder Torbogen erzählen, dass hier geliebt wurde, gelacht, geweint, dass hier Frauen auf ihre Männer warteten und ihre Söhne, dass hier geboren wurde und gestorben.

Die mit Mönch- und Nonnenziegeln gedeckten Dächer verwachsen von Gräsern, leere Bierflaschen hatten Jugendliche hinaufgeworfen während des letzten *Palio,* die Dachrinnen überfüllt von Piniennadeln. Und wenn es regnete, und es regnete nie nur ein bisschen, wenn es regnete, so war es ein Sturzbach, der vom Himmel fiel, so schwappte das Wasser über die Rinnen und stürzte von den Dächern auf die Gassen und schäumte und glänzte und nahm all den Schmutz, der sich angesammelt hatte, Laubblätter und Unrat und Taubenkot, mit hinunter auf die *piazza.*

Es war wie früher. Jede *signora* kehrte den Mist nur vor ihren eigenen Treppen, bis vor die Haustür der unter ihr wohnenden Nachbarin.

Auch nach Sabaudia fuhr Ada. Nur jeden dritten oder vierten Tag machte sie einen Ausflug, sie hatte ja Zeit. Ihr erster Weg führte sie, wie sie es von den Großeltern noch gewohnt war, zum *Santuario Santa Maria della Sorresca.* Es lag etwas abseits der Stadt.

In einem neben der Kapelle liegenden Häuschen waren alte Fotos ausgestellt, die die Geschichte des heiligen Ortes erzählten, von der Auffindung der lächelnden Gottesmutter mit ihrem Kind, von der Urbarmachung der Gegend. Ada putzte ihre Lesebrille, um die verblichenen Fotografien besser zu sehen, sie besah jedes Gesicht, um vielleicht den einen oder anderen zu erkennen.

Die Geschichte des Wallfahrtsortes begann mit den Fischern von Terracina, hier am *Lago Paola,* an der Landzunge, fanden sie in ihren Netzen die Statue. Man stellte sie auf den Stumpf einer Steineiche, um sie abends mit nach Hause nach Terracina zu nehmen. Doch war sie am Morgen aus Terracina wieder verschwunden und die Fischer fanden sie auf dem Baumstamm, auf den sie sie tags zuvor gestellt hatten. Dass das mehr bedeuten musste, verstanden sie und errichteten ihr an diesem verlassenen Orte eine Auffindungskapelle.

Jedes Jahr wird die *madonna* in dem blauen Mantel, der auch das Kind umfängt, in einer feierlichen Prozession die zehn Kilometer bis nach *San Felice di Circeo* getragen, es ist ein Menschenzug, dem sich unzählige Pilger anschließen. Er führte früher durch die Einöde, wer nicht gehen konnte, saß auf Mulis und Pferden. „Heute“, so erzählte die alte Frau, die Postkarten und Andachtsbildchen verkaufte, „wird an diesem Tage die Straße gesperrt.“ In Kriegszeiten habe man die Prozession jeden Monat abgehalten und noch mehr Frauen und Töchter und Mütter seien zur Madonna gekommen, sie um die Heimkehr der Soldaten zu bitten. *Maris Stella* nennt man sie im Volksmund und schon bei der Auffindung, lange noch vor den Kolonialzeiten, habe man gemutmaßt, dass die *madonna* eine schwarze Madonna sei, eine Frau aus Abessinien, ihr Gesicht ist dunkel.

Ada betrachtete die Fotos der Prozessionen von früher, Pilger in der Hitze schwitzend und ins Gebet vertieft, Frauen mit weißen Kopftüchern, Kinder in Anzug und barfuß, Schaulustige und Musikanten.

Und aus jüngeren Zeiten eine Fotografie des *nonno* auf dem mit Blumenkränzen und Girlanden geschmückten Traktor.

Ada hatte das Bild noch nie gesehen.

„Woher habt ihr dieses Foto?“, fragte sie die alte Frau.

„Bei einem Umbau eines Hauses in Sabaudia wurden viele Fotografien gefunden, manche sind nachgedruckt worden, in einem Souvenirladen neben dem *Caffè Italia* werden sie verkauft“, erklärte diese.

Auch Bilder aus dem Jahre 1934 gab es noch, die Kapelle einsam in einer Wüste aus Schlamm und Einöde und aufgerissenen Feldern, Arbeiter auf Knien ins Morgengebet vertieft, um nicht an Malaria zu erkranken, bei der Urbarmachung der letzten Sümpfe Italiens.

Ada war etwas schwindelig heute und sie fuhr den Kilometer zurück nach Sabaudia, stellte das Auto am Platz ab, gleich neben dem *Caffè Italia*, sie wollte Ausschau halten nach dem Souvenirgeschäft mit den reproduzierten Fotos.

Sie wunderte sich, dass es kein Denkmal gab, nichts, das den faschistischen Anstrich der Stadt in Frage stellte und kommentierte. Das Hauptportal der *Parocchia Santissima Annunziata* zierte noch immer das Mosaik mit dem Getreideähren haltenden Mussolini. Ja, es wäre schade gewesen, es zu zerstören, aber einen Kommentar, irgendetwas, das vermisste sie.

Am Turm las Ada die Geschichte der Erbauung von Sabaudia.

Regnando Vittorio Emanuele III
Benito Mussolini Capo del Governo
diede vita
a
Sabaudia
Che porta nel nome gli auspici dell'Augusta
dinastia regnante
Edificata in 253 giorni
Dall'opera nazionale per i combattenti
Il XV aprile MCMXXXIV anno XII E.F.

Die Schrift war nach dem Kriege entfernt worden und 1984 zum 50-jährigen Jubiläum wieder rekonstruiert. Staatspräsident Sandro Pertini war zur Feier gekommen und sein Namenszug auf der Rückseite des Turmes schriftlich verewigt.

Ein Filmfestival fand gerade in Sabaudia statt, große Künstler hatten hier gedreht und ihre Ferien verbracht. Moravia, Fellini, Pasolini.

Anlässlich des Festivals hatte man plastifizierte Fotografien unter den Säulen auf der *piazza* zusammengetragen, sie zeigten die Stadt während ihrer Entstehung, sie zeigten Auszüge aus den Reden, die anlässlich des 10-, 20-, 30-, 40-jährigen Bestehens gehalten wurden. Es schien Ada, als wäre die Zeit stehen geblieben, als hätte aus der Geschichte niemand gelernt.

... und Sabaudia, zweite der pontinischen Städte, erhob sich mit ihren weißen Türmen aus den vom Schweiß der Arbeiter und von den Tränen der an Malaria Verstorbenen getränkten Böden.

Auch dieses Jahr wird uns zweifelsohne zum Anlass für ein Besinnen auf unsere emotionelle Bindung und zur Vorbereitung auf ein neues Entzünden unserer Begeisterung für die Zukunft. 15. April 1974, der Bürgermeister.

Neuerlich ergriff Ada eine Schwäche und da das *Caffè Italia* und auch der Souvenirladen geschlossen waren, setzte sie sich ins *Ristorante di Pietro Dal Cin* am *Largo Giulio Cesare*. Sie wusste, dass der Vater des Besitzers so klein begonnen hatte wie *nonno*. Auf den Kaffee wartete sie lange, der Kellner stocherte unbeholfen an dem in Plastik eingeschweißten *tramezzino* herum, holte zuerst ein Messer und dann eine Schere, um das weiße Brot der festen Verpackung zu entnehmen.

Im Radio lief *La donna cannone* von Francesco de Gregori. Und sie hörte zu und es ergriff sie wie eine schäumende Woge im Meer, sie wollte tauchen, fliegen. *E con le mani amore, per le mani ti prenderò e senza dire parole nel mio cuore ti porterò e non avrò paura, se non sarò bella come dici tu, e voleremo in cielo in carne ed ossa, non torneremo più, e senza fame e senza sete e senza ali e senza rete voleremo via.*

Und ohne Hunger und ohne Durst und ohne Flügel und ohne Bindung fliegen wir weg.

Kein Seil hielt mehr die Schaukel.

Es war der Augenblick, in dem ihr schwarz vor Augen wurde und sie vom Stuhl kippte.

Juni 1999

Liebe Ada!

Ich werde alt und spüre meine Schritte, das Treppengehen ist anstrengend, Serrano ist keine Stadt für alte Menschen, ich verlasse das Haus kaum und sitze meistens auf dem Stuhl vor der Tür.

Meine Enkel- und Urenkelkinder freuen sich schon sehr auf den Palio in Paliano. Ich finde es schön, dass der Bürgermeister diese jahrzehntelang vergessene Tradition wieder aufleben ließ. Da ist so viel zu tun, es helfen Leute aus der Umgebung. Am 15. August gibt es einen Umzug durch das Dorf, über die Wege wird Sand gestreut und Erde, so wie einst. Die Musikkapellen spielen auf, Trachten werden ausgeführt, an die 500 Personen sollen heuer den Umzug begleiten, angeführt von Marcantonio Colonna, der die Schlacht in Lepanto gewann. Er sitzt auf dem Pferd, hinter ihm das Fußvolk, dann die Frauen. Jedes Jahr ist es eine Streiterei im Dorf, wer ihn spielen darf, am Ende entscheidet das Los. Ich werde nicht hingehen, vielleicht hast Du ja Lust zu kommen und es Dir anzuschauen? Du kannst doch das Altersheim verlassen, wann immer Du willst, Du wirst doch auch diesen Sommer kommen, nicht wahr?

Du weißt, ich bin über das Latium nie hinausgekommen, ich habe Dich nie besucht und Gina auch nie. Ich war dreimal in Rom. Ich war fünfmal in Veroli, dabei liegt es so nah. Das letzte Mal bei Maddalenas Begräbnis.

Es lebt kaum noch jemand aus unserer Kindheit.

In Paliano haben sie den Friedhof erweitert, ein Feld neben dem alten Teil aufgegraben, und die Toten werden in schmalen Särgen in loculi geschoben, immer mehr lassen sich verbrennen, auch wenn der Pfarrer dagegen ist. Wer wird sich dereinst um das Grab unserer Eltern kümmern? Ich hoffe, meine Kinder tun es, Du weißt ja, es ist nichts mehr so wie früher.

Der Principe Prospero Colonna hat sich vor kurzem ein Grabmal errichtet, es ist leer, mit den neuen Gesetzen weiß man nicht so recht, wie lange die Nachkommen noch in der Krypta begraben werden können, man hat ja vor gar nichts Respekt. Natürlich ist es das größte und schönste Grabmal am Friedhof. Eigentlich ist es ein Grabhaus, kein Grabmal, mit einer Glastür. Ich denke, es wird leer bleiben, ich kann mir nicht vorstellen, dass Rom es den Principi verbietet, ihre Toten in ihrem palazzo in Paliano zu begraben, sie tun es seit Jahrhunderten und treffen sich im Herbst zum gemeinsamen Totengedenken. Es ist nun mal so, dass die einen mehr Rechte haben als die anderen, gleiche Rechte für alle wird es nie geben.

Ich würde mich sehr freuen, Dich wiederzusehen. Geht es Dir besser, hast Du Dich wieder erholt? Du schriebst, es sei gar nicht so schlimm in einem Altersheim. Deine Fähigkeit, das Leben optimistisch zu nehmen, habe ich stets bewundert.

In Liebe, Deine Schwester Maria

17. Jänner 2000, Villa Serena, Bolzano / Bozen, 21 Uhr 30

Ada war am Bett sitzen geblieben, neben dem Telefon, das Tagebuch auf dem Nachtkästchen, sie beobachtete Olga und sah auf ihre feingliedrigen Hände, die auf dem Schoß lagen. Der Plüschwolf saß im Rollstuhl. Ada hatte im November schon begonnen, ihre Weihnachtspost zu schreiben. Die Erste, der sie schrieb, war Gina, nach England, da brauchte die Post sehr lange.

Und nach so vielen Jahren hatte sie Gina gefragt: „*Hai mai sentito di Reuben*? Ich meine nicht Reuben, deinen zweiten Sohn, ich meine den Freund deines verstorbenen Mannes." Gina hatte bald geantwortet, der Brief war irgendwo liegengeblieben, das Kuvert hat ein Pfleger erst gestern ins Zimmer gelegt. Nein, vom Fliegerfreund ihres Mannes habe sie nichts mehr gehört. Die Wege haben sich verlaufen. Gewiss sei er lange schon tot.

Ada blickte aus dem Fenster und ihr schien, als höre sie zwei Tauben. Sie liebte ihr Gurren. Mehr noch liebte sie das Schreien der Möwen.

Der Traum vom Fliegen. Anis hat das Feuer im Wald, das Wandern und Gehen so sehr geliebt, sie hatte nie verstehen können, wie er es vermochte, in seinem Wohnwagen zu bleiben, in der dazugebauten Holzhütte unter der Autobahn. Es muss die Familie gewesen sein, die ihn dazu bewog, das Band, das nach seiner Auffassung bei den *Gadsche* kaum eine Rolle mehr spielte. Nein, er hatte nicht immer recht. Sie fuhr gern nach Paliano, in die umliegenden Dörfer, wo Nichten und Neffen lebten und bereits deren Kinder verheiratet lebten und auch nur zusammenlebten ohne Trauschein. Sie liebte ihre Familie, auch wenn sie fern war. Sie fühlte sich verbunden.

Temistocles Tod jährte sich heuer im Sommer zum 40. Mal.

Gina hatte geschrieben, sie fühle sich schwach. Einen wohl unheilbaren Tumor habe man entdeckt in ihrem Magen, die Kinder drängen, dass sie ihn operieren lässt. Sie bereite sich vor auf die letzte Reise, sie habe so viel Freude gehabt in ihrem Leben, sie sei müde. Gina war um sechs Jahre jünger als Ada, Ada war dieses Loslassen nicht verständlich. Sie konnte es nicht dulden.

Sie holte das Fotoalbum mit den Bildern der Hochzeitsreise. Es waren, wenn sie an die Alben der Heimbewohner dachte, die sie immer wieder mit in den Aufenthaltsraum trugen, sehr viele Fotos. Temistocle hatte sich technische Spielereien geleistet.

Sie dachte an den Absinth, den sie mit ihm getrunken hatte und der wieder ganz außer Mode war. Sie blätterte ziellos vor und zurück und setzte sich wieder an den Schreibtisch, entzündete die Leselampe, löschte das Deckenlicht. Sie hörte Olga atmen. Da fiel ihr ein, was die Nonnen stets gesagt hatten in ihrem Kloster damals zu ihren Schulzeiten in Rom. „Jedes Ausatmen ist ein kleiner Tod“, hatte Schwester Tereja gemahnt. „Jedes Ausatmen bringt dich dem Tod näher.“

Sie sah auf die Uhr und wählte noch einmal die Nummer. „*Hello*?“, antwortete eine Frauenstimme. „Gina?“, fragte Ada, „*son io*.“ „Ada, *zia* Ada?“, fragte die Person am Hörer. „*Sei tu*, Maggie?“, fragte Ada. „*Yes*, *zia* Ada.“ „*Vorrei esprimere i miei auguri*“, sagte Ada. „*Oh, mum is already sleeping*“, sagte Maggie. „*Sta bene? Come sta?*“, fragte Ada. Maggie kannte nur ein paar italienische Worte und Ada hatte lange kein Englisch mehr gesprochen. Es gehe ihr gut, glaubte sie zu verstehen, sie seien essen gewesen, abends sei *mum* stets müde. „Ich rufe morgen wieder an“, sagte Ada, „*buona notte*, Maggie.“

Und wie von einer unsichtbaren Kraft bewegt, legte sie den Hörer hin und stand auf, holte sich den Koffer und packte die Fotos hinein, auch das schwarze Album mit den Bildern aus Kindheitstagen. Sie holte eine noch verschweißte Zahnbürste aus dem Schrank und verstaute sie in der Reisetoilettentasche, sie holte das Regencape und Stiefel und packte diese an unterster Stelle in den Koffer und bettete die Fotos um. Sie legte zwei Bücher und Schreibwaren darüber. Zwei Kostüme und drei Blusen. Warme Unterwäsche aus Wolle und kühlere aus Seide. Ihren Schmuck, sie würde manches an die Nichten verteilen. Sie holte ihren Reisepass, das Bargeld aus der Schublade und den Briefumschlag mit der Adresse ihrer Schwester. Ein Sitzplatz im Flugzeug würde sich finden. Seit Jahren hatte sie mit dem Gedanken gespielt. Ein neuerlicher Aufschub, dafür war die Zeit nicht mehr. Von Innsbruck, das wusste sie, flog täglich um die Mittagszeit eine Maschine nach Bristol. Und von dort war es zu ihrer Schwester nicht mehr weit. „Hutzpe", hatte Anis gesagt. Mut. Den hatte sie jetzt. Sie wollte endlich tun, worum die Schwester sie seit Jahrzehnten gebeten hatte. „Du bist alleine", hatte sie gesagt, „du kommst weg, ich kann es nicht." Sie wollte sie besuchen. Sie musste tun, was sie sich selbst ein Leben lang gewünscht hatte. Sie wollte fliegen. Sie würde fliegen.

Sie setzte sich an ihren Schreibtisch, öffnete die Füllfeder und schrieb in ihr Tagebuch:

Liebe Gina, ich schreibe dir nicht zum x-ten Male. Ich rufe dich morgen nicht an, um dir zu sagen, heuer werden wir uns bestimmt sehen. Liebe Gina, morgen werden wir uns sehen. Wir werden gemeinsam schaukeln. Du wirst nicht mehr weinen und herunterwollen.

Und sie blickte hinaus zur Fenstertür und sah den Klappstuhl am Balkon leicht von der Leselampe beleuchtet, dahinter war die Nacht schwarz. Morgen früh muss ich ihn hereinstellen, dachte sie. Sie klappte das Tagebuch zu, verstaute es im Koffer. Sie öffnete den Knopf ihres Rockes und schob ihn über die knochig gewordenen Hüften. Sie zog ihn wieder hoch und ging auf den Balkon und holte den Klappstuhl herein. Morgen war keine Zeit zu verlieren. Sie dachte nach, ob sie etwas vergessen hatte. Sie dachte nach, was sich noch in ihrer Wohnung befand, das sie brauchen könnte. Die Wohnung war unverändert, nichts hatte sie ausgeräumt, sie wollte jederzeit wieder einziehen können, vielleicht würde sie es tun.

Sie zog den Rock wieder aus. Schüttelte ihn zweimal und befestigte ihn am Kleiderhaken. Die Jacke hatte sie schon vor dem Abendessen auf den Bügel gehängt.

Sie musste gehen, auch wenn die anderen meinen würden, sie sei nun auch so eine wie Renato und die vielen Marias und Rosas, die dauernd gehen wollten. Die Pfleger würden wissen, dass sie nicht krank sei. Sie kannten den Ernst der *signora maestra* und den kindlichen Enthusiasmus, der brennen konnte aus dem Nichts.

Verrückt? Vogelwild? *Nonnos* Backfisch?

Sie setzte sich zu Olga ans Bett und legte ihr behutsam die Hand auf den Arm. Dieser Selbstschutz, der mich so einsam werden ließ. Olga erwachte nicht. Ruhig floss ihr Atem. Diese Angst, meine Rolle zu verlieren. Und Ada begann zu weinen. Es strömte aus ihr heraus. Wie schwach ich bin, dachte sie sich und das Weinen schüttelte ihren Körper, nur die Füße ruhten am Boden. Es ist doch gleich, was die anderen denken. Und sie weinte weiter, immer heftiger. Wie schwach ich bin. Wie stark.

Sie erhob sich und ging ins Bad und schaute in den Spiegel. „Du musst dir jeden Tag einmal zulächeln", hatte Anis immer gesagt. Sie lächelte und ihr Herz wurde weit, als säße sie schon im Flugzeug. Morgen werde ich fliegen.